絮语

张正福 著

团结出版社
UNITY PRESS

图书在版编目（CIP）数据

絮语／张正福著. -- 北京：团结出版社，2023.9
ISBN 978-7-5234-0291-7

Ⅰ．①絮… Ⅱ．①张… Ⅲ．①中篇小说-小说集-中国-当代
②短篇小说-小说集-中国-当代 Ⅳ．①I247.7

中国国家版本馆 CIP 数据核字（2023）第 138951 号

出　　版：团结出版社
　　　　　（北京市东城区东皇城根南街 84 号　邮编：100006）
电　　话：（010）65228880　65244790
网　　址：www. tjpress. com
E － mail：65244790@ 163. com
出版策划：书香力扬
经　　销：全国新华书店
印　　刷：四川科德彩色数码科技有限公司
开　　本：145mm×210mm　1/32
印　　张：13. 25
字　　数：273 千字
版　　次：2023 年 9 月第 1 版
印　　次：2023 年 9 月第 1 次印刷
书　　号：ISBN 978-7-5234-0291-7
定　　价：68. 00 元

目　录
CONTENTS

风 筝

A

年关快到了。空气里弥漫着烟火气，比往日更浓烈些。灌香肠，炸圆子，打年糕。赵大爷和老伴忙得井然有序，踏实而沉稳。别看他 70 多岁的人了，比青壮年不差。赵大爷还有一手绝活，炸春卷。孙子们最好那一口，每次回来，吵着闹着要吃爷爷的春卷。赵大爷也乐得忙活，感到无比充实。过年了，一大家子围坐在桌前，吃着团年饭。赵大爷和老伴就觉得特别幸福。看着孙子们吵吵嚷嚷，还从嘴里不断地蹦洋文，虽然听不懂，但也高兴。往年过了小年，送了灶神，就等着伢儿们回来了。国正也够争气的，在复旦念大学，又一口气考到美国，读了研究生。毕业后没留在美国，反而去了非洲，在约翰内斯堡。也不知叫啥大学，做了教授。听说全球各地飞，一会欧洲，一会美洲。国正刚工作那会，经常寄钱寄物。赵大爷那时还被叫老赵，年纪还不大，离退休还有几年。虽然在厂里是班组长，但分量重，有人缘。许多人围着赵大爷取经。你们家国正真争气，给你长脸了。赵大爷呵呵一笑，递过一根烟。来人客套一下，接了香烟，也不点上，在手里把玩着。看到是洋文，也不认识。烟一定是好烟，从国外寄的。你家国正孝敬你的吧？赵大爷点点头，脸红彤彤的，醉酒一般。

国正从小读书就好，没操过心。老赵就一工人，文化水平也不高，教不了啥。全凭老师和国正自己。每次考试回来都拿奖状，家里墙上贴满了。老赵自己在单位没啥作为，可当兵那会，还拿了一次三等功。这都多少年的事了，不提也罢。人老了就好回忆。自己跟国正没法比。自己只拿了一次，国正几乎每年都拿。拿奖在他看来就是应当的。如果哪次考试后，没有奖状带回来，赵大爷会觉得奇怪。国正也没脸坐正桌扒饭，只能在灶屋小桌上喝粥。赵大爷从不责骂，只用这一招，国正下次准保改过。

国正考取复旦大学后，上门讨教的人络绎不绝。一到单位，家里孩子要考学的家长，围着老赵问长问短。老赵没有经验，就算有也总结不出来。他刚开始就说没经验，一百个孩子有一百种教法。适合我家的不一定适合你家。家长哪肯信，说老赵谦虚，或说老赵小气。藏着掖着，秘不示人。国正都考上大学了，犯不着捂着。来人就递烟。有红塔山的，有玉溪的，有迎客松的，五花八门。老赵抽烟不自带了。贾科长家儿子隔年就要高考了，孩子成绩不上不下。他走过去，递了一根大中华。老赵很少抽到这样的好烟，心中一阵激动。科长很恭敬很客气地向老赵请教。老赵还是说不出子丑寅卯，脸憋得通红。贾科长一着急，直接甩给老赵一包硬中华。老赵的汗渗出额头。他想了半天挤出一句话，不好好学就饿饭。

贾科长心想儿子是心头肉，含在嘴里怕烫着，放在手里怕摔着，怎么下得了狠心。老赵，别再出馊主意了。孩子一顿没吃，疼在娘心里，痛在爸肝里。贾科长还想问，老赵再也没话了。贾科长再也没给他递过烟。虽然只是客套，但老赵脸皮薄，总觉得欠他点什么。

贾科长家公子考了个大专，也上去了。木已成舟，贾科长再未理老赵。

老赵还有更赚面子的事。国正竟然考取了美国研究生，拿全额奖学金。向老赵围拢过来的人就更多了。他们都想听听赵国正的学习经验，老赵的教子心得。老赵到底文化功底浅，一肚子话总结不出来。国正的学习方法，自己的教育策略，他说不出一二三。人们就知道老赵憨厚，傻人傻福。老赵不咋样，儿子有出息。有人怪佩服老赵的，他含辛茹苦把国正培养得那么优秀，有几人能够。全厂的孩子能考上大专以上的都不多，能考上名校的更是稀罕。老赵在厂里成了名人，干了半辈子班长，临退休了，还有这等荣光。记得很清楚，厂里工会奖给老赵一千元，佩戴绶带，还有一束鲜花。照相机闪光灯咔咔响。老赵真有点眩晕。怎么回家的都不知道。心里一直激动，一直感动。心"怦怦"地跳。手心一直冒汗。情绪一直亢奋着，平抑不下去。喝了一整瓶冰镇农夫山泉才压了下去。

B

人老了就好回忆。一转眼赵大爷退休好多年了。有时去厂里转转，见到的都很陌生。这个厂自己服务了几十年。几年过去，上来的都是年轻人。一个个生龙活虎，忙忙碌碌。找个说话的人都没有。他从此就很少去厂里了。没事就待在家里，或上上老年大学。

国正在美国读书那会，很少回家，连电话都打得少。自己和老太婆强忍着思念。看到别人家儿女一到中秋国庆全家聚到一起，有说有笑，有玩有闹，赵大爷心里就不是滋味。思念埋在心里，都不敢跟老太婆提半个字。老太婆何尝不想。就一个儿子，还在大洋彼岸。有时几个月都不来一次电话，越洋电话又太贵，舍不得打。最主要的怕影响国正的前途。他们都在心里憋着，谁也不说。没事就在小区里瞎转悠。说不思念，那是蒙人的鬼话。自己的儿子，一把屎一把尿地带大，冷不丁就跑国外去了，连个影子都找不到。赵大爷一度有点后悔。贾科长家儿子没考上名牌，上完大学，接老子班，也进厂工作了。没事就蹭他老子的饭局。贾科长快退居二线了。他乐得清闲，将位子让出来，给年轻人。自己一杯茶，一张报，半天就打发了。

贾科长家儿子还谈了女朋友，隔三岔五带着小美女从身边擦过。好像故意给自己气受，当着面就搂搂抱抱，亲热得不行。赵大爷看着就心烦。国正一直在读书，偶尔打电话过来，说不上两句就沉默。父子间也不知该谈些什么。索性将电话给了老太婆。老太婆倒是话多，叽里咕噜，没个完。还是赵大爷清醒，赶紧叫停。电话费很贵的哟！

自己说得最多的话就是，吃好喝好，照顾好身体。电话那头也不知理解不理解，也不晓得嫌不嫌烦。只要有电话过来，赵大爷一准会说那样的话，也不知会重复多少遍。那么贵的电话费，就晓得说这几句，更重要的话，就不能对儿子说吗？能说什么呢？家里都好着呢。老两口没病没灾的，家乡风调雨顺，五谷丰登，六畜兴旺。挂了电话，赵大爷才想起有话还要说。可不能再打了，国正忙着呢。老太婆就抱怨，叫你说，没话；不叫你说，话篓子。你对我叽叽咕咕有用吗？要对国正说。问他研究生毕业，回国吗？问他可找对象了？国内正在大发展，回来一样有用。别赖在人家美国了，那不见得是天堂。国正的事，估摸着咱也管不着，他有他的想法。放出去一条龙，收回来就是一只虫。他是做大事的人，只要那根线不断，逢年过节，还能想着打个电话，我就烧高香了。别指望那么多了。

赵大爷两口子没病，只是闲得慌。不种田不种地，也不种菜。本来住一楼，圈了一小块地，种点青菜萝卜。没想到被邻居告发，让物业收了，开辟成停车位，啥事也没了。在家大眼瞪小眼，三句不对头，就开骂。老太婆更年期该早过了，以前惹不得，现在更沾不得，只要有点不顺，就冲他发火，还浇不灭。赵大爷照单全收，闷葫芦，也不外吐。时间长了，他总觉得日子过得寡淡，没生气。

贾科长家儿子结婚了，请了赵大爷。赵大爷好没面子，在人前再不敢提国正。贾科长家添孙子了，又请了赵大爷。赵大爷还觉没面子，更不敢提国正了。回家电话催国正。这话赵大爷不好意思说，让老太婆说。她就哇啦哇啦半天，要国正回国。国正在电话里好劝歹劝，才让母亲消停。第二年，国正就落实了工作。在南非，约翰内斯堡。

老两口从来没听说过。那不是天涯海角吗？非洲，那个鬼穷的地方，饭都吃不饱。怎么去那里。

赵大爷想生气，想表达不满和异见，想了想还是忍住了。这年底国正打电话说要回来过年，带着未婚妻。

老两口兴奋了。几宿都没睡好。腊八一过，就开始忙活。打年糕，蒸圆子，腌熏鱼，灌香肠，忙得额头汗津津的。本来蔫蔫的，老气横秋，突然就年轻起来，抖擞起来。双脚踏在地上，气昂昂的。

老赵见了贾科长，故意大声宣告，国正从美国回来过年。国正到美国留学，几年没回来。一来节约成本，来回旅费很贵；二来课业负担重，学不好就不能早毕业。听说国正还打零工，说得好听点叫勤工俭学。老两口工资不高，负担不起。国正到美国念书，临行前就交代，自己挣钱上学，不再花家里一分钱。一个听了长吁一口，一个听了长叹一声。

国正要回来过年，还带儿媳妇！这句话比什么都暖心。赵大爷如沐春风，赵大妈神气活现。

C

在上老年大学时，老赵认识几个老伙伴。赵大爷报的是文学班。自己识字不多，学问不大。能写简单的广播稿，曾经在厂里当过工会干事。一些知识分子的书法、绘画和文章耳濡目染。书法、绘画都讲究"童子功"。自己从来没碰过，从头学起，有点难。学着写点散文随笔，还是可能的。于是就进了文学班。不忙儿女的事，退休后真没事干。只好上老年大学。老年大学里，参差不齐，差别大。有学葫芦丝的，有学摄影的，有学电脑的，有学书法的，有学绘画的。学文学的不少，只要能写几个字，都可以进来。赵大爷高小毕业，十几岁就去当了兵，参加工作时嘴上的毛还没长齐。曾经厂里准备送他读工农兵大学，可他文化水平实在有限。他知道自己腿有多粗，连四则运算都弄不清，还读什么大学。这不是叫人笑话吗？他果断地推辞了。骨子里赵大爷还是要强的，学理不成，学文还是可以的。多认几个字，总可以吧。他没学过拼音，查字典也不行。国正上完小学，老赵趁着寒假，叫国正一个拼音一个拼音地教，终于学会查字典。他就跟着字典学。好歹多认识了一些字，也能写些豆腐块文章了。

国正要回来了。他在文学班上早就宣布了。赵大爷上老年大学后，才知道有几对老人的儿女都在留学。回来较少，有的过年也不回来，趁着假期勤工俭学。老人们都想，儿女们漂洋过海，勤学苦练，试图学到大本事。他们过年就只好在电话里诉说思念之情。赵大爷也不例外。

老早就接到国正的电话，他和老太婆都笑了。快到过年时，来了非典疫情，电视上铺天盖地报道，连篇累牍地述说。老赵好揪心。生怕儿子回不来。他不仅想看国正，更想看看未来的儿媳妇。国正都快30岁了，还没结婚。赵大爷急，赵大妈更急。一来电话就絮叨。国正也烦，干脆少打电话。

非典闹得沸沸扬扬，人心不安。赵大爷和赵大妈窝在家里，守着红漆电话，须臾不离。国正说带着女朋友在南非旅游。约翰内斯堡的工作已敲定，学位证书一拿到，就过去上班。

老两口也听不懂。只知道非洲穷，有河马和大象。那都是从电视上《动物世界》里看的。说实话，国正不回国工作，让他们很无奈。老太婆听说国正到非洲工作，当场掉下泪。国正受苦了，还继续受苦！

你的儿子就叫不回来吗？国内发展得多好，高楼遍地。还是贾科长好，儿子就在身边，互相有个照应。她气极时，在老赵背上捶。老赵默不作声。

老赵喜欢放风筝，特别是春天。儿子小时候，没事就带着他在团结广场放风筝。风筝飞得老高。他喜欢放鹰风筝，翅膀张起来好大，有气势。像蜻蜓、小鸟风筝从不买。儿子也喜欢放老鹰。老鹰在天上翱翔时，国正拍着双手又叫又跳。爸爸好厉害！老赵内心满满的成就感。

一转眼，儿子大学毕业，留学美国了。从此再也没放过风筝。老鹰风筝买了好多个，最后一个是儿子初中时买的，绸布做的，很结实。放到国正初中毕业，就收了起来。高中时，国正再没摸过。有时学习累了，老赵动员国正出去放风筝。国正说学习任务重，没时间。高中时，真是累。从高一起，就没早于晚上一点睡觉的，不到六点就起床读书。很辛苦的，老赵疼在心里。

大学时在上海，离家还不太远。暑假有时就留在上海打工。寒假回来过年。也不知国正懂不懂父母的心思。男孩子到底粗心，不大顾人。老赵也没当回事。赵大妈就有点不舍。国正去美国读书，她还偷偷哭了好几回。

由于非典，国正被拦在法国，迟迟回不了家。国内疫情严重，与多国已中断来往。电话打回来时，国正就讲了两句话。一句是：爸，我春节回不去；另一句是：人在法国。赵大爷咳嗽了一声，不回也好，疫情过后再回。赵大妈听说国正不回家，流了泪。置了许多年货，可咋办啊？特地做了熏鱼，准备年后给国正带着呢。打了一缸年糕，做了两篮圆子，老两口也不知要吃到啥时。

赵大爷对非典那年记忆深刻。圆子、熏鱼都分给邻居吃了。

年糕长期浸水，颜色变红，不能食用了。

几年后，国正再回来时，已当爸了。孙子好小，肉鼓鼓的，就像小时候的国正。赵大爷喜欢得不得了，又抱又亲。小屁孩嘴里冒出一句，爷爷胡子扎人，跟着又来一句英文。赵大爷根本听不懂。国正却哈哈大笑。赵大爷一脸懵懂。国正解释，卢卡斯说爷爷真好玩！赵大爷听了脸上乐开了花。其实卢卡斯说的是相反的话，爷爷不好玩。国正怕爷爷难过，就没说真话。

好，爷爷还有更好玩的。然后他就带着卢卡斯到团结广场放风筝。老鹰风筝放家里好多年了，上面都攒了一层厚厚的灰。赵大爷从后阳台上把风筝翻出来，用湿抹布擦了擦。左手拿着老鹰，右手牵着卢卡斯，来到团结广场。天冷，风大，放风筝的人少。赵大爷又开始放风筝了。他满心喜悦，看着卢卡斯又跳又叫，他也很激动。从孙子嘴里蹦出一句一句的洋文，赵大爷听不懂。但赵大爷知道，那一定是欢快的叫声，像小马驹一样。

赵大爷回来，就问国正，南非有华人吗？国正说有，不多。华人孩子会说中文吗？大多数只会一点点，中文都是家长教的。孩子一定要会中文，我的话没错！国正点头。

D

再过几年回来，国正已有二孩，卢卡斯已长高。卢卡斯还是只会一点点中文，说得不流利。说起来，国正已是终身教授。赵大爷听了万分高兴。由于前面忙于工作，很少顾及卢卡斯。他妈妈是广东人，普通话不是很标准，教了一段时间，卢卡斯就不愿学。说中文太难，学不会。妈妈就没再坚持。现在想想有点后悔。

二孩露西就被逼着学中文，学不好就打手。坚持了一段时间，露西也适应了。露西的中文比卢卡斯好多了。卢卡斯只会飙英文。见了爷爷除了问好，其他都忘了。但爷爷说的话，他基本能听懂。

每次回来，赵大爷都带卢卡斯放风筝。这是过年的保留节目。

卢卡斯一回来就缠着赵大爷要放风筝。露西安静多了，只是跟着。有时充当卢卡斯的翻译。卢卡斯说英文，爷爷听不懂，露西就翻译给爷爷听。爷爷递给露西一根棒棒糖。露西说爷爷真棒！赵大爷哈哈大笑。

与孙子的团聚很短，很快就过去了。他们都走了，赵大爷赵大妈送出好远。国正说，要是想孙子，多打电话。要是你们愿意，就到南非去常住。赵大爷摇摇头，赵大妈眼眶湿润了。

过年的气氛消退。国正一家都走了，年味就散了。赵大爷看着赵大妈。赵大妈看着还冒着余温的床铺。被子是新的，床单是新的，枕头也是新的，叠得整齐。家里有旧的，没给国正他们用。几年才回来一次，赵大妈不能马虎。女人到底心细，赵大爷就想不到这些。

国正临走时带了熏鱼、年糕、圆子。国正说不用，家里什么都有，不缺。母亲执意不肯，说卢卡斯和露西喜欢吃，就多带点。国正就不说话了。

赵大爷喜欢抽烟，国正每次回来都要带几条南非烟。老人开始不习惯抽，说呛人。抽了几次，喜欢上了。国正还给母亲买了花裙子，说穿着洋气。赵大妈保守，说穿不出去，要送给侄女穿。国正也无话。

赵大爷在楼下和几个老人打牌，晒着太阳，给来人散南非烟。国正带回来的烟，抽着还行。人们投去艳羡的目光。赵大爷美滋滋的，很享受。赵大爷也喜欢下棋，和几个退休干部聚到一起下象棋。贾科长也在。赵大爷也给每人发南非香烟。贾科长也投去艳羡的目光。他听说国正是终身教授，心里不是滋味。我家扁头就没给老子买一瓶酒、半包烟。两口子就知道啃老。除了上班，每天都来家吃饭，有时还要钱。说自己工资低，买不起车。现在满大街都会开车，没车出门寒碜，人家都不带你玩。贾科长乖乖掏钱。赵大爷听了，心里一乐。国正不赖，啥都不要操心。

赵大爷也有寂寞的时候。打牌下棋觉得够不上档次。他还是喜欢上老年大学。国正从南非带了几瓶洋酒，每次吃饭前都喝两杯。老伴说，美得你！赵大爷就笑，我喝的不是酒，是亲情和思念。每次喝酒就想国正，就想到卢卡斯和露西；想到卢卡斯半生不熟的汉语，就想笑。露西到底是女孩，语言能力比哥哥强多了，爷爷喊得很亲，还标准。一点不像在国外养的。国正回来一次，让赵大爷愉快半年。他脸总红扑扑的，肤色很好，看上去像退休老干部。贾科长在任时，脸红扑扑的，现在被儿子缠得脸色蜡黄，风度大减。从前发的工作服，他原本不穿，现在也不讲究了，为了省钱，也穿上了。看上去显老。脸上皱纹一道一道，活像黄土高坡。

以前抽烟讲究，现在 10 元一包的烟也不嫌弃。看到老赵经常从口袋里掏好烟，他眼里飘过异样的颜色。

赵大爷上老年大学，交了一群朋友。老友不是分享他的烟，就是喝他的酒。赵大爷也不吝啬，管够。有时也请贾科长。贾科长话不多，窝在一角，默默吃喝。在单位时，管着好几十号人，说话中气十足。许多人应付他。退了后，人就衰了。赵大爷反而越活越神气。贾科长每每看到这个，心里就有气。有气也没办法。

国正每次回来，有半年时间老赵都是开心的。他沉浸其中，常常重温甜蜜的回忆。记得带卢卡斯和露西放风筝。风筝一次放得太远、太高，竟然收不回来。卢卡斯拍着手说，爷爷风筝没了；露西跳着脚说，爷爷风筝丢了。风筝在空中变成一个小点，试图要摆脱线的束缚，自由而去。风筝似乎也想变成真正的老鹰，搏击苍穹。看到真的老鹰从头顶飞过，卢卡斯和露西不约而同地喊，老鹰回来了！

老赵拽着线，一圈一圈地收拢，费了老大的劲才让风筝回来，在低空盘旋。卢卡斯和露西叫得更欢了，纷纷要自己放。放了一会，风筝在空中旋了几下，无力地俯冲下来，瘫在地上。

在老年大学上课，听到深奥的地方时，赵大爷就走神，眼里空茫茫的。忆到高兴处，脸上沾满喜色；想到遗憾时，轻哼一声。

老赵写散文，都写儿子和孙子。儿子他熟悉，写得顺风顺水，毫不磕绊。写到孙子和孙女，有时就要展开想象，毕竟他们相处不多，细节不够。他不太会造假，就写亲身经历。一篇《风筝》小散文，写得深情款款，将祖孙三代情感维系和心灵纠葛，写得入木三分。

老赵很满意。老赵也有苦恼的事。老伴身体不大好，有眩晕症，医生也看不好。要是国正在家，搭把手，他就轻松多了。

一次外出，老伴晕倒在家里，他回来及时，救了她一命。老伴有点胖，搀着怪累的。叫了救护车，请了护工才弄上车。这时，老赵想起了国正。好了后，他打电话还不敢说，怕那边担心。国正每次问二老身体可好，他都往好里说。国正说，家里请个保姆，钱我来出。老两口苦惯的人，他同意，老伴也不会同意的。不过赵大爷听着这话，心里舒坦。国正还牵挂着我们。

一晃眼，国正已经好几年没回来了。几年前团聚的温馨早就消费掉了，只剩下稀薄的余味。赵大爷靠吮吸余味生活。那余味就像无形的梁柱，支撑着赵大爷的脊椎，不至于弯曲和驼背。

E

今年腊月刚到，国正打电话就说要回来。他又添了一个小子，已经有三个儿女了。赵大爷小的还没见过。虽然在手机里看到，毕竟隔得远，抱不着，亲不上。他很喜欢，那也是空喜欢，一点都不实在。

跟往年一样，赵大爷和老伴又忙活起来。已经七十多岁的人了，到底不比从前。稍微熬夜，第二天就难受。为了炸圆子，他和老伴忙到夜里十一点。他还腌了熏鱼，每次一串一串拿出去晒。在赵大爷眼里，晒的不是鱼，而是厚厚的亲情。贾科长一看到就知道国正要回来了。

庚子年来了。老鼠为十二生肖之首，是有道理的。古人不瞎排生肖，将小小老鼠放在前头，足见对老鼠的重视，也看得出老鼠的厉害。龙虎不能比，牛马也不行。老鼠有极强的生命力和繁殖力。世界上最多的不见得是人，估计是老鼠。老鼠一窝能生十几个，人行吗？老鼠一年能繁殖好几次，人行吗？古人对生殖是有崇拜的。老鼠不惧冷热，不怕水旱。人类比不上，于是就把老鼠放在首位。今年应该年成不错。赵大爷根据多年的生活经验做出这样的判断。更主要的是，国正一家子要从南非回来，还带回三岁的小儿子詹姆斯。

一切都忙得差不多了。家里也掸尘了，被子床单也换新的了，年货也备齐了，就等国正回来。

年糕养在缸里，要经常换水，不然会馊。赵大爷正在舀水，电话来了。一看是国正的，赶紧接了。

国正说滞留新加坡，国内航班停了。国内闹冠状病毒，外界的联系中断。赵大爷冲冲地来了一句："该死的病毒。年都不让人好好过。"

赵大爷看着满缸的年糕发愣，望着成堆的圆子发呆，盯着成串的熏鱼发傻。不知该干啥。听说国正一家子回来过年，他像打足气的篮球，一弹老高。忙什么都有劲，走路虎虎生风，像个青年。贾科长见了，打趣他，老赵返老还童了！赵大爷呵呵一笑，递过一根烟，闲谈几句，一阵风般飘去。听说国正他们滞留国外，赵大爷慌了手脚。赵大妈做菜，家里缺蒜少葱，叫他去买一些。他下楼后转了一圈，回来两手空空。赵大妈点着他，脑子缺根弦。听说国正不回来过年，他似乎一下老了十岁，整个人木呆呆的，不知干啥好。为了迎接卢卡斯、露西和詹姆斯，他特地去街上买了一个大风筝，也是老鹰。旧的太旧，不上台面。娃们都喜欢新的。卢卡斯大了，他可能不在意，詹姆斯还小，他也可能不留心。最在乎的恐怕就是露西了。露西是女孩，她也有十来岁了，对新玩具有着天生的敏感。不能拂了她的意，伤了她的心。才几年回来一次，总要让他们满意。赵大爷心很细，想得周到。

家里棉鞋都做了好几双。这是老太婆的功劳。她没事就在家纳鞋底，做棉鞋。赵大爷还特地问了国正，娃们脚有多大。国正忙于工作，没关注，还是他太太给出了尺码。赵大爷就叫老太婆在家做棉鞋。棉鞋穿着暖和，也舒心。还另外做了几双，每人都有，包括儿媳妇，让他们带回去穿。国正就说了，这里是南非，在赤道边上，没有冬天，四季不明显。赵大爷才不信，哪里没有冬天。执意要给他们做。国正就没再反对。看着一双双棉鞋撂在一边，赵大爷就心情黯然。要不是耽搁了，这些鞋早穿在国正和娃们的脚上了。卢卡斯一定飙着英语说，谢谢爷爷；露西没准用纯正的汉语，感谢老爹；詹姆斯是个淘气包，捣蛋鬼，他也不知该说啥，估计是将鞋踢得满地飞。视频里就放过詹姆斯在家大闹天宫的样子，赵大爷看了，笑得岔气。

这个小坏蛋，真能搞怪。虽然几年未见，他们一定不陌生。这是他们的根，怎么能陌生。他们肯定会搂着爷爷叫，抱着奶奶亲。一定的，错不了。

想象还没结束，憧憬刚要到来，电话就追了过来。国内突然疫情加重，国际航班有的就停飞了。要是早几天回来就好了。国正太忙了，许多研究正在攻关，要到年底才能收官。南非没有过年一说，自己还要请假。事情不忙完，走不开。就这样被耽误了。上次回国，闹非典，耽搁在法国。他和未婚妻索性在欧洲周游了一遍。这次被挡在新加坡，一家五口。老爷子叮嘱还是转道回去，国内疫情很严重。团聚年年有，不在乎这一次。话是这么说，国正知道老爷子心情肯定沉重。说好的事，不能兑现，本身就有点爽约的意味。换成谁都不舒坦。"寄语多情熊少府，晴也须来，雨也须来。随意且衔杯，莫惜春衣坐绿苔。若待明朝风雨过，人在天涯，春在天涯。"这首劝聚的小词国正很小就会背。虽在异国他乡，总不能或忘。他何尝不想家，不想父母。二老年纪越来越大，母亲身体还不好，真是见一次少一次。他思乡心切，娃们也归心似箭。本来叫父母去南非，邀约了多次。老两口就是决定不下来。老爷子很想去。儿子工作生活的地方到底啥样，也想去游山玩水，享几天清福。可老太婆晕车、晕船，也晕飞机。以前坐个三轮，打个的都吐得厉害，还头疼。虽然说有晕车药了，但老太婆害怕坐飞机。怕得要命。从来没坐过，反而更怕。万里迢迢，不坐飞机，光坐轮船，猴年马月才能到。这个事就耽搁下来了。老爷子不能抛下老伴，一人去快活。不合常理，也做不到。

当挂断电话时，赵大爷眼角湿润了。差点没忍住，哭出了声。看见风筝挂在阳台上，随风起舞，赵大爷悲从中来，到底还是号啕大哭。

赵大爷晚上做了个梦，风筝挂在树上。大树盘根错节。

摸　顶

一

他去了。不顾妻儿的劝阻，走得决绝。门外下着雪，刮着风。送别他的是荫翳低沉的天空。像个兽笼罩着，压得他喘不上气。门前的刺槐和老楝树删繁就简。一只鸪鸟探出头，深情地一叫。

他是裹着风雪，深一脚浅一脚离开的。地上留下斑驳的身影，泥泞湿滑的脚印。

不蹈覆辙。那么就滑向凌乱和虚空。向晚的幕，蘸着黑鸦的颜色，悄然临近。遮住一段荒疏的岁月，和打不破的悭吝。

妻泣呜呜，儿唤声声。仍挡不住双脚的游离。大伢带泪地呼喊没能让他停歇；二伢泣血地嘶吼无从使他回头。他没给大伢买过一根油条，没给二伢带过一块糍粑。三伢张着嫩嘴，在摇窝里，见到熟悉的身影，本能地咿呀。他也不曾喂于饭食。妻敞开对襟大褂，露出黑黝黝的乳头，强行塞入秧娃的嫩口。伢吧嗒着。登堂还是阔别了幸福。

还没到吃糠的境地。就是糠也吃不到，我还跟着你。妻柳叶苦着脸。登堂睁大了眼睛，涨红着脸。吸着用旧棉花卷成的烟，笼着袖子，吸着鼻涕，张了张嘴，没出声。

他去意已决。水牛拉不住，驽马也拉不住。水牛瘪着空肚子，卧在廊下；驽马清癯地在木桩边打转。一个声音在召唤。到底来自哪里，他也不清楚。他要循声而去，寻找自我。

三儿离不开你！柳叶哀婉的声音荡在头顶。他差点没能抵抗住。那都是你的骨血，刘家的种！妻悲凉的喊叫足以冻住双塘游弋的麻鸭，漂浮的呆鹅。他心里一惊，哆嗦了一下。

娃们不能没有爹！柳叶泣血的哭腔依然飘在眼前，萦绕耳边。在他跨出大门的那一刻，柳叶跪下了。泪水像草屋檐下的雨水，滴答不休。他依然迈步。给娃们再找个爹！这是他留给她最后的忠言。

天啊！他猛回头，屋檐下冰凌倒挂。剑气森森，寒意凛凛。

无涯洞，暂卧一宿。风雪漫天，遮住一切生机。冷。彻骨的冰寒，搅动他肚腹和肠胃。他端坐石磐，干草铺面。双腿盘曲。人已入定。

要到悬空寺，要到九华峰。一个声音回响耳畔。他闭目，静持。

登堂，世间苦海，渡厄乘返。他回顾荒唐一生，虚汗淋漓。

青春年少时，皮囊俊美，嘴甜眼魅。但生在穷乡，包裹着破衣烂衫。仍阻挡不了逼人的朝气。荷生淤泥，总该露头。藕落烂沼，也需提拔。你是荷花，冲出水面，就是芙蓉。你是嫩藕，有人摸顶，就能入市。那是无定斜着眼告诉他的。他信，深信。无定本是癫头，一肚子古今。在线装书里滚爬过。据说看过《推背图》，还翻过《麻衣神相》。登堂佩服无定，几乎到了弓腰的地步。无定不做事，他也不做。无定住着好屋，冬暖夏凉。吃着油饭，穿着绸布衣衫。他没有，羡慕。

陈巷矗着乌有庙。闹运动时，没拆掉。躲着一群和尚。进进出出，来来往往。和尚嘴边总是油汪汪的。他更羡慕。啥事不做，有吃有喝。好的嘛！他心里有了念想。

一次入庙，进了膳堂。一个和尚正在啃鸡骨架子。他撞破了。和尚脸腾地红了，慌张地扭头。无定过来了。信众的供养，勉为其难！

登堂眼珠子滴血，口水快咽饱了。他信，也不信。无定的话总不错，无定的话却也透着虚。他肚子空得很，正想装些饭食。

无定使了眼色，和尚将骨架拨给登堂一块。登堂虎咽。一根小刺戳破嗓子，他忍着痛向无定打躬。无定朝他屁股踢了一脚。他却笑了。

登堂嘴抹了油，舌头也滑利了。村里长辈瞧不上他。一个混混子，游手好闲的人，能有多少出息。同龄姑娘跟他说话，回家要挨批的；年长媳妇同他唠嗑，进屋要被揍的。村里水灵些的女孩不愿跟他玩。柳叶例外。柳叶没大人管教，野得很。疯丫头一个。他就喜欢登堂。登堂给她讲故事，带她去庙里烧香。香火钱是登堂出的。还摘野菊花送她。插在头上，美。

紫云英盛开时，天地大美。情窦已开的两个小人，就翻滚在花田里。香粉沾了一身。氤氲了整个春天，蔓延了一个夏季。秋天来临时，他们就躲在楝树下，卿卿我我了。楝树叶子掉光了，无遮无拦的。

二

独眼蛤壳在房前骂。杀千刀的，断子绝孙的，吃红拉黑的！二懒袖着手，踱过去。都霜降了，还在骂街。蛤壳，啥子事体吗？有人偷吃了我的鸡，鸡毛就在我家茅缸里。这是什么世道，连鸡都不安生！

二懒笼着手，生气地跺着脚，去了。把鸡看紧了，别给狼叼了！他一迭连声地招呼。

过了几天，驼背虾婆在门前吼。杀千刀的，断子绝孙的，吃红拉黑的！二懒笼着手，靸着鞋，迈过去。都立冬了，还在骂街。虾婆，啥子事体吗？有人偷宰了我的鸭。母的，留着做种鸭的。这是什么世道，连鸭都不保命。二懒缩着手，无奈地踢着步，去了。把鸭看牢了，别给獭含了！他挨家挨户地照应。

登堂听了，呵呵一乐。怕不是有人嘴馋，炖了吧？二懒吸溜一下挂到嘴边的鼻涕，指不定呢！多久都没狼事了，冷不丁冒出这事体。得防着点。

柳叶听了，脸红了一阵。很快恢复镇定。懒叔，近来水獭多。得留个心！二懒正了正老头帽，正是呢！那妖精不仅缠鸡缠鸭，还缠人。谁沾上都不落好。

柳叶听了，心里一凛。脸白了一阵。

这事并没结束。二懒的宣传效果也未凸显。张家丢鸡，李家少鸭，王家失鹅。继续上演。大家走到一起就嘀咕上了。村里就那么大，几泡尿就撒遍了。有人就明说，这绝不是狼叼狗咬去的。有人馋痨了！

起先大家还是不太敢相信。更不敢怀疑到村里人。就是摸，也不会摸到自家地里了。地垄沟里的山芋涨势旺盛。薯藤薯叶像蛇一样游走，把整个地面都覆严实了。山芋在地里，没人偷。豆荚雍容地攀附着豆秆，安然无恙。连稻草人都不要。

鸡鸭长腿长脚，能飞会跳。咋说没就没了。村民疑心。莫不是外面来的小偷做下的。

哦，对了。货郎担子干的！有人突发奇想。大家惊呼，如梦方醒。那个秃顶的家伙，一看就不是好人。还戴鸭舌帽，帽子揭开，头皮像雪片飘落。瘆人得很！

瞧那三角眼，贼光灼灼。不是瞄在姑娘胸脯上，就是落在媳妇屁股边。得防！不仅防他偷鸡偷鸭，还防他偷人！

村里大老爷们脸上挂不住了。回家严防死守！男人们唾沫星子飞溅，争得脸红耳热。就是没理出个头绪。有人发起了狠，下次在村口碰到秃货郎，给他一刮子。

不就是拿鸡肫鸭肫换些针头线脑的，没想到还藏着野心。想换媳妇，换美人呢。秃头货郎胆子真大，敢偷东西了！

大嘴媳妇插话进来。尽嚼蛆！货郎担子老实得很，像榆木疙瘩。借他胆子也不敢偷！

说句笑话。姐那天试了一下。故意凑到他跟前，摸了一下他的手。你猜咋样？嘿，他脸立刻像煮熟的大虾，红透了。这样的人敢偷鸡鸭吗？偷人，影子都没。

登堂心虚，本不敢出面。听到大家扯到货郎，心下窃喜。祸水引出了，就不会招人了。他也加入骂阵。

大嘴媳妇，人都找到了。又在胡扯。你不撒尿照照，自己啥样人？碰谁也不会碰你啊！话是丑了点，也是实情。

　　刚被引开的话题又缠搅一起。大家都齐刷刷地望向大嘴媳妇。她稀毛、蹩脚、粗手。皮糙如糠，脸斜似月。真不好看。大家看惯了，也没当回事。今天提起，人们才觉得有点犯恶。

　　大嘴媳妇涨红了脸，她啐了登堂一口。柳叶那"狐狸精"，浪得不轻。

　　这样的二五她也看上眼。

　　登堂扬起手掌，作势要打。二懒趁机拉开了。顺便在大嘴媳妇胸脯磨蹭了一把。谁也没发现。丑是丑了点，奶子不小。热乎着呢！二懒回家的路上与登堂嘀咕了一番。登堂嘿嘿笑了，也只有你敢碰！

　　大嘴不是贩草席子了吗？常年不在家。这娘们一定骚得滴水，馋得流血。碰上货郎刚好解渴。

　　二懒哈哈笑着。他快四十岁了，至今都没娶上。女人的滋味没尝过，心痒难耐。登堂这一说，勾起一肚子苦水。他忽然抹泪了。

　　丑是丑点，到底是热乎的。他擤了下鼻子，扯开了。二懒娶不上，既是穷，更是懒。懒得做活。庄稼荒疏了，他不扯草。豆秆成熟了，他不收割。山芋长透了，拱出地面，他也不拾掇。猪啃了，都不心疼。

　　冬天喝着稀溜的麦饭，烫得嘴直龇牙。连根下饭的小菜都没有。干喝。

　　登堂虽然不务农事，倒也有道。再说他长得清丝。头发黑油油的，梳理得妥帖。再说他有张嘴，会说得很。

　　柳叶就很愿意跟他。她也不在乎名分，只要有他就舒心。登堂早就尝过女人了。二懒没有，想巴着心。于是就将欲火发在秃头货郎身上。哪天碰上，非捶他不可！登堂附和着。跟你抢人，该捶！

柳叶和登堂晚上关起门来吃鸡。肥鸡炖萝卜，又鲜又香。登堂还喝了二两白烧。饭后趁着酒兴，柳叶正在洗碗，他就把持不住了。将柳叶掀翻，脱得精光，苟合起来。好吃，还想！明天再抓去。先抓我吧，抓够了，抓累了，明天好补……

三

啵咚，啵咚——鸡肫鸭肫拿来换啊！换小糖小饼，换针头线脑啊！啵咚，啵咚——

小家伙们一窝蜂从家里冲了出来。手里拿着干脆的鸡肫鸭肫和鹅肫，摇晃着跑去。

秃头货郎歇下担子，卸下帽子，摇晃着招风。显然他累了，额头浸着汗，脸色潮红。担子不轻，压得他身子直歪。

大嘴家小儿子毛头跑去，用鸡肫换了两颗小糖一块小饼。他高兴得直呻唤，像一头小犍猪，撒着蹄子狂奔，一头撞在大嘴的怀里。

大嘴正从田里收席草回来，人晒得黑黢黢的。二懒跟在后面，他是去帮工的，还是巧遇，没人知道。二懒一路跟大嘴絮叨。张家长李家短，一路数落过来。大嘴跑江湖，家里的事不清楚。他逗引着二懒，隔出三五分钟，就递根烟。烟让二懒越发滔滔，最后说到他女人身上。

有人欺负她吗？村里倒没有。啥意思？有个货郎好像那个了。偷鸡？没听婆娘说我家鸡少啦。哥，不是。偷人！啊？谁偷的，偷谁的人？大嘴眼睛瞪出了血。二懒一哆嗦，腿肚子都抖了。他结巴着，说不圆了。大嘴得到情报，牙硬把嘴唇磕破，怒目龇须。

二懒正磕磕绊绊，毛头撞上大嘴了。阿大，小糖、饼干！毛头把小糖塞进嘴里，甜得鼾！

老子少买了吗？哪里来的脏东西？吐掉！不然老子打折你的腿。

听到暴喝，毛头惊诧地看着眼前人，一脸无辜。在货郎那里换的。他半天才挤出这一句话。

登堂刚好吹着口哨经过，一看到大嘴，贴了上去。他想抽好烟。大嘴身上一定装着东海，甚至大前门。自己抽玉猫，抽得嘴苦牙黄，刷都刷不掉。我跟你说个事啊，你家烧锅的有点那个。登堂故作神秘地说，声音还特别小。大嘴脸一阵发烧。他想坏了，二懒刚才也这么说。难道真有事吗？好你个懒婆娘，趁老子不在家，胡搞，看老子不敲断你的腿。他嘴上却另一番说辞。拉倒吧！我家那懒货，送人都嫌赘，你就敲边鼓吧！

登堂向二懒挤眼，二懒会意，又加了些油料。三人成虎。大嘴脸色由红转白，由白转青，最终脸黑得像锅底。

小儿毛头口里含着小糖，又从货郎那里换来的。他气血翻涌，怒不可遏。

人呢？毛头被他金刚怒目吓得快哭了，委屈地用手一指，眼泪唰地掉下来。

大嘴甩掉箩筐，抄起扁担就冲了过去。大嘴媳妇正在用鹅毛换针线，跟货郎有说有笑。货郎似乎不好意思，抓起毛巾揩面，接着挑起担子就走。

臭婆娘，回家收拾你！货郎听到怒喝，本能扭过头，看到一个壮汉朝自己扑来。他刚要开口，担子被掀翻了。人也连打好几个趔趄，差点摔出去。大嘴抓住货郎衣领，不容多辩，一拳打在脸上，门牙应声而落，鲜血溅出。货郎彻底蒙了。大嘴还不解气，又抡起右脚，狠劲地踹在他肚子上。货郎倒了下去，抱着肚子蜷成一团。

突如其来的变故，让大嘴媳妇惊慌失色。发现货郎倒地，她本能感到大祸临头，一把抱住大嘴，疯了吗？声音里透出恐怖和惊吓过度的异样。

登堂和二懒也赶到。本来想看个热闹，哪知出了祸事。两人劝住了大嘴。大嘴口里仍不干净地骂着。

货郎爬起，揩掉嘴边的血，挑起担子就走。他眼里喷出一股火，瘆人得很。

咬人的狗不叫，得防着点，是大嘴对家人的交代。三五个月后，平安无事。他们悬着的心落地了。大嘴又出去贩卖草席了。

等他回来时，听到了一个惊掉下巴的事。他小儿毛头没了。

我本该想到的，我本该想到的！媳妇说毛头含着小糖到家时，没多久人就倒地，口吐白沫，浑身抽搐，很快就走了。

看到媳妇本就稀拉的毛发，已褪去大半，露出红巴巴的干皮。他本能地感到恶心。法医做了解剖，说中了毒鼠强的剧毒。大嘴瘫软在地，像一碗煮熟的面条。

村里有人前几天看过货郎来过。只是人很瘦，脱了形。走路还虾着腰，一副痨病的样子。没看到挑担子。有人补充说。看着像，也不一定。

货郎到底是哪里人，谁也不清楚。公安也找不到线索。只知道毛头被下毒，到底是谁，大家都说不清。

大嘴号哭。阿大害了你，毛头！

四

登堂心里难过。从此不肯吃窝边草，打野食就到外村。神马村一度鸡犬不宁。神马村富裕，谷子成堆，鸡鸭成群。他伸出了一只手，搅浑了一池春波。

登堂懒得做。父母去世后，几个兄弟就各自开门。他毫无倚仗。柳叶接连坐了几个小月子，就日渐憔悴下去。他还是不肯吃窝边草。看着鸡从眼前飞过，瞪着鸭从身边蹚过，他都忍着。几次手心都捏出了汗，终究中途罢手。

他来到神马村，扮作算命先生。命没算几个，鸡倒抓了不少。丢鸡的大嫂要他算，谁偷了。登堂掐指，念经，有模有样。登堂跟无定学了几招，只是皮毛。他照猫画虎，像回事。无定起先不肯教他。他能解《推背图》，会看《麻衣神相》，还能瞧上登堂吗？嫩秧子一个，嘴上毛都没长齐。登堂再三再四央求，您是黄石道人，小子是张良。只要肯教，捡一百次鞋不烦，穿一千次鞋不累。您只管使唤着！他弓着腰身，低到尘埃的态度。

好话能养人？得孝敬点，懂吗？无定一句话让他顿悟。他抓鸡送鸡的节奏明显加快。无定咽下鸡后，吐出一些干货。登堂两手托腮，像个小学生坐在矮凳上，侧耳倾听，眼都不眨一下。一只蚊子叮住了他的鼻子，他忍着。一只苍蝇咬住了面颊，他忍着。一只飞蛾钻进了他的鼻孔，他一个喷嚏，雨花溅在无定脸上。无定擦去污物，挥挥手，下次再讲。登堂喏喏而去。送鸡唯勤。

丢鸡大嫂得了他的指点，知道是邻家门向碍了自家。烟囱正对着大门。每到傍晚，冒出缕缕白烟，财气都带走了。难怪抹牌手不顺，十场九输。这还不算，更可气的，我家小囡常生病。小灾不止。鸡丢多了，鸭也失多了。狗被药了，猫让捉了。连圈栏里的牛也瘟了。好事都摊了。

头巾大嫂听了登堂的话，越发怀疑邻居了。狗被药，登堂心里比谁清楚。他不能说。猫被捉，登堂不甚了然。牛瘟本也正常，刚好事情凑到一起，到底令人生疑。

登堂一句，试着和他谈谈。头巾大嫂点头。谈是轻的，要吵要闹。那家不是省油的灯，弄不好我家胖子要拆他屋瓦。

大嫂，让着点，别弄僵了，凡事好商量！登堂诡邪地一笑。摸出竹杖去了。戴着茶色眼镜，竹杖敲击着地面，扣扣索索地去了。

那一把胡子是无定赠予的。他装得挺像，没露出马脚。他黑衫罩体，顺手摸鸡。神马村闹开了。

吃了几只鸡后，柳叶的月子病慢慢好了，后来就怀上了。

柳叶就在登堂的耳边吹风。得有个正经事，不能再这样了。登堂满口应承。这不是办法。柳叶再次强调。登堂嗯嗯地点头，饿不着你们。

神马村丢鸡失鸭，猪惊牛吓，人也跟着慌了。互相怀疑，相互猜忌。你防我，我撑你，谁也没给谁好脸色。

一日抓不住贼，大家都是敌人。有人放出这样的话。这话放出后，村里似乎消停了些。登堂儿子出世了，他没空。

儿子过周后，登堂活跃了。沉寂已久，都手生了。无定很不满意。嘴巴淡出鸟了。在乌有庙，吃素。他是大和尚。不随便出门，得有供。素食不烦劳，荤腥走另道。这道登堂熟悉着呢。

来迟了，请师傅责罚！登堂揣着鸡和鸡子，冒失地赶来。身有乱草，还沾着鸡屎味。做事不干净，要出乱子的！到时我可不给你擦屁股。登堂脱下外罩，果然鸡撒了泡黑屎，还冒着热气。登堂大惊。这是大忌，容不得马虎。至今不曾失手，凭的就是小心。今天咋啦？登堂不肯饶恕自己。当着无定的面，赏了自己一耳刮。

登堂想入庙，但不肯剃度。一头乌黑的毛发就是身价。无定本不想收他，刚好推卸。

登堂一次撞破无定的好事。他正与一个中年信众在苟合。女子草草出来，红着脸。登堂奇怪地看了一眼，心中明白了。他悄悄地隐退。无定并未发觉。

后来登堂就吵着要入伙。无定不轻言同意。登堂鸡和鸡子送得更勤。无定还未松口。

师傅，最近香火旺啊。常有美色出入，您老好福气。

出家人八戒，不谈俗务。你下去，老衲清修了。

登堂扑哧笑出了声。无定脸一红，噤口。

五

登堂又去神马村算命了。戴着茶色墨镜，挂着竹杖，敲着铃铛。一听到声音，就有人围拢来。登堂被请到家里，好茶伺候着。他算王家牛丢了，往西方找；李家驴没了，朝南方寻；马家猪失了，不用找。没几天，果然应验。

他来神马受上宾待遇。几个年轻媳妇围着，不肯离去。还是老年女人解围，回家烧锅去。小媳妇一哄而散。登堂约略失望。

老年女人皱着眉，跟登堂耳语。登堂一听，脸色煞白。头巾嫂子，前阵还好着呢，咋就没了？

女人想不开。和邻居家闹了矛盾，心中一直疙瘩。两家都动手了。头巾嫂子吃了亏，自家人没敢伸头。她一气之下，喝了敌敌畏。据说为了门向。说是邻居家烟囱肇祸。我看也是！

头巾嫂子门头挂着小镜子，还不济事。这闹的是哪出嘛！

天已擦黑。登堂大步流星走在路上。行头已去。忽然迎面一个白东西，闪着两团蓝光。他心里怯了。他蹲下捡起土块，抛掷过去，倏忽白影闪过。他约略安神，继续赶路。

过了一阵后面似乎有窸窸窣窣的声音。他猛回头，一只白狐尾随。长尾曳地。他加快了脚步。陈巷迫在眼前，就是走不进。汗濡湿了衣衫。他想脱去外罩。外罩藏私，他又不敢。逡巡不去，踟蹰难回。

白狐发出了一声啸叫，如婴啼。他作速卧下。一团白影冲过。他不想喂饲战利品。这不公平。那是战果，邀赏的物件。岂可轻弃。动用相当智慧与狡狯才有斩获。焉能委弃。

成果出脱，咯咯连声。外罩里有两只，一公一母。公的雄起，不安分。母的雌伏，甚乖觉。为了摆脱窘境，登堂投鸡饲狐。抛出雄鸡时，白狐一个跳闪。鸡和狐同时不见。

登堂看到了炊烟，闻到了饭香。一个清癯的老人从身旁踅过。他揉了揉眼睛。真也？幻也？他拍了拍脑门。

一只鸡，母的。本来想孝敬无定，可柳叶最近身体弱，走路飘浮。他犹豫再三，考虑再三，一狠心，留下了。如果无定晓得了，等着好果子吃。幸好，没有。无定在庙里，庙在山上，山有一阵子路。他不会晓得。登堂还是加了一份小心，双保险。褪毛和碎骨处理了，扔到粪池里，沉底。吃鸡时，大伢跟着沾光，喝了油汤。伢子贪，喝少了不干，非要多喝。柳叶心疼儿子，就多舀了几勺。伢子肠胃到底弱，没受住。消化不良，拉得脱了水。请赤脚医生配了药，吃下，不抵事。登堂着急了，用无定教他的土法子医，也不管用。他软软地坐在矮凳上，两眼失神地望。透出虚妄和空诞。只有让师傅瞧瞧了。

无定懂得多，不能不服。陈巷人家有啥疑难杂症，多半请他。他也看人。比如村长家儿女生了灾病，他准治，包好，其他就不好说了。

无定不常出手。只要他答应的事，灾病就会消弭。乌有庙香火盛，是否与此有干系，大家心里清楚。平时不烧香，临时抱佛脚，两个字：没门。

登堂烧了不少香，上了若许贡。他又是无定留发弟子，不能袖手不理。想至此，信心陡增，迈步更快。但这次没贡，心中不免惴惴。他抱儿上山。山逶迤盘曲，林木森森。

拜见无定后，起先支支吾吾，不肯吐露实情。说是惊厥蹬被受了风寒。无定摸摸伢肚子，不用治。登堂慌了。他实话实说，一字不瞒。无定弄来草药，在陶罐中蒸煮。一碗下去，伢就止泻了。两碗下去，胃口回来，肚子咕咕叫了。伢呻吟着要喝粥。登堂巴巴地望着无定。无定拍拍尘末，可以喝点热清粥。登堂如获至宝，稽首拜揖而去。

既然叫无定晓得，登堂要补过。就是没让他知道，也要感恩。登堂心中还有个小九九，他想请无定教中医。这个他一点没透露，保守得很。登堂很想学。他加紧了摸鸡的速度。

神马村出了人命，还有白狐挡道，下不了手。他得另想辙子。柳叶不声不响地又怀上了。

仙牛屯可以一试。不过遥远了些。为了孩子，为了无定期待的眼神，就该犯难试险。

还是原套路。测字算命先生，保险。戴上行头，勇敢出发。他深吸一口气。仙牛屯不比神马村，穷。人们对看卦算命似乎没兴致，只牢牢盯着那仨瓜俩枣。既然来了，绝不空手。不然坏了规矩，破了风水，没法交代，更没法混。

一个老农在放山羊。黑的，仅有三只。他袖着手，趿着草鞋。鼻涕糊着破夹袄。戴着露出絮絮的旧棉帽。登堂与他寒暄了几句，溜了。

登堂在屯里转了一圈，没见着肥鸡胖鸭，连猪都稀罕，更别提牛。他一阵失望还捎带着失落。竹杖敲击地面的次数略频。怒火与不满传导宣泄了出去。回转时，再见老农。天已暮。黄昏铺满了地面。他再与老农寒暄，老农充耳不闻。聋子？登堂心中大疑。诡异的屯撞上诡异的人。还是黑山羊，通体墨漆。在啃啮荒草与枯枝。真也，幻也？登堂拍拍脑门。

贼不空手，窃不虚袋。他只能朝黑羊动手。不是三只，原来是五只。另两只从树丛里钻了出来。登堂暗喜。再定睛细看，树洞里涌出一股一股黑羊，像黑色群蚁。登堂的心狂跳。

他下到崖边，来个顺手牵羊。老农已不见。啥时溜的，没闹清。天赐良机，机不可失。他快步赶去。一只黑羊顺从地跟随。毫不费力，更不费神。真乃天助！登堂在心中画了个十字。

上到高坡，一路疾走。天幕黑乎乎地铺排下来。

倏然，一盏盏火把亮起，就在眼前。登堂的心狂跳。来人给了他三拳两脚。从人缝里挤出一个人。登堂认识，原来是老农，放羊的。

登堂被捆缚，关进了牛棚。牛卧地啃草，咀嚼着旧时光。唾沫满嘴。张口时，露出森森白牙。这是虎？登堂惊得连退数步。旁边小屋，鸡飞狗跳。一派农家气象。他糊涂了。明明空无一物，咋就鸡犬相闻？他拍拍脑门又摇摇头。他掐掐腿肚子，疼。巨大的不真实拥抱着真实的存在。他无言了，滴下愧悔的泪水。

六

等他回到陈巷，柳叶已怀上三儿。就是神枪手，也穿不破遥远的时空，子弹飞不进自家洞窟。一定是谁家的手枪，落入了他家窑口。登堂就要崩溃了。额上一个闪着暗光的字赫然眼前：贼！他偷什么来着？偷着了吗？那只是顺带。他是算命先生，给人卜问前程的。如今被这个字所囚。身不在牢笼，心被锁。比手铐脚镣更甚。他就像遭雨的泥胎轰然而垮。在神马很牛，在牛屯很膪。鸡没吃成，羊没顺走。获颁：贼！这是什么人的耻辱，像落败的将军被扯下军功章一样蒙羞；像湛蓝的天空闯入黑云一般闹心。他笑了，惨淡如斯！

他在暴雨滂沱中爬上乌有庙。试图叫雨水冲刷掉那个肮脏的字！我不是偷，更不是贼。绝不是！他在内心激烈反抗着。我只是有点懒，仅此而已。这只是一种活法。出卖巧技的人算什么？你懂的！

主持的大门已洞开。阿弥陀佛！施主所为何事？无定的声音，可定睛一看，人不像。我找师傅，找主持，找大和尚！登堂有点气噎。

佛门之地，宜求清净；佛家子弟，不可喧哗。施主，请过来。

登堂被这文绉绉的话闹得心烦，又不好发作，只有尾随而至。您是无定师傅吗？声音很像，相貌不似。短短数日，庙里究竟发生了什么？

什么也没发生，就多了一些香客。烧香的多起来，包括柳叶，你的法外妻子。自从你远走，她不时登门，卜问你的归期。

我走时，只有二伢。为何短短数日，她又怀三子？登堂满脸狐疑。我的子弹穿不透时空，隔山打牛的功夫不会。

静坐沉思！想通了你就是佛，想不通你就是魔。去吧！

他在山门转悠，觑眼瞧见柳叶在耳房。叫大！柳叶的声音，磁性而柔和。眼光里余温脉脉。他再细瞧，那个转身的人正是无定，自己叫师傅的人。可声音迥然。他糊涂了。究竟谁是无定，谁是大？

心中万般念想，此刻成灰。他正作势一头冲进雨幕，登堂留步。分明是师傅！他转过头，无定！披着袈裟，挂着禅杖，出现在眼前。

低下头，让老衲摸摸。登堂趋近，垂下头颅。老者摸顶三次，再发声。

不管你经历了什么，都不是真实的；不管你看到了什么，也不是真实的。请你到九华峰悬空寺，找无尘法师！阿弥陀佛……

他回到家。柳叶在给三伢喂饭。二伢已会走，会叫，会喊。大伢有时抱着三伢满地乱跑。

他走过去亲了亲妻子额头，放下。柳叶讶异地看着他。他抱起大伢，甩了甩。大伢咯咯笑着，还要，还要！他放下大伢，搂着二伢，在他脸颊上深吻着。二伢说阿大胡子扎人，不好玩。三伢好小，他只是用手摸摸他的小脸，鼻子对鼻子碰了碰。然后登堂背起褡裢，冲进风雪。

二懒靸着破鞋，在后面追。登堂，等等我。

镜 子

1

墙上的那面方镜摇摇欲坠。桂香二十多岁嫁过来时,家里置不起三门橱,只有几个箱子算是陪嫁。夫家左多贵连脸盆架子都没有,更别说大方镜子了。还是婚后,她从集镇上花私房钱买了一面小方镜子。找来洋钉借来锤子,在敲击中按牢了它,捆缚得铁紧,挣扎不得,松动不能。放下锤子,走近镜子。里面映照出容颜清秀,面红齿白,秀发清芬。略微丰腴的面颊衬出饱满的天庭。三分黝黑,七分嫩白。她美滋滋地欣赏,就像一个艺术家欣赏一幅杰作。在无人处还时不时扭动几下浑圆的屁股。她醉了。新婚的喜悦爬满了眼角眉梢。

阿宝降世了,给她带来了内心的充盈。浑身滋长着劲头。浅浅的酒窝时常绽放在脸上。有人觉得桂香成熟而有韵致。刘义平算是其中一个。他暗暗地垂涎着。义平是多贵同母异父哥哥,年长五岁。他们的母亲先后嫁过三个男人,姓氏各别。母亲去世后，就很少来往。多贵娶了桂香，他既羡又妒。

桂香没人时照镜子更加频繁。镜子里的人像戏中的贵妃，传说中月上的嫦娥。这个念头冒出来后，自己也吓了一跳。也就一农妇，咋涌出这等古怪的念想。真是作了！她赶紧打压妄念。

秃尾巴阿灰不知啥时从外面溜进来，抖了抖松软的皮毛，在桂香的脚边磨蹭起来。桂香咯咯笑了，轻轻拨弄开这小淘气包。

更淘的还要数阿宝，这个心头肉，总喜欢站在床沿滋尿。呲得老远，刚好落进粪桶里。也有撒在泥地上，少数滴在床框上。凶不是，打不是，只有强行抱开。他呵呵笑着，猛亲妈妈一口。桂香的心就软到化了。小炮子的，阿大回来不打折你的小腰。

阿大不打阿宝，还给阿宝买小炸。桂香在他鼻上刮了一下，算是惩罚。

桂香心情好时照，情绪憋闷时也照。照了一段时间，嫌镜子小了，模糊了。总觉着影影绰绰，美丽不能昭示，青春不够凸显。一个大方镜，杵在了家里。

桂香一日趁阿宝和多贵午睡时，在镜前妖娆起来。照着照着，人物变形了。里面是一个胖妇人，浑身臃肿。她吓了一跳，以为是幻觉。

桂香拿抹布将镜子擦了又擦，然后又欣赏起来。一会镜子里出现一个形貌丑陋、头发稀疏，豁齿歪嘴的妇人。她吓得惊叫出声。

她再不敢靠近镜子，摸索着退到床边，找个拐角卧下。心里山呼海啸，激烈冲撞，难以平复。

桂香自此不敢独自照镜子。有时抱着阿宝照，有时提着阿灰照。阿宝朝镜子吐口水，扮鬼脸。用双手拉着腮扯得活似橡皮人。桂香兴味怏然，无趣地走开。提着小狗照镜，狗在怀里乱蹭，镜子也晃荡着，像水波。她郁郁而去。

那年夏天热得出奇，叫人不好接受。天一亮，热气就从地底冒出来，积聚到中午，烫得连鳖都不敢伸出头来。村里的孩子热得想跳井。浅水里的鱼儿许多被烫死，煮熟了——露出白花花的肚皮，但很快腐朽，苍蝇成群，肥嫩的蛆虫活跃地蠕动着；柳叶在毒日下耷拉着，奄奄一息；风很小，树叶无力地低垂着。大人身上的汗像夏日午后的暴雨，滚滚而下。桂香一家，忙了一上午，割稻、打稻、拔秧、插秧，回家一吃过饭就累得呼呼大睡。桂香四脚朝天地躺在凉席上，汗衫和头发湿透了，却还匀称地打着呼噜，旁边五岁的阿宝却瞪着骨碌碌的双眼，额头沁着汗，像早晨菜叶上的露珠。他辗转不安，一会儿后还是跑了出去。桂香醒来，发现儿子不在身边。又跑哪去了，这么热的天也不能待在家里。边骂边到缸里舀了瓢凉水咕咚咕咚地灌下肚。阿宝，你死哪去了？平时总是这样，一觉醒来，阿宝就溜了，但每次都能轻松找到，喊几声就能答应。一般他都在屋东头的柳树下玩石子、和泥巴。阿宝，妈要干活去了，还不回家看门！当她看不到儿子在柳树下，又老叫不到的时候，真的有点着急了。快起来，死鬼，阿宝不见了！丈夫多贵伸伸懒腰坐了起来，嘴里直打哈欠，边揉眼边站起来，瓮声瓮气地说，还能在哪儿，到屋后小塘里去找找，怕不是出事了吧？你胡说什么呀！桂香捶他，但还是像风一样去了。

小塘四周长满失神的柳树，一个个恹恹不振却把小塘包裹得严实。他们在塘周围边找边喊，找了半天，还是多贵眼尖，看到草丛中的白白的东西。多贵走过去，抱起的是一具小尸，桂香像遭了电击一般惊叫，发出一声惊悚的呼喊。

水面映照出一个张牙舞爪的影子，狰狞可怖。她惊惧地逃开，比奔牛还快。

2

一个松垮的身形，头发散乱，黄蜡蜡的脸镶嵌着麻斑斑的点。眼泡浮肿，眼袋肥大，眼圈黑乌。这是谁？这是30岁女人的容颜吗？肥大的眼袋里装的全是泪，此时泪水又溢出眼眶。她移除了这面大方镜，让它退守到茅厕边，与肮脏为伍，跟蚊蝇做伴。

桂香失去了儿子阿宝，她的天空一度坍塌。打败她的不是空蒙，也不是虚妄，是自己内心的魔怔。她摇摇欲坠，一如那方镜。

一次内急直奔茅房。镜子里显出一个毛拉拉的身影，她一扫而过，惊得尿湿当场。回家就高烧不止，胡话连篇。多贵忙前忙后，又是打针又是吃药。折腾多次，桂香总算慢慢恢复。只是看人的眼神斜斜的。

多贵在她的肚皮上耕种，好歹生根发芽。怀胎十月，诞下一女，名玉莲。桂香看得特别紧，箍得特别实。大方镜去了，小方镜残留。

桂香照镜子有瘾，内心不时冲突。照还是不照，翻滚过无数个念头。毅力战胜了魔力。任镜子布满尘垢，也不擦。

玉莲会走路了，女孩子天生爱美。她垫上木凳站到小方镜跟前，用小手在上面擦拭，一个娇嫩的秧娃映照其里。她扭头，甩辫，吐舌头。桂香看见了，一个箭步冲过去，抱开。玉莲哭天抹泪，不答应。

傻孩子，镜子不能照，会把魂勾走的。玉莲不懂什么是魂，死活要照镜子。妈妈吓唬她，里面有妖怪，怕人得很。玉莲不哭了，直往桂香怀里钻。

桂香已胖成一个纯正的农妇。但她在多贵眼里，美着呢。那天晚上哄睡了玉莲，他们就在院子后面的草席上野合起来。在桂香的嘴里多贵是个馋猫，要个没够。合欢三次后，多贵才爬下桂香的肚皮，恋恋地说，明天给来明家出砖。少喝点，早些回来。桂香困得眼皮都睁不开了。多贵也累了，一手搭在老婆的肚皮上呼呼睡去。月明星稀，微风轻拂。

桂香一觉醒来，人去心空。她忙着做饭，给玉莲洗漱。午后三点，桂香才吃过中饭。把玉莲哄睡，小狗阿灰在镜前玩绒线，自得其乐。桂香看见了，抄起鸡毛掸就打过去，阿灰嗷的一声逃去，边跑嘴里仍呜呜着。

桂香捡起鸡毛掸，一抬头，看到镜中的人形。月貌花容，美不胜收。她激动了，嘴唇哆嗦着。刚要扭臀，一个灰发枯容、雀斑点点的形象跃入眼眸。她不肯相信，再定睛细看，镜子里的妇人双泪长流，颜色紫黑。她惊得大叫一声。玉莲醒了，乱蹬着双脚，哭。

桂香抱起女儿，来到堂屋，坐在小椅上，撩开衣襟就喂食。玉莲四肢乱踢，不肯进食。桂香心突突猛跳，眼皮打架似的蹦跶。

马秃子心急火燎地赶来，肩头还扛着锹。多贵出事了！然后旋风般逃去。贵香似遭雷击，呆如榆木。

她来到小方镜前。方镜已四分五裂，仍牢牢嵌在墙上。

多贵的后事刘义平全权料理。多贵是小多跟着妈妈矮冬瓜一道送行的。矮冬瓜五十多岁，个子像侏儒，人也像肉球。但面色红润，滚动起来滴溜溜转。她和桂香一个村的，热心肠。桂香口不能言，事后拖着疲惫的身躯硬塞给义平一个红苹果。这是娘家兄弟捎来的。

玉莲刚过三周岁，多贵忽然没了，似乎一点预兆都没有。也许有吧，只是她事先未在意。

桂香的右眼皮有时突突地乱跳。她只是觉得奇怪。

那天夜里多贵趴在她肚皮上连续交媾了三次。她也只感到奇怪。

第二天帮来明家出砖。下午刚吃过饭，心口突然疼起来。摇窝中的玉莲也一个劲地哭泣，哄不歇。傍晚就带来消息，说多贵站在小四轮上头碰到砖窑上，没治了。

桂香一度行为失范，言语癫狂。义平鳏寡，但心热乎着。

桂香神思恍惚，形容枯槁，手足无措时，看到嗷嗷待哺的玉莲，她就清醒了许多，就不由自主地去米缸里舀米。米缸早就空了，一如她的内心不再瓷实。她颤抖着双手，来回摩挲了很久，不知该落在哪里。落在衣袋里也不对，落在筲箕上也不行。她下意识地拿起鸡毛掸子。家里的灰尘已经攒得很厚实了，足以写出一个大大的人字。她只画了一撇，手就停了下来。实在写不下去。

衣服已多日没洗了，浑身发着馊臭。头发乱如枯草，根根斜插在蒙圈的脑袋上，更显"荣光"。

她不敢拿镜子照，家里唯一一面玻璃方镜已支离破碎，不是她摔的，是自己从墙上掉下来了。它已光荣退役了，以一种决绝的方式。就是给她照，也没这个容颜。

一日在水缸里舀水淘米，偶一低头，才看到那个不敢相认的自己。泪水断线的珠子滚下来。她一任汪洋。

只有玉莲的哭声才带来生气和活力。她希望玉莲哭，也怕玉莲哭。玉莲的哭声惊得麻雀四飞，百鸟和鸣。

玉莲哭，带给她莫名的希望。玉莲的哭声高门大嗓，又让她心惊肉跳。她害怕惊扰了左邻右舍。她的心已沉入谷底，需要搅动，才能泛起活力和爱。玉莲的哭声唤醒了她沉睡的母性光辉。当她把奶头塞进玉莲的嘴里时，觉得充实而安详。奶水早就没了，就像一口干枯的老井，再也涌不出半滴清泉。那个死鬼吸多了，吸够了，在他走后不久就枯竭了。

矮冬瓜每当听到玉莲的哭泣，就围转来。小囡哭得好，像天上的百灵，将来一定是个歌唱家。

矮冬瓜的话像清晨的露水滴在干枯的花瓣上，像夏日的细雨洒在焦渴的心田里。听到这样的赞美，桂香的脸上就会泛起血色和红晕。

多数人家都是绕着走的，矮冬瓜例外。她还时不时端来些汤汤水水，温润那辘辘饥肠。杀年猪时，也不忘舀一勺杀猪菜叫小多端过去。

两个女人过日子到底凄惶。桂香时不时地犯迷糊。有时连玉莲都不认得，以为是哪家的野种。生气时想把玉莲扔走。清醒时又非常自责，揪自己的头发，一捋一捋地往下拽，像拔韭菜扯稻草。

有时听到夜猫在门外嘶叫，她吓得缩紧身子。塞住耳朵，死死地搂着玉莲。

村里的二混混听说桂香怕猫叫，于是猫叫声便多了起来，尤其黹夜。她毛发倒竖，虚汗淋漓，惶惶不可终日。

3

义平鳏寡多年。父母走得早，家里穷，该娶亲的年纪没娶上。村里人都知道他好，也享受着他的好。无偿给小脚陈奶奶挑水，义务给卧床宋大爷担稻。一到双抢，到处请他。他乐得帮忙，也不推辞。将多余的精力挥发掉，夜晚睡得沉。

俊俏的姑娘嫁到了桃花盛开的地方，成色差点的也被虏进了黄土旮旯儿。他就这样单着。有人为他惋惜。多贵走了，桂香的肩膀更添柔弱。她的田地荒草野稗丛生。义平有心帮助，怕嚼舌头的。在她家围墙边踟蹰了许久，终究畏缩而去。

夜晚寂寞时，在村里转悠。偶然窥破了二混混的劣迹。他暴喝一声，黑影倏忽而走。桂香夜里听到猫叫声越来越少。她的脸上多了些血色。她背着玉莲撅着屁股在田地里刨食，干得满脸油汗。

义平又被小多妈请去做活了。小多家里不缺人手，但还要请他。义平二话不说就赶了过去。干得很卖力。稻场晒满了黄灿灿的稻子，喜人也喜心。矮冬瓜热情地请义平吃下午茶溏心蛋。

晚上劳动过后，小多爸与三个哥哥陪义平围坐在一起喝了起来。划拳之声不绝，行令之语时有。老虎杠子鸡踩得山响。小多梳着冲天髻，两手托腮，坐在一边，眼睛骨碌碌地闪烁着。心想男人们真有趣，为一点小事闹得二一添作五。气氛热烈得像闹洞房。小多被感染了。她情窦已开，脸上也像醉酒样绯红。她不敢正眼瞧，两手捂着脸颊，从指缝里偷看。义平两眼喝得血红。在小多看来很唯美。义平醉眼迷离地抬起头，刚好小多放下手，看到她一双黑豆似的眼睛在叮咬他。他一颤也一惊。大男人，即使像石子般粗粝，像榆木样愚钝，也能瞧出点异样。

义平周身热血涌动，更加兴奋。继续喝，继续耍。喝得酣畅，玩得痛快。此时，又一双眼睛也在观瞻他。那是桂香。自从多贵没了，常闭门谢客。她自认扫把星当道。招了自己，恐惹了别人。她今天是被矮冬瓜生拉硬拽过来的。

桂香是忸怩的，更多的是虚怯。总是木木的，内心如古井深潭，波澜不起。没有的显空虚，拥有的再失去，更痛苦。要不是玉莲还小，她也一走了之。听到矮冬瓜说玉莲是百灵鸟，她封冻的灵魂、低矮的身姿似获解围，热望暗生。在家做姑娘时，母亲曾对她说过一句话：粪土堆里还有发热之时。她永志不忘。有人劝她和义平过，她心生抵牾。他是多贵的异姓长兄，心坎跨不过去。

矮冬瓜滚来滚去，玉莲就是她亲手接到人间的。对矮冬瓜本能地亲热和亲切。只要矮冬瓜一来，她咯咯笑得像小母鸡。

桂香到小多家串门，矮冬瓜少不了要抱一抱玉莲。玉莲用嘴在矮冬瓜脸上一个劲地蹭。蹭得矮冬瓜别提多舒服了。她呵呵笑着，小坏蛋，小坏蛋。玉莲又咯咯笑了，笑得满壁生辉。

很少开颜的桂香也粲然。她拿眼觑向义平。义平在划拳行令，吆五喝六，满面酱红，如一轮圆日。小多迸发了，抢过大哥愣头的酒杯直往嘴里灌。她还以为是什么好东西，原来是既苦又涩的被称为马尿的玩意儿。刚进嘴就吐掉了，鲜嫩的舌头拖得老长。她赶紧舀了瓢凉水漱进肚子。

男人就是男人，哪顾得了许多。这些细节义平一个都没看进去，他已东倒西歪。可眼尖的桂香尽收眼底。桂香是过来人，看到小多的眼神，就知道小多有点不得劲。都大姑娘了，胸脯鼓胀得像两座移动的小山。

矮冬瓜隔三岔五请义平来干活，是想为桂香成就好事。

小多的热情奔放让桂香隐隐不快。她说不上为什么。小多看义平的眼神叫人不舒服。小多是什么人，才多大，就学会了浪，也没羞没臊的。这年头啥事都有，真奇了怪了。

守了寡的桂香内心丝丝躁动。毕竟还青春。她强行压制着。矮冬瓜叫她来，她顺水推舟。看到义平就脸红心跳。义平是个好后生，比多贵强了去。要说毛病，少了些情调。不聚众喝酒，他半天挤不出一个屁，闷着抽烟，一根接一根。脸烧得黢黑，手熏得焦黄。多贵生前也是木讷的，看上去像个冷石头，可焐久了也热乎乎的。她的两个鼓胀胀的奶子足以煨热所有的冰冷。

想起和多贵的种种床事，桂香就面红心热。好久都没有愉快过了。眼前人是心上人，可他对自己会怎样呢？自己还有个拖油瓶。她不敢往下想。

义平过惯了自由散漫的生活。但也想成家的事。特别是冬天的夜晚，一个人睡在被服里，想女人想得钻心。

凡是蹲下尿的他几乎想个遍。桂香是自己的弟妹，他不敢想。想了又能怎样，他更不敢想。他是个一人吃饱全家不饿的人。娘老子早不在了。房下几个异姓兄弟也不管他的事。小多的眼神让义平神魂颠倒。他不敢深想。矮冬瓜刀子似的眼在房梁上杵着他。他喜欢帮她家做事。身累，心不累。

喝酒后，桂香就开始打量他。眼睛钉钉子一样盯在他青筋暴凸的额头。额头被啤酒熏得一片酡红，像西天的晚霞，像落日的余晖，像一切平安中的圣徒。她看他额头，看他嘴角，看他腮帮，看他咀嚼的样子，看他吞咽的喉结。突然涌起一股莫名的冲动。好生熟悉。多贵的影子忽隐忽现。

这个男人能共度余生吗？他会怎么待玉莲？他会粗暴地爬上我的床头，满嘴酒气地拱我的乳房吗？舔舐我的嘴唇还有脖颈？她正在痴想，义平突然抬起头，目光如电般射来，桂香吃了一惊，整个脸瞬间通红，汗也惊得从毛孔钻出，黏得浑身不自在。她赶紧别过脸去，对着吵闹的玉莲吼叫了一嗓，回家去！接着又踢了一脚小狗阿灰。阿灰呜呜叫着溜了。本来它正在聚精会神地啃骨头。

突然非常安静，目光齐刷刷地扫过她的周身。她越发难堪。抱起玉莲，招呼都不打，拔脚就走。

矮冬瓜赶紧打圆场，桂香，再坐坐，喝些水。不玩啦？下次有空再来玩。

义平不是傻子。他从她忸怩的姿态中读懂了点什么，似乎含着别的意味。

他念兹在兹，依依难忘。他每次都找借口要到矮冬瓜家搭伙。小多特别愿意，只要义平去了，小多格外活络。矮冬瓜苦着脸。每次来，矮冬瓜都叫上桂香，桂香抱着玉莲。屁股后面跟着阿灰。玉莲是桂香的遮羞布，玉莲又是桂香的绊脚石。谁会愿意找她这半路的人，还捎带个小尾巴。

小多人小鬼大，每次都想着法子将玉莲弄哭，然后让桂香去哄。她就可以独自占领义平了。在她的目光笼罩下，义平既幸福也羞愧。上有片瓦，家仅立锥。地有三垄，田唯两块。每想到这里，他就矮了三分。义平每次碰到小多火辣辣的目光，心缩着退了回去。

桂香一边玩一边神思恍惚，眼光隔三岔五地扫射在义平脸上、身上。他胡子又长长了，头发也该洗洗了。瞧他那一身衣服，很不合身。

小多眼光不时在义平和桂香两人身上扫来扫去，像探照灯。

看到小多呼之欲出的欲望，桂香心里刚刚涨起的念想就熄灭了。几次桂香都想一走了之，可还是忍了下来。她是有隐痛的，有失子之悲，丧夫之痛。有人视她为扫帚星、丧门犬，恨不得敬而远之。只有矮冬瓜不嫌弃，时不时接济她一下，让她感到些许温暖。她不能跌了矮冬瓜的面子，于是就迟迟疑疑地磨蹭着。待义平走了，她才跟了过去。

没想到小多捷足先登，飞快地在义平脸上亲了一口。这一举动石破天惊，让桂香的天轰然坍塌。

桂香神思恍惚地捱到矮冬瓜家，报告了这桩"糗事"。矮冬瓜一句：疯伢子，回家要剥一层皮，饿饭三天。

桂香得胜似的捧着玉莲回去了，脸上红扑扑的。桂香回到家，在缺损不全的方镜里照，人形总不完整。残镜将那张脸划得支离破碎。她很想照镜子，看到这副尊容，心下忿忿。于是抛开玉莲，掀开缸盖，一泓清波无声漫漶。她就是瞧不见那一脸德行。她焦躁地掀翻了缸盖，踢了一脚胖胖的水缸。水波荡漾，层层涟漪漾入她的心扉，也一并揉进了义平的身影。

4

桂香把义平放在心窝里了，有事没事拿来想一通。夜晚睡觉时，哄好了玉莲，就开始在被窝里思念了。思念是简单的，除了骂就是疼。这个土疙瘩，到底咋想？没我，见我眼神另样；有我，咋又不见行动呢？天冷了，还单衣薄衫。就知道拿着锄头和镰刀锄地割禾。太疙瘩了！

义平也在思念着。夜晚太孤独了。除了酒和烟打发无聊的时光，他就数着天花板上的虫子和蟑螂。家里除了几麻袋稻子，再也没什么了。就这样，老鼠还经常光顾。在他吹灭灯火时，老鼠就集体出动，在麻袋上玩耍、跳舞、啃咬。就这一点家当，还不妥帖。他想了很多高招。高招一用老鼠夹，高招二用老鼠药，高招三用老鼠笼。该用的都用了。刚开始还起点效果，有几只当了炮灰。其他的就越发精灵起来，怎么也对付不了。

他曾经听村里一个大学生回乡时念过《硕鼠》："硕鼠硕鼠，无食我黍！三岁贯女，莫我肯顾。逝将去女，适彼乐土。"义平心想：乐土在哪里呢？整天被一帮硕鼠围着，吃辛吃苦打了点粮食，却被它们糟蹋了。连个谢字都没有。吃饱后还在天棚上嬉戏打闹，交媾繁衍，快活得像阿三家的母羊。

多数时候，除了对付老鼠，他就想女人。小多嘛，其实一点不多。我正缺女人。那天她在我脸上亲了一口，脸颊就一直火辣辣的，红彤彤的，像烧红的烙铁。那种感觉很奇妙。有女人真好。那透鼻的甜香，比大馍好吃多了，比红烧肉还要过瘾。

小多很胆大，我怎么就胆小。她能亲我，我还让她占了"便宜"。我不能"反击"吗？

这时她三哥黄头目光如电戳得他心寒。矮冬瓜一副不依不饶的样子，让他只有退却加上躲避。

自从小多亲了他，他再也没接到矮冬瓜的邀请。矮冬瓜家的三宝黄头还没成家，就指望着小多给他落实。

刚生下时，小多差点被丢到化粪池里了。这个小多自然不知道。但义平知道。一个凹货，将来赔钱。恰逢矮冬瓜没有奶水，小多像一只小老鼠。义平那时已是半大人。串门看到小多面黄肌瘦，小胳膊像麻秆，叫声细弱，俨然一个濒死之物。

矮冬瓜生养了很多个崽子。那时没有节育手术，敞开生。再生时比鸡下蛋还快，毫不费力。小多生下时就是在上茅厕时屙屎屙出来的。要不是手接得快就掉进茅缸里了，准呛死。

小多总算命大，一碗糊糊汤就给救活了。义平亲眼所见。

小多越大越水灵，眼魅嘴甜。村里的小伙子都想打她的主意。小多一个看不上，唯独对义平上心。

矮冬瓜另有打算。家里老大老二刚成家，花去几担谷子，几捆棉花。老三也到了快娶亲完室的时候了。可家里已空了，只剩不多的口粮了。小多刚好做一块垫脚石，拿她换取一个女人，给老三。

小多性子犟得很，弄不好鸡飞蛋打，只有慢慢说合。

矮冬瓜知道小多的心思。她在想辙子。

矮冬瓜不厌其烦地往桂香家跑。经常带烙饼给玉莲吃，送爆米花给玉莲吃。杀年猪时也不忘端去一大海碗热气腾腾的猪杂碎。桂香感动得几乎掉泪。几番来往，矮冬瓜摸准了桂香的心思，觉得瓜熟蒂落了。

当她把义平的事告诉桂香时，桂香欲迎还拒。说自己身边带着娃，怕为难了人家。矮冬瓜说没有的事，人家不在乎。桂香就问这是你的主意还是义平的想法。矮冬瓜斩截地说，都一样。

桂香脸上飞起了红晕。义平老实肯干，不正好吗？跟他还差碗里没有白生生的热米饭吗？跟他还没有热腾腾的烙饼吗？

桂香憧憬着，也思念着。她故作羞怯地对矮冬瓜说，那你跟义平说道说道，他如不嫌弃，就把铺盖卷过来。我负责冬天暖脚，夏天扇风。

矮冬瓜拍着胸脯保证，你把心放肚里，带好伢。

矮冬瓜的三儿子要娶亲了。周围十里八村的人都知道他是靠妹妹小多才讨到老婆的。老婆回家时，就是小多出嫁日。小多哭得眼泡红肿。

出嫁迎娶那天，矮冬瓜家鞭炮放了几稻箩，响得震山。烟雾弥漫了整个村庄。

小多就在烟雾的清香中被小弟阿坏驼着离开了家乡，去一个陌生的人家，从此就以此为家，给陌生男人洗衣做饭，生儿育女。她很苦。她挣扎过，她十万个不情愿。她曾经想过抹脖子、上吊、喝药水，从茫荡山跳下去。能想到的她都想了。可她不敢。活着就难，怎么能轻易死。她害怕。害怕时浑身发抖，情绪低落。

出嫁那天，她从泪光中、烟雾里瞥见义平在远处看她。看得她心酸，越发泪痕点点，泪水漫漫。

她想过跟义平私奔，一起逃走。逃到北京、上海。给人家做小保姆。同村的王玉树家的媳妇就在北京做保姆。据说跟了一个大官，家里抹桌不净，整天不是张三就是李四提着稀奇的东西过来。王玉树媳妇也跟着享受，就给他家烧锅做饭，洗衣叠被，扫地看狗。生活踏实有滋味。我要去，就去上海。上海货可多了。在咱小村里能见到上海货，心中指不定有多欢喜。

小多终究没有勇气提出，也没勇气独自一人闯荡上海滩。那时刚流行《上海滩》和许文强。上海让人眼红耳热得不行。要坐大轮，坐汽车，颠簸几天几夜才能到。就是想去，也没这个盘缠。一切都是臆想。

她有天鼓起勇气，想敲开义平家冷冰冰的耳门。手放在空中还是停了下来。就是自己愿意，义平也不会同意的。他一个睁眼瞎到那干啥子呢？给人家烧锅炉，给人家掏大粪，给人家做护工。再不行，拾破烂。义平是个自由散漫惯了人，能低得下头吗？宁可站着饿死，也不能跪着撑坏。这家伙脸面就那么重要吗？我就不信，干这一行还能干一辈子？有点积蓄可以干点别的啊。做点小买卖也可以养家活口嘛。

义平刚好从窗户里看到了小多要敲门的举动。可他就是不敢开门。矮冬瓜的眼神在他头顶骨碌碌转动着。他胆怯了。

犹豫了片刻，小多走了。义平开门，一股冷风溜了进来。他打了个寒噤。

他憋得脸红心跳，躁动不安。手心热汗直冒。

人去心空。墙头的枯草在寒风里瑟瑟发抖。

小多那双失神的眼睛在空中窥视着他。他不敢抬头，常常低着脑袋迈步。

5

桂香看着秋茄子一样的义平，心中十分不忍，但也不敢过多打扰，只能默默关注他。

矮冬瓜娶了媳妇，嫁了女儿，双喜临门，心情大好。她想起了桂香和义平。在她的撮合下，义平就把铺盖卷到了桂香家。多贵的影子从此就从桂香的梦里消失了。

结婚前几天，桂香狠狠心买了一个小圆镜。镜中人憔悴伴着红晕，粗糙夹着若许细腻。她没敢多照，一晃而过。约略满意。

义平很能干，也会学习。他自学了瓦工。给人家盖屋砌墙，吊线放眼能得不行，就像一个建筑大师。刚开始给人家砌灶台。有人砌灶台不是冒烟就是漏气，烧火很费柴。他砌的灶台不多的柴就烧得很旺。慢慢有人家盖房就叫他砌墙。在家乡名气大了，就跟着建筑队干。最后干到小老板，自己带一帮朋友。生活逐渐滋润起来。

桂香拾起了旧好——照镜子。家里不仅置办了大方镜，往前一站，一览无余。还采购了大圆镜，镶在三门橱上。她洗漱时照一次镜子，搽香时照一次镜子，盘头时照一次镜子，换衣时照一次镜子。曾经枯槁的颜容消失了，头发乌黑，脸色红润。桂香腆着大肚子时，也不忘在镜子跟前晃一圈。

桂香给义平生了胖小子。义平成了包工头，挣钱越来越多。都交给桂香保管。经济条件好了，玉莲也能接受好的教育了。她的银亮嗓音让她很快变成白天鹅。小百灵歌唱队招收了她。她可以经常外出登台演唱。山歌唱得震天响。掌声和鲜花铺满舞台。她赢得了成功。这只从山窝窝里飞出的百灵鸟越发美丽、娇艳。

义平的儿子也渐渐长大。家搬到了县城，房子越换越大，也有了小轿车。她常常站在镜子前，欣赏自己，嘴角挂着不易察觉的微笑，有时又露出隐隐的担忧。

　　义平满面红光地载着桂香、玉莲，还有亲亲宝贝一起周游大上海。在外滩上流连不去。拍下一张全家福。义平抱着儿子，桂香和玉莲站在两边。

　　黄浦江风平浪静，蓝天白云。一只海鸥从头顶掠过。

　　回家洗好照片一看，分明多了一个人，是小多。义平大惊失色。偷眼觑见，桂香正在方镜前欣赏肥硕的胴体。方镜忽然哗啦倒地，一地碎片。她又转向圆镜。圆镜里映射出一个秃顶的妇人。

微 光

一

　　陈巷那年发生杀人事件，陈重卷入其中。噩梦从此开始。

　　陈家赤贫。好不容易挨到分田到户，有一口饱饭吃。家家都铆足劲忙生产。屁股撅着在田垄沟除草割稻。每个人脸上都滴着汗珠子，也漾着笑意。陈重不例外，更加卖力。稻子饱满时，佝偻着腰身，就像大哥陈醉女人怀着的身孕——那已是三胎。可惜，大丫翻白眼，二毛脑膜炎，都不太灵光。陈醉很烦。摊上这样的事，也没法。不知几时，村里掀起一阵妖风，许多人家的伢们都患上了脑膜炎。大丫二毛都未能幸免。陈醉一头黑发急白了。有些人家的伢们治好了，有些就落下了病根。大丫、二毛就长歪了。陈醉不是滋味，陈重也是。大丫走到人前翻白眼，伢们呼啦一下就散了。丑死了，大丫真难看。小铁在脸上画拉着，边走边和同伴嘀咕。大丫酡红着脸，眼水挂在睫毛上，孤单地踟蹰着。我要告诉阿爸！大丫恨恨地甩下一句。伢们轻快地飘走了，没听到她的话。风却听到了，传到了陈醉的耳朵。小铁是刘无意的幺儿。平时惯，说话没遮拦。到外头看电影，刘无意总是驮着，或骑在头上。高出别人一大截。也不管别人意见。挡住视线，也好。我家小铁看到就行。

陈巷钱显考上南开大学。这是破天荒的事，多久都没好事了。钱家准备热闹一番。放映电影《孔雀公主》。杨丽萍跳孔雀舞，美得心碎。那晚全村人都涌到场基上。天还没黑，拖儿带女，拿板凳端椅子，寻找有利地形，占领制高点。雪白布幕一扯起，伢们窜来窜去，大呼小叫。兴奋莫名，激动无比。

刘无意来晚了。小铁骑在阿爸的脖子上。后面的人都被挡住了。陈醉也来晚了，刚好在刘无意后头。他嘟囔了一句，这么大的伢，还骑脖子，叫人怎么看？刘无意无法扭头，呛他。有本事到别处去！你伢能看懂吗？陈醉气得要骂，想到钱显考上大学，忍了。刘无意，撞到老子手里，有你好看的。陈醉小声嘀咕着。陈重知道了，心里一紧。

陈重那时刚二十岁出头，当了兵回到陈巷。扑下身子生产。陈醉的事他听说过，知道刘无意看轻他。陈重毕竟见过世面，劝说陈醉。乡里乡亲的，不要一般见识。陈醉梗着脖子，不答应。说我可以，说我伢就不行。哪天撞在我手里，有他好看的。陈重一凛，知道陈醉护短。

陈重上前年征兵被招，瘫痪在床的瞎母亲激动得眼泪直淌。脊梁骨忽然硬了。多少年都抬不起头，现在不同了。陈重走了，不久她也走了。陈重走向军营，她迈向地府，都含着笑。陈重前程打开，瘫母亲历史中断。

三年后，陈重一身戎装回到陈巷。大家都来探望，小芹也在其中。她属意陈重多年。要不是他家里太穷，兴许事早成了。小芹看他的眼神明显不同。陈重身边带了个女娃。细腻白嫩，脸上搽了胭脂般红。小芹当是亲戚，还走过去摸她的手。女子脸更红了，本能地缩回去，躲在陈重身后。小芹就有点醋了。她讪讪地走开，招呼都没打。

陈重追了过去。小芹，我负了你！她不作声，疾走。陈重赶到她前面，她扭过头，还是不作声，脸黑着。听我解释！小芹转过脸，跑开了。陈重愣了，站在那儿像树桩。风扑过来，扯咬他的军衫。

家里太穷了。兄弟仨，只有陈醉成了家。老二独腿，拄着棍子。鳏居，早殁。母亲眼瞎，腿也瘸了。瘫在床上好多年了。陈重年少生疥疮，毛发稀了，人称秃子。阿爷在世，念过私塾，识字断文。不想下田劳动，染上血吸虫，变成大肚子，不久作古。那时陈重年幼，记忆不永，依稀知道阿爷模样。不久母亲就瞎了，再不久也瘫了，给陈重的记忆抹上一层铅灰色。他本来以为人就该那样，可看到别人阿妈眼明脚健，他又仄了。人前有点抬不起头。灰色的云翳还未褪去，大哥又娶了独眼大嫂。他更抬不起头。村里刮妖风，俩侄染恙，落下病根。他更仄了。

部队征兵，陈巷去了好几个后生。陈重本不抱希望，意外选中，喜出望外。他扬眉吐了口气，紧紧攥了下拳头。

陈重回到村里，带回俊俏女子细妹，人人眼馋，个个羡慕。女子白衬衫白裙子，好看得很。人要俏，一身孝嘛。

小芹在家生闷气，摔锅打碗。端着脚盆去塘边汰洗，看到女子过来，慌张地别过脸，转身离开。有人讶异地看着她。她低着头，谁也不理。阿妈见小芹端着一盆脏衣回来，气呼呼地将盆往地上一掼，脏水溅到她鞋面上。死丫头，谁招你啦？那个穿孝服的人！小芹鼓着腮帮子，气呼呼的。阿妈懂了。我家俊女子还怕嫁不出去？阿妈的话像春风，勾出了心头的嫩芽芽；阿妈的话又像时雨，浇在心窝窝里，滋润得很。小芹咧嘴笑了，两个酒窝盛着红晕。

陈重复员，陈醉欢喜。不大喝酒的他，那晚硬是灌了二两白烧。旱烟一口接一口，没断过。他高兴，比自己娶媳妇还高兴。

怎么看陈重都顺眼。我家小秃子出息了，大出息。他私下还叫陈重小名。陈重白了陈醉一眼，大哥酒喝多了。陈醉于是就放下酒杯。酒是赊的，卤猪头肉也是赊的。先欠着呗，还怕还不起？

陈重要付账，陈醉不肯。大哥不差那点小钱。我就是要人看看，老陈家也能赊账。还得起！

陈重陪着陈醉聊了很多。陈重从包里翻出奖状，还有和部队首长的合影，在煤油灯下指给大哥看。大哥油汪着脸，腆着肚子凑近。看得认真，问得仔细。心里暖烘烘的，眼中涌出一股热流。

陈重不经意地从皮套里抽出一把匕首，亮给大哥看。战友送的，留作纪念。我想在山里，可以派点用场。对付兔子和狼问题不大。

陈醉眼里放出异光，然后把玩了一下，嘴角挤出一丝狡黠的笑。

二

春风吹拂大地时，撩拨着树叶与狗尾草，也撩拨着人心。绿叶蓬勃时，草木葳蕤。

细妹很能干，烧锅做饭，还跟陈重一道下地。家里烟火熏黑的土墙上贴着奖状，荣光得很。串门的左邻右舍眼里放出异光，啧啧赞叹着。陈重没得意，陈醉骄矜了。阿弟出息了，算给老陈家长脸了。他散烟，刘无意在场。别人有，无意没。无意咳嗽几声，红着脸走开了。

布谷鸟的叫声一起，农忙开始了。泡种撒秧热闹开了。有牵牛的，有扛犁的，有挑粪的。三三两两走在田埂上。脸上漾着喜，心里揣着暖。牛嘶狗叫，春情浩荡。

陈醉家的田在村边，离自家远，离别家近。近水楼台，稻子快要成熟时，少不了鸡啄猪啃。陈醉很烦。叫大丫看着，大丫端着碗吸溜着稀粥。夕阳旁落时，她也翻闲篇去了。这伢子，有人跟她玩，她什么都忘了。有人给她一块炒糖，喜得直翻白眼。村里孩子在玩石子，她也加入。蹲在那里好半天，就是看。猪溜出了，吃着稻子。鸭也蹿出了，啄着苗子。陈醉知道了，大丫领到一个板栗。派二毛去看田。二毛也没守住，鸡吃了稻子，牛啃了嫩苗。陈醉晓得了，二毛收到一记耳光。

孬得不彻底。据大丫和二毛嘴里情报，刘无意家的猪鸭祸害了稻苗。就是猜，陈醉也能想到。小铁家离田最近，他家的猪鸡鸭总不老实，跟人一样。刘无意坏，儿子小铁也不好。大的欺负人，小的也是。这事没完。陈醉点上旱烟，拔了一口，吐出一口怨气，白烟袅袅。他过足了瘾，扛起板锹，亲自巡田。

在陈醉眼里，粮食比性命重要。饿殍遍野时，糠秕充饥，树叶果腹。难以下咽，也要咽。最终高粱和苞谷救了命。碗沿上的糊糊面陈醉舔得干净，不用水洗的。粗粮吃多了，心里糙。他苦够了。后来吃上大米和白面，心里熨帖。陈醉极珍惜。一粒饭不忍糟蹋。二毛吃饭漏地上几粒，恰好沾上鸡屎，他毫不犹豫地捡起，塞进嘴里。

秧苗被糟蹋，他不能忍气；稻子遭祸害，他更不能吞声。

稻子灌浆，就要成熟了。独眼大嫂也腆着肚子，快要生产了。陈醉巡田更勤了。一群鸭子在田里啄稻。一头猪在田里打滚。稻秆倒伏，稻穗空瘪。这比割肉痛，比剜心疼。陈醉急火沁脾，戾气冲顶。他拿起铁锹追着鸭子拍。几只鸭子跑不及，死于非命。猪涎皮赖脸，还在啃食。陈醉对着猪背就是一锹。猪嗷地哼叫，跑了。血一路滴洒，刚好拖到刘无意家。

刘无意女人正在家里剥毛豆，刚要起身去茅厕蹲坑，一脚踢翻了脸盆。她嘀咕了一声，晦气。接着就看到裂开的猪背，惊惧得如夜行的猫头鹰，两眼鼓胀，透着红。一声惨吼，迅速传遍陈巷。这一锹不是铲在猪背上，却是剜在她心尖上。

晌午，光影炽烈。搂草回来的刘无意看到自己女人和陈醉在骂战，他积极加入。刘无意手里攥着五齿钉耙，明闪闪。陈醉心虚，退了几步。刘无意女人便进了几步，更凶了。她抓起泥巴、死鸭朝他狠命扔去。弄得陈醉一身血水。又捡起石子掷去。陈醉额头坟起。他握紧铁锹想拍她。刘无意提着钉耙，气势汹汹地站在那里。陈醉顿时软了下来。

空气里弥漫着血腥，涌动着躁急，还有浓烈的火药味。只要稍一抬手，就会引起爆燃。刘无意女人接着扔出土块，也扔出刻毒的狠话。双方从远距离对骂，到近身肉搏，打得够凶的。刘无意给了陈醉黑虎拳，让陈醉胸膛上腰胁上领受重重一记老拳。陈醉不敌，落荒而走。脸上、脖子上留下几道血印。他像交配后的公牛喘着粗气，疾走回家搬救兵。陈重看到大哥如此落荒，又听到他粗暴的述说，无名火起，抄起家伙就随大哥去了。

陈醉急急回家，摸了样东西。来了后就开始对骂，接着就扭作一团。陈重被女人缠上。他手轻，有分寸。陈醉接连被刘无意几个窝心拳击中，痛得号叫，怒火再度激燃。他抽出匕首就朝刘无意身上一阵乱戳。刘无意倒下去，鲜血流了一地。人被送到卫生院，还是没救过来。陈醉杀人了，被判无期徒刑。陈重独眼大嫂一声惊吼，肚子里的伢生下了，是个早产儿。

三

陈巷的西边本有个娘娘庙，每到正月初一和十五，香火鼎盛，香烟袅袅。善男信女鱼贯而来，求子求福求财的，各怀心思。家里不顺的，来求平安。闹运动时，拆除。画着娘娘像的石碑从竖起到倒下，几分钟的工夫。石碑做成了水跳，躺在双塘边，供人捶洗衣服。日久年深，石像模糊了。裙裾纹理浅薄了，不细看，瞧不出。陈重很小时，瘫母亲不能捶洗，只好他代劳。刚开始，石娘娘卧在水边，清晰可辨。头发盘成髻，上面的发簪都跃然。脸部线条柔和，眼眉慈善。陈重每次汰衣，都不忍重捶。生怕惊扰了她，破坏了她。娘娘的眼睛多好看，怎么忍心。

分田到户后，四旧不旧，幡然为新。娘娘庙在旧址重又建起。当了多年水跳的石碑再请入庙，坐镇中堂。红绸系颈，红袄裹身。端坐如佛。虽无金身，倒也庄重。石碑竖起，画面重被描摹。娘娘像栩栩如生，更加鲜活。倒下的信仰再度复燃。信众每来，念念有词，虔诚膜拜。高香不断，香雾萦绕。

陈重拖着疲惫的身躯，来到娘娘庙。汰衣时，娘娘躺着，仰视众生。叩拜时，娘娘坐立，俯察黎庶。那时她眼里滴着水，兴许是泪水和苦水。现在她眼里放着光，兴许是佛光和灵光。我心里揣着你，你心中揣着众生吗？大家都在初一、十五进香，我不能抢，已经没有这个资格了。陈醉犯事了，今世能否再见，很难说。你不保佑他，应当守护我。我的心是干净的，还要剖开来看吗？在胸腔中跳动着滚烫的心，要不要捧出来？老陈家到底咋啦？刚刚日子好过点，咋就摊上这事？陈重眼里滴出泪，娘娘眼里似乎也汪着水。陈重揩去迷雾，定睛细看，一泓清泉汪在娘娘眼眸中，幻化成一个窈窕女子，款款走来。陈重一喜。鸱鸟在乌柏树上凄叫，他一惊。回过神来，幻影消失。陈重再回现实，冰冷、凄凉。

陈醉走了，去了另一个世界。由于不理智，做下了恶事。是我害了陈醉。陈重自责。如果不拿出与首长合影的照片，如果不贴出立功受奖的荣誉，他会膨胀吗？他一直是小心的。他本性为善。为何突然出手如此重，那般狠。竟置人于死地。陈重想不明白。凶器就是把匕首！

细妹走了。她穿着那身白，飘然远去。陈重追过去，苦苦哀求。事情已无可挽回。细妹披散着头发，脸色苍白，眼里噙着泪。她对善良起了疑心，对本分动了否念。穷点不怕，能挣来。一双手是拿锄头镰刀的，不是握凶器的。

细妹走了。这是她留下的绝响。陈重泪水模糊了双眼。不久前，他还握着细嫩的小手，攥着温热的小乳，抱着颀长的玉体。一转眼，人去心空。

小芹也嫁了，就在细妹出走的那天。像商量好了的，不约而同。都走，有多远走多远。你回你的陕西，她去她的新墩。各过各的日子，谁也别找谁。陈醉犯事，陈重是帮凶。那些嚼舌根子的，法律都廓清了，与陈重不相干。村民不信。

女人一个个地离去。独眼大嫂没走。她走不了，老寒腿犯了。身边带着三伢，在床上直呻唤。没人伺候她。大丫玩水去了，二毛和泥去了。身上脸上沾着灰，抹着泥。像泥猴子进出，像土拨鼠来回。二毛不知啥时染上烟瘾。在粪土堆里捡烟屁股抽，火柴划着，一团红光燎着嘴。他吞了一口火，还有那团烟。然后咳嗽几声，瘾压下了。满足地打泥巴仗去了。

想起这些陈重就烦。最低端的玉猫香烟，他一根接一根。抽烟时，烦恼似乎遁形了；抽过后，郁闷也好像匿迹了。可一睡下，那些牵牵绊绊一齐涌现。脑子塞得满满当当。想得头疼，困得身乏。第二天还要下地，还要照顾一大家子吃喝拉。他突然觉得自己像河南山西乡村的骡马，挨鞭子时多，喂草料时少。整天耷拉着一双耳朵，推碾子拉磨。他曾经鞭打过叫驴，脚踢过骡马。现在想来，不该。还没过下世，轮回就来了？他不寒而栗。

陈醉没了，他一家重担就落在自己肩上。都不省心。操碎肠肚也理不顺，抹不平。干脆撂挑子。

陈重没处去。想找战友揽活。可他们远在天边，差着不是一条街。他不敢想。乡镇砖瓦厂立起来了。陈巷苦力们一窝蜂涌去。出汗，挣钱，娶老婆。大道轮回，跑不出那个理。

陈重也难逃这样的命运。更为不幸的是，他出汗挣钱，但娶不到老婆。自从大哥入狱，他也画地为牢。周围十里八村，没一个瞧上他。瞧上的，一打听，杀人犯家属，死活不从。他很想抢亲。陈巷吴傻子就半道劫了一个面皮白净的女子，拐回家直接睡了，简单了当。那女人还为他生了一儿一女。吴傻子再也不傻，人五人六得很，还干起电影放映员。陈重不敢，也只能夜里睡觉在被服筒里想想。一没机会，二没帮手，三没勇气。去他娘的卵子！他在心里暗骂。

陈重白天还照样背板车，拉土坯。太阳着火一样灼烧着裸露的肩背，汗水蒸发光了，滤出白花花的盐渍。皮揭了一层，还揭一层。戴着破草帽，遮住红红的头皮。休息时，褪去草帽，稀拉的头发在热风侵袭下东倒西歪。咕咚咕咚灌一瓢凉水，倒头就睡。蚊子苍蝇纷纷搅扰。他毫不为动，鼾声如雷。在军营里练就的，一般人做不到。军功章里浸着汗和血。陈重没说，陈醉不晓。陈醉刀捅无意时，注定无法回头。无意求生的眼神让人心颤，无意垂死的神情不敢直视。这是绝望无边的人才会拥有的。这一刀不仅捅在无意身上，陈重现在想来，也是捅在自己未来的页面上。这把沾着寒光的匕首，直接插进岁月的脏腑。陈重一直痛，痛到骨髓。也一直忍着，忍到黄昏和夤夜。在黄昏里，他吼叫一气；在夤夜中，他号哭一番。

他本不信石娘娘，村里有人信，迷惘时也就信了。有时烧香求愿，有时合十祈福。心里烦时抽烟，心里乱时抽烟，都不管用。跪在石娘娘跟前，似乎解脱。于是腿骨有时就软下去，心气上来。

大嫂不信，原来信。伢们染上脑膜炎，她找不到医生，就找石娘娘。石娘娘趺坐如佛，没管她的家事。伢们照旧滑向衰微。她信仰没动摇。陈醉划出匕首的那一刻，她信仰垮塌。眼里常含泪，揉着酸楚。不争气的腿病发作更加频繁。她的天空越发狭小，世界更加逼仄。

陈醉戴着脚镣手铐，临走时叮咛，照顾好三伢。陈重没吭声。迈出几步，陈醉突然转身。替我还了赊账。陈重点了头。陈醉的眼神同样绝望，双腿虚弱得不能直立。他很想爬行。公安借了他一分力，他用毕生偿还。

陈重的眼神也同样绝望。细妹的神情冷凝、幽怨，让陈重如坠深渊，如入冰窖，寒气透骨。

陈重多想振作，好想翻篇。努力徒劳，挣扎无效。周围人眼里射出怨毒的余光。陈巷太平很久了。钱显考上大学，陈巷的知名度大涨。特别是放了电影《孔雀公主》后，姑娘媳妇对陈巷很有好感。有几个外乡女子直接要求嫁到陈巷。陈巷的光棍与日俱减，陈巷的媳妇与时俱增。美誉度就是无形资产。这一笔丰厚的资产竟然让陈醉败了，败得尽光，败得彻底。陈重内心虚极了。他没法向陈巷人交代，更无法给陈醉承诺。

四

大嫂独眼常迎风流泪。老寒腿常犯。一犯就肿，一肿就不能下地，不能挪步。只好躺在床上，任人摆布。陈重是男人，到底不便。侄女大丫虽孬，也能帮衬。二毛就别指望了，自己都照顾不好。陈重有时从窑厂回来，也带些咸鱼腊货，让他们打牙祭。一家子只有陈重在时，才好过点。陈重回来很少。

一晃好几年，陈重还是单身。好心的人劝陈重就娶了嫂子，反正大哥也不会再回来了，一生恐怕就要在牢里过了。陈重无语，低头闷着抽烟。他不是没想过。一是心理关过不了，毕竟是亲嫂子；二是生理关过不了，还是亲嫂子；三是自尊心受不了，到底是亲嫂子。越说陈重越不安，浑身疙瘩。大嫂有时也递话，话里有话。陈重觉得要逼他走。他也该走了。于是就搬到了窑厂。孤单相伴，只影相随。

厂里小屋没有窗户，夏天像蒸笼，冬天如冰窖。陈重能忍。他以百般毅力抵抗着。他不是跟老天较劲，是跟自己较劲。天气该热时热，该冷时冷，丝毫没有照顾他的情绪。

夏天没有风扇，用蒲扇将就；冬天没有火炉，拿搓手对付。他缩着再缩着，恨不能矮入尘埃。不能像驼一般耐旱，他引以为羞；不能像蛇一样冬眠，他深以为憾。

冬天来了，厂里也歇工了。他就在小屋里，穿着厚厚的棉衣。常常两手袖在筒子里，在屋里来回踱步。没事干了，也没人找他唠叨了。厂里一停工，大家都回去了，本来热闹、繁忙的场景一下子就变得冷清了。地上结着薄薄的霜，刮着冰碴一样的风，割得脸生疼。有活干时，还可以和几个小妇女调调笑。现在小妇女也回家了，大老爷们也走了，就剩下他孤守着空落落的厂子。连一只狗叫都没有，格外阴森、冷漠。住家的后面就是坟头，最近才埋了一个死人。这些他倒不怕，他感觉没人说话才是最大的痛苦。本来是有只狗的，在外面偷情，被活活打死了。

冬天的夜晚是漫长的，床上被子垫得老厚，可就是总觉得冷。风不像吹在身上，倒像是渗进骨缝。脚在被服里怎么也捂不热，像冬天里屋后头背阳的青石，冰冷如铁。

五

揪心的孤独和寒意缠得他彻夜难眠。厂后面的坟头由新转旧，蒿草丛生，是野鼠的天堂，家蛇的乐园。寒夜里猫头鹰的叫声凄厉。冷月如刀，剜到眼眸，割裂肺腑。风从门缝挤入，扑向影子。身体不禁一抖，矮了一截。屋里躺着满地烟头，有的眨着火星，有的泛着暗哑。烟雾随风逃逸，带不走的就沉淀在床褥。身上烟味扑鼻，屋里烟气萦门，灶下烟熏火燎。脸黑，屋黑，天空也黑。黑主导，白就稀罕。当睁开眼时，看到从门缝中蹍进的那丝亮，他才有些许生的欢乐。

墙根下钻营着一群蚂蚁，拖拽着蝇虫的陈尸。陈重无聊时，也饲喂蚁群。以饭作蛆，以渣为饵。蚂蚁欢实，来回无度，进出有时。倏然，一只黑皮雄蚁振翅而起，绕着陈重翩翩。陈重两眼直视，双手相扑。捕捉到的是冷和虚无。飞蚁却在耳边嘤嘤。陈重一声惋叹。

更多时候，他想女人。女人是什么，就是热水袋。他没有热水袋，也没有女人。他需要热水袋，更需要女人。不是大嫂那样的女人，是细妹和小芹。大嫂是烂瓠子和老南瓜，弃之不惜。细妹和小芹是喇叭花和牵牛花，追之不及。他的脸本是暖的，被岁月的火燎多了，就冷了；他的心本是软的，被刚硬的风扇久了，也糙了。

陈醉入狱，他作因；陈醉坐牢，他心锁。没人给他提亲。大家呼啦就散了。本来围拢得好好的，众星拱月。那把匕首划出的虹笼罩在陈重的岁月里，一直不肯消散。后山坟地上的茅草疯长，陈重脸上就落满了风霜。擦不去，洗不掉。

是陈醉害了自己，还是自己害了陈醉。如果不接受那把匕首，会有凶案吗？如果接受了那把匕首，不让陈醉看到，还有凶案吗？陈醉搬兵，自己规劝，还有凶案吗？自己不是主犯，也是帮凶。陈重不能饶恕自己。他每想及此，汗就涌出。寒风阻挡不了，冰雪也阻挡不了。出了汗，反而更冷。心揪作一团。

到了窑厂就意味着打一辈子光棍。这里几乎都是男人，没有蹲下来尿的，除了狗。蹲下尿的早被男人拴住了，心再飘忽，也落不到陈重的地界。一帮臭男人举着阳具泚尿，扯着荤段子解馋。在意淫中满足，在荤话里尽兴。疲惫和汗都消弭；空虚与累俱散逸。时光和风依然，有增有减。他们还是嚼着老咸菜。陈重一样，但不屑。这些光棍整天想女人，想得发疯。母狗撒尿，都会看个半天。这些蓬头垢面的人荤话当菜，混话作汤，就着白饭，囫囵一气。

一天早上，霜凝露结。陈重懒懒地起了床，生炉子做饭。猛一抬头，大丫站在身边。大丫一身泥水，衣衫单薄，瑟瑟发抖。外面寒风刺骨，陈重急忙把她拉进了小屋。陈重给大丫抓了些炒米糖，她潮红着脸，直往嘴里塞，馋得不行。独眼大嫂每到冬天腿病就犯，一直这样。他不觉得奇怪，习惯了。今年大丫特地过来请他回去，恐怕事情有点严重。

六

回到家，比预想的更甚。二毛光着上身，在地上玩水，三猴也坐在地上，到处爬来爬去。大嫂靠在床边，腿肿得像冬瓜，直哼唧。她一发病，全靠大丫支撑着。她实在是疼得受不了，也不想过了，就打发大丫把三叔叫回来。

大嫂眨巴着唯一的小眼，泪水蒙蒙，不时用袖子擦去流到腮边的泪花。她不是哭，陈重知道，那是眼病。她是苦的。饭里没有一毫肉，菜里没有一丝油。陈重揭开盖子，锅里睡着两根瘦长的红薯。

陈重有点过意不去。他回来了，带了半袋炒米糖，还有两块平时不舍得吃的腊肉。炒米糖分给了二毛和三猴，腊肉放在黑乎乎的灶台上。

他不说话，点着一支最劣质的玉猫大口吸起来。

大嫂叹了口气，对着大丫说，叫三叔坐下歇歇！

大丫给陈重端了板凳。陈重呼呼地吸烟，不坐。

这多年了，也不回来看看。不是大丫请，我怕到死都见不到你！

大嫂终究忍不住，抛出了重话。

我有自己的事！陈重又点着一根烟，猛吸了几口，才和着烟雾吐出一句话。

你讨厌我，但不能讨厌伢们！那是你大哥的骨血！

别跟我提他！陈重涨红了脸，声音粗重。

我又丑又老，病还多。我不指望。伢们想你！大丫常站在门口，巴望三叔回来。她总是失望。二毛三猴需要照顾。你就不能搭把手？嫂子好歹还是女人，就不能凑合着？

我怕人说闲话。陈重还是站着，声音更低了，像在说悄悄话。他一只手拢在袖子里，一只手夹着香烟。头上的几根长发软绵绵地耷在额上，很无奈。

嚼舌根的！那些人舌头生蛆，痒得难受吗？大嫂又揩了一下眼角的泪水。

陈重不愿多想，也不想提陈醉，提到就烦。他心里窝着一股火。多年来，无处发泄。

厂里小屋墙上贴着一幅女人挂历，钟楚红。陈重不是追星族，只是喜欢。细妹也长那样，可惜走了。小芹也差不多，个子矮点。她嫁人了，不是自己。一个风雪年，陈重长途跋涉，来到县城。小芹近，她家在新墩。去县城必经新墩。碰到过几次。陈重盯着小芹看，想张嘴。小芹转过头，盯着黑羽鸹鸟看。那时她已怀孕，肥了些。陈重仍然觉着美。再后来见面时，小芹牵着伢了。已然泼辣，再不羞答。她正视陈重的眼睛，陈重怯了。她还招呼陈重到家喝茶。陈重慌忙推却。他没脸面。

陈重喜欢往县城跑，其实也没啥事。他希望邂逅小芹，又怕撞见小芹。在娘娘庙烧香时，他多烧了一注。心中默念一番，许下愿望。

细妹是炊事班长的女儿，家在汉中。听说那里也山清水秀，细妹说的。老班长将女儿带到延川，一眼相中陈重。陈重复员，她就跟着来了。本想举办个好婚礼，热闹一下，给陈家招招喜气。陈醉没等到，自己也没等到。陈重眼里汪着泪，一拳砸在石墩上。我本可以不用背板车的。我本该有个幸福的家，一窝儿女。

王清贵一道当兵，一起退伍。都骑过马，照过相。王清贵现在儿女成群。陈重想到就愧，看到就悲。清贵老婆是十里圩一绝。看到清贵骑马的戎装，一口答应。退伍时，清贵还羡慕自己。他没着落，我已有家。忽然就散了，和细妹连张合影都没有，真潦草。

去县城相中一把钥匙环，钟楚红的微缩相片印在上面。细妹远去，杳如黄鹤。她家地址听老班长说过，年深日久印象模糊。记得又能怎样？泼水难收，破镜不圆。

陈重一根接一根地抽烟。家里烟气缭绕，呛得大嫂连连咳嗽。陈重推开窗户。外面不知何时已飘起鹅毛大雪。

冷锅冷灶，估猜还没吃早饭。陈重收回飘浮的思绪，甩掉香烟，亲自下厨烧饭。他切了些腊肉，又从菜园揪些新鲜的菠菜和青菜，弄好端上饭桌。桌上积满尘垢。

大嫂吃下了大丫端去的一大碗米饭，还想吃。她好久没吃到这么香甜的饭菜了。家里米缸早就空了，一如她的内心总不瓷实。刚好，陈重回来的时候，装了一裤袋的大米，可以解决几日的生计了。大丫又盛了一碗。

服侍了大嫂几日，眼看就快要过年了。嫂子能下地走动，他就不想待了。大嫂看到他有走的意思，就拖着衰弱的身体，睁大一只独眼，伤感地说，就不能留下陪伢们过个年？陈重只顾一个劲地抽烟，也不搭理。外面的雪已经停了，快要化了，就收拾东西要走。

你就那么恨他？就那么讨厌我？大嫂气得一屁股坐在床上，独眼里泛着泪花。陈重尴尬地站在那里，走也不是，留也不是。大丫走过来了。叔，就陪我们过个年吧！然后就拽陈重的拎包。

二毛傻乎乎地，刚打过雪仗，一身泥水地从外面进来。看到地上的包，嘻嘻地跑过去。有好吃的，有好吃的！然后就翻起来。三猴也跟过来，帮着哥哥乱翻乱扔。一会儿工夫，地上就扔满了衣服。二毛没发现好吃的，就用湿乎乎的脚在衣服上踩来踩去。三猴也跟着学。洗得干干净净的衣服，一眨眼就被糟蹋了，陈重很心疼。他吼叫一声，二毛吓得撒腿就跑。三猴却没事人一样，依然在衣服上踩来踩去。陈重气不过，伸手就给三猴一个板栗。三猴呜呜地哭了，跑去抱住他妈肿腿，蹭来蹭去。大嫂疼得

牙直咬，都舍不得扇一耳光。陈重冲过，一把拉开三猴。三猴索
性躺在地上哭天抹泪。陈重也不去理会，捡起被踩脏的衣服，往
包里一塞，就要出门。大嫂从床上滚下来，扑通跪在地上。能不
走吗？

陈重瞪圆了眼睛，拎在手里的包滑落下来。他走过去，抱起
三猴，摸着他的头。三猴摸着陈重的脸面。叔，我想你！陈重眼
泪扑簌簌落了下来。

七

俫们都睡下后，大嫂挑了挑煤油灯灯芯，沉痛地对陈重说，
憋了好几年，再不说就带进棺材里了！看在俫们份上，就留下
来。都过去了，何必苦自己。你也是在煎熬！

陈重一根接一个地抽烟，烟头或明或暗。他不出声，枯了。
过了好久，才蔫巴巴地说，我可以抚养俫们。大嫂用袖子揩了揩
独眼。乌鹊在门前苦楝树上凄叫。只一声，更显寂寥。

陈重在窑厂时，独眼大嫂出门要饭。背三猴，牵二毛，带大
丫。从春讨到夏，从夏讨到冬。给狗咬过，被人打过。二毛不听
话，乱跑。偷玉米棒子，被人摁在地上踩头。本来就傻，后来更
傻，还癫。大丫也大了，不愿受人白眼，她赌气不去。只有背着
三猴，讨了几年。

天一冷，老寒腿就犯，走不动，也讨不了。幸亏讨饭攒了些
苞谷、红薯，还有少许大米。冬天就窝在家里，勉强对付。

陈重也同情。生活的重压已快榨干他的热情。他抬头都困
难。大嫂托孤，再不能拒绝。他就寄居下来。过完年，窑厂复

工。窑厂离家十里。夏季繁忙，为了多挣些钱，他又住到厂里。

再回来时，二毛已走。夏天在门前水塘游泳，腿抽筋沉下去。发现时，已经晚了。

大嫂性子倔，天冷仍拖着老寒腿去砍柴。砍了许多柴，背不动，硬往回背。半路上倒下。好心的村民救了她。抬回来，人在发烧。大丫跑前跑后，照料。村里三炮叫回了陈重。医生都没办法，陈重只好安排后事。嫂子似乎有话说，蠕动着嘴唇，出不了声。陈重只是点头。她想摸三猴的头，还没摸到，三猴就挣脱了。她的手慢慢垂下去，再没抬起。

春风复苏，万木蓬茸。陈重带着三猴，游走在田埂上。不知不觉来到了娘娘庙。大嫂去世不久，大丫就嫁人，不用管了。三猴背着书包，跟在后面，摘花揉草。一会捉蝗虫，一会逮蚂蚱。叔叫得勤。陈重让他改口。

一个中学生在背"天地玄黄，宇宙洪荒"。三猴驻足，出神地望。

陈重扯着三猴跪下，深深埋下头。石娘娘背后的窗户里射来一缕微光，照在三猴身上。他脸部抹上一层清亮。一对粉蝶从微光里钻出，飞出娘娘庙，飞向田野，飞向春天。

陈重抬起头，一转身，小芹近在眼前。陈重揉了揉眼睛。

墙

题记：别人给你砌的，堵截泛滥的欲望；自己围拢的，以便龟缩。

镇强疯了。陈巷人都这么说。他放着好好的城市金融白领不做，回到乡下。那工作很值钱，在陈巷人眼里，特别是在大头眼里，是含着金钥匙的。他毫不惋惜地一口吐掉，还踏上一脚。奶奶气得哮喘犯了。拿着喷剂不停向嘴中喷，一刻不喷，就脸色肝紫。妈妈虽然不甩脸色，但说话的声气明显大了几分贝。用声音表达抗议。以前的好菜好饭哪去了，镇强懵懂了。妈妈的关心是琐碎的。镇强回来喜穿布鞋，锃亮的皮鞋晾在鸡窝边。一只黑羽母鸡咯咯叫着，踩踏两脚，还遗屎一泡，新鲜着呢，冒着热气。妈妈火了，给它一笤帚。它惊惧地扇开双翅，逃离是非。妈妈甩下一句话，杀了都赔不起。

镇强镇定，趿着棉拖，对着镜子照。镜子馈他一个原形。镇强耐心，一站就是好几分钟，直勾勾地盯着。脸上没有粉刺，也没有疙瘩。脸左下沿有颗痣，早就有的。在省城上班时，有人评价过，说是泪痣。有人不苟同，提出异议，说是福痣。镇强都笑笑，不置可否。说泪痣的不无道理。他少时好哭，饭装晚了，他哭；装少了，他哭。家里人多，条件不好。他以哭争取资源，屡试不爽。说是福痣也符合实情。他农活很少干，大人都惯着。农忙时，就干点小活，打打下手。村里有户人家考上了大学，哥哥给他要来了书。这个不行，将来你不好过。哥哥不是高知，也就一泥腿子。他看事准，也远。好像他就站在奶头山上一样。平原多，洼地也多，独山少。他哪来的眼光。镇强好赖还有专长，会读书。哥哥借来的书，他都翻了，也记住了。考试竟然还好。于是他更尊崇起来。

镇强辞掉金融白领的工作，不可忍受的是他常照镜子，也常发呆。回到陈巷，不喜出门。出门也不跟人打招呼。小铁都不理。小铁是发小，原本关系不错。这个叫人不好忍受。小铁意见大。城里待久了，变了。不像小时活络，换了个人似的。小铁的形容是走过身边，眼神直勾勾，陌生，也瘆人。小铁汗毛直竖。

小铁回忆。他们一起去双塘戏水，摘菱角。双塘菱角长得好，铺满了大半个水面。离岸很远，不好够。水性不好的人摘不到。菱花和菱角都诱人。小铁胆肥，他水性好，想摘菱花。镇强想吃菱角。他不敢下水。小铁脱离大人的视线，游到塘中间。摘了一朵又大又白的菱花，很美。他又摘了几个菱角，给镇强的。在回游时，脚被菱藤绊住了，挣不脱。他使劲蹬，越蹬缠得越紧。他无力了，开始呛水。镇强哭了。这是他强项。他不敢下水，更不敢深游。塘里藏着水鬼，拖人。小铁就遇上了。妈妈在耳边提了好多遍。一到夏天就提，水猴子就坐在石跳上，见到毛孩就抓。千万别去。去，也要跟着大人。

小铁真坏，拉着我。我不会游水。他非拽我。我不能拂他意。跟着吧。这下出事了吧。他先啜泣，然后就号哭。这是信号，招来了放牛的三哥。三哥个高，水性也好，像泥鳅一样在水中穿行，像鳝鱼一样滑动。好羡慕。他是怎么学会的。镇强想跟三哥学，三哥也想教。妈妈阻止了。镇强读好书就行了，学多了，孬！三哥就罢手。镇强也学过，跟小铁学的。学得不精。在浅处游游还行，一到深坑，就怵。哭着直缩。小铁私下喊他现世宝。镇强不乐意。小铁就噤口。

镇强来到城里，出乎好多人的意料。凭他的本事，他不够。小铁可以，小铁只留在陈巷。三哥救了小铁。是镇强的哭，发出了信号。三哥本以为镇强被蛇咬了，或者被槐树蜇了。都不是，是小铁被淹了。

镇强从城里回来后，就那个了。他出门先双手前抻，在空中乱摸一气。妈妈问摸啥呢？我怕撞墙。哪有墙？镇强不理，继续。小铁见了，镇强干啥呢？我怕撞墙。小铁问，在哪儿呢？镇强不答，继续着。眼瞎吗？前面是空白，也是空气，没有阻碍。就是有，推倒就是。不怕！三哥怒了，他想扇镇强。镇强不听，继续着。

脑子有点那个了！妈妈和三哥偷偷在喊哝。村里人也在喊哝。小铁也不例外。我的发小是孬子。唉，可惜了。还是大学生。

妈妈的忠告，三哥的劝诫，都不起作用。他还照镜子，一照就好久。他还摸着走路，一直摸着。他不瞎，看人准得很。人家问，他了当地回答，怕撞墙。没墙啊，前面是寥廓的空间，开放的视野。不怕，镇强！三哥和小铁先后关照。镇强没改。

要说镇强脑子坏了，他啥事都清。问他几岁，30。回答得很准。问他可有老婆，他说没有，也不错。问他上啥大学，他说南方大学。没错啊！小时的事可记得？每问一件都对答如流，毫不犹豫。他说话清晰，条理分明。为啥摸着走路，家人闹不清了，惑然。

妈妈偷偷递话给三哥。阿强那个吧？她指了指自己脑子。三哥摇摇头，看着不像。他不穿皮鞋，扔在鸡笼边。崭新的东西当垃圾，你说可是有问题？他不穿运动鞋，说紧，也扔了。为啥扔，他说是小鞋，穿够了！真气人，不是钱买的吗？心疼。你说这不是明摆着有问题吗？他非要穿老头鞋，那只有乡下人才穿的。他像捡到宝贝似的，天天不离脚。真弄不懂！

我看也是。倒不至于上医院。也许住一阵就好了。三哥袒护镇强。妈妈还在说，这些都可忍受。他出门，摸着走路。这就不可忍受。他摸啥呀摸！脸都摸光了，我都不敢出门。隔壁三婶看我的眼神，怪。像电烙铁，烫得脸红。我都不敢正眼瞧她。三婶家女儿在南京，好得很。她总向我提起。我脸更红了。镇强好歹也在省城，还在金融系统。什么金融，就是数钱的嘛。天天跟钱打交道，我估摸着也有钱。可他还问我要钱。我又不是开银行的。只从鸡屁股、猪腿下攒几个子。不够他塞牙缝的。我哪好往外说。憋着。我是相信镇强的，现在还信。

三哥表现出少有的镇定。他思维缜密，行动果敢。他不会偏听，也不偏信。他要找到源头。在银行工作，竟然会拿不到钱。这是稀罕事。难道他赌了，嫖了？以镇强的个性，能做出这样的事，说明他成熟了。他都怀疑镇强是否摸过女人的奶子。恋爱是什么东西，未必懂。也不至于，在城里混久了，也该懂了。

三哥和母亲打过招呼，来到省城，招商银行。商没招到，兴许招祸。三哥揣着这样的怀疑，开始接触同事。

同事嘴里的镇强与外人格格不入。分到支行，首先接待客户。客户有的好说话，有的难缠。本也在预料里，情理中。他受不了。

镇强先打开水，扫地，搞卫生。小主任嫌镇强糊涂，该擦的没擦，要扫的没扫。批评了几句，镇强脸红了。嘴嘬着。同事要他道个歉，下次注意。镇强说我是南方大学毕业的。能力很强，这种事轮不上我。派到我就是侮辱。

不懂一屋不扫，不可扫天下的道理？镇强抢嘴。哪有的事。诸葛亮扫过屋子吗？都是他丑老婆弄的。他只管指点江山，激扬文字。

你有这个自信吗？有这个能力吗？主任接过去，这个够硬的。镇强不懂讥讽。他还要出言，几至于不逊。同事扯了下他衣袖。

到营业厅接待客户。一个中年客户，很跩的样子。他戴墨镜，背头。按说有些身份的。他说存折里的钱莫名少了。来查查，指明要经理接待。经理就是主任。主任刚在开会。镇强看那架势，心里怯了。他引导客户到经理室。主任不在，位子空着。客户一屁股坐在位上，要镇强倒茶。镇强照办。要镇强递烟，还要打火。镇强也照办。可惜他不抽烟，也不带烟。条件不满足，只有打火。烟囱一旦点着，就没歇过。屋子很快缭绕，镇强陪着，笑。他不时咳嗽。他不习惯闻烟。

主任推门进来，一阵猛咳。她最讨厌烟，谁要是在办公室抽烟，不可容忍。她怒了，脸都黑了。镇强在跟客户聊着，火得很。他正滔滔不绝，背对着主任。主任咳嗽引起了他的警觉。回过头，看到生猛的一面。闯祸了。他心又怯了。

培训时，客户不可得罪。无论何种情况，都不能。他没得罪客户，把主任得罪了。他以为。

过几天主任没反应。他该干啥还干啥。主任在他走出房间前，告诉他，尽量不要把客户交给我，不然你的价值就无法体现。连客户都搞不定，怎么搞定同事。

镇强没领会。他三次将客户带到她办公室。有两次抽烟的记录，一次吵嘴的经历。主任不能忍了，要给镇强换部门。镇强很想做好。镇强找主任理论，主任只回复一个字：走。

他愣在那里，足有五分钟。五分钟是漫长的。主任处理了一次投诉，办理两次授权，接三个电话。镇强走了。

他就觉得脚上的鞋有点紧。怎么都不舒服。还是那双鞋，以前很合脚。现在别扭、硌脚。脚都磨破了。大脚趾要蜷着，很难过。他走路觉着崴。一瘸一拐。

西服也感到紧，勒得慌。领带也紧，要不停晃脖子。他觉得气闷。以前不觉得，一点不觉得。在学校多么惬意，在椰树下读书，太阳晒不着。在槟榔下逛街，月亮尾随着。无聊时可以数星星。星星好多，数不过来。天罡北斗也在那里，他喜欢。牛郎织女也在那里，他遐思。耽于幻想，热衷理论。现实中的鸡零狗碎就很不入眼。太无聊了，这都是些什么人。室友跟他聊到明星趣闻，他不感兴趣；同学向他描摹大款轶事，他不住摇头。

上班后，那些嘈杂的事情纠缠，很无奈。上班第一月，母亲电话追来，劈头就问工资多少，奖金几何。他叹息一声，算作回答。母亲也叹了一声。守着金库，喝稀饭。说不过去啊。

镇强嗫嚅了几句，敷衍过去。考核基本合格。再实习半年。有人快的，仨月就转正。他显得格外慢些。上学时从来没这样过，没留过级，也没挂过科。一上班，就吃了一棒。他郁闷。不喝酒，不会喝。刚开始领导带他请客户，喝白酒，52度的，酱香型。他喝了一口，就吐掉了。这是药，要命。他不肯端杯。客户就是订单，几十上百万的存款。经理是女流，不停地端杯，一口一干。单子拿下了。没镇强的份。经理升了，去更大的部门，管更多的人。镇强还在犄角旮旯，窝着。如果那次表现优秀，多陪几杯，兴许镇强就被带走了。镇强还在干着接待客户的工作，零碎、烦琐。他烦。上面好像忘了他，忘得彻底。他孤单。与同事少有来往，同朋友也无交集。连歌厅、酒吧都不曾光顾过。灯红酒绿没有，纸醉金迷没有。他宅在宿舍，看书。

同事偶有串门，看到他这样。从鼻里哼出一声：呆子！恰好镇强没听到。听到他也无谓。他看哲学，看康德和尼采。二货！同事看他如此，不屑里掺着不解。外面阳光灼灼，柳绿花红，他全然不觉。这是一头怪胎。

都是过气的人，还研究。能懂吗？瞧他那样，兴许病了。尼采就是。别看他语出惊人，也逃不过命运的枷锁。连老婆都娶不上，在异样的世界活着，不免于早死。镇强也逃不脱怪圈的纠缠。

一年后，还是转正了。领导看在南方大学的牌子，不然会劝退。镇强对这招牌也看重。哲学和文史强大到窒息。每个听过温教授的课程，都痴迷的。镇强听了，再也离不开，舍不得。常主课不上，去蹭课。写了不少学术论著，可从未公开发表。锁在抽屉里，宝贝似的。谁要是翻他抽屉，准保吵架。他还要摔杯子，砸电脑。

室友一句，神经病。他笑了。你想当尼采吗？嗯。他轻描淡写，笃定得很。嗤——他是天才，你是什么？神经病。镇强依然笃定。天才都是神经病。说对一半。我是神经病，不是天才。你是蠢才，天差地别！我没有虫，只喜欢春。好吧，你是对的。我希望早点看到你成才。镇强又低头扑入康德和尼采的宏论里。

转正后，也没给硬活。不合适，只能添乱。主任下的论断。这不异于绝症通知书，别人都晓，唯他不知。在招行，能否招来财富和地位，招来女人和家。同事不抱希望，他自己也没多想。有饭吃，有书读，人间极乐。

一次行里开展理论大赛，这个文件本不传他。同事拿着文件，接待客户落在他柜面上。他无心地捡起，随便一翻。眼里放出异光。同事看到，呆萌，想女人了？瞧你馋憨的样子，真逗！再来一个。镇强醒悟过来，默默一笑。

晚上回去后，一篇论文出来，八千字。第二天上班，毕恭毕敬交给主任。这是我的论文，银行业的分析报告。

主任斜了他一眼。他都在冷宫，是弃妇。还能有什么花头。随手拿起，抵触般翻了翻。他脸红了，接着汗也下了。他站起，先请镇强坐，然后拈茶叶，泡水，双手递了过去。镇强手抖了，嘴嗫嚅着，愣是没挤出一句话。

茶水喝完后，文章也看完了。主任下了结论，误诊！当着镇强的面拨通人事处尚处长的电话。发现了一个人才，不可多得！

尚处问是李焕文吗？不是，他差远了。是熊招武吗？也不是，你扯大了。那是谁啊？尚处疑惑了。我从没看走眼，行里还有厉害的人，没被启用。罗镇强。主任抑制不住兴奋，几乎扯着嗓子叫。你不是说他无药可救，不是看在可怜的份上，扫地出门吗？今天咋就 360 度转弯？他给你送礼了？不错，送的是大礼。不是送给我的，是送给行里的。

榆木也开窍了？太阳真从西面出来了？罗镇强，我们的判断是混饭的，不操事就谢天地了。咋陡然变成人才了？尚处疑心越重。

你等着，我马上过去。主任挂了电话，送走镇强，去人事处了。

三天后，罗镇强被调到省行。他的论文顺理成章地获得头奖。这在镇强意料中，很多人想不到。罗镇强走了狗屎运，去九华山烧高香得来的。我烧了好多次，找了多少人，想调到省行，门都没找到。这神经病想了啥招，说调走就调走。本来都在辞退阵营。真奇怪了！

行长召开办公会，将中层都请来。听罗镇强谈银行发展。镇强拙于言词，坐在拐角不停地擦汗。这不是所长。他硬着头皮上台，鞠躬，开讲。如有神助，他讲得很溜，一气呵成。行长最后总结，文章理论性很强，特别从康德讲到尼采，结合实际。有理论，有实例。既醒脑，又可操作。不可多得！

镇强收获了很多赞美和荣誉。他手不住地颤抖。他不想这样。暴露了！他心中忐忑！

三哥年壮，人精干。听了会心一笑。这样说来，调到省行，岂不是很有钱？按说日子滋润。当你露出锋芒时，盾就出现了。铠甲上身，就剑拔弩张。他没唤来春风，也没招至春雨。嫉妒之火大炽时，他没请来芭蕉扇。处处露出盔甲，时时显出龟壳。真容潜藏，包裹得深。三哥听了，将信将疑。镇强还有这能耐。在家挑水不干，打谷不干；割稻不干，插秧也不干。犁田耙地更不行。在村里常被唤作废柴。小铁不这么想，三哥也不这么想。

虽有些异能，闪光点不多。阿妈放言，镇强考不起，哪个女子跟他哟！三哥安慰，一人一条路。这个不照，那个会行。活人还叫尿憋坏？阿妈就不吭声了。阿妈心中总有点虚。镇强一天到晚抱着书，有用吗？不能当饭吃的。能！三哥说得斩截。

高中时，冲了上去。成绩一路飙升。这可是重点高中，强手如林。竟然排名靠前。回来还是沉默，常钻入房间。很少与人拉呱。小铁听说他回来，很想见见，攀谈几句。毕竟是光屁股一起长大的。从小就好。镇强也只给半刻时间。谈话也很潦草。刚开了头，很快就煞尾。小铁意犹未尽，也只能讪讪而归。

工作后，见面就更少。小铁外出务工，不常回来。回来总是找三哥，打听镇强的消息。镇强好着呢，他也常提起你。三哥给小铁吃了定心丸。

镇强刚到省城市行，分到营业部。干得不好，他很失落。一有空就抱着书，研究。都工作了，还像个书呆子，不好。有同事提醒并关心道。镇强点点头，不说话。但依然故我，旧习难改。

镇强一篇雄文，被领导赏识，调到了省行。关系复杂起来。张领导要求陪吃饭，镇强挠挠头，勉强答应。去了，不说话，不喝酒，干坐着。张领导不喜，疏远他了。李主任喊镇强陪客户，镇强皱皱眉，不情愿地跟着。不打牌，不吹牛，傻站着。端茶倒水不干，递烟点火不能。李主任不乐，离散他了。

张领导曾劝，光业务强不行，还要能玩。李主任也谈，光水平高不照，还要能耍。不能只走技术，还要有仕途。入乡随俗，不能固执。镇强听着，点头。一转身，就又回到老路。他逼不得已参与应酬，多数时候推却。一下班就开溜，滑进单身宿舍，窝在床上啃理论。别人觉着枯燥，他以为美气。有人认为遭罪，他当作享受。他给自己筑了一座墙，有铁壁。钻进去，不肯出来。他是自我沉潜者。

同宿舍豪光相反，到处找场子，四下寻乐子。每天都深更半夜才回来。满身酒气，满嘴烟味。他回来看到镇强还在书桌边，读读写写。真是个呆子！他咕哝一句，忙去了。深夜回来，也不消停。电话找上来。光哥，人家想你嘛！豪光在电话里就送出飞吻。不都享受过了，咋还黏糊？睡了，乖！明天见！！我要搂着你睡觉。眼一闭一睁，都是你的影子。光哥，啥时贷款能下来？豪光又送出一个飞吻。快了，等你肚子大起来，事情就定了。

镇强听得肉麻不已，想吐。他强忍着，不发火。他已经说过多次，不要回来太晚。回来太晚，也可，不要吵闹。豪光嘴上答应，心里鄙夷。没说两句话，就冲到厕所呕吐，稀里哗啦。镇强厌恶地别过脸去。吐过后，又是电话。电话里更肉麻了。镇强不能忍了。都几点了，该休息了。豪光不理。镇强突然跳起，抢过手机，扔在地上。手机蹦了几蹦，安静了。豪光瞪着血红的眼，走着瞧！

第二天晚上九点，豪光准时走进宿舍。后面跟着一个妙龄女子。波浪头，身着红袄，胸部突出。门一关，豪光的手就搭在女子胸部，上下摩挲。也许摩擦起火，燧木生烟。女子红着脸，扑进豪光怀里。屁股正对着镇强，浑圆、瓷实。豪光的手就追了过去。镇强不是柳下惠。他脸赤了，心跳骤增。喉咙像堵着什么，干得冒火。喉结上下抖动。

豪光当镇强是空气。镇强视豪光为情种。到处播撒过剩的荷尔蒙，不时演绎满涨的雄激素。就当着镇强的面，滚到床上。镇强不堪。他出走了，迎着寒风。招待他的是凛冽和萧瑟。一头知更鸟，在枯枝上聒噪。月光俯射，穿透惨白的大地。大地静悄悄，霜夜月冷。

镇强孤独地踌躇着，像一只落单的鸟。不敢放出悲声，强行压制恨意。他想着梵高。那个痴人，一生献给艺术。连个暖心的人都没有。在孤独中谢幕，在悲怆里永生。他想着尼采。那个狂人，一辈子钻研哲学。穿着嫁衣的人不是新娘，是她妈的。旧瓶里装了新酒，喝起来总不得味。他还是放不下，扔不掉。他坐着冷板凳，笔在纸上沙沙着。浓浓的情思布满了房间，深深的哲理穿透了时空。向着太阳飞去，很远。一个在月光下沉默，一个在太阳里飞升。查拉图斯特拉从苹果树上落下，衔来了橄榄枝。一棵扔在东方，一棵丢在西边。太阳从东方升起时，月亮从西边降落。不在肉眼里同时出现。如果并行，时间和世界两维空间就错乱了。他乘着时间飞船，落进世界的一角。遗书一卷，一个三流差等生捡到了。于是炮火雷鸣。苍生罹难，草木含悲。江河呜咽，山川震慑。

这不是巨澜，这是惊涛。骇人的涌波吞没了黎庶。镇强鞁着拖鞋，逡巡着。身影斑驳。夜已深沉。静，夸张地涌现；冷，无声地出没。困意阵阵袭来，思绪时时飘去。空洞感强烈，空虚感实在，虚无感饱满。他低着头，悄悄推开房门。醋意疯涨。一室空荡，冰凉。不是身体冷了，心寒。

连续几天，豪光都带人来。每次面孔都不同。一个比一个靓，一次比一次浪。镇强忍够了，丢下一支空洞的酒瓶。豪光横眉，女子竖目。同时扔下火辣的话语，堵得镇强语塞。

这简直逆天！镇强本不想。但已忍够了。他告到了行办。行办一调查，豪光侵吞公款上百万元，违规发放贷款几十万元。这个男人，顶已谢了，心不老。本来有家室，不懂珍惜。老婆离他而去，孩子也没了。房子判给了女方，自己只好住宿舍。镇强本不想同住，但房子紧张，权且将就。镇强对物质的要求不高，也没再抗争。

起先还好，豪光懂得收敛。慢慢以为镇强憨傻，好欺负。于是放肆起来。一放就不堪收拾。镇强不忍其苦。梁子结下了。豪光公职去除，心中不忿。他总找镇强麻烦。镇强烦了，搬出自住。又被盯梢，门被堵。锁眼被灌入胶水，门打不开。他要崩了，眼里噙着委屈的泪。没辙，再换吧。惹不起，只有躲。躲得了和尚，又躲不了庙。他身心俱疲。偌大的公司，安放不下一张平静的书桌。

由于惊怕，他常失眠。白天工作时，提不起精神。领导不带他玩，同事不跟他耍。他孤独地剩着，显得古旧。

一堵无形的墙高高矗立着。豪光进了局子，面对的是有形的高墙。镇强给自己砌了一座无形的黑屋。他锁着自己，闷着自己。

镇强觉着城市像个兽笼，圈着一批又一批的怪物。

遍地花开

1

阿妈喊我打猪草。我并无违忤，欣然接受。我又可以呼朋引伴了。

春天来了。山野绿了，到处毛茸茸的，嫩生生的，湿漉漉的。家在滨江，舀取江水煮沸一锅清汤，大人小子美滋滋地啜着，浑身舒泰。

我喜欢水，也喜欢漫天碧绿。春天到了，涂抹一幅幅泼墨油画。人在其中，心入其里，浑然不觉。我美美地，透着莫名兴奋，像阿三家母羊，似阿四家腱猪。阿三在邀请之列，阿四也在被喊之群。他们笑着，跳着，飞跑着跟来。我想叫小妮。她才是本次行动的主角。没有她，春天黯然；没有她，春光失色；没有她，连风雨也少了情致。

小妮是我邻居的邻居，与我同岁。穿着碎花夹袄，扎着马尾辫，一蹦一跳地走来，周身散发着香芬。她眼睛忽闪忽闪的，似乎还挂着晶莹的露珠。她的眼睛像夜空中的明星，亮白而多情。我不忍直视，生怕亵渎了。她也喜欢打猪草。我要是忘记喊她，她知道了，会不高兴的。不高兴时，就噘着嘴。见了我，一扭头，转过身去。我马上就意会了。下次准保补上。于是就同去，同去。

都拎着篮子。篮子装满了，就大功告成了。篮子里什么都装。猪不挑食，只要是绿色植物，猪都喜欢吃。我家黑头很好养，什么都吃。一身黑毛，粗壮如针，有时趴下，有时又竖起。趴下时温顺，竖起时难缠。黑头喜欢我，我也喜欢它。刚好百十来斤，浑身是劲。我有时摸它鬃毛，摸顺了，就乖了。我像骑马一样翻身爬上猪背，骑着到处溜达。走到阿三家，阿三"嚯嚯"地叫，阿四"呀呀"地喊。小妮眼里射出艳羡。于是我美美的，心里灌了蜜般甜，比吃切糖甜，比吃麻酥香。阿三吵着要骑，阿四闹着也要骑。我没允。黑头只服我，他们驯化不了。驯化得了，我也不干。这是我的专属，不被通融的。小妮如果要骑，还可以商量。但小妮只是看，并无进一步的要求。我满心巴望着，她也提出想骑。可惜她始终没有表示。我绕了一圈，回到家，下了坐骑，拍了一下黑头，友好地将它赶入圈笼。它就低头嗒食。食槽里是糠麸。它吃得摇头晃脑。

田埂上绿草茵茵，田野里紫花遍地。那是紫云英，漫山遍野。红的如火，紫的如烟，白的如雪，黄的如梦。我们游走在田埂上。马兰头、马齿苋开着或黄或白的小花，迎风招展，香气随风飘荡，直钻鼻孔。小妮尾随着。风很讨嫌，一路追随。我怕风，吹得人懒洋洋的，什么都不想做。早春的风还夹带着些许寒气，直钻衣领，直扑心窝。我要找一低处藏起来，不让风搅扰。

于是躲在田埂下面，开始割草。

躲在田垄沟，风就找不到了。梯田下一望无边的绿和红。青蛙呱嗒着，蟾蜍蹦跶着。我不惧，小妮害怕。青蛙绿皮，独坐池塘，没事时就呱嗒呱嗒地叫。叫累了，就觅食。见了虫子，一个飞扑，张开大嘴，伸出舌头，就将虫子叼入口中，一吞一咽，继续坐着，呱嗒呱嗒地叫。如是三番，半天的时光就消磨了。叫时，下颚处一张一翕，一收一放，煞是动人。蟾蜍难看，身上疙瘩，叫声也不美。我见了躲，小妮看了惊。她直往后缩，退到我身边。于是我就罩着她，试图用我的大胆吓跑这个促狭鬼。小妮拽着我衣袖，脸涨得通红。眼里满是惊疑和胆怯。我大着胆子告诉阿三，快将它赶走。阿三没动，也往后躲。我壮着胆子命令阿四，快将它驱散。阿四没听，呆呆地望。

我只有亲自出马了。我捡了土块，掷过去。蟾蜍咕咕地叫，没领会深意，继续朝我们蹦来。我又捡了树枝，挑着它，试图让它转向。蟾蜍扑哧挤出一浆水。我心怯了。阿妈说过，蟾蜍吐出浆水，沾上皮肤，就会长出包块，又痒又难受。见了要躲，不能沾。蟾蜍丑，被浆水滋着，长大就会生麻子，讨不到媳妇。这话，我记得牢。

幸好浆水没滋着，我一棍子甩下去，蟾蜍负痛疾走。小妮脸色缓和了，渐渐恢复了血色。我握了一下小妮的手，她的手冷冰冰的。

我们用镰刀割着草，还挖野菜。野菜有马兰头和马齿苋，还有荠菜。嫩嫩的，一掐出水的，就像小妮一样嫩。小妮喜欢挖野菜，既给猪吃，也让人食。小妮妈喜欢吃野菜。挑一篮子回去，准保得到大人的夸赞。小妮用铲子挖了半篮子野菜，然后就揪青草。上面盖了一层，就准备回家。挖荠菜时，遇到过蛇，水蛇。蚯蚓一样从草丛钻出，"嗤"地游过，迅速逃到水田里，很快就没了踪影。小妮吃了一惊，脸色苍白着，愣在那里好半天，额头细密的汗珠就渗了出来。没事，没事。小妮，水蛇不咬人，咬了也没关系。我赶紧安慰她，打圆场。小妮就回过神来，掏出绣着梅花的帕子擦汗。

阿三脓包，阿四尿货。见了蚯蚓都怕，碰到蛇更恐。他们远远地躲着。我阿妈说，蛇惹不得。蛇是精怪，要是招了蛇，夜里睡不好，做噩梦。

我怕，但壮着胆子，假装不怕。有小妮在身边，我不能怕。我要保护她。她喜欢我，我也乐意她。她有时递给我一爿方片糕，我馈赠她一块切糖，沾上芝麻，裹着花生的。那是稀罕物，一般人吃不到。阿妈专门为我做的，放在洋铁桶里，存着。待青黄不接时，才拿出来，一意供我享用。

做切糖好麻烦。腊月前，煮好米饭，用筛子晒着，晒成硬米粒，然后下锅炒，炒出金黄色，装进袋子，等到腊月来了，就熬糖稀。糖稀是麦芽糖熬制的，放进锅里煮，煮成黏稠状，倒进炒米，用大锅铲搅拌。搅拌均匀后，倒在案板上，用箱笼装着，拿菜刀拍，拍齐整后，再一块一块地切，切成小方块。家里富点，要放芝麻和熟花生米。这样做出的切糖好吃，还香。条件差些，就单是炒米糖。

我亲见，每到隆冬，腊月一来，户户在家做炒米糖。每家烟囱里冒着烟，烟里混着甜味和香气。白烟一缕一缕，从烟囱里冒出，随风飘散，飘到空中。于是空气里弥漫着生气和美气。

花生糖我不轻易馈人，只有小妮例外。小妮对我也不小气。

她有麻酥糖，有时也分我一两块。舔在舌头上，甜得訇，香气满嘴。

小妮跳皮筋时，有时也叫我。我是男孩，不大参与女子项目。跳皮筋是女子运动，几个女娃凑在一起，没事就跳。两个人撑着线，两个人跳。从容易逐渐至于难，先低后高。越到后来越难逾越。能跳到脖子是高水平。我亲见小妮跳过脖子的。小妮好厉害，在我心里，她是运动达人。

小丽不想跟我玩，她愿意找阿三。阿三是堂哥，比她年长几个月。小丽喜欢找小妮。她愿意听小妮的话。小妮说喊阿布。于是小丽就沉默了。有时小妮既喊我，也叫上阿三。我就和阿三一起绷着皮筋，让她们跳。几个女娃跳得都高。最后总是小妮先到头顶。小丽虽然生气，也没办法。她跳了几次都过不去。小丽脸上有雀斑，我不喜欢。

阿三也有叫人刮目相看的时候。

2

阿三爸会做豆腐。做豆腐是一门手艺，特别在过年前后，很吃香，也很受欢迎。我曾经跟着阿三瞧见过阿三爸做豆腐的过程。做豆腐很辛苦，工艺虽然不复杂，但基本是力气活。

首先是将黄豆泡好，发大。听说要泡一天一夜，黄豆完全泡开了，鼓胀胀的，盛起沥水，然后磨豆子。添一勺黄豆，添一勺清水。一人坐着喂黄豆，一人站着磨。石磨子在不停地转动，豆浆就落进纱布。纱布下面是一大桶，装着豆浆。磨好后，将纱布裹紧，使劲攥，用力挤，直到汁水全挤出来。纱布里就剩下豆渣了。桶里全是豆腐水，倒进锅里，煮沸，点上石膏。很快，一锅豆腐脑就出来了。再一勺一勺舀到纱布里，再挤尽水，用石头压。压的时间长，挤的水分多，就是豆干，压得轻，挤出水分少，就是豆腐。

阿三家每到年前，家里很热闹。好多人家都到他家做豆腐，一桶一桶的黄豆往他家送。排着长队，等着做豆腐。

我吃过阿三给我的豆干，香。阿三啬小，我给他炒糖吃，才换来一两块豆腐干。阿三经常把豆腐干给小丽吃。小妮也有，但小妮不要。她说不给阿布，我就不要。于是阿三就分点给我。我嚼着豆腐干，酱油做的，黄黄的，嚼在嘴里，劲道。我也赠些炒米糖给她们，沾着花生和黑芝麻的，吃着更香。阿四家什么都没有，他跟在我们屁股后，想沾光。我就把一块给他，他往嘴里一丢，嚼几次就吞进肚里，又巴巴地望。小妮就递给他一块麻酥糖，阿三送他半块豆腐干。他统统接收，风卷残云，一会就消灭干净。

阿三家不知怎么跟小妮家交恶。大人的事，小孩不大管的。听说是门向的事。小妮家住后面，阿三家屋子在前面，挡了风水。风水是什么，我们也不懂。反正两家吵架了。从此不相往来。

小妮见了阿三，就低着头，不肯出声了。我夹在中间，有点难受。阿三不孬，小妮不傻。就我糊涂着。对这个好，对那个好。

小妮是下江人，听说家在仪征。我那时不懂，下江在哪里，仪征又在哪里。估计远在天边吧。她家父母要走了。跟邻里关系没处好，住着窝心。主要不是这个，关键是小妮要上学了。听说那边学校要好些。小妮偷偷告诉我时，我眼里红红的。我不希望小妮离开我。我们曾经骑竹马，绕床弄青梅。她要是走了，我找谁玩去。

还好，小妮和阿三家和好了。小妮也愿意和阿三玩了。于是我们又一道打猪草了。在田埂上一起疯，一块跑。迎着春光，在白鹭起飞时，在叫天子俯跃后。

油菜花黄了，麦苗绿了。黄得野，绿得狂。就像伢们一样，没了边沿。一蓬蓬，一簇簇，一块块，一亩亩。和风一招惹，漫山碧透。

小妮喊我去赏油菜花。阳光普照，清风惬意。小妮穿着碎花夹袄，扎着马尾辫，兴冲冲地来到我身边。阿布，去采花可好？对小妮的请求，我向来不敢拒绝，也不忍拒绝。那天有事，阿妈叫我看门。斑点狗真真和我同守。它凑到跟前，嗅着我脚面，摇头晃脑。看到小妮过来，有点人来疯，追着绒球玩，又追着小妮打旋。在她身上嗅个没够。尾巴摇得分外勤。小妮曾经丢薯皮给它吃，泼剩饭给它吃，洒面汤给它吃。吃惯了，养久了，比亲人还亲。我有时不客气，碰到不顺心的事，就踢它狗头。它对我既亲又怕。有时躲着我，唤不来。只有我丢下鸡骨，抛下鱼刺，它才肯近前。

真真老实，好糊弄。我喜欢它时，又搂又抱；我讨厌它时，又踢又赶。真真摸不准我的脾气。只一个劲讨好我。小妮到来，似乎给了它勇气。它更疯了。

真真，别闹了。我们要采风去了。你要在家看门，懂吗？小妮抱住狗头，对着它耳朵说。它伸出舌头舔小妮的手。小妮缩了回去，没舔着。

阿妈不让出门。我还是表达了迟疑。我从来没拒绝过小妮，小妮的话就是圣旨，不可违抗。小妮的话就是箴言，不能抵牾。

有真真在，可以去玩的。小妮阐述了意见。真真，要好好看门，小偷来了，要叫；蟊贼来了，要喊。我们会听到的！

在小妮的坚持下，我们结伴同去了。这次没喊阿三，也没叫阿四。阿三在放鹅，阿四在养鸡。小鹅毛茸茸的，走路一摇一摇的，煞是好看；小鸡嫩生生的，唧唧个不停，在地上啄食。小妮看过鹅，摸过鸡后，才来到我家。

阿布，可有小炸了？带点。我"哦哦"连声，迅疾钻入厨房，搬出洋铁桶，抓了一把放进口袋。估计小妮也带好吃的了。

我们两个摘了双塘边垂着的柳条，做成军帽，戴在头上，然后浩浩荡荡地出发了。到了田野边，放眼望去，一片金黄。油菜花开得好放肆，好纵情，也好野，好疯。满眼黄韵，满口黄香。我惊呆了。我从未和小妮单独出来过。我莫名激动。

小妮拉着我的手。我脸腾地红了，红到脖颈子。阿布，我要告诉你一个秘密。小妮嘴巴凑近了我耳朵。吐出的气像鹅毛掸在身上，痒酥酥的。我都不敢看她了。她脸红扑扑的，眼睛忽闪忽闪的，像星星透着晶莹的光。

我们到花丛里去。她勇敢地拉着我的手，就往花丛里钻。蜜蜂嗡嗡嘤嘤，在花间飞来飞去。一会停顿，峭立枝头；一会飞起，喁喁细语。有黄蜂，也有细腰蜂。黄蜂蜇人，不能靠近；细腰蜂也咬人，像针扎，不敢贴近。蜜蜂不咬人，不招惹它，只会在头顶嗡嗡。

阿布，我们躺下说话。这里真美。我顺从地就范。两人并排躺下，手背枕着头。满眼黄花，满身黄粉。也顾不得许多了。我们很畅快，很舒坦。好想就这样一直躺着，和小妮。什么话也不说，什么事也不做。就这样躺着，也很好。

天空瓦蓝瓦蓝的。叫天子忽然从花丛飞起，唧唧着直插云霄。白云在头顶飘逸，走了一朵，又来一朵。我忽然堕入幻觉。这不是在田地里，是在空中，在云里。

也不知躺了多久，小妮忽然坐起，我也跟着坐起。阿布，她拉着我的手，我要走了。要到下江去，要回仪征去。我不知道下江在哪里，仪征在哪里。听阿爸说过，那里很富有；听阿妈说过，那里好美丽。

我不稀罕。我喜欢这里，我喜欢阿布。不想离开。小妮眼里渗出泪水。我心一酸，也想哭。陈巷在安徽，在江北。离下江好远，离仪征不近。我不舍得她离去。离去我会伤心，我很难过。但我没哭，强忍着。

那我可以去看你吗？要坐船，坐几天几夜的大轮，在长江上颠簸。江风好大的。我去过江对岸的姑妈家。姑妈在江南，我在江北。我对江南有好感。每次去姑妈都给我做好吃的，吃得我不想回家。回家也捎带很多美食，就更不想回家了。

到江南也要坐几小时的机帆船，嘚嘚在江里载沉载浮好久，上岸就是城市。城市真大，好多楼房。工人来往穿梭。手里拿着白面馒头，看得人眼馋。

他们叫我读书。我其实也喜欢。就在这里读书不也挺好吗？为什么跑那么远。那里人都陌生得很。小妮眼里噙着泪。

我腾出一只手，替她抹去。小妮继续着。大人们常说，我长大了，要做你媳妇。阿布，你愿意娶我吗？小妮认真的样子很逗。我笑了。

觉得很好玩。小妮一把捂住了我的嘴巴。不许笑。人家说正经话。

我装着很严肃的样子，点了点头。

那你亲我一下。小妮胆子真大。这样的话也能说出口。我瞪圆了眼睛，盯着她，一眨不眨。小妮不像开玩笑。

别闹了！我盯着她眼睛说。小妮忽然掉泪，像屋檐下的雨水，滴答不休。我又替她揩去挂到腮边的水珠。小妮，好哭佬！羞不羞？我在脸上划拉着。她生气了，鼓起了腮帮子，准备起身要走。我拉住了她，迅速在她脸颊上亲了一口。小妮摸着脸颊，火辣辣的。我从来没亲过女伢。小妮很美，我只想和她玩，从没想过要亲她。我觉得和小妮在一起，就很幸福。做什么事都来劲，浑身冒着灵气。大人说我是机灵鬼，难怪讨女伢喜欢。我也不知道为什么。我不傻，也不孬。他们说我老实，像榆木疙瘩，也像呆头鹅。这是小丽嘴里蹦出的原话。他们爱骂就骂去，我才不在乎。只要小妮对我好就行。小妮维护我，不准别人叫我榆木疙瘩，更不许别人喊我呆头鹅。

大人心思搞不懂。他们一会说就在这里扎根，一会说要去下江。我也闹不清。反正，肯定有一天我们要分开。阿布，你会想我吗？

想。等我长大了，就去找你。我家在安徽，在陈巷，离下江好远，离仪征也很远。我怕我找不到。我嘴里叽里咕噜。

小云雀从油菜田里飞起，扑腾着在空中盘旋。我俩仰躺着，蜜蜂在花蕊上扇动翅膀，发出细微的声响。

就这样呆呆地望着天空，看着白云。我忽然困了，沉沉睡去。

3

阿布——

小妮——

我忽然听到呼喊。我阿妈和小妮阿妈就在油菜田边叫唤，带着颤音，很着急，很悲伤的样子。就像我们已不在人世一般。几乎含着哭腔。我一骨碌坐起，东张西望。循着声音发出的方向找。终于看到阿妈了。我站起，探出了头。我身上沾着花粉，黄黄的。

小妮也站起。小妮掸去身上的花粉。看到两个小脑袋，大人们很激动，一下冲进田垄。油菜花沾染了一身，全然不顾。

阿妈牵着我的手，小妮妈牵着她的手，走出花海。我脑子昏昏的，不辨东西。小妮脑子也涨涨的，也不分南北。

阿妈没骂我，小妮妈也没骂她。她们分别掸去两伢身上的浮尘和花粉，朝大路走去。

小伢子，出去也不跟大人说一声。阿妈在路上数落我。小妮说要带我看花，我就跟着来了。

小丫头，到野地里要跟大人吱一声，省得我们担心。阿布说油菜花美，就带我来了。

我们一前一后，各自的谈话都能听到。我没强辩，小妮也没硬推。

我怕小妮受委屈，就自己担着。大人说，女孩家家的，不能随便跟男伢睡一起。他身上有虫子，不是虱子就是跳蚤，沾上身会痒的。小妮妈的话，我没觉得什么，阿妈不干了。你家丫头挑头的，现在赖在阿布身上，算什么。

我怕她们吵起来，赶紧说，我们好着呢，没事的。我们不会玩水的，我们懂事，知道安全了。

小妮妈就噤口，阿妈也噤口。两家最近有点不和，我是知道的。我家三黄母鸡经常到她家鸡窝下蛋，下过后，就没了下文。小妮每天吃到白煮蛋，原来是我家母鸡下的。阿妈不高兴了。阿妈小气得很，一根针都要往家带，何况鸡蛋。她忍不了，指桑骂槐。说吃红拉黑的。我不太懂，估猜不是好话。

这是确凿的事。我亲见三黄母鸡伏在小妮家草垛边，不久就诞出一个热蛋，白壳的。我没敢告诉阿妈。我跟小妮好，就当送给她吃好了。我怕说出去，阿妈吵上门。阿妈不是省油的灯。吵起架来很有一套说辞。㞞点的人就会直往后退。

阿妈说看在两家小人交好的份上，不做进一步计较。于是我就懂了，投去感激的一瞥。阿妈是晓事的人。

话说重了，小妮妈脸就挂不住了。回去就阻止小妮和我玩了。不许和那野孩子玩。大人没教养，估猜伢子也没出息。小妮的脸就红了，眼泪在眼眶里打转。我看着小妮，默不作声。

小妮渐渐与我走远了。阿三也不跟我玩了，转而投向小妮。小妮和阿三玩泥巴炮。团起一块泥，中间镂空，然后朝地上一摔，“砰”地一下，好响。摔得越响越好。当我走过去，蹲下，也想加入。他们没允，小妮脸黑着。我就无趣地走开。我找阿四玩去了。阿四是邋遢鬼，经常不漱洗，鼻涕拖得老长。裤子大洞套着小眼。小妮不喜欢他，连阿三也远离。我没有玩伴，权且跟他玩吧。

小妮是到乡下姑奶奶家。也不知什么原因，他们一家都搬到这来。听说是来避祸的。我也不知什么意思。我没问过大人。问也是白问，大人准会说，小孩家家的，管恁多事干吗。

随着年岁渐长，我越来越好奇。小妮不去下江，不回仪征，到我们这个穷地方干吗。真是有福不会享。

我缠着阿爸，阿爸没告诉我。我缠着阿妈，阿妈糊弄过去。我始终没搞明白。

小妮姑奶奶一头黑发，估摸着有六十岁了。整天在田垄沟里忙活，腰都累驼了。

她一生没生养，没有子女。这个我是知道的。小妮阿爸好讲究，皮鞋擦得锃亮，晒在屋檐底下。那时，大人都穿布鞋和草鞋，他却有皮鞋。好让人眼馋。嫉妒的人估计不在少数。她阿爸嘴里经常蹦出这样的话，乡巴佬，少见多怪。就冲这句话，我猜他是从城里来的。

城里是什么样，我没见过。我最多去过镇上，见过二层小楼。我就觉得很气派了，豪华得很。

我曾听小妮说过，下江很富，仪征很肥。他们经常吃肉，碗里堆着时蔬和鲜肉。小妮自己也没回去过。她听大人说的。

我于是就羡慕起来。口水直往肚子里咽。下江比江南还富有吗？阿妈可带我去过江南的。姑妈家有咸鱼和腊肉。每到过年，成串成串挂在墙上。墙是石头做的，用水泥勾缝。大小不等，左右不齐。很有艺术感。我觉得好玩。肉挂在墙上滴着油水，墙上流着油渍，闻一下，好香。江南的姑妈算是富裕的，小妮下江的家更富有吗？我不大信，但还揣着怀疑。

我家和小妮家真正交恶是因为一只鸡。一天，阿妈兴冲冲地说，阿布，今天你烧火，煮鸡给你吃。阿妈知道我身子弱，常咳嗽。要给我补一补。我很激动，也好兴奋。我就来到灶下添柴烧火。阿妈将洗好的鸡切块，和着萝卜一起下锅，一通蒸煮，焖了好一会，才关起门，盛上一大碗萝卜炖鸡给我吃，其中有一个鸡大腿。我也没深想，就狼吞虎咽起来。吃得满嘴流油。

我没搞清，吃个饭，阿妈咋要关门。吃过后，我才问，我家鸡生蛋，干吗要杀掉？

人家吃我蛋，我要吃人家鸡。阿妈没头没脑的话，让我越发不懂。似乎也懂，但我没往深处想。兴许阿妈杀鸡是给我补身子。

阿妈还叮嘱我，别告诉外人，谁也别说。她怕我嘴碎，关不住风。我点了一下头。

小妮是好朋友，自然不能隐瞒的。我不知道大人之间的纠葛。不能因为几只蛋，就要我远离小妮。我做不到。小妮还带麻酥糖给我吃。我没理由拒绝她。我心里欢喜她。

小妮也是。大人说不要来往了。小妮也照样没听。虽然以前和阿三玩，但阿三不让小妮，经常占小妮便宜。玩石子作弊，玩泥巴炮搞假，玩柳树棍子也赖皮。不好玩。小妮亲口跟我说的。我都让着小妮，尽量让她开心。阿三和小丽玩，就处处罩着她。她就不知道罩着小妮。有时生气，骂小妮是下江佬。小妮气得跳脚。再不跟你玩了，再不跟你玩了，小秃头。阿三自小生癞疮，好了后，头上就留下印记。

小妮不顾她阿妈的劝阻，还是转投向我。我也没听大人话，继续和小妮往来。

小妮递给我一包酥糖。酥糖用油纸包着，是面和糖做成的，是甜点，也是美食。我很少吃到的。炒米糖早就吃完了，我嘴寡淡得很。没零食的日子，就是不爽。看到小朋友吃大白兔奶糖，我就眼馋，直往肚里咽口水。阿妈的洋铁桶早被我吃空了，什么也没装下。

我为了讨好小妮，就凑近她。小妮，告诉你一个秘密。你保证不跟别人说，谁也别说，包括你阿妈和姑奶奶。

谁说谁是小狗。拉钩上吊，一百年不许变。于是我们两个小手指勾在了一起。我前天吃鸡了！

小妮瞪大了眼睛，露出不相信的神气。骗你就是小狗。

下午我玩回来，就听小妮姑奶奶在骂街。骂得好难听。吃红拉黑的，锹铲萝卜断了根的。声音就冲着我家。老奶奶披散着头发，口沫横飞。样子有点瘆人。我胆怯地直往后缩。

阿妈冲了出来，跟着对骂开来。两家人由骂战，升级到对打起来。大人都加入，乱得像团麻。

边打边骂。你家茅缸里是什么？明明是我家芦花鸡毛，还死不承认。吃了就吃了，也没什么。跟我说一声，说不定还送你，做个人情。不带偷的，是贼，懂吗？

还好，村里人都过来拉架，双方息事宁人，谁也没伤着，就散了。小妮阿爸那天穿着皮鞋，鞋面子被踏脏了，灰不溜秋的。

他回家擦了又擦，打上鞋油，用抹布搓来搓去。擦得好亮，然后就晾在廊下。太阳一照，皮鞋黑得闪眼。

民风不好，赶紧离开。这个地方不是人待的。我听到他不时说这样的话。也不知是赌气，还是真话。我没掂出轻重。

我生气了。一定是小妮告诉她阿妈的。她阿妈又告诉姑奶奶的。

三天后，小妮端着脚盆去双塘汏衣，我拦住了她。小妮不想跟我说话。看我来了，她老远就准备绕路，试图避开我。

她越是这样，嫌疑越大。搞事佬，搅事精。再不跟你玩了。我腹诽着，气呼呼地要叫她说个明白。为什么出卖我？差点两家闹出人命。

小妮低着头，不敢看我。眼里怯怯的。我瞪着她，两眼喷火。

我没说，我没说！小妮眼里噙着泪。她显得很难过。我本该相信她，但这次我不允许自己相信她。她是骗子，她嚼舌根！我心谤着。毕竟是好朋友，不能过分。我只说了一句，不跟你玩了！

小妮是哭着回家的。回家后，就吵着要离开。她要到下江，回仪征去。

没过多久，小妮就走了。我再也没见到她了，也没她任何消息。长大后，我试图打听她的消息，可传来的都是不知道。我心里难过极了。

油菜花开了一茬又一茬，黄了一遍又一遍。叫天子还是从田垄里忽然飞出，直冲云霄，叫声清越。我一见到油菜花，一看到紫云英，就想起小妮。小妮，你在哪里？

紫云英没了，就像小妮没了。油菜花还在，小妮也在吧？她躲在哪个角落，窥视着我呢。

4

小妮的姑爹爹70岁时，生病殁了。听说是吃米猪肉染病的。去世前一个礼拜，还在家打牌。他也知道不久于人世。人很淡定，没有丝毫萎靡。姑奶奶就一人生活，腰更佝偻了。经常低着头，弯着腰，抱柴草回家烧锅。烟囱里好久才冒出青白的烟。只要烟囱冒出烟，就显出了生气。她还活着。姑奶奶越来越老了，80多岁时，还在田地里拾掇。

我已考学出来，偶尔回家。阿妈也老了。她对从前的事记得很清，对眼前的事忘得很快。

阿妈对姑奶奶很好。没事就端菜端饭给她吃。小妮姑奶奶也不拒绝，只一个劲阿弥陀佛。腰躬得更厉害。

阿布，小妮不是我气走的。阿妈在我耳边念叨着。她似乎对这事很上心。见我老大不小的，始终不成家，她就忏悔。

没说是你气走的。我知道，是我气走的。我对着阿妈耳朵大声说。阿妈已经有点耳背了。我必须要大声，否则她听不清。

小妮不说谎。她没告诉别人。是姑奶奶看到我家茅缸里的鸡毛，才断定是我干的。她吵是有道理的。阿妈絮絮叨叨，我听了很多遍了。每次回来，看到我孤身一人，她就重三叠四地述说。

阿三早就成家了，连阿四也娶亲了。你怎么还剩着？心里一直放不下小妮吧？都过去了，小妮说不定伢都打酱油了。你何苦呢？是妈不好，害得你高低不成。

妈，没你的事，也不关小妮。缘分没到，到了自然会成。

我每次回来，都要买两桶麦乳精、三袋芝麻糊，带给姑奶奶。

姑奶奶揩着泪眼，嗫嚅着。阿布，出息了，出息了！

外面阳光好满，照遍每个角落。大地似乎没了阴影。油菜花开得好旺。到处铺锦织绣，一派繁华。栀子花开了，茉莉花开了，杜鹃花也开了。开在眼前，开在胸中。

单细胞

题记：所幸他只是个单细胞，并无裂变。

侯北凹疯了。在家乡传得沸沸扬扬，就像一块巨石砸进了清水塘，掀起了无数震荡波。塘边的芦苇在秋色里摇曳生姿，猛遇寒潮，迅疾凋枯。亲人心中涌起莫名的悲伤，为北凹，为过早光顾的朔风和败柳。

北凹，是父母的幺儿。小时候是受宠的，不过最多也就多叼一会奶头，多吃一碗糖拌蛋花，多吮一口大白兔奶糖，多揣一个山芋，多拿一颗苞米。仅此而已。关键不是这些，是那种享受厚待的自豪和优越。就像在沙漠中，如果有人多喝了一口水，那他就感觉无上殊荣和满足。北凹，此时的心理大抵如此，估计也一直如此。

北凹父亲快要去世了。家里打电话过去，第一次他没接，第二次还没接。打多了，在不知什么情绪的掌控下，他才懒洋洋地接通了电话。

电话里是慈母的哭诉、不满和指责，几种情感交织，缠得北凹心烦，怒火深烧。烧得口干舌燥，面色黢紫，心跳过速，呼吸不畅。紧接着就是冷汗热汗虚汗滚豆似的掉落下来，砸得地面噼啪作响。臭虫和蚂蚁纷纷避让，逃之乎也。

母亲苍老的声音久久在耳畔回荡，撞击着他的心扉，考验着他的良知，还有那不知名的杂念。

他正在准备一场职业考试，事关前途和命运。他要豪赌一把，不成功则成鬼。他要甩掉那该死的下岗指标。被单位死死地绑架，捆缚着，像个十足的肉粽，像个蹩脚的螃蟹和待宰的腱猪。

老子早就想炒你的鱿鱼，不等春风吹拂，大地苏醒的那一刻；不等黄花开放，清泉流布的时候；不等鸟雀啁啾，云白天蓝时。我早就预备下了毒酒和珍馐，和着寒风喝下，蘸着流言与轻蔑，一同饮进。即便肠穿肚破，也在所不惜。他有着干云的豪气，也有土拨鼠的钻营。

让老酒与陈醋碰杯，让蜜饯与苦果同桌。喝他一壶！

小云娘与野汉像麻花一样缠绞在一起，就诞生了肥头大耳的小瘪三，别以为我不知道。我清楚着呢！

大总管每每给你进贡肥肠米线，拖得遍地都是，香得半边街都爬满蚂蚁，细腰蜂和花蝴蝶没头没脑地就撞了进来，吸食着香馨，吧嗒吧嗒地响，半夜三更都引来无数观望者。别以为我不知道，我清楚着呢！

我送的东西可不少，晴天一把雨伞，阴天一顶礼帽。你还是不满足，你要什么？我没有灵魂，你拿不去，它早丢了，扔在了犄角旮旯，连我都找不到了，你就甭想了。你要我铁血身躯，那寒风都能带走的东西，你又何必呢？这一身臭皮囊能值几个钱？

我还有几个铜板和银圆，该买点什么犒赏你？我绞尽脑汁，想破肚皮都没能舔上合适的一口。那就给你一款风衣，一件大氅。那可是时髦玩意儿，是我咬破手指滴出的血织就的，是我挤出三年的汗水汇成的，上面明明白白地写着：辛酸与苦痛。我不吝将它们赐予你，这是我无上荣光。

只要你给我一口饭和一碗汤，给我一个家。能撑得起这一身臭皮囊，对得住小爹和老娘。

都是那个小云娘，号称黄花闺女，以谈恋爱为借口，其实就是想诓我上床。我也想。当我凑过去想亲她香腮时，她露出了豁口，张开了獠牙，将我舌头咬烂，把我颜面顶花。我没脸见人，没法说话。她就将大舌头伸出像蛇信一样四处撩拨，刺得阴霾不断，乌云滚滚。那张阔口覆雨翻云，吞噬着一切真理和真相，将谬误和流言四处撒播，空气里弥漫着谎言、不安和鬼祟。我其实很好说话的。我们曾经有过一段甜蜜的时光，至今回忆起来还是温馨和浪漫的。我们都计划好结婚度蜜月了，结果不知什么地方出了纰漏，小云娘反噬一口，疼得我龇牙咧嘴，苦不堪言。这个封神榜里姜子牙所骑的驴、象、马、牛交媾而生的杂种硬生生地将我从云端摔入地狱。当我掏出命根准备直捣黄龙，像个得胜的将军凯旋而归时，在风中猎猎飞舞的旗杆无端折断。凶器却是那只细嫩的巧手，像一把尖利的削刀，将我的命根切割成一段段蚯蚓，扭曲着，蜷缩着，翻滚着，真难看。我痛苦得无以名状。友谊的小船说翻就翻，爱情的火花说灭就灭，都不带商量的。

我是个赌徒，在事业上没能赌出胜负，那么就要旁敲侧击，弄出点新花样。我不甘寂寞，不安平庸。既然上天让我为男，我就要担起重任。这是历史赋予我的，我不能懈怠。天没能擎住，轰然坍塌。沙袋也侧漏了，泥沙俱下。据说，同姓毛侯是一家。自古王侯有一比。姓王者和姓侯者都乃一脉同宗，无分高下。故毛姓、侯姓和王姓都一家。我就是这个大家族的一分子。振兴门楣，成了我读书的理论注脚。我不敢丝毫止歇，我要考，不怕皮焦肉燥。老头子年不过古稀，垂柳返青、杨花飘落时还身强体健，到处转悠。芦荻纷飞、北雁南归时就病入膏肓、奄奄一息了吗？谎言，彻头彻尾的谎言！别以为我不知道，就想诓我回去，在床前尽孝，听他们絮絮叨叨，前八百年后五百年闲扯淡。每次回去都是东家长西家短的，听得耳膜都起茧了。谁稀罕那些陈芝麻烂谷子的事情，早就埋进故纸堆里了，翻出来透着阵阵霉味和酸味，牙都快肿了。我只想考我的试，试中自有黄金屋，试中自有颜如玉。等我考中公务员，要啥有啥。小D摸小尼姑的头，他摸得我也摸得。阿Q要跟吴妈睡觉，我不干。阿Q是什么货色，能跟我比吗？他充其量只是土谷祠里一个搬东西的，只会打打杀杀，临死时连一个圈都画不圆的人。我是大学生，天之骄子。岂能和他们同日而语？我要跟嫩模睡觉，跟明星睡觉，跟美人胚子睡觉。我要考到南京，这是我的奋斗目标。南京自古繁华，烟街柳巷，莺歌燕舞，一派升平气象。夫子庙的小吃，我要享个够。我要做个饕餮公。桨声灯影里的秦淮河我要游个饱。谁也别拦着，谁拦跟谁急。这是我自个的事。中国有句谚语，吃得苦中苦，方为人上人。老子苦也吃得差不多了，就差头悬梁锥刺股了。寒冬腊月，冷雨敲窗被未温；酷暑三伏，骄阳曝地汗倾生。老子兀兀穷年，形影相吊。龟儿子的时不来，运不转。山不转水在转，水不转云在转。哪有穷僧饿汉，哪有弱旅贫男。小天堂里美女如云，石头城中铺锦织绣。高朋满座，宾客如绲。虎踞龙盘地，六朝霸王天。说起来可笑，肚子里藏诗，拉不出憋着真梗阻，索性在《诗经》前卖弄，在《楚辞》后骚情。文抄公具下：

王濬楼船下益州，金陵王气黯然收。千寻铁锁沉江底，一片降幡出石头。

人世几回伤往事，山形依旧枕寒流。今逢四海为家日，故垒萧萧芦荻秋。

这是帝王的不祥之地，多少王朝短寿，稍纵即逝，却是普罗大众的幸福之所。安得天下寒士俱欢颜。范进之流，为了五斗米，考上举人，高兴疯了。还是陶潜豁达，想得开。躲进桃花源，桃花源里可耕田。采菊东篱下，悠然见南山。还是李白通透，放得下。我辈安能摧眉折腰事权贵，使我不得开心颜。

为啥要考那个劳什子？真是烦人，烦透顶了。老爹重病不能回，老娘想念不敢去。就是想腾出点时间，与试题亲密接触，和资料热情交颈。

侯北凹思绪翻飞，泪落如雨。一咬牙，一跺脚，电话关机，玩失踪，不联络。尝一下掩耳盗铃，品一次刻舟求剑。三五天后，他带着巨大的满足与饱和感重回现实。现实回给他凄风苦雨，名落孙山。哥哥姐姐跑进城来，气喘吁吁，趿着拖鞋，来不及换双跟脚的时新皮鞋。路人侧目，行人旁观。来到北凹宿舍，门敲得山响，就是没人应。哥哥姐姐抓耳挠头，想方设法，门依然紧闭。他们饿得腿绵软，眼冒金花。草草吃罢饭，吞咽着苦果，没精打采沿湖碎步。

咋办？老父亲的尸骨还未寒，他就开始逆反。小城故事还不够他喝一壶？乱折腾些什么嘛！双林心很烦。这个幺弟书读多了，读到书壳里了。人情世故一窍不通。回到老家就像贵妃省亲，摆的谱大得吓人。连哥都不喊一声，直呼双林。早知这样，还不如让他扛锹把子。小姐姐腊梅气喘心虚，面红耳热。她着急北凹的安危。要是有个好歹，怎么向地下的父亲交代，怎么向活着的母亲开口。母亲已七十岁有余，虽说身体硬朗，也经不住烦啊。

北凹能干什么？也许能干点什么，但不管能干什么，总不能父亲过世都不回家啊。养老送终这点孝心哪去了？真的给狗叼了吗？给猪啃了吗？我真不敢相信。这世界五花八门，人的心思乱糟糟的。找到他非给他一棒槌不可。腊梅愤愤道。

双林头发枯荒着，嘴里发出附和赞同的话语。他对北凹有很大的成见。这次找到，要好好治治他。他敲响了山门。周围沉睡的人被震醒了，纷纷探出头。找谁啊？北凹。好几天都没见。

北凹也不知到哪去了，趿着一双拖鞋，蓬着多日未洗的头，顶着那些荒发游走在大街上。

他不想这样，但实在无处可去。宿舍冷清得滴出寒冰。没有暖风的天空荫翳得让人浑身瑟瑟。他裹着破袄，上面有母亲密缝的针线。他要穿着表达对母亲的思念。走在大街上，一只卷毛狗对他啸叫了一番，一辆屁股吐着黑烟的"大众"从他影子上轧过。他吓了一抖，赶紧躲到路牙上。指天划日叽里咕噜一番，旁人呵呵笑着躲开。他越发感到冷，将衣服裹得更紧。寒风挑逗着，在身边来回穿梭，试图钻进他的破裳，侵犯他的肌肤和骨头。鸡皮疙瘩和寒毛竖起。他躲进一片公园。公园里偶尔逗留一两个骚情的男女。小男人披着黑衣，小女人扣着红袄。他们互相挤着，渴望融入彼此的身体里。

北凹吐了口水，将破衣越发裹得紧。他低头迈着步，一个不小心，一根树杈钩住了他的衣领。他一使劲，挣脱了束缚。他哈哈一笑，想绊住老子，没门。那里有狗洞，老子也当一回失魂的野狗。他内心暴露着。暴露在阴郁的天空下。

大雪就要来临。他要找个窝。他不知自己还是有个窝的。单位并没有辞退他。他可以睡那个斗室。本来是两人间。室友已经搬出去了，和他的小女友租房同居去了。老远就听到啪啪声。你啪你的，老子就守着一屋凄凉。北凹思绪飘忽，就像这天空，就像这乌云，忽东忽西，时南时北。他管束不了，就像管束不了自己的思绪。

这时，他突然看到两个似曾相识的影子在身边晃动。他瞪大了眼睛。他吃惊了，多么熟悉的人。那声音尤其中听。

北凹，北凹。谁在喊我。他不敢相信，又不能不信。确实有人在喊。他转过头去，没有别人。再往前看，声音从那两个影子身上传来的。他揉揉眼睛，没错。是自家人，不是双林和腊梅吗？他隐藏着激动，故作镇定地问，谁啊？

北凹，北凹。阿姐阿哥在喊你，不认得了？两个影子疾步笼来。

一人拽住他左胳膊，一人扭住他右胳膊。他突然失去自由，本能地挣扎。带你回家。天冷了，别冻着。不冷，不冷。我很暖和，你看太阳照着我，月亮抚摸我。我好得很。

双林冷笑一声，像一把寒剑刺穿他的皮肤。腊梅干咳一下，那气息穿透他的肺腑。他无力地愣在当下。

鞋子呢？军大衣呢？那是三舅的儿子当兵回来给你的，你这冷天不穿上，套着破袄干吗？

在宿舍，宿舍待不得。

我带你到暖和的地方，冻不着，饿不着。再不管，就不成形了。

一辆红头瘪尾出租车嘎的一声降落在双林眼前。北凹被塞了进去。

你们要带我去哪？犯不着绑架！罪恶灵魂里冒出的馊主意。双林兔红着眼，回家，回家！腊梅啜泣着，泪挂腮边。阿大走了，就等你出殡。你怎么游走在街上？阿妈心都空了！睡梦中都在叫你的乳名。

我在考试，正经营生。我要踏出小城，暂入南京。坐在高高的写字楼上，俯瞰大地和生灵。

有的梦做完就醒了，有的梦没做完就灭了。你怎么既不醒也不灭呢？魔怔了吗？双林用中指在他额头使劲一点。北凹掩口。气焰矮去三分。

阿大的棺盖还没合拢，就等你瞧最后一眼。你迷糊吗？腊梅揩去腮边的泪，揉揉红肿的眼。

年初还好的。莫不是骗我的？北凹试图挣扎，无奈箍得紧。只摇晃着荒芜的脑袋。硕大的头颅在脖颈上晃荡，像悬吊在枝杈上的西葫芦。

天有不测。想不到，突然就没了。阿大前天还去看了一场戏，小辞店。晚上背柴烧锅，没看出一点异兆。

夜里睡觉，天亮就没再起来。哪个能料到哟！腊梅由啜泣转向号啕。

不可能！编谎也不编圆实。阿大是谁？一餐能吃一斤红烧肉的人，怎么可能？北凹裹紧了夹袄。夹袄小了一码，箍得分外细弱。像一根麻秆随风摇曳，随时倒伏。

双林气噎，涨红了脸。风都跟了过来，雨也随时滚落。你怎么就不知回家？就算阿大在世，你也总该去看看。他咽气了，懂吗？躺在棺材里。就等儿女回去送终。

大哥从大西北踏着风沙赶了回来，二哥从大西南踩着冷月跑了回来。大姐一家扔下羊鞭，脸都没擦，脚都没洗，含着泪也回来了。

你只有间尺之遥，为何不肯接电话？为何选取逃避。北凹嗫嚅着，突然号哭。像东北丛林的野狼，声音撕裂着。

车到站了。双林夹着么弟，钻出了车。腊梅防护着，拽着袄沿。

你们要干吗？带我到哪里去？先治病。病好了就回家！双林硬着头，狠着心，把北凹往铁门里推。

北凹抬头，精神康复中心。他哧地笑了。笑得苦，笑得涩。病得不轻。一个白大褂从身边擦过，从眼镜里射出凶光。北凹心一颤，也一寒。他哆嗦着求，哥，别推！我跟你们回家，看阿大阿妈！

腊梅低着头，泪水模糊双眼。我会给你送衣服，也给你带零食。你要好好的！

我现在就好好的。阿姐，男人心硬，你就不能心软吗？我要到南京去，那里有我的事业！

一个疤瘌头窜出，粗壮如磐的汉子，手里拿着麻绳。绑起来，都到了，还畏缩。少啰唆，再不进去就吃电棒。

北凹真是被吓大的，脸上油汗顺着脸颊纷纷滴落。他撕着嘴，哼哧着，千百个不情愿。

不是牢狱，怕什么？麻绳绑住了双手，用力一扯，就进了大铁门。后面就听到哐当一声。北凹忍不住转过头，阿哥阿姐已不见了。

一个"歌唱家"在吊嗓子，声音恐怖凄厉。北凹头皮发麻，耳朵震颤。一个"武术家"在挥舞拳头，形象夸张搞笑。北凹想笑，可笑不出来。一个"披头士"在甩着那头秀发，嘴里哼哈有声。

北凹进来了，一群人围拢来，看新奇。啧啧，这么俊的小伙子也到了。前阵子，有个美得炫目的姑娘也到了。他们是一对吗？

北凹看到哄笑，瞪着牛眼。一群人哄地四散逃开。无趣，无趣。这人咋能这样呢？还能把他吃掉？一点也不友善，保准是难缠的主。

北凹回敬，我媳妇比谁都漂亮，比你们任何一个人都美上三分。她在家给我烧饭洗衣，贤惠得没边。

咻——。人群里爆发热烈的哄笑，淹没了北凹的自夸。北凹失神地坐在板凳上，抠着指甲。

我要回家。我大死了，我要给他披麻戴孝！我没病，我好着呢！

抠完指甲，没人跟他玩，他诉起了衷肠。

谁也没拦着你，想回家就回呗！有人接茬了。也是一个无聊的癫痢头。

刚才说着玩的！医生走过来时，北凹感受到了威逼，马上改口。我媳妇还没过门，在娘家养着呢。漂亮得很，追她的人整

111

排。你们关着我，媳妇丢了，要照价赔偿的。我没闲工夫跟你们胡扯。这个事实不澄清，还以为我不明事理。

我在南京新街口上班。回来度假，就被我哥姐陷害。他们想霸占我财产，拆散我的姻缘。

这笔账回去一准清算。别以为我傻。傻子才把媳妇拱手让人。你们说怪不怪，我媳妇多漂亮的人，家里富得流油。多少人追她，她都没答应。偏偏看中了我！我觉着幸福，满满的幸福。

是啊，全天下就你幸福。我们苦歪歪。不过现在好了，你也跟我们一样吃不带油星的豆芽，嚼没有一丝油腻的烂菜帮。哈哈，侯北凹，你不是"时"吗？也有今天！

老爹死了，都回不去！这就是报应。老天开眼，睁着骨碌碌的眼珠子，一个邪气都不放过。

一个细嫩的护士飘来。北凹和看客们立刻哑口。过来，打针了！北凹乖乖地捋起衣袖，伸出胳膊。一针下去，北凹打起了盹。

话多得像树上的麻雀。要谝回家谝去。北凹忽然清醒。我可以回家吗？你等着吧！他又像泥团一样委顿下去。

吹鼓手吹吹打打。晚上要陪灵。双林和腊梅矮坐在地。空气里飘着肥猪肉的香气。烟蒂横七竖八地斜躺着。风吹着哨子赶来，渺在脸上冷硬生疼。门虚掩着，一个个身披孝衣的人进进出出。

北凹怎没回？三姑说道。她从偏门进来，几个侄男侄女都齐了，独独不见北凹。她嘴里就挂不住了。

腊梅向火塘里添了些纸钱，火更旺了。撩拨着，游走着。双林向棺材下的长明灯续了油，挑拨了灯芯。一室亮明。

三姑有被冷落的尴尬，正要冲口发话，双林接茬了。在考试，关乎前途和命运的。

三姑自小和他大好，感情深。对子侄的举动时有不满。父亲去世，北凹都不回来。一泡尿的路，三请四邀还不到。这就是大学生。读书读到书壳里了，读书读到裤裆里了。一个连父亲过世都不回来的人还指望有多大出息吗？三姑腹诽着，脸上的肌肉一抽一抽地跳。没人看她，都低着头，跪在父亲灵堂前。

近的亲戚一边，疏的亲戚一拨，叽叽咕咕，嘀嘀哝哝。双林耳尖，听出了异味，脸红到了脖颈。他一言没发，不争辩。

三姑心里憋闷。话像开闸的洪水，收不住。她一手拎簸箕，一手举锅铲。可话还是夹带着，像机关枪，不断地扫射。

腊梅心里怯了，到底是么弟，从小就被惯坏了。被埋汰久了，要抗辩。北凹，真有一场考试，很重要。他没成家，照理也可不回。这不违反祖制。

吹鼓手又吹打起来。腊梅的话淹没在噪声里，又被风掀跑，踪影全无。

北凹舅疯了！三姑的孙子小水也不知从哪听到的消息，大声地宣布道。他以为这是很好玩的事。

这无异晴天霹雳，六月飞雪。北凹是大家的希望，村里孩子们的榜样。他读书时多苦，硬是啃下了肉骨头。考上了大学。在全村是稀罕事。都是一帮泥腿子，大字不识的人。哪指望出什么人才。就在大家低头敛眉，挥锄耘地时，一个惊人的喜讯传来，北凹高中了！

他总是不按常理不出牌，喜讯来得稍早了点。头发花白，皱纹满面的母亲哭了。她表达喜悦就是哭。

北凹于是成为村里孩子的榜样。咱蛤蟆沟里也能蹦出金鲤鱼。能跳就跳吧，也许能多跳出几个农门。

这个消息极具反讽。小水这孩子，口无遮拦，不知轻重。这不是向人缝里丢炸药包吗？首先"晕菜"的就是北凹母亲。老伴刚过世，就接到这个石破天惊的消息。她心脏本就不好，这下就更不好受。歪在一边，喘息不匀。脸色灰紫。

七七四十九天后。这是父亲烧灵的日子。北凹回来了。

家里七姑八姨都赶过来了。北凹眼直直的，毫无光彩。木讷地坐在一边，低着头，像个负罪之人。

小水走到他跟前，小舅，你疯了吗？人们都这么说。

大人被逗乐了，正想笑。北凹突然站起，你说呢？小水的一句话像石头扔进清水塘，在人们心头荡起阵阵涟漪。天空倏忽荫翳，冻雨四下，兜头而来。

静夜思

香芹睡不着。以前不这样。一般到十一点基本就上床了，玩会手机，刷几次屏，看两篇文章，就沉沉睡去。已经十二点半了，还毫无睡意。内心一直兴奋，不可抑制。她闭上眼睛，数数，从一数到三百，又从三百数到一，不管用。灯早已灭了，漆黑一片。她睁大眼睛，什么也看不到。家里木质地板和家具有时发出炸裂的响声，她听得真切。心里一惊，就更清醒了。于是下意识地拿起手机，打开抖音。听古筝音乐，《寒鸦戏水》《春江花月夜》，还有《梁祝》。音乐如泣如诉，凄清冷凝。香芹听得入迷。她特喜欢古琴弹奏，还有古筝，听着那么入耳，多么入心。可惜自己不会弹。儿子小豹也不会弹。叫他学，他说难。煞有介事地去了几次培训班，就再不愿学了。说枯燥，反复弹一首曲子，弹得手软筋酸。他给的说辞是，不是那块料，乐感不行。

没有人天生就会的。郎朗也是这么过来的。你就不能坚持？小豹终究撂了挑子。香芹觉得好可惜。自己喜欢，可少时没钱，也没那意识。长大就错过了。对音乐的感觉还是有的。在歌厅唱歌，新歌《可可托海的牧羊人》听了三遍，就基本准确无误地唱出，还有《宁夏》，唱得深情款款。闺蜜纷纷竖起大拇指，专业、精准！香芹收到了一堆赞美。她也不以为意，只希望儿子小豹也能学点音乐。中国是礼乐之邦，不知礼，粗鲁；不懂乐，粗俗。香芹是高才生，对学习有一套。她很中意音乐，没事就听。班得瑞和克莱斯曼的钢琴曲，也喜欢听。她更中意中国古典音乐。每当听到古琴《高山流水》和《广陵散》，内心欢喜得不得了。据说《广陵散》散逸失传，现在有人弹的不是原曲。但也很震撼人心。原曲散失，不能不说是一大遗憾。孔子听《韶乐》，余音绕梁，三月不知肉味。可见沉浸之深，入境之久。自己和孔夫子没法比，远没到那境界。但听了这些曲子，心中还是波澜四起，涟漪翩翩。虽不"巍巍乎高山，洋洋乎江海"，倒也胸中有丘壑，静水深流。

听到兴奋处，精神高昂，更无睡意。闹钟敲了一点，她还在听；敲了两点，依然在听。她果断关掉抖音。这是精神鸦片，贻害不浅。特别上瘾，不容易戒。她闭着眼睛，思绪纷乱，想东想西。想止住，却怎么也停歇不了。她就那么静静地躺着，偶尔翻下身。

家里房子大，一人一个房间。老公最近忙，老出差。小豹早就一人睡觉，不用管了。这孩子睡得香，唯一不足的就是爱蹬被子。晚上睡觉，必须开空调。没有空调不睡觉，睡觉也不踏实。

香芹起来上了趟厕所，轻轻打开门，蹑手蹑脚进了小豹房间。还好，小豹睡得沉，均匀地打着小鼾。腿露在外面，肚子盖着薄被。她轻吁一口气，回到自己房间，复又躺下。她不喜欢吹空调。可家里每个房间都装了空调，客厅也是，格力的。

小时候吃不饱肚子，记忆犹新。籼米稻产量很低，一年忙到头，不是水淹，就是虫吃。收上来的粮食少得可怜。正月还没过完，就没米下锅。有些人家就出门讨饭。大家都穷，讨不到多少。

香芹也拿起过碗，靠在别人家门口。那种感觉刻骨铭心。至今想来都心酸，羞得恨不钻地缝。为了一口饭食，什么尊严，什么面子，统统抛却，一个不剩。香芹每想至此，觉得是耻辱，深深的羞愧。长大后，读了书，就养成了节俭的习惯。一衣一饭，来之不易。

家里有钱，可以给小豹买得起耐克、阿迪达斯，她就是不买，只买李宁和361°的；也可以给自己买 LV 和爱马仕，香芹也不买。闺蜜半真半假地笑话她，攒那么多钱干吗，想生小二子吧？她报以莞尔。

老公是一家央企工程师，自己是事业单位。效益都好，就靠平时发的，吃的穿的都不用买的。疫情前几年，隔三岔五不是老公单位发大礼包，就是自己单位发衣服，洗涤用品。夏天发降温费，冬天发烤火费。一年四季，都发东西。不是这个，就是那个。自己花不掉，就给婆婆，也送些给娘家。大家伙都跟着沾光。香芹算是嫁对了人，进对了门。夫妻和睦，儿子懂事。这是哪辈子修来的福分。有人啧啧夸赞道。香芹听了也只微微一笑。她知道，自己吃了多少苦。读中学时有多苦。经常咸菜泡饭，每每馒头充饥。许多难题待解，很多疑问待答。她问老师，问同学，硬是啃下了硬骨头。考试时穿着土气的旧衫，在答卷上笔走龙蛇，高考后，有了一个满意的分数。她考的学校不差，进了985高校，选了经济管理专业。大学时，也是手不释卷，学经济，学法律。专业没有荒废，英语也不曾丢弃。毕业时，拿了双学位，一个经济，一个法律。她对得起那段时光。时光转瞬即逝，抓不住，一眨眼就溜了。她学得苦，学得用心。本来一百斤，大学几年下来，只有九十斤还不到。脸庞瘦削，可眼神犀利。尽管戴着厚边眼镜，依然闪烁着智慧的光华。

和老公结婚那几年，幸福感满满的。她在单位做事，非常顺利。主任也器重，只要是难事、急事都指派她上场，没有搞不掂的。她既懂经济又会法律，还能说英语，老板更器重。就要准备提拔了，她怀上了。她主动推掉了职位。自己不小了，快三十岁了，也该有个娃了。事业还可以等，也可以争取。娃没了，就要不知猴年马月。她拎得清。轻重缓急，她知道。什么时候做什么事，几点吃饭，几点喝茶，不能弄错。

她生活规律得不近人情，任何风吹草动都不能动摇她的铁律。娃出生后，小心侍弄，待到快过周岁了，才正式上班。婆婆最终接管了。

后疫情时代来临。生活被打乱了。本来一年两次国内游，由于新冠疫情影响突然而止。虽然国内控制得不错，但也不敢冒险。疫情刚刚好转时，就有旅游公司的人打来电话，可以短途游，走走安徽川藏线，去西递宏村，到黟县看古村落。香芹统统拒绝。不是不想去，是不能去。在家憋了很久，非常想出去散散心，兜兜风。出门即景，踏步为光。但还是有些胆怯。万一碰上染病的，毁了自己，也毁了家人。老公万有志就喜欢宅着。没事在家带带娃，打打游戏。最近有一款游戏王者荣耀很火。有志沉迷其中，不能自拔。他不抽烟，不喝酒，就好这一口。玩就玩吧，总不能什么都禁绝。一个没有爱好的人是寡淡的，甚至是乏味的。有志不打牌，交际少，应酬不多。一度，香芹有点替他担

118

心。男人总要有三五知己，在一起喝酒吹牛。连这样的朋友同事都没有，岂不悲哀。除了黏老婆孩子，就没别的了。

要说有朋友，那就是电脑。一回家吃过饭，如果不带娃，就趴在电脑上，要么搞程序开发，要么就打游戏。玩累了，玩腻了，就拱老婆的乳房。有时觉得这人挺没趣的。后来想想，也好。男人宅着，就不容易偷腥。家庭就和平，难有硝烟。有志除了玩游戏，搞编程，还有一项绝活，就是考证。考试就像玩似的。建造师、造价师、电气工程师，统统考过。建造师证书拿到手后，往建筑公司一放，一年几万元就到手了。拿得轻松，拿得爽快。香芹有段日子经常主动投怀送抱，晚上洗漱过后，穿着蕾丝内裤，私处若隐若现，在老公面前莺声燕语，老公果然没把持住，当场"正法"了。欢爱有时，愉悦无度。香芹醉在幸福里，躺在梦幻中。生活可以很美的。她小时吃尽了苦头，努力拼搏后，小日子就赚来了。

一次香芹躺在有志怀里，我们再生一个吧，不管是男是女，都可以，是女娃就更好了，组成一个"好"字，堪称完美。

有志在她鼻子上刮了一下，我也想。就怕把生活打乱。现在有小豹也挺好的。再来个小的，怕你吃不消。母亲年纪大了，身体越来越不中了，要带二子，估计困难。生下小的，必须有人带，不然就不生。经济问题不大，相信我能挣到。我正在向上走，不出意外，几年后，会有更大的平台。

那就更应该生了，大不了我辞职。香芹迫不及待。那先实施伟大工程，有志翻身骑跨上去，琴瑟和鸣，乐音潺潺。

这样的好日子并不多，万有志常出差。一出差就十天半个月。香芹很寂寞，也很思念。又不好打扰，只在深更半夜煲"电话粥"。

找万有志纯属意外，本来相亲另一个男孩。那人没看上她，她也没相中对方。万有志刚好在，坐在一角，玩手机游戏。聚精会神，一点不受干扰。他们的谈话估计一句没听进去，听进去也当耳旁风。临走时，香芹多看了他一眼，男孩也刚好抬头，四目相对，觉得很有缘。于是就互留了号码。回家后，一个"红尘一抹"主动加她微信，并无备注。香芹犹豫了好久，经过一番思想斗争，还是接纳了。那时微信刚流行。她一般不加陌生人微信，也不轻易接受陌生好友。她不是随便的人，更不是随心的人。今晚不同，忽然心生灵犀，在手机的另一端，一个焦灼的心在等待渴盼的人。果不其然，是万有志。他们就在微信里聊了很久。然后就约会，一起唱歌，一起溜冰，一起打保龄球，玩得很嗨。发展到后来，就一起去周边玩，吃烧烤。两人世界，美不胜收。从刚开始的拘谨到大大咧咧，百无禁忌。后来就水到渠成，顺理成章。还没结婚，香芹就有了身孕。奉子成婚，先上车后买票。

结婚半年不到，小豹就出世了。虎头虎脑。来到人世的第一声啼哭响亮大气，非常男人。结婚那天，香芹被灌了一杯红酒。她担心死了，怀着孩子，不能沾酒的。有志那天直接喝高了。游园时，被一干同事朋友脱得只剩短裤，手脚被反绑，在地上趴着，一寸一寸地游走。还好，香芹有孕在身，没有狠斗，只找伴娘戏弄。伴娘做了替罪羊，脸都弄花了。香芹过意不去，多给了五百元红包。

有了小豹后，有志更勤奋，更努力了。香芹休完产假，回到单位，还备受器重。她事业心不强，有了娃后，心思有所转移。精力一半在小豹身上，一半在老公身上。留给工作的余地不多。

尽管这样，她也是出色的。她对升迁欲望不强，想法不多。这样就少了很多麻烦。别人想上，由她去，我也不拦着。在单位清心寡欲，反而迎来不少青眼。只有那些急吼吼的人才会有很多阻力。她如鱼得水，游刃有余。

想了许多，麻雀已经在树梢欢叫，东边的第一缕曙光已经穿破云层，照进了窗棂。

香芹略有困意。炸油条，卖烧饼的，还有送牛奶的，贩鱼卖菜的都出动了。不时发出或大或小的声响。香芹都听见，听得清楚。她想睡不着了，那就下床吧。于是穿衣起床。煮了稀饭，煎了烙饼，天还未大亮，此时睡意来袭。她就和衣躺下。竟然很快窜入梦乡，还轻轻地打着鼾。

接连几日都睡不着，只能睡点回笼觉。这是糟糕的事情。她想睡着，越想越睡不着。难道更年期到了？不可能，四十岁还不到，就衰了？不可思议，简直暴殄天物。脸蛋红润，皮肤紧皱，头发浓密且乌黑。一点征兆都没有。想多了，只是偶尔失眠而已，没什么大不了的。

有志出差已有半月了。难道有阵子没嘿咻了，也不至于吧。自己并不馋，也不好。每次有志回来，都是他主动。自己似乎兴趣不是很浓。每次睡不着，都蹑手蹑脚去小豹房间，小东西睡得香，均匀地呼吸着。香芹就给他掖掖被子，在额头亲了两下，轻轻地退出。

是计划过，要个二宝。虽然晚了点，还能赶上。政策放开有点晚，但对他们影响不大。自己不是独生子女，万有志也不是。单独政策放开时，那时真想。后悔自己或老公不是独生。几年后，全面放开二胎，似乎又不很急切了。年龄不算太大，完全有能力，不管是财力还是精力，都跟得上。

和有志商量过后，就没采取过措施，放任这一过程的发生。她希望中标，却又害怕中标。在两难之间徘徊，终究撒手。

"伟大工程"和"伟大斗争"进行得如火如荼，可肚子还是空空如也，没有丝毫异常。例假也来得是时候。想来就来，不想来也照来。她也没辙了。看了中医，做了些调理。按说好怀。小豹就是在一次意外中得来的。每次都做了紧急措施，就那次匆忙，兴奋至极，也顾不得许多，一次就中招了。

说女人屁股大好怀，有些道理，但也不尽然。自己屁股不大，骨盆也不宽，怀孩子却容易得很。就是生孩子有点难。骨盆宽好生孩子，这不是诳语。自己生小豹九死一生，硬是顺产下来。现在想想就后怕。当时胆子也真够大的，心也够大的。

打开抖音，听《春江花月夜》，在古琴悠扬的声音里，香芹似乎有了睡意，可外面风刮树梢的声音听得真切，偶尔一两声鸟叫也听得格外清楚。好像下雨了，遮阳棚上有滴答声。"啪啪啪"的声音听上去像男女欢爱的撞击声。香芹听着听着，脸就有点热了，身子也有点热了，觉得被子厚了，踢掉被子，自摸起来。后来声音小了，慢慢又消失了。香芹就停止了动作。一阵羞臊袭来。不正经，她自忖道。

家里静得掉根针都能听见。当万籁俱寂时，一点声音都显得很夸张。闹钟滴答声尤其大，走字很夸张。她不想听，却格外清晰地灌入耳膜。水仙花秘醅声都能听见，虎皮兰绽放的微弱声响也能听见。伴随着隐隐香氛，飘入鼻腔。只是没养昙花，这个小东西开放是个什么姿态，什么味道。她曾经逛过花市，想买一盆，逛遍了花鸟市场，都没见着。花是个好东西，可以养眼，也可以助眠。吊篮在空中蛇一样游走，晚上一个样，白天又一个样。藤蔓高高仰起，缠着一切可缠之物，也学会了借势。蓬蓬勃勃的样子，绿油油的神态见了眼痒痒的。真是调皮鬼，连书架都敢攀缘。几次将藤蔓拨开，第二天又伸展开去。吊篮很好养，只要有阳光就灿烂，只要有水就灵动，挡都挡不住。只好用棍子撑着，让它借势去。

春江海水连海平，海上明月共潮生。滟滟随波千万里，何处春江无月明。不思量，自难忘。《春江花月夜》的诗词在脑海里纷纷涌出，你挤我赶，互不相让。为了争先恐后，甚至有秩序纷乱的嫌疑。

少时好古。有个堂叔是民办教师，拿钱少，家里穷得快揭不开锅了，依然守着那一箱子书，宝贝得很。他女儿也就是香芹堂妹，少不更事，偷着书撕了叠纸飞机，在场基上疯玩。香芹看到纸上有字，都是她不认识的，很觉新奇，就展开来看。其实，她也没看出名堂。但那眼神，堂妹后来说，好痴迷。这个样子刚好被堂叔看到了，堂叔冲出土屋，狠扇了几巴掌堂妹，拉着香芹往屋里走。你喜欢什么书，以后只管来借，记得要还喔。就这样，别人读不到的书，香芹竟然有幸提早结识了名篇。

香芹从堂叔处弄到了《唐诗三百首》，一边放鸭一边背诵。张若虚的《春江花月夜》就是那时背下的。她喜欢得不得了。人间还有如此"尤物"，如许美味，真比吃什么都香，闻什么都醉，看什么都美。她沉浸其中，不能自拔。一个暑季，基本背完了《唐诗三百首》，张若虚唯一的《春江花月夜》尤其印象深刻，不能或忘。有事没事，就从脑海深处吐出来反刍一番。孤篇压全唐，真是有道理的。她的文科功底也许就是那时打下的。虽然理科也不错，但在高中选科时，还是倒向了文科。

　　曾经去过舟山，来到普陀，拜揖了观音大士。晚上就睡在海景房里。浪涛汹涌，不眠不休。房子潮潮的，一股海腥味。也许是太累的缘故，或许是海浪的原因，枕着波涛，睡得特香甜。一觉醒来，天光大亮。整个人神清气爽，精神百倍。那时年轻，见什么都好奇，看什么都兴致勃勃。傍晚时，看到海里隐约睡着观音。在夕阳余晖下，涂抹上一层金色霞光。海浪或大或小，一会淹没，一会露出。躺着的身姿尤其像。香芹差不多就要跪拜了。许多人拍照留念。香芹没有，她存在大脑中，作为日后的念想。怀念从前的自由旷达。

　　疫情反复，让人揪心。外国病例都是几千几万地出现，特别是美国、英国等，患病人数不断地增加，防控的形势越来越紧张，死亡率也逐渐攀升。看着心寒，望之肉颤。香芹本就胆小，这一看吓得不轻。国内虽然疫情平息了，可时不时地冒出一点，不是东北就是西南，防不胜防。哪里都不敢去了，还能去哪里？待在家吧。

　　何时是个头，搞得人心惶惶的。担心这个，担心那个。现在马路上车又这么多，剐擦事常有。小豹上学放学都要接送，一个不小心就会生出意外。意外和明天哪个先来，还真说不好。睡觉都要睁只眼睛。小豹虽然身体不错，学习还行。可担心的事真不少，用一句话说，大气候变了，变得很不正常。疫情改变了心情，也改变了心态，更改变了行为模式。许多改变让人很难自适。

　　夜里静悄悄的，思维容易活跃。自己爱读书，喜欢想问题。想着想着，大脑中的马达一转起来，就停不下来。

这是一件窝心的事。脑子越来越兴奋，越到夜里就不得消停。本来喜欢喝点咖啡，不敢喝了；也喜欢泡点淡茶，又戒掉了。不管用，一过深夜十二点就睡不着，在床上翻来覆去。本来睡眠就浅，后来就更浅。高考伤了本。高考前一两个月睡眠基本就丢了。莫名其妙！要说紧张吧，也不至于，兴奋可能更多点。喝点蜂王浆，没用；吃点中华鳖精，也没用。整个人都亢奋，一直亢奋。高考那几天凭着顽强的毅力和坚强的决心才取得阶段性胜利。大学时，不紧绷着了，稍微好些。但开灯睡不好，吵闹睡不着。养成了娇气的习惯。

小时候多能睡，晚上瞌睡来了，随便一个地方都能睡着。脸不洗，衣不换，往地上一躺也能睡着。蚊子成群，苍蝇结对，纷纷打扰，也唤不醒。一边挠痒痒一边呼呼大睡。

现在年龄不大，竟然患上了失眠症。讨厌的家伙，惹嫌的东西。瞌睡虫什么时候飞走的，至今没搞明白。在高中那些日子里丢的吗？上千个日夜披星戴月，焚膏继晷，也许那时弄丢的。上大学后，还是找回了。

大学里绿树成荫，花红柳绿。情侣成双，恋人结对。到处弥漫着青春气息，随时流淌着逼人的朝气。自己浑然不觉。所有的快乐都攒在这段时光里，所有的幸福也淹没在这段岁月里。

大学是轻松的，也是愉悦的。这是获得后的轻松，释压后的愉悦。谈了一次恋爱，不长不短，不咸也不淡，聊作回忆的资本。这次恋爱算是锦上添花，让生活更加充实，使感觉越发丰富。

分手时非常平和，谁也没给承诺，更无海誓山盟。于是谁也没套牢谁，谁也没歉疚谁。这样也挺好，松耦合。分手是必然的，谁也没打算去对方城市。一个在南方，一个在北方。都说不习惯彼此的生活，谁也不想迁就谁。吃了一次最后的晚餐，临分别时互相拥抱了一下，就过去了。毕业后，谁也没主动联系对方，似乎都忘记了彼此。几年后，都在所在城市结婚生子，互相毫无干扰，也没丝毫影响。没告诉万有志，不是怕他小心眼，没必要。就是告诉他了，想必也会得到谅解。在那时，谁也不认识谁，更是谁也左右不了谁。从前的事带到今天来咀嚼，就显得陈旧，不合时宜了。

她也不主动问万有志，是不是有初恋，初恋的感觉怎样，是否还记着对方。真是无聊，都过去很久了，何必再翻炒。沉渣泛起，未必香甜。她很享受现在的状态和眼前的生活。她眷恋万有志。一到对方出长差，心里就隐隐地难过。她从不表现出来，给他收拾这收拾那，拾掇得自己满意了，才肯收手。自然万有志百分满意。临走时，要在香芹脸上亲一下。香芹啐他一口，老夫老妻的，不作兴了。其实心里蛮高兴的，能高兴好几天。几天后就消减了，脸上布上莫名的阴云。

一到周末就带着小豹，骑着电瓶车到处乱窜。她会开车，嫌开车麻烦。车子不好停，动不动剐蹭，会带来更大的麻烦。电瓶车小巧轻便，很趁手。花开似锦时，香芹载着小豹到处溜达。生活轻逸、闲散得很。越轻松，越睡不实。奇了怪了。

生活没有太大压力，除了怀不上二宝，其他都好。去看了几次中医，用熟地、黄芪熬水喝，似乎好点。有时也吃乌鸡白凤丸，黑不溜秋的，月事似乎正常些。一停掉就紊乱，做不规则布朗运动。测不准定律派上用场了。万有志回来时，充分享受两人世界。一到周末就将小豹送到奶奶家，让他在那边疯，自己在这边疯。

　　没有压力，也没有干扰。他们想怎么疯就怎么疯。一段时间下来，依然不见动静。香芹无可奈何，万有志百爪挠心。

　　娘家没事。弟弟在读大学，哥哥成家另过。都在往前走，可走着走着，有人贪恋沿途的风景，落下了。哥哥做生意，起起落落，受到不小的冲击。都过去了，他现在也还不错，有了较好的去处。她本不该担心的，也没必要担心。她好操心，但操心也不大管用。母亲年纪大了，在村里人缘不错，没事帮衬别人，也接受别人的帮衬。

　　都挺好的，自己究竟想啥呢。一天到晚脑子里装着事。不是担心这个就是害怕那个，总不消停。

　　万有志终于出差回来了。看到香芹有点憔悴，皮肤松弛，眼袋有了，抬头纹深了，心里不禁一阵难过。这次出差时间怪长的，差不多两月有余。他放下行李，要走过搂抱她。她竟然从怀里挣脱，洗手去。香芹准备了一桌好饭菜，就等着他回来。开了一瓶法国波尔多红酒，点上红烛。小豹到奶奶家去了，就两人在家。她要充分享受二人世界。小时候拼命努力，想过上幸福生活。但当拥有后，又觉得缺少什么。心里总有些失落。万有志一度在家玩游戏，昏天黑地。那时，香芹是多么生气，多么失望。找了一个不争气的老公，不上进的男人。以后可有苦头吃了。她做好了打算，荆钗布裙。过了不多久，他竟然换了一个人，特别是小豹出生后，他就玩得少了。后来换了领导，越发受到重视，他完全走向正轨，出差越来越多，卡里的工资一月比一月多。涨幅还大，看得香芹有点不敢相信。

　　她于是就睡不着，担心万有志的钱来路不正。但想想也觉得不对，工资都是正当合法收入，没必要担心。她还是想不开。问了几次，万有志说，放心大胆地花。

万有志出长差时，就容易睡不着，即使睡着，也睡不实。一回来闻着那股味，那股浓重的男人气息扑面而来，她的心就踏实了。

在小豹五岁时，动了怀二胎的念想。一直没有进展。小豹快十岁了，也没动静。

田地荒芜了。布谷鸟有时在城市上空飞来飞去，播谷插禾，播谷插禾。

天幕开了又合，树叶绿了又枯。

香芹睡不着的毛病没大改善。夜静得出奇。为了改善睡眠，在有志出差时，她有时去农庄过夜。她依然睡不着。山村流淌着几缕幽暗，一些空明。

牵着狗的女人

　　天冷了，风呼呼地吹。天空晦暗着，偶尔一两片雪花在空中翩翩，落地即化。树叶凋零了，光秃秃的树桠杵向天幕。

　　晚饭后，桂芹雷打不动地牵着她的狗出现在小区广场。她低着头，行着路，不跟人搭讪。对门的见了，也不打招呼，只顾低头遛狗。狗的脖子上挂着铜铃，跑动时叮当直响。一听到响声，群狗就围拢来。别人的狗很自由，窜来窜去，摇头晃脑。桂芹一直牵着狗，不允许脱离视线，也不喜欢野狗讨欢。牵不住人，总该牵住一条狗吧。这一点她很满意。五十岁了，儿子上大学后，就和男人离了。凑合着干什么呢，谁也不靠谁。那时还顾忌儿子的脸面，怕影响高考。生拖着，没得意思。儿子一到外地上学，俩人就不约而同地想到了分开。那一张纸就是锁链，硬生生地捆绑着，将俩人的活气捆没了，沉闷和无聊招来了。

　　在家一天说不到两句话。说话的理由全都围绕着春山。春山的个子老高，高出父亲半个头，高出自己一大截。再怎么高，还是孩子。桂芹一想到春山，心里就暖暖的，一股清流淌过。

　　俩人打也打过，闹也闹。后来觉得这样耗着不是办法。他也就一工人，要钱没钱，要貌没貌，竟然勾搭上同学，听说还青梅竹马。早知道这样，当初干吗去了。有了春山还不消停，就知道在外野，在外浪。没事就到小酒馆里喝，狐朋狗友。看不住，管不了。春山小时，还顾点家。越大越不像话。还不能说，一唠叨，就招来白眼。横眉竖目，样子难看死了。索性不讲，一肚子话烂在里面。各顾各的。男人有钱就变坏，男人没钱也变坏。瞧他那样子，不像有钱人，凭什么跟女同学眉来眼去。后来竟然发展到双宿双飞，想想就叫人来气。什么人哟，还梅开二度，家都不要了。

桂芹有时睡在床上就自省，到底哪里做错了。家里条件一般，谈不上富裕，也就俩工人，量入为出，阔绰不起来，大方不了。看着别的夫妻一到寒暑假就带着孩子天南海北地玩，自己心痒，何尝不想。条件不允许。再苦也不能苦春山。旅游还是有必要的。张家界和凤凰古城，是要去的，峨眉山和乐山大佛，也是要看的。一年不行，要做几年。春山的眼界，就是他的前途。不能落下。也怪她不晓事，带春山头年去了张家界和凤凰古城，下年就该男人带着春山去峨眉山和乐山大佛了。她死昏了头，竟然没让出。从他眼里看出了失落与失望。男人说心大，一点不，心小起来，连针尖都穿不过。就为这事跟她闹掰了。等她回来时，他已有相好。真气人！她以为他过得苦歪歪的，心里不忍，来年再出去，就让他带着儿子，想去哪就去哪。没想到趁她不在家，玩大了。那狐狸精有几两油，够他榨的吗？都过去这多年了，还不死心。狐狸精比她还大两岁，肌肤像老树皮，怎么就对上眼。男人不要脸了，什么事都做得出来。

吵闹时，怕影响春山。春山定力好，竟然没波动。考试成绩稳稳的。这下她就放心了。男人在外面瞎混，在不在家都一样。还不如不在家，落个清净。免得到一起，互咬。

她是想维持的。剃头的挑子一头热不行，热脸碰着冷屁股，没想头。一拍两散，好得很。

临离前还吵了一通。房子归属和工资分配，财产清楚得很，分割也不麻烦。只要他心里还有春山，能给一点生活费，自己也同意。房子自然归她，他有错在先，再说，儿子回来也要住。工资各花各的，他的多些，但也多不到哪里去。

狐狸精没了男人，就想勾引别人家的，竟然勾引到唐桂芹头上了。她男人再糙，也还是男人。只要男人在，家就是完整的，缺了谁都不行。桂芹在心中盘桓着，希望最后一搏，能挽回男人的心，挽救破碎的家。发现男人外面有人是多年前，自己一直忍着。本来订婚就仓促，结婚也草率。在和桂芹相处前，狐狸精就是男人的相好，双方家长都反对，只好作罢。婚后桂芹听男人坦白过，她心里咯噔一下，不过还是装作大度地表示不介意。吵架和怄气时，也拿出来攻讦。不能提，一提狐狸精，男人就蹬鼻子上脸。

春山到底大了。离之前，征求他的意见，他竟然轻描淡写，说过到一起就过，过不到一起就散，吵吵闹闹没劲。这孩子，也不知道劝几句。就像说别人家父母，算是白养了。书都读到哪里去了，怎么这样想得开。桂芹冲了春山几句，春山还犟嘴。

春山都这么说了，还留恋啥。男人一离开，就养了条狗。她不喜欢跳广场舞，闹得很。一群大妈吃饱了撑的，一到晚上就聚幸福广场蹦蹦跳跳。音乐里永远放着《小苹果》，声音还特别大。到了幸福广场，就一定幸福吗？

　　王二姐组织一批妇女，打扮得花里胡哨的，总在广场上跳。二姐企图拉桂芹，跳个鬼步舞。鬼步舞可火了。一阵子抖音里全是。少女跳跳还行，舞姿和步态，怎么来都美。屁股一甩一甩，迷倒一拨人。桂芹也看抖音，看多了，就起腻。有人长发披肩，背对着人，屁股当脸，在起劲地跳。求关注，求点赞。有的粉丝多得吓人。桂芹到底老套，究竟是心老了，还是身体弱了。看到这些，一阵一阵地逆反，呕吐的心思都有。

　　还是小灰好，走到哪里就跟到哪里。脖子上的铃铛脆响，立马就有了生气。男人离家，春山上学。屋子显得好空。一个人待着，就像小矮人穿着大褂，空落落的。一个人时，就不想烧锅。总想对付着，将就着。吃条黄瓜就过去了，啃俩馒头就行了。已经有一周没开火了。锅灶边都蒙尘了，也懒得擦一擦。没事总想给春山打电话。春山长成大小伙了，该会照顾自己了。小时惯着，没忍心让他多干家务。袜子内裤都很少洗的，更别说洗碗刷锅了。有那时间，多认几个字，多念几句单词。天知道事情怎样发展。竟然和男人离了。到老了，还孤单一人。少年夫妻老来伴。老了，老了，却失去了伴侣。桂芹总觉得丢了什么。弄丢了，捡不回来。一个人也挺好。不好还能怎样。都这把年纪了，还把男人丢了。不过好歹还有儿子春山。一想到春山，她脸色就柔和起来。春山上学没操过心。多少孩子要补课，没日没夜。她家不这样。除了正常上学，课外很少补课。亏得有这番定力，诱惑真不少。家境好点的孩子学钢琴，拉小提琴，打篮球，踢足球。恨不得十八般武艺都学到学成。人的精力有限，财力也有限。怎么可以那样呢。桂芹就不。孩子只学功课，其他一概屏蔽。花费就少多了，省俭下钱，去游山玩水。

桂芹唯一感兴趣的就是外出旅游。其他一概不感冒。春山跟着也学会了浪漫。他的浪漫是具体的，可以形容的。每次旅游，拍很多照片，带回来沉甸甸的。有一种胜利的喜悦，满心的欢愉。

自己还有儿子和狗。桂芹这样安慰自己。每每这样想，她收紧的心就舒张了。

特别是春山来电话。一声"妈"叫着，心里就酥到化了。眼泪就下来了，毫无预兆。只听那边儿子叽叽咕咕，也不知说啥。她只一个劲地点头。就好像儿子能看到。不敢视频，只通电话。有时想极了，才视频。儿子生动俊朗的面孔，看着就舒服。她有时都不敢相信，这会是我的儿子？我能生出这么优秀的儿子，真是作了！想着想着了，就咧嘴笑了。春风满面，春雨满腮。

天冷了，北方一定更冷。听说大雪就没停过。大街上都可以滑雪。每次电话都叫春山多穿点，多吃点。学习苦，学习累，别伤着自己。家里有钱，只要想要，什么都可以有。

妈妈又重新找了份工作，在快递公司上班。工作一点不累，还挣钱。除了退休金，还有额外收入。想想就觉得高兴。

桂芹不想和春山多视频，理由很简单，耗流量。流量花钱多。一个月就那么点流量，早用掉了，后面咋办？

只有快到月末了，桂芹才主动和春山视频。将剩余的流量花掉。这时候她是大度的，奢侈的。攒了一个月的思念，就在那一刻爆发。桂芹和春山视频上了，一会笑一下，再笑一下。像个小姑娘，像个小媳妇。脸上还布满幸福的红晕。两颊红彤彤的，像落日的晚霞，像初升的朝日。幸福漾满了心腔。

挂断电话时，桂芹掉泪了。小灰依偎在她脚下。看到主人抬手擦泪，它舔着桂芹脚趾。桂芹用脚挑开。回窝去，该睡了。

桂芹安顿好小灰，自己窝在沙发里看微信。微信里有一些鸡汤文，可以安慰孤寂的心。她有点喜欢。没有人能打败你，打败你的是内心的魔怔。桂芹心一震。像轮胎轧到了砖块，弹了一下，又弹一下。再翻看时，突然看到一则消息。本市一个独居妇女不幸离世，去世三天才被发觉。然后就是某某路，某某小区。这不正是闺蜜谈笑吗？桂芹的心再次收紧，越缩越紧，箍得难受。泪没淌，汗流出。她掀开毯子，趿着棉拖鞋，在地上不停地走动。

谈笑是个摄影家。自从她当了摄影家，来往就少了。有时大道理一套接一套，家里的琐碎事情就不入法眼了。就因为当了摄影家，像着了魔一样，常年在外跑。她"高大上"了，作为底层和基层的桂芹就有点"配"不上了。于是主动撤离。虽然不来往，但心是记挂的。听说她离了，儿子判给了男方。她就更加自由了，在小城很少待的。看她朋友圈，上月不是在西南，就是在东北；本月不是在新疆，就是在西藏。看得桂芹眼馋。

常年在外，自然家顾不上，工作顾不上。于是家丢了，工作也辞了。后来不知咋回事，又迷上了"志愿者"，加入爱心团队了。跟着爱心团队满城跑，热情得很。朋友圈晒的都是这样的照片。

她偶尔也通过微信喊桂芹。有事做就不一样。人也和气多了，慈眉善目的。一次在路上撞见，人很清癯，透着和善。她没有别过脸去，反而是迎上来。桂芹一阵感动。老远就笑，见了面再笑。谈笑摸着桂芹的手，不肯松开。桂芹那一刻心念洞开，就要准备加入爱心团队了。自己总不能闭关锁国，自我沉沦。

134

桂芹男人丢了，想想就气闷。还不如找个乐子，一头扎进人堆里。她不信鬼神，也不爱耶稣。有人在身边叨咕，希望她也加入爱心团队，于是有点迟疑，有点松动。既然说得那么好，估计也不是编排的。群里很热闹，友爱互助。爱心朋友之间亲如姐妹，好似兄弟。儿子上大学了，你就解放了。这是谈笑亲口说的，至今还冒着余温。

儿子才上大学，一脱离视线，她就买了条狗，是一普通土狗。打听这个事，也费了番周折。有家母狗怀胎，走路摇晃着，很笨重的样子。母狗走了好久，才回到家。桂芹一路跟踪。母狗拱门，她就敲门。开门的是个女人，头上包着毛巾。一看就是在洗头。头上还滴着水。请问你找谁？桂芹就说明来意。女人笑逐颜开，生意找上门了。她要请桂芹屋里坐，桂芹没进，就在门口拉呱了一番。

男人一出门，小狗就进门。母狗下了四崽，清一色灰毛。三条公的，一个母的。母的被预订走了。桂芹去迟了一步。桂芹不喜欢公狗，就像不喜欢男人一样。男人花头多，牵不住。自己怀孕时，也一心盼着生个女儿。春山降世时，看着小茶壶，就有些不快。男孩粗心、马虎，总猜不透母亲的心思。不像隔壁的小玲，把爸妈哄得团团转，嘴甜得抹了蜜似的。她一回来，家里笑声不断。春山就像闷葫芦，有话不大讲，总揣在心里。猜不透他想什么，要什么。看着春山长到老高，心里才接受。承认了现实。儿子花钱多，不仅要上大学，还要买房子成家。一想到这个，桂芹就眉头紧锁。如果是女儿，现在轿车买了，也不操心房子了。男人不担当，在节骨眼上抽身而去。自己省俭着，连买菜都算计。买小狗时，也是。跟卖家商讨个半天，以两百元的价格成交。小灰本来是别人的。那家后来忽然不要了。来了个男子，掐着一条公狗的脖子，提溜着回家。小狗呜呜了半天。

捡漏了，得偿所愿，是个灰姑娘。小灰通人性。自己一不快活，心中郁结时，它就汪汪叫。在脚边打滚，舔手舔衣。心里藏的事，也被赶跑了。

自从有了小灰，日子似乎活泛了。家里不寂寞了，也不冷清了。小灰会衔鞋，拖扫帚。自己下楼买菜，小灰总跟着，寸步不离。脖子上的铃铛晃来晃去，声音清脆。

母狗好，不骚情。不像公狗，精力旺盛，使不完。像个坏孩子，总是淘气。大了，更不好收拾。发起情来，就不好使唤了。如果满足不了，能把天叫破。朋友家就是，吃过亏的。

谈笑忽然没了，让桂芹心一沉。人不是很健康吗？看样子好得很，老天怎么忽然就收走了。招呼都不打一声，出奇地安静。

要不要参加葬礼。天冷时，人去了。梧桐树阔大的叶子也凋零了，空气里弥漫着肃杀和萧条。人说强也强，但到底还是弱。差不得半毫。跟朋友在一起，也该受活。听说有阵子外出多，跑累了。就回家休息，本该抖擞精神的，却听来这样的噩耗。

去不去参加葬礼，桂芹很纠结。才多大啊，怎么就没了？世界还在转，人们还在争。只有倒下了，才肯罢休。眼睛闭上再不睁开，才算了。

前一阵子，忽然不舒服，好像发烧了。回到家就躺下。一个人冷锅冷灶，端杯水的人都没有。屋子好空，空气像凝结了一般。睡到夜里，嗓子冒火一样疼。挣扎着起来，什么事也不想干。电话突然响了，春山打来的。一看快十一点了。桂芹有气无力地接了电话，春山感到了异常。你等着，我喊爸去！桂芹要阻拦，忽然就听到电话发出"嘟嘟"的忙音。过了不知几时，有敲门声。桂芹懒得起床了，也懒得搭理。一定是那个死鬼要来献殷勤。要献就献一辈子，不稀罕这一时。她听到了好久的"咚咚"声，才最后下定决心开门。

都什么时候了，还在怄气。男人进来就噼里啪啦地批评。然后就摸头，烫得很。你是春山妈，不管怎样都逃不过这层关系。我照顾你，理所应当。

谁稀罕你照顾？桂芹就是不给好脸色。男人硬拽着走进医院急诊室。这是不容商量的。吊了水，开了药后，已是凌晨三点。桂芹有那么一刻恍惚。男人没有离家，一直伴着自己。当瞌睡时，依偎男人肩头，才感到些许踏实。男人就那么斜着，让她靠。几个小时，姿势都不换一下。桂芹吊过水，心里涌起暖流。不是空调里钻出的，而是从男人心底溜出的。有一股淡淡的甜蜜，就像刚谈恋爱时的感觉。

第二天醒来时，依旧还是孑然一身。悲伤就从心底涌起。她偷偷哭鼻子。泪水怎么也止不住。有一天真要病得起不来，咋办哟！

儿子正在上学，正在爬坡，正在攻关。病不起啊！病了谁来照顾自己，谁来打理家。她一个人就是一个家，只要她还在，家就不倒。死鬼男人，走得多匆促。绝情！投入别的女人怀抱。这是怎样的罪过，永远不能饶恕。当桂芹好了时，心气又硬了。

说好一起度过前半生，也一起走完后半程。他却撂挑子，甩腿走人，说消失就消失。这后半程怎么走，在桂芹心里起了波澜。谈笑离开时，在桂芹心里投下一抹浓重的阴影，她更慌了。今天的她就是明天的我。日子数着过，日头总不下山，空落落的。悬挂在西天，像什么话。桂芹希望日子早过完，希望春山早出学，希望天天是夜晚。可一到夜晚，日子更难挨。黑夜总突破不了，黎明也长不出来。睡到三点就醒。醒了就觉得屋子空。夜晚静得可怕。地上掉根针，都听得清楚。灶台上的不粘胶挂的铲子忽然掉落，哗啦一响，惊天动地。桂芹心"怦怦"地跳，汗也钻出毛孔。储藏室里木地板开裂的声音也钻入耳膜，惊悚！桂芹吓得腿都抖了。忽然发出声音，谁？屋子静悄悄的，什么声音也没有，回答她的是寥落和无言。这更加深了她的恐惧。她憋着尿，不敢起夜。男人在时，什么都不怕。原来没人才是可怕的。

谈笑一定也如此。她受不了孤寂，才进入了爱心团队。帮助别人一定给她带来慰藉，带去安抚。心不再冷，人也不再瘦。

谈笑每当独对青灯，面对黄卷，是怎样的心思。别看白天热闹，每到夜晚，就有说不出的沉沦。谈笑没养狗。以前养过，狗被偷时，莫名难过。与其拥有时欢愉，失去时悲伤，不如不养。没有就是空，空时就有大悲咒。谈笑的话透着玄机，桂芹似懂非懂。

有时一人，桂芹也学着听《大悲咒》。听了好入睡，听了更觉着空。

谈笑说，和爱心人士在一起，比什么都亲切。离开了，还是姐妹。

受助者在暗处看着大家。受助者的欢愉就是她的欢欣。

桂芹有时翻看闲书。看着看着，心就安静下来。浮躁的心像飘在水上的葫芦，怎么也摁不沉。心就那么一跳一跳的，眼也是那么一跳一跳的。寂寞的夜，可怕的夜。她困时，累时，想找人吵一架，男人不在身边，唠叨都不行。还好有小灰。小灰一到夜晚就出奇地安静。趴在狗窝里睡得那么安静。这不像小狗，像什么，桂芹说不好。

地板开裂的声音，自己听得清楚。家里每一处的响声都听得清楚。小灰睡得那么沉，连一点起码的警觉都没有。有点过了！

桂芹起夜害怕时，就喊小灰。连喊数声，小灰依旧不理。桂芹急了，家里总算有个活物，可以出气。她忽然胆肥，抄起笤帚，就给小灰扔去。小灰"啊呜"一声，钻了出来。追着桂芹跑。桂芹拉亮灯，看着满屋的孤寂。小灰引着桂芹进了洗手间。一阵嘘嘘后，桂芹又上床了。叮嘱小灰别睡得太死。小灰啊呜一下，钻进狗窝。

隔壁突然传来"啪啪啪"的声音，此起彼伏，很有节奏。听得桂芹脸红心跳。她干脆捂起了耳朵，钻进被窝，什么也不想听。

谈笑的葬礼去，还是不去。去了徒增伤悲，不去又添失落。还是不去了，有一帮志愿者给她操持。她也算善终了。

桂芹走到半道，终究折返了。谁也不认识，就这样傻呆呆地站在人缝里，像什么。她打了退堂鼓。在圣天湖公园里，走来走去。

槭树失神地傻站着，榉树无奈地高耸着，枫树无言地矗立着。身上都没叶子，光秃秃的。看着揪心。春天多美，绿意盎然。秋天大刀阔斧地开来，留下满地的糟粕。冬天就消化，一点点地沤着，阴气和湿气就抬头了，露出了地表。虫子躲藏了，蝉蜕也是。那么静悄悄的，连马路上的人也失去活力，无精打采。世界在冬日里沤着，冒着沼气，咕噜一下，又咕噜一下。

桂芹想回家。可走着走着，就进了死胡同。折返回来，又绕到了圣天湖。公园空落落的，除了树就是草。都枯着，像自己，黄脸婆。条凳上浸着水，雾气濡染的，坐不得。腿有点酸疼，好想有个歇脚的地。拿出纸巾擦了凳面，勉强坐下。水沟里的荷叶早已谢萎，无力地耷拉着，看着凄惶。风紧脚赶来，绕着转。枯叶打着旋，向桂芹扑来。桂芹一个寒战，坐不踏实了。走着热，坐着冷。风是个促狭鬼，烧包货。走到哪跟到哪，就没消停过。它要赶我回家吧? 家里尽管没风，但冷清，找不出半点暖意。奔丧不能带小灰。小灰一定在嗷嗷叫了。也该回去了。小灰不想人，她想小灰。还是离开。公园属公。一提到这字，心里就堵。这字要从字典里抹去，从心中擦掉。这个字碍眼，闹心。桂芹气鼓鼓地站起，疾步往回赶。中午十一点了，肚子饿了。想必小灰也饿了，一准在扒门，在吼叫。

桂芹打开门时，小灰卧在纸盒里睡觉。没吵没闹。出乎意外。桂芹踢了一脚小灰，小灰纵身一跃，溜了出来。绕着桂芹摇尾巴，舔她脚面。怎么就不想我，还睡得那么死。桂芹叨咕了一句，牵着小灰下楼了。小灰像个没见过世面的孩子，欢呼雀跃。欣喜被它携走了。桂芹好像牵的不是狗，是欢欣，是快乐。桂芹妒火大炽。绳子拽得更紧了。小灰挣不脱，也就消停了。

牵着狗溜了一圈，捎带着冷风回到家。在美团上订了外卖，两个肉圆，一份青菜，一盒饭。很快送餐到家。只吃掉一个肉圆，剩下一个丢在碗里，给小灰尝鲜了。小灰狼吞虎咽。

今天休息。休息日反而休息不好。真不好，到了凌晨三点就醒了，很准时。自从男人走了，就一直这样。以前嫌男人脚臭，脏袜子乱扔，有时晚上不用水，爬上床，拱她被子。嘴里烟味熏人，黄口黑牙。真让人讨厌。就这样一个尿包，还有人要。也不知魅力在哪里。桂芹平时都爱睬不睬的。在她心中，自己男人是地摊货，贱卖都没人要。没想到，一百个没想到，竟然还有相好。纸糊的灯笼，说燃就燃的。自己的草，别人的宝。睁着眼睛时，看不清；闭着眼睛时，一目了然。他体贴过桂芹一阵子。那还是她生春山时。记忆清晰。刚生下，不出奶。胸脯胀得难受，就是下不了奶。男人请医生到家里按摩、揉捏。像搓面团一样挤压。然后就吃通心草，里面还夹带着阿胶。吃了几服就通了，奶水如喷泉，汩汩滔滔。还买猪蹄炖鲫鱼汤，今天喝了明天还喝。喝得反胃，强忍着。春山周岁时，受了凉，咳嗽不止。夜里喉咙里像拉丝，像滑动的琴弦。他昼夜不睡，哄着春山。然后请假带娃去南京儿童医院，吃药吊水。抱来抱去。俨然一个慈父形象。事实也是。对春山好得很，巴掌没上过头。气急了，也只骂几句。春山哭了，他就哄。买小炸，买薯条，买鸡翅。春山就消停了。

男人好烟好酒，好麻将。没事时，就和狐朋狗友聚在一起喝。晚上吃烧烤，能闹到两三点。回来倒头就睡。脏得熏人。

桂芹就叫他到小房间对付。正房不让进。更嫌男人呼噜。呼噜起来，地动山摇。每次半夜醒来，听到男人震天动地的呼噜声，桂芹就没着没落。后来就分房了。小房间被他包揽。

隔壁传来的呼噜声，不大不小，刚好。桂芹三点醒来。听到呼噜声，就安适了。再也听不到了，也不想听。

过尽千帆，斜晖脉脉。挂在西天的落日，好一个愁字了得。

在傍晚的余晖里，桂芹牵着狗，踽踽独行在玉泉山。山蜿蜒曲折，逶迤向上。狭窄的小道，越走越黑。

路灯亮了，人声逐渐嘈杂。广场上传来《春天里》：如果有一天，我老无所依，请把我留在，在这春天里……

家在敕勒川

1

我们寝室来了一个蒙古小伙子，学名叫刘升平。他还有一个蒙古名字，叫呼鲁格。他跟我同一寝室，个子小小的，皮肤黑黑的，留着两撇小胡子。胡子像是绒毛，不是太浓，也不太黑。远看似无，近看或有。他有点特别，与我们汉人略有区别。具体区别在哪里，也没搞清。

大家刚来报到，新鲜感犹在，好奇心尚存。我围着刘升平，问这问那。听说蒙古有大草原，一望无边。春天来了，各种花草漾满高原，青春葳蕤，花香四溢。草原上长了很多敖包，远看像白面馒头。原上游荡着很多牛羊，有人骑马射箭，有人拉着马头琴，后面跟着狗。小孩在原上撒欢，像小马驹一样，浑身洋溢着喜气与灵气。

我一口气问了好多。那天报到时，我第一个遇见了刘升平。他也在排着队，刚好在我后面。我问他是哪个班的，他说是 95

经济的。我说我也是。两人就聊了起来，慢慢熟络了。后来又分到同一个寝室，在603。应该说是很有缘分的。

如果不在同寝室，我还想调换呢。我对少数民族同胞始终充满浓厚兴趣。他们身上流淌着异族血统，带着祖先传承下来的习俗。行事作为与我们有所不同。正因为不同，才想一探究竟。如果都一样，我就觉得索然无味。

刘升平对长生天充满敬畏，对雄鹰和骏马有着天然的亲近。比我来得热烈和深沉。晚聊中，我问他可有蒙古名字。他开始支支吾吾。他说他是汉族人，只是个头有点小，吃着马奶酒喝着酥油茶长大的，长期吹着高原的风，晒着烈日。皮肤不是黝黑，是古铜色。看起来很健康，很有活力。刚开始聊天时，比较小心，不敢触碰太深层的东西。每个人都有怪癖，都有自己的风格。在还不太了解的情况下，贸然涉入，不仅不礼貌，甚至是冒犯。我们都揣着小心，问一些无关痛痒的事情。比如风啊雨啊雪啊什么的。他也如实回答，不藏不掖。卧谈会进行了很长时间，一般十一点熄灯，我们要聊到十二点，有时超过一点，特别是周末。似乎有聊不完的话题。

我以为熟络了，就问他一个私人问题，你既然生活在蒙古高原，那你是在哪个旗，什么地方。刘升平笑了，两撇小胡子一扯一扯的，煞是好看。我们汉人不作兴留胡子，只要有点胡桩，就用剃须刀刮掉，刮得干干净净。这个习俗不知从何时传下来的，据说民国以前男人还留胡须。没有胡须的就可能被认为是太监。太监不是什么好东西，既难听，也难过。为了区别起见，正常男人就留胡须。显得阳刚，代表正统。现代没有了太监，留不留胡子自便。普遍意识下，不留胡子。留胡子麻烦，还要经常打理。

就像留头发一样，稍长些就要裁剪、修整，以显示干净清爽。胡子留长了，多少有些麻烦的。不仅显老气，更重要的是碍事。吃个饭胡子沾上米粒、糊糊等，多不省事。索性就一扫而光，不留片瓦。汉人有的是山羊胡子，有的是八字胡子，像虬髯大汉毕竟少。从他留胡子，一眼就看出是少数民族。我们汉族现在没这个传统了。留胡子被认为邋遢，不修边幅。走在人群里会不受待见。

上了大学就轻松了，这个观点是错误的。是家长的一种诱导。高中几年太苦了，真是头悬梁锥刺股。每天都五点起床，夤夜就寝，累得人狗喘。我们咬着牙坚持。晚自习到深夜时，累了就趴会儿，饿了就啃半个馒头。馒头还是冷的，吞进肚子并不舒服。就靠这样的方法和毅力才考出来的。每一个考上大学的人都历经生死考验。蜕一层皮，一点不夸张。那时大学多难考，百分之十几的录取率。稍一松懈，就被挤到边缘。孬的想好，好的还想更好。学无止境，永不过时。

刚来大学时的云淡风轻、踌躇满志的样子很快就被新的学习压力笼罩了。大学二年级就要考过英语四级，三年级就要考过六级，不然不好拿学位证书。没有这些金字招牌，工作就难找。找到是能找到，可能就会与好工作无缘，擦肩而过。

刚到校不久，就被灌输了这样的理念，不能不铆足劲读书了。寝室几个家境不错的同学已买了随身听，挂在腰间随时听。这是校园里一道风景，无论男孩女孩，走在林荫道上，银杏树边樱花丛中，都戴着耳机，听着外语。当然也有少数是听歌曲的。《睡在我上铺的兄弟》《白衣飘飘的年代》在校园广播里无端送入耳膜。一到下午放学，操场上全是人，打篮球的，打排球，打羽毛球的，踢足球的，不一而足，十分热闹。歌声就响起，有的缠绵，有的激越。走在树荫下的同学，基本都在听歌或听外语。这很时兴，也很时髦。

我咬了咬牙，向来到寝室推销的学姐买了一个随身听，花了一百五十元，几乎是半个月的生活费。父亲从窑厂背板车，要背很多天才能攒够。流了多少汗我不知道，吃了多少苦我也不知道。我只知道我需要一个随身听。尽管手头拮据，还是从餐费里省俭下。

我对随身听极其宝贝，别在腰间，戴着耳机，跟大家一样，走在路上随时听。这助长了我的信心，平添了一些勇气。我可以和大家一样，没什么不正常。这时候的男孩正是青春期，敏感而多疑。老师同学一个眼神就揣摩半天，思索好久。我做错了什么，他以那样的眼神看我。其实，都是虚无的，只是想多了。

寝室六人，只有刘升平没买随身听了。我看他似乎不着急。我倒替他着急。我想问，但又不好开口。中学时不学口语，没有听力。大学考四六级，要考听力。听力分数不少，占 15 分。

有天晚上下自习回来，我听了一会外语，觉得差不多了，就将随身听连带耳机默默递给了他。他也不客气，拿到手就开始听了起来。他于是跟我走得更近了。全寝室 6 个人，没有一个这样做。他眼里掠过几缕感激，一丝感动。其他人即使闲着不用，也不舍得出借。

一次卧谈会上，我还是忍不住问他可有蒙古名字。他才袒露心迹，大方地说出了名字：呼鲁格。

我们哄堂大笑，不明所以。这么古怪的名字，这么难听。很拗口，也很艰涩。不像我们汉人，平啊安啊，福啊寿啊，花啊草的，一目了然。家长的寄托与祝福全在名字里，含着浓浓的意味，淡淡的希望。

我就好奇地问，呼鲁格，这名字蒙语是什么意思。他有点不好意思起来，有点忸怩，有些羞涩。

有什么不好说的，大概率不是丑事。我有点急切地问。他笑了，像个小马驹一样。

骏马！他说完就低下了头，开始整理书籍。哦，我恍然大悟的样子，肯定很逗，连我自己都笑了。

他的脸更红了。我于是就收住笑容，挺般配的！你就是来自草原的骏马，一匹黑骏马！我不失时机地奉承。也算不上奉承，但确实是好话。他脸色马上红润起来。其他几个同学也豁然开朗，不约而同地竖起了大拇指。这名字起得真好，确实大气，很匹配。

2

疑惑解开了，我心中很亮堂。我们走得更近了。不仅身体靠近了，心也靠拢了。我们经常一起上学，一起去食堂吃饭。都坐一起，或面对面，或并排。吃过饭后一起刷碗，一起存柜。我们用的是搪瓷碗，很大的一个。他喜欢吃面食，我喜欢吃米饭。他一餐仨馒头，吃两个炒菜。基本是素的，我偶尔配一个荤的或半荤的。荤的如肉片或鲢鱼，半荤的就是辣椒炒蛋。炖蛋是荤菜，但要便宜些，他也打过。

我有时拨一点肉片或一小块鱼肉给他，他有时舀一勺炖蛋给我。随着越来越熟悉，越来越了解，在闲聊中，我就问他，在蒙古哪个旗。这时他随便多了，也不隐瞒。在阴山脚下敕勒川边。

我一听特来劲，《出塞》：

> 秦时明月汉时关，万里长征人未还。
> 但使龙城飞将在，不教胡马度阴山。

我不仅知道这首诗，还知道龙城飞将指的是谁。于是我就念出了这首诗，并指出龙城是指代奇袭匈奴龙城的西汉大将卫青，飞将指的是飞将军李广。他哈哈笑了，在我肩上拍了两拍，算是肯定与赞成。小子，你知道得不少嘛！这是我通过读心术或唇语获悉的。他一定是这样说的，我敢肯定。

我受到了鼓舞。敕勒川就更著名了，小学课本里就有。当时背着这诗，想象着广袤的草原，奔驰的骏马，还有敖包，酥油茶，马奶酒，馋得我直流口水。那时真向往啊。有朝一日等长大了，一定要去阴山看看，拜会拜会敕勒川。于是我们不自觉地同时念出《敕勒川》：

> 敕勒川，阴山下。天似穹庐，笼盖四野。
> 天苍苍，野茫茫，风吹草低见牛羊。

这是我上小学时读过的诗，其实内容并不很理解，只是囫囵吞枣背了下来。里面的典故一无所知，就觉得好玩，朗朗上口。

一起背过后，刘升平问我可知道典故。我被问得一惊。教这首诗的小学老师是代课教师，忙时务农，闲时教书。他没正规学历，也没多少学识。字是认得的，意思不一定懂。他没告诉我典故，甚至连第一个"野"字都念错了。前后两个野都是同一个音。后来长大些了，听了更有学问的老师说过，第一个"野"应该念"ya"，第三声，是古音。只有这样读，才押韵。

这个我是知道的。典故怎么来，我就茫然了。刘升平就笑着说，也有你不知道的。我点了点头，不知道的多着呢。

这是东魏权臣高欢征讨西魏时，在敕勒川吃了败仗，身负重伤，为了动摇军心，对方就中伤说他死了。他听到后，很吃惊很着急。为了稳固军心，就命手下斛律金作了这首诗，令全军传唱，才稳住了军心。

我听了很受启发，这首诗原来还有这样深厚的背景。

我对他更痴迷了，他身上总透着股神秘的气息。他像从远古走来的历史片段，或从成吉思汗大帐里溜出的士兵。他身上藏着谜一样的神秘。他就是从蒙古高原奔跑而来的一匹骏马，一匹黑骏马。他喜欢穿黑色衣服。夏天穿黑色的确良，配着黑色布鞋，一头乌黑的头发，两缕黑色的胡须，不得不让人浮想联翩。

我是生活委员。在中学时，我是班长。到了大学，优秀的人更多，竞争就激烈了。在竞选班长时，我败北了。让一个来自北京的同学抢去了。他个头高，长得帅，口才还好。演讲很抓人，经过一两个月的相处，大家彼此都熟悉了。他很会搞关系，跟同学们打得火热。我这个从山沟沟里来的穷小子自然没份。我演讲结结巴巴，关键时口吃。再说我也不会搞关系，除了刘升平投了我一票，其他三十人都投了北京同学。我只能退而求其次，班长认为我做事认真，手脚勤快。寝室里经常被我收拾得干净整洁。班长看在眼里，他推荐我当生活委员。也经过一番竞选，我最终胜出。

生活委员最重要的一件事就是收发信件。每个班级都有一个信箱，我们班是 525 信箱。系里给了我一把钥匙，专门开信箱的。

这事虽然烦琐，但很重要。同学们刚离家，对信件很渴求。读着来自老家的信件或中学同学的信件，心里总归是暖洋洋的。思乡之情锐减，念亲之绪顿消。

每天一到下课，同学们就围拢来，问可有我的信件，可有我的包裹。我每天下午放学后，雷打不动地跑到校门口，打开信箱看一看。发现女同学信件和包裹比较多，男生很少。来自农村的基本没有，或几个月才有一次。唯一不同的是刘升平的信比较多。

信封上字迹比较娟秀，一看就是女生写的。说不定是他的女朋友，中学时谈的，或者是青梅竹马的儿时伙伴。

字一半是汉字，一半是蒙文。汉字横平竖直，很好认。蒙文像蚯蚓摆动的样子，像蚂蚁行进的轨迹。我猜下面蒙文一准是呼鲁格。当我把信交给刘升平时，他眼里流露出无尽的喜悦。像百灵鸟唱出的婉转歌喉，像黄鹂鸟啼出的舒缓乐音。他摩挲着，并不急于拆开。我好奇地问，下面的蒙文哪个是你的名字？他伸出食指点了点。我就明白了。他念了出来，跟呼鲁格读音差不多。用舌头一卷，吞进喉咙，然后吐了出来，就是这个音了。

她是谁？你母亲吗？还是你姐姐或妹妹？我有点惑然，也许我知道，但明知故问。他来了句，一边去，别扰了我的兴致。

看着他一脸幸福的样子，我只好成全他。我讪讪地走开了，心中醋意渐浓。

3

刘升平的学习越来越好，好得让人妒忌。他并不是很聪明的人，也不见得怎么努力，却很有灵气和悟性，也许是信件带给他的。

大一时，他的来信较多，他的心情也很好，成绩遥遥领先。大二时，我启动信箱时，发现他的信件越来越少。大一冬天元旦，我们迎接新年，大街上热热闹闹，到处张灯结彩。本来我们想在教室举办新年晚会，不知谁吼了一嗓子，去饭店撮一顿，饭后去 KTV。这个提议不错，也正符合流行。西安大街上充斥着KTV、录像厅、台球室。在西安南郊，高校云集。大学生特别多，一到周末，学生们都外出，寻找自己的乐子。这是我们第一年在外地过元旦，大家很重视，也为了沟通感情，加深了解。这个提议被班长接受了，他象征性地问了其他同学，多数赞同。只有极少数表示不喜欢那样的场合。说这话的是家庭条件很差的同学。班长说自愿，不勉强。由于是首次同学聚会，希望大家都能到场。有几个内向的同学说不舒服，不参加了。刘升平坐在我旁边，他转头盯着我。我小声说，去，干吗不去？同学相聚不容易，不容错过。刘升平点了点头。我经常给他带信，更加深了感情。他对我很信任，几乎到了言听计从的地步。

我要是说不去的话，他说不定也不想参加了。我只能鼓气，不能泄气。班长知道我和刘升平要好。他在说话时，不时拿眼睛瞄着我，希望得到我的支持。我和班长没有交恶，也无过节，没理由反对。

吃了饭，喝了些酒。是啤酒，扎啤，就一罐，大家分分，一人喝得不多。虽然快一个学期了，但大家并不十分熟悉。男生与男生玩，女生与女生玩，很少有集体活动。这样大规模聚会还是头次。大家互相敬着酒，说着俏皮话。饭后借着酒劲，都拥到KTV唱歌。

刘升平表现得并不活跃。我也不太积极。唱歌真不是长项，要说朗诵，我还能来两下。但班长有要求，今晚到场的每个人都要展现一下才艺，露一手。我本想推辞，几分不情愿。前面唱了几人，怎么说呢，还凑合。那真是业余级的，乏善可陈。大家象征性鼓了几下掌，气氛有点凝重，涩住了。班长率先垂范，唱了《梨花颂》，倒有些水准，一下子激发了大家的表现欲。有人摩拳擦掌，有人跃跃欲试。再几个唱了，又不尽如人意，氛围又窒涩了。

班长走到我身边，将话筒递给我。我只好勉为其难。唱什么呢？我想了想，就唱《茉莉花》，还好，没太丢人现眼。自己感觉还行，没得高分，但也可及格。

我唱过后，就把话筒递给了刘升平。呼鲁格，来自大草原的汉子，一定能歌善舞，就给大家来一首。他的蒙古名字很少人知道，喊的人也少。我一般在与他独处时，都叫他呼鲁格。他很高兴，也觉得亲切。他一般不允许别人叫，除了我。在人多时，我都叫他学名，刘升平。

他听到我的小声呼喊，脸上微微一红，还是站了起来，下掉围脖，脱掉外套。西安一进入冬天，就出奇地冷。风夹着哨音，横冲直撞，所到之处，温度骤降，寒意凛凛。街巷两边的法国梧桐阔大的叶子成片成片地掉落，随风飘去，说不出的冷凝与凄清。

大家外出时，都裹着厚厚的棉大衣，戴着老头帽。一般不外出，外出都武装整齐。

元旦这天，也格外冷。天阴沉着，雪将下未下，在酝酿中反而更冷。

室内还是暖和的，烧着暖气，一阵一阵热浪点燃了大家的热情。刘升平清了清嗓子，用蒙语说了一段话，又用汉语说了一段，迎来热烈的掌声。他说要唱腾格尔《蒙古人》。起先是一阵长调，然后正式进入主题。第一遍全是蒙古语，大家也听不懂，但曲子是熟悉的。每个人都报以热烈的掌声。刘升平似乎得到鼓励，又用汉语唱了一遍。唱得特别出色，可以和专业歌唱家媲美了。又没有哈达，无法表达敬意。我突然灵光乍现，将他围脖拿起，走到他身边，给他围在脖子上，算我敬献的哈达。他弯腰鞠了一躬。

喝彩声不断，嘘叫声不停。有人拍桌子，有人摇玩具手掌，山呼海啸。女生的情绪也被调动起来，她们放下身段，丢掉矜持，变得"疯狂"起来。没想到刘升平平时不显山不露水，关键时刻一鸣惊人。大家拍着桌子，鼓着掌一致要求他再来一首。这时，我站起来，呼鲁格，再来一首。大家似乎受到感染，齐声叫唤着，呼鲁格，再来一首；呼鲁格，再来一首！

他红着脸，撸了撸头发，又用蒙汉双语表达了谢意，并报了歌名《嫂子颂》，然后深情款款地唱了起来。高音高入云天，低音低入谷底。他转换自然，咬词清晰，唱得自己眼泪都落下来了。

身材窈窕的秦苛欣走了过去，用跑更恰当些。她从手里拿着深红的围巾，来到刘升平面前，将围巾套在他脖子上，也算献哈达了。临走时，还在他脸上亲了一口。非常快，迅雷不及掩耳。刘升平蒙了，愣在台上好几十秒。

我看情况有点紧急，赶紧带头鼓掌。大家也跟着鼓掌，气氛才又重新活跃。

刘升平唱《蒙古人》，很投入，可以理解。他是来自大草原，从小生活生长在那里，感同身受，自然有感情。但他唱《嫂子颂》，也唱得这么好，那么打动人，必有缘故。我心里咯噔一下。

联想到他最近来信频频，我隐约感觉他家里有事。有时读信，笑逐颜开，有时读信眉头紧锁。他是能买得起随身听的，他为啥又不买呢？从我的判断，他的家境应该不差。他也不是啬小的人。他和我伙用一个随身听，有时过意不去，就请我吃羊肉泡馍。我不好拒绝，也请他吃汉中米线。他欣然接受。

4

暑假后，他回来有点晚，迟到了好几天。那时也没电话，我找不到他，急得直挠头。班长总问我，我说我也不知道。

他回来了。我急切地冲过去，一把搂住他。他脸色憔悴，衣服老旧，看上去风尘仆仆。

我陪他去学校澡堂洗澡换衣服。一番拾掇，回到寝室时，已是一身光鲜。

刘升平似乎瘦了黑了。回来时身上还带着羊膻味，还未走近就能闻到。别人不肯接近，我不怕。我有鼻炎，闻不着。嗅觉虽未丧失，但已不灵敏。就是闻到，我也不在乎。我在乎他。我不能让他被冷落了。

他一定和牛羊待久了，往羊圈跑多了。我对呼伦贝尔草原很向往，我对科尔沁也很膜拜，我对《敕勒川》诗歌很熟悉。春天的时候读到这首诗，心中揣着无限憧憬。七八月正是高原水草丰美的时候，我很想去玩。可惜我手头拮据。父亲从窑厂背板车供我上学，我不能奢侈，连想法都不要有。我又想去深圳打工，挣来盘缠，待来年暑期再去。我要和刘升平一道，顺便去他家乡看看。那里一定有很多牛羊，很多马，很多古迹和遗存。

深圳没去成，草原自然去不成。我还是要回家。父亲在信里说母亲病了，能回早回。后来哥哥来电了，说不回也可。我就忍着思念，留在西安打工。打工是个时髦词，那时开始流行了。我发传单、卖报纸，也能挣些零花钱。去大草原的梦想就很难兑现了。

呼鲁格还是回去了。他也本想留在西安。临走前读了一封信，就毅然回家了。走得很匆忙，连招呼都没打一声。头天晚上还在寝室有说有笑，第二天早上我醒来时，人已不见了。

寝室其他几个多是城里的，家境都不错，不需要打工。他们趁着暑假，游山玩水去了。我留在学校，留在西安，想打工挣些钱，也去见识美丽新世界。呼鲁格跟我一样想法。但他还是没能坚持，被召唤走了。我孤身一人，很有些落寞。

在考试前，大概6月吧，我和刘升平中午吃过饭，都没回寝室，到教室小憩。午休过后，准备复习迎考。很快就要期末考试了，大家都在准备着。周六中午，我和刘升平一道去了教室。没聊几句，就各自睡去。刘升平靠窗户睡着，窗户洞开。虽然有风，但凉爽。等我们各自醒来，我发现刘升平嘴歪了，脖子也不能动了，斜在一边。我知道那是面瘫，受风的缘故。我是趴着睡的，也不靠窗户，风没有针对我。刘升平直接受风了。虽然是暖风，直接对着吹，也不好受。

他就那样歪着嘴，梗着脖子，样子难看，行动也不便。他倔强地硬挺着。我搀扶着他，带他去校医务室。

医生也没办法，只能静养。他就那样梗着脖子走在校园中，像个木偶人。旁边跟着一个人，那就是我，形影相随，不离不弃。很快就要期末考试了，他很着急。梗着脖子吃饭休息和做事都很不方便。

即使如此，他还是硬挺了过来。考完试，他接到一封信，然后就匆匆回家了。

在面瘫前，他曾经跟我说起过。他说不想上学了。我听了心里一惊，都快大三了，再熬一熬，就毕业了。怎么着也能找份像样的工作。他家里应该不穷的，供他上完大学的钱还是有的。他说，读书没意思，真不想上了。说完他还摇摇头，一副无可奈何的样子。

我说到底发生什么了？你当我是朋友，就请告诉我心里话。有什么不可以讲的？家里有变故？还是与女友分手了？

他既点头又摇头，我也摸不准到底哪里出问题了。后来就受风，面瘫了。祸不单行。

他回去后过了好久才到校。我以为他不来了。他脸色憔悴了，黑了，瘦了。到底发生了什么，我也不好问。打听隐私是不礼貌的事。有时放学，他就一人回寝室，也不跟同学玩。看他那样，就硬拽着他，去操场踢球。操场绿草如茵。踢起球来，刘升平简直就是一匹草原上奔腾的骏马。见到青草，他就有灵感和灵气，生龙活虎，一改颓势。

他踢得太投入，太忘情了。对方一个铲球，将他放倒。他骨折了。照顾他的任务就落在我的头上。不是被动，而是我主动。他是我好朋友，我有义务照顾他，也有理由照顾他。他的事我接管了。

即便我精心照料，他也不肯跟我推心置腹。经过两个多月的将养，他基本复原了。他的吃喝拉撒都靠我。他好了，我却累瘦了。他抱着我，给了我一拳。我笑了。

他还是走了。回去了，再也没来。我找不见他。我多想按照他填的地址，找到他家去。可敕勒川太远了，远到天边的感觉。

毕业多年，我终于没再见到他。同学五周年相聚，我们又到那家 KTV 唱歌，老样子还在。可少了刘升平，大家都心照不宣，谁也没提。我和班长都和刘升平要好。班长主动唱起了《蒙古人》。班长是北京人，家境殷实，去过很多地方。他本来不会唱这首歌的，也不知啥时候学会的。我们都跟着唱，唱着唱着，大家泪流满面。

曾经的一幕幕浮现眼前。那个黑骏马奔驰在草原上，喝着马奶酒的汉子，坐在风中，坐在绿荫前，弹着马头琴，一副忧伤的样子。天空瓦蓝，白云飘散，一朵赶着一朵，一朵挨着一朵，像极了草原上的绵羊，一群群，一簇簇，向前方涌去……

楝树开花

1

风向不定。时东时西，或南或北。韩家穷窝在草堆垛边，躲避寒风，捕捉阳光。阳光稀罕，斜射到光秃秃的树丫上。草垛经霜，覆盖一层凝脂白。老牛皮糙，横卧在树桩下，咀嚼着，吞咽着白沫和时光。家穷枯瘦着，像瑟缩的干草。在陈巷，家穷最不讨好。他是小姓，也总是小心。所有看日出的机会，他没有；所有盼天亮的心思，他深藏。伙伴们结着群，拉手去芒山观光，他只远远地看人。人影消失时，他就躲在草堆下。水牛瓢了，眼里常汪着水，浑浊的。眼睑也结着垢。蚊子追腥，苍蝇逐臭。侵袭着老牛，老牛发出哀鸣：哞哞——

家穷轻轻地从草垛里钻出，头上披着几根枯草，旧袄上绽出几个洞窟。冷风趁机钻入，家穷一抖。他蹑脚赶去，扑走苍蝇，驱散蚊子。家穷觉着怪，这寒天还有蚊蝇。

家穷觉得安静。喧哗在伙伴嘴里，他不想为伍。投射来异怪的眼神，如芒刺在背，不舒服。吼出来冲天的啸叫，似恶狼近身，难受。他闭目，也塞听。事情看似简单，可到他这儿，像水流打了个卷，深埋着不测。他远离，焦点就不会聚落在他额角。他躲避，矛盾就不能汇集在他脚面。伙伴们声嘶时，他在草垛边；伙伴们狼嚎后，他也在草垛边。离群会孤单；索居会影只。他就和老牛咕哝。二毛指着家穷鼻子，红着脸说，那个孬子，一个躲在草垛里的人。

家穷不曾反抗。他的天空也瓦亮过。

他不孤单。心里有阳光，抵牾着那团荫翳。

韩家穷生下来娘没奶水，是用米汤喂活的。正好赶上荒年，一张张豁口大开，等待饭食。父母孱弱。他们取不起高贵的名字，干脆叫家穷，小名二孬。

家穷吃百家饭，穿百家衣。在趔趄中走来，在逶迤里长大。在家行二，上面顶着哥，下面携着妹。家穷老实，满身木讷。每唤小名，家穷默然；每呼大名，家穷摇首。家里重活他干，粗活他干，脏活也他干。淘粪他全揽，挑粪他全包。冬天冷，风侵入骨。人们有招。废物利用，将牛屎做成粑粑，贴在土墙上。烤几个太阳，就结实了。用来烧火烘手，好极了。家穷小妹拎着火钵，穿着碎花夹袄，串门。母亲没享受到。家穷还小时，她走了。家穷记忆里，母亲嗑他额头，痒舒舒的，熨帖极了。父亲不疼他，哪怕有母亲一小半疼，他也安慰。他并不在意，心粗粗的。春风酥雨他能感受到，冷风冰雪他也能感受到。春风拂面时，他咧嘴一笑；冷雨浇身时，也只打个寒噤。哥哥有时欺负他，父亲不会向他的。如果他向父亲告状，反而招来打骂。

哥哥背书包上学时，他在拾猪粪。妹妹端碗喝稀粥时，他还在拾猪粪。妹妹不忍。哥，吃饭了。等拾满箩筐，就回。家穷肚子早饿了。看到妹妹端着碗，直咽口水。父亲板着脸，眼里射出瘆人的光。家穷刚掀起的勇气，立刻退缩了回去。他从村东拾到村西，从村南走到村北。每个角落踏一遍。新鲜冒着热气的粪落满箩筐，他才兴冲冲地背着回来。他不怕异味熏人。一个穿花衣的少女趑过，捂着鼻子疾走。家穷脸红得像柿子。他见不得女伢，尤其漂亮女伢。

饭后就做牛粪粑粑。地上结着薄薄的霜。带齿的风强劲，割得肉疼。家穷捋起袖子，吐几口唾液在手上，坐在小杌子上，有滋有味地团起牛粪。阿妹有时给他擦汗。他扭扭头，不肯服帖。

冬天。风冷雪寒。家穷喜钻草垛。那里有春天，有梦想。还有暖暖的阳光。够了。他索取不多。有阳光就像有稀粥。肚子饱了，身子暖了。他蜷缩在草垛里，做着一个人的春梦。一只母鸡也爱上草垛。无意邂逅，无心打扰。母鸡总伏在身边，家穷从不招惹。过了好一会，一个鸡子遗在脚下。家穷起身回家时，发现了秘密。家穷捡到了鸡子，兴奋。脸上镀上一层油光。自己贫油，肚子糙得很。整天红薯果腹，玉米充饥。从嘴里哈出的气都是粗的，梗得难受。鸡子是稀罕物。他要独享。偷偷吃了几次鸡子，家穷顺当多了，也活泛了些。面色明显红润。母鸡和家穷搭成默契，只要家穷在，母鸡就在。家穷挑粪，母鸡就站在枯枝上，左顾右盼，盯着家穷远去的背影。

2

母鸡别致。尾巴上有根毛特长，竖着。看着不像野鸡。这根毛有点招摇。一只芦花公鸡发现了，咯咯地追过来，要交尾。母鸡从容地拒绝了。芦花公鸡衔来虫子，低头咯咯着。母鸡没理会。芦花又叼来米谷，低头咯咯着。母鸡灵秀，知道是来寻欢的，不愿屈从。既然芦花一再示好，只得委身。交尾后，芦花一声长啸，扑棱着翅膀去了。

家穷刚好看到这一幕，心中涟漪翻翻，脸上红光灼灼。他赧然低眉。粪桶飘出的异味也浑然不觉。

母鸡见到家穷，乖巧地卧在脚下，像是检讨。家穷卸下担子，捧起母鸡，轻抚毛羽。羽毛更加顺滑。

家穷大了。生活并没往坏处走，拐着弯向好处迈。他似乎也能感受到。春风贴着脸面吹，像一双多情的手，轻抚。本来平静的内心也躁动了。春风吹起水面的涟漪，涤荡着他的心。

村里的女伢不和他说话。搭讪一两句，都很奢侈。像菜里的油腥，格外香甜。偶然一回，他会激动得脸红，羞惭得脖粗。他想靠近，又不敢靠近。曾经有个沾亲的小姐姐来家串门，他吓得躲进床底。在他眼里，小姐姐美透了。瞧一眼是亵渎，望一下是罪过。他心脏怦怦地跳，气都喘不上。阿姐是来找阿妹玩的。她们出门时，家穷愣了半天，才从床底爬出。身上灰扑扑的。妹妹出嫁，哥哥成家。他只和父亲搭伙。父亲没事就着花生米喝点白烧，从不过问他的事，也不懂他的心思。

他最大的娱乐就是藏在草垛里手淫。事毕后悔。掐大腿，肉都拧青了。过不了几天，故态复萌。每次思想斗争都厉害，非常激烈。但欲望战胜了克制。他不拧腿肚子，改作揪头发。

一度脸色枯黄，上了铜锈一般。父亲以为缺营养，破天荒地省俭下一颗鸡子，递到他手里。他眼神里泛出异光。想接但未接。那是父亲下酒的菜。他不能剥夺。

他来到草垛边。朝霞万道，红日初升。他习惯性地钻入草垛。那只老母鸡，蹲伏如初。家穷心一颤。他不想惊扰，但心有不甘。偷偷靠近。母鸡没有任何反抗，非常配合他的拨弄。家穷给鸡取名阿黄。阿黄乖巧柔顺，家穷喜欢。有几次看到红冠鸡欺负阿黄，伏在它背上。家穷火大。红冠鸡被瓦块击中，踢蹬几下，倒地噤声了。又一只黑羽雄鸡高昂着头嗷嗷叫着，然后就追着阿黄。阿黄绕着苦楝树三圈，到底服从。家穷知道后，紧追不舍。手里的烧火棍掷出，刚好击中左腿。雄鸡扑腾着落荒而去。

家穷一有空就钻草垛。那天，天光冷冽。家穷本能地躲进取暖。阿黄正蹲伏在地，屁股撅着。家穷知道在下蛋。蹲了半天，蛋总下不来。家穷见阿黄可怜，也着急。他想助力，爬过去，要抱阿黄。阿黄受惊，猛一挣扎。一只硕蛋滚落。家穷慌忙捡起。蛋上汪着血丝，黏糊糊。再侧目，阿黄踢蹬几下腿，脖子一歪，咽气了。家穷抱起，号哭，如丧考妣。

阿黄带给他快乐，也带给他慰藉。他抚着阿黄的毛羽，还是那么顺滑。泪水滴在阿黄的身上，眼睛里。阿黄眼睛圆睁着。眼球里映照出家穷伤心的颜容，难过的面色。他偷偷来到野外，挖了深坑，以心目中最高的规格安葬了阿黄。上面植了一棵楝树，旁边扦了一根柳枝。

他揣着鸵鸟蛋般的鸡蛋，回了家。在后院草丛里把玩。左看右看，感觉不凡。蛋大且硬，像石头。为了纪念阿黄，家穷用瓦罐盛着巨蛋，埋在屋后老柳下。

阿黄为他生了很多蛋。每次家穷要挨揍时，都是阿黄帮他。一度捡粪艰难。每次到点都拾不满。捡粪的伢多了。好像有意要跟他过不去。小虫比他起得更早，猪粪先被他拾光了。家穷丧气，垂着头，落寞回家。父亲眼光如刀，剜着他。他遍体不适。父亲还寒着脸，能冻死百足虫。家穷饭都不敢吃，饿着肚子溜了。来到草垛边，阿黄柔顺地蹲在脚下。家穷心里一暖，抱起阿黄。阿黄咯咯地叫着。家穷意会，放下阿黄。阿黄就钻进草垛。很快产下一颗热蛋。家穷饿极，敲开生蛋，汁液直接倒进嘴里。虽腥，倒也饱腹。食后精神大振，力量陡增。家穷壮实了。

3

他把悲伤埋在心里。他长大了。父亲不敢再打了，他比父亲还高大。父亲到底怵。干活练就的腱子肉，脱光衣服，一览无余。父亲看到了，眉头紧皱。小赤佬长大了！父亲嘴里总没好话。好话都喂给了哥哥。哥哥俊美，遗传了他的基因。妹妹也是，父亲爱如珍宝。独有家穷如母，塌鼻阔嘴。父亲是厌弃母亲的。他是母亲的镜子。如此对他，想必也如此待母。想象如此，事实也如是。虽然家穷印象浅，从邻人的嘴里得到了加深。

北风呼啸时，父亲在继续喝他的酒。南国红豆生，父亲还在喝他的酒。一碟炒蛋就是最大的荤腥，仰躺在父亲樽前。酒盅早就干了，犹如双塘的水，也早就干了。父亲就是那条鲋鱼，明明无水，还生撑着。陈巷后山茅草丛生，坟茔遍地。风掠过，兔起鹘落。在家穷心中，父亲离后山越来越近。每一滴酒入腹，脸面酡红一寸；每一筷菜下肚，脾性暴涨一尺。这是酒，也是寄托。他的精神全汪在里面；那是水，也是眼泪。他的哀愁都滴洒在里面。他曾经是地主家的崽子，虽然是庶出，倒也风光过一阵。后来忽然就没了，像一团风，刮过去，嫩瓠鲜瓢就消弭了。满眼全是老南瓜，秋丝条。母亲是童养媳，穷得衣不蔽体，枯瘦如柴。一碗稀粥喂活，就在韩家柴房里干活。大了，韩家也衰了。父亲百般不愿，还是进了洞房。哥哥出世时，父亲欢喜过一阵。自己降生，父亲千种不快。很小，家穷就感受到。后来听说母亲在双塘浣衣时，被一莽汉强暴，于是就有了自己。父亲心里老不痛快。他是父亲心中的一块病，也是父亲背上的一撮疮。抓不得，挠不着，却痒得难受。家穷于是远离父亲。妹妹三岁时，母亲闭眼。那时，他也只有五岁。记忆是恍惚的，联想也是空疏的。父亲馈于他的不是敬，而是畏。家穷绕着墙根走路。家穷只配拾粪、团粪。上桌共餐的机会很少，只端着海碗蹲在后门槛边扒拉着稀粥。母亲走后，草垛就是家。夏天蚊子多，苍蝇多，跳蚤也多，虱子更多。他都忍过了。他像粪团，像土块，像硌脚的零碎砖石。

寒冷时想采撷阳光做衣，饥饿时想偷盗饭香入腹。阳光也吝啬，在需要时却偷偷藏匿。饭香也稀少，烟囱里冒出呛人的黑气。

母鸡死去，这是重创。跟随他的只有影子，还有搅毛的跳蚤和嗜血的虱子。他一如既往地孤单着。

父亲被淹死在酒缸里。更确切地说，倒在酒桌上。西风凛冽时，他慢慢地歪倒了身子。不是西风的过错，也不是凛冽的罪。酒精谋杀了他。啥时要了他的命，家穷也说不准。家穷心中的刀磨得锃亮，就是下不了手。即便给他机会，他也要扑空。父亲死了，家穷也掉了泪。只如零星小雨，时有时无。阿黄蹬腿时，泪雨滂沱，倾泻不止。

4

在深冬的漫漫寒夜里他唯一想的就是女人。

妹妹似乎感知了他的孤单和无助，四处托人帮他说媒。正常的女人看了他拔腿就走。他的目标只有锁定在残缺的女人身上。

神经异常的女人见过，他拒绝了。不着调也行，太离谱了。

双腿残疾的女人见过，他又拒绝了。哪怕有一条腿也好。

双眼失眠的女人见过，他也拒绝了。哪怕留一只眼还可以考虑。

一身牛皮癣的女人见过，他还是拒绝了。再能容忍，也难接受。

家穷濒临绝望的边缘，挣扎在灰心的崖岸。为甚见到都是糟心的人，碰到都是恶心的事。他吸溜着稀粥，碗里汪着一撮臭咸菜。来人捂着鼻子，疾去。在左哄右劝下，又见了一个女人。她看上去小，还瘦。脸色苍白。说话上气不接下气，没说完一句话就喘个不停。媒人也不掩饰，了当地告诉家穷，她有慢性气管炎，重度哮喘症。唉，要是没这毛病，定是个美人胚子。标准的瓜子脸，一双大眼睛。由于喘息，眼里带着泪和幽怨。就那点神情，家穷心动了。但还要做出姿态，表达点情绪。媒人再三劝，妹妹再三哄。家穷咬了咬牙，点头。婆回来后，发现嶙峋瘦骨感觉不到丁点温暖。她还比不了阿黄，阿黄可以下蛋，伏在脚下讨乖。

家穷唯一收获的就是有个说话的人。陪伴他的不再只有影子。

他要小心翼翼地侍候着，稍不留意，喘病就会发作。他经常要光顾药店，买来中药熬水给她喝；他要经常带她去卫生院打吊针。只有这样才能稍稍止喘。有时他正在田里忙活，却被叫了回来。她哮喘又发作了。家穷只得常陪在她身边，寸步不离。庄稼荒芜，收成没了。家穷唤女子珍芳。

娶珍芳时，规矩照旧。该给的彩礼没少给。家穷搜罗库存，买鱼割肉，挑着送去。迎回了喘媳妇。接亲那天，珍芳花枝招展，家穷油头粉面。俩人都笑。一个憨笑，一个窃笑。一个心思终于娶到了，一个暗想终于嫁掉了。晚上合卺，家穷激动，珍芳颤抖。一个回合没下来，珍芳脸都喘紫了。家穷跪地求饶，小祖宗，别吓人！以后再不敢碰。家穷死灰着脸，守着珍芳。珍芳总是捂着胸口大喘气。家穷生怕她一口喘不上来，死了。家中瓦罐中常年飘出一股股药味，熏人。家穷习惯了，珍芳也习惯了。哪天瓦罐不在炉火中咕噜，家穷周身不自在，珍芳浑身不舒服。

收成没了，连稀粥喝不起。家穷脸上皱纹如刀刻，心中苦水泛滥。从嘴里恶出的尽是酸水。腰身驼着，活像一只虾米。人更迟钝木讷，像风蚀的刀，锈钝不堪。连一枝朽木都斫不去。有时几天都不说一句话，就看着。家穷时常犯迷糊，有时就盹了过去。他手握绿胆，口含黄连，可心里却想有个崽，自己的。生活才会多些亮色。他的钻头却干磨着，滚烫如铁。

一天早起上茅房，他发现茅房旁边有个小包被，里面似乎有声响。他下意识地走过去看看。是个孩子，还活着！他惊出了一身冷汗。是谁这么没良心把婴儿丢在这里？杀千刀的！他在心里咒骂起来。这深冬腊月的，快冻死了。他赶紧抱起了包被急步走回家。肠道不停地蠕动，发出无声的抗议。

病怏怏的珍芳见了，一迭声地说，扔掉扔掉。我都照顾不来，哪养活得了她？

家穷像做错事的孩子，迟疑了半天，憋出一句话，扔出去就是死。他想先喂活，再慢慢打听主人。再不成转送人。珍芳拗不过他，就没再坚持。

家穷其实喜欢孩子。珍芳不让碰，当然生不了孩子。他好想有个孩子。虽然是个女伢，还是捡的。他并不在乎。没发现有啥缺陷，家穷放心了。

讨债鬼，养着有什么用？珍芳嘟囔着。家穷不在意，就像自己生的娃，抱起来就在小脸上亲。小宝贝，饿了吧，爸爸给你喂饭吃，好不好？婴儿似乎听到了，睁开眼睛。他哄了一会孩子，然后轻轻地放到床上，赶紧去做米汤了。他就用平时喝的米汤来喂养孩子。孩子奇迹般地活了过来。一段时间将养，孩子脸色渐渐红润起来，还能发出哭声了。家穷松了口气。孩子似乎知道自己的身世，非常乖巧，很少哭闹。家穷有孩子的消息未曾走漏。

珍芳有时也帮衬一把，带带孩子。说来也怪，自从有了孩子后，珍芳犯病的次数也少多了。家穷很欣慰。带孩子时，珍芳活泛了些，脸上泛着母性的辉光。也柔情了些，嶙峋瘦骨不再生硬。有几次，孩子睡着后，家穷向珍芳求欢，竟然默许，还发出配合的姿态。家穷对孩子更好了。起名阿大，希望悦然。

阿大总喝米汤不是办法，迟早会生病的。家穷捋起裤脚，下水摸鱼，熬汤给她喝。家里没养鸡，没有蛋给阿大吃。家穷像顽皮的孩子上树掏鸟蛋给阿大补身体。阿大瓷实了，小脸肉嘟嘟的。几乎不生病，生病时也只发发低烧，哄几天就好了。阿大长高了，家穷舍不得送人，珍芳也是。

阿大五岁那年，骨瘦如柴的珍芳竟然怀上了。家穷额上生出了油光，晦暗的脸上平添了些亮色。阿大从没买过新衣，不是左邻三娘送的，就是右舍四婶把的。家穷上街卖鱼，特地给阿大扯了一件新花衣。阿大穿上，美得很。她馈于家穷一个香吻。家穷笑了，褶皱更深。

<h1 style="text-align:center">5</h1>

家穷对新生命充满期待。他时常揣着莫名的兴奋，压抑着无端的激动。珍芳身体弱，肚子也比常人小。有时下面见红，家穷也不懂。他以为珍芳快生了，赶紧拿个大脸盆过来接。等了半天没动静，偶尔有点血色的东西从珍芳私处流出。珍芳肚子也不疼，还不够大。怎么看都不像是生产的样子。珍芳喘着叫家穷去问隔壁的三娘，她已生过五六胎。生孩子就像母鸡下蛋。一次她上茅厕，不小心让胎儿跟着屎尿一起拉了出来，幸亏出手快，没让孩子掉进茅坑里。生孩子对三娘就是家常便饭，没什么稀罕的。三娘过来一看，断言要小产，可不能蹲着了。人要躺着，十天半月不要下床。家穷像供菩萨一样供着珍芳，怕有丝毫闪失。

珍芳还是要小产，下身持续流血。三娘看了叹口气，唉，二孬子。你活该没后啊！病秧子好容易怀上，就快成熟了还要掉。我也没法。

家穷急得手心出汗，面色潮红。他抓耳挠头。突然想起，土罐子装了颗铁蛋，深埋在后院的老柳树下。他在梦里听到传话，如遇到困难，就打开铁蛋，能助你渡劫。珍芳生孩子是天大的事。他等三娘走了，黑幕拉开，带上铁锹偷偷挖起来。打开坛子，一股奇异的味道冲鼻而来，铁蛋安好。家穷用砖砸不动，锤敲不开。借来村西老木匠家的钻子，钻出洞窟。倒些汁液，和着鸡蛋，烹煮给珍芳食用。几次下来，效果好。珍芳不喘，胎儿保住了。家穷宝贝似的将蛋放进罐子，密封好又深埋原处。

孩子生下，是个小子。家穷给儿子起名铁蛋，小名阿二。

阿二生下后又瘦又小，珍芳生伢伤了元气，半天挤不出一滴奶水。阿二像小猫一样咿呀，声音很小，中气很不足。家穷急得直跺脚。为了平息阿二的哭，他亲自撩起上衣，把奶头塞进娃的嘴里。娃儿似乎很懂事，竟然也吧嗒吧嗒地吮吸起来。吸了一会儿后，似乎累了，就睡下了。

家穷赶紧到灶膛里烧火，熬米汤给阿二喝。阿大就是这么养活的，他相信阿二也会。阿大看到阿弟出世，很兴奋，也懂事，帮着父母忙前忙后。米汤熬好了，家穷踮着脚尖端过去，吹了又吹，然后就给铁蛋喂了下去。

阿二活了。但阿二身体孱弱，不比阿大好养，经常发烧或咳嗽。一次高烧将近40摄氏度，迟迟不退。阿二脸蛋通红，身体有点抽搐。家穷想尽了办法，都退不了烧。他又把埋在地下的铁蛋起了出来。从蛋里倒出了一点汁液，和在水里给阿二灌下去。阿二的烧慢慢退却。家穷惊喜莫名，"扑通"一声跪在地上，口中默念：神鸡保佑！珍芳扎着头巾，苍白里透出半点红晕。她也要下地叩拜，家穷没允。

家穷摸鱼，蒸煮喂食。阿二馋了，多吃了一筷鱼。刺卡着喉咙。家穷还是动用铁蛋汁液，灌漱。刺就软了，落入肚子。阿二又活泛了。珍芳犯病也用，病就好了。用了多次，铁蛋里的汁液越来越少，家穷就直接摆在碗橱里。

春风吹拂，大地蓬茸。巴根草吐绿，狗尾草返青。阿大牵着阿二在野地里疯跑。他们也裹着翠色，在旭日里招摇。时常阿二跟在姐姐后面捡柴拾粪。

阿二大了，珍芳喘病也少犯了。家穷悬吊的心咕咚一声落地。他揣着踏实，出门揽活了。临走在阿二额上吻了吻，在阿大头上摸了摸。阿大头上扎着小碎辫，红头绳系着，美！阿二小平头，脸蛋黑里染着红。他是阿姐的跟屁虫。阿姐疼他，比自己甚。

陈巷南边，东亮家要盖砖瓦房，请家穷去做小工。家穷不会砌墙，就挑砖抛瓦。家穷有经验。时代在向前迈进。从穷窝里挣脱，向富裕里游走。陈巷的人会折腾。外出打工几年，回来就翻盖新屋。都是砖瓦房。家穷像实心的榆木，沉厚，都愿意请他。明昆家盖屋，人已够。他还要请家穷。上梁那天，热闹喜庆。

农家盖屋，上梁是头等大事。陈巷人讲究，一点不马虎。明昆家新房上梁，就准备了两稻箩糕点糖果。上梁人腰系红绸，两人平均用力，将梁柱拉上来。梁柱中间绑着稻箩。稻箩里是糕点。爬上屋山后，各坐一端。鞭炮齐鸣。在烟雾缭绕中，撒糖开始，抢糖也开始。家穷有幸成为上梁人。这是荣耀，有面子。家穷本想推却，明昆递过烟去。你中！家穷脸红了。接过烟，架在左耳上。他不抽，攒着。回家换针头线脑，兑几颗水果糖，带给阿二吃。阿大懂事，不争。

上梁那天，热闹得很。伢们都涌来，站在场基上。头高高仰着，双手张开，在空中比画着。愣头吼叫，毛头嘘叫，黄头啸叫。一个比一个来劲。

阿大牵着阿二，也到来。在香雾中，糕点糖果纷纷撒下。喜庆撒下，丰收撒下，幸福也撒下。人们在争抢中收获了甜蜜的喜悦。

那天家穷荣光极了。脸酡红着，醉酒一般；额崭亮着，月照一样。拖着鼻涕的伢们直唤二叔。这边撒，这边撒！家穷似乎受到了膜拜，神气活现。

上梁后，中餐坐主桌，还在上位。受到了恭维，得到了爱戴。向来不喝酒的人那天醺醺。左耳夹着阿诗玛，右耳戴着红塔山，口袋揣着大前门。美得没了边。

有了上次经验，他不怯了。给东亮家帮工，依然照旧实诚。别人小憩时，他在搅拌砂浆，等下午来人开工。东亮不好意思，递过烟去，也递过话来。家穷，你也歇息，活是干不完的。然后就舀了茶水请家穷喝。家穷不客套，接过咕咚几口喝干，搪瓷缸往地上一掼，抹抹嘴，擦擦汗，继续干活。东亮劝，于是家穷放下洋锹，躲到阴凉下，摘去草帽扇起风。

6

东亮媳妇金花是美人，在家穷眼里炫目。他不敢正眼瞧。穿着灯笼裤，走路飘飘的。嫁到陈巷，多少人眼馋，多少人心惦。每一个春梦都为她保留，每一段骚情都与她相干。东亮走过村口，有人睃着；金花来到水边，有人瞟着。眼神里缀满羡和妒。家穷没资格，那时珍芳还没来。他觉着女人是神物，特别是漂亮女人。怎么长的？都吃五谷杂粮，恁就大不同。喘媳妇珍芳过门，他还惦念着。也只能在心里想想。抱着枯瘦如柴的珍芳，家穷难过，跟搂着枯木，拥着废柴没两样。

金花给了他很多性启蒙和性幻想，在想象中自我欢愉一通。于是满足地从草垛里钻出，掸去浮尘，拂去乱草。他在陈巷人印象中转好，就从给明昆家上梁开始。人们将他从孬字去除，叔和哥字请来。从前虽为长辈，无人称叔；即使为兄，乏人叫哥。他领受了很久二孬的"雅号"，烙印深，流传远。金花从不正眼瞧他。从她眼里飘出的光，也是侧漏，浓缩着无言的深意。家穷不懂，珍芳费解。

阿大会喊叔伯婶婶时，家穷的待遇略升。阿二满地乱跑时，家穷的处境堪忧。人们眼里匀出柔和的光，话里也蘸些甜腻。家穷受用，于是更活泛些。

对金花，家穷一直敬而畏。东亮请他帮工，一是怜，二是助。东亮跑江湖，走南闯北。见得多了，对家穷悲悯，为珍芳惋叹。这一家委实不易，住着茅屋。秋风欺辱，吹去檐上茅；冬雪侵袭，灌入缝中寒。家穷破袄裹身，旧帽遮颜。阿大阿二破衣烂衫，脏兮兮，灰扑扑。珍芳常立在檐下，站在风口，捂胸长喘。每个走过的人都觉着心疼。东亮眼里揉入了水雾。

家穷在树荫处干坐着，低头打着盹。金花不忍，端来凉茶。家穷忽然抬头。一股异香唤醒了他。面前站着尊贵的女子，于是赧然。她丝发不乱，脸盘如月，眼含秋水。脸不敷粉而白，发不涂油而黑。徐老半娘，风韵犹在。家穷不敢多看，迅速敛眉。自己光棍时，在梦里意淫数回，在想象中亲热多次。一朝眼前，近人情怯。

她刚嫁来时，真叫好看。墨漆似的眼眸盯上你，你都会醉几回；黑豆似的瞳仁咬着他，保准他死几次。有胆的就直溜溜地看，没胆的就偷觑。在门缝里，在树丛中，在犄角旮旯外。当新人走到近前时，家穷不知哪来的勇气，竟然没有低头，迎着她多情的目光。来到跟前，才想起要低头看路。由于多贪了一眼，他连人带担子窜入水沟，浑身湿透。有人"嗤"地笑了。

记忆还是崭新的，人已到中年。家穷红着脸接过搪瓷缸，咕咚一气。无异于喝下仙醪，吃入珍馐。胸中激烈，腹里舒坦。

金花已是几个伢子的妈，早就泼辣。东亮外出时，她也学会了打情骂俏，寂寞时也学会了偷腥。家穷隐隐不快，也隐隐无奈。他是不敢告诉东亮的。怕东亮打折她的腿。那就不美了。

不由得想起珍芳。那是破纸片，风一吹都会散架。整个人腌在药罐里，比酸菜苦，比泡菜涩，比霉菜皱。怎么尝都不是滋味。

家穷突然弹起，洋锹搅拌砂浆霍霍。盖屋进度很快，不久就上梁了。

东亮讲究。喊了陈巷德高的三发，他家里有事走不开；又请了望重的二衡，临了疾病缠身来不了。

东亮两难。明天是好日子，上梁不能改期。家人一合计，请家穷上马。家穷有过这样的经验。明昆家盖新屋上梁，请的就是他。

家穷半推半就，硬着头皮上。照旧在鞭炮齐鸣中，撒糖扔糕开始。场基上黑压压都是人。大家都知道，东亮手头阔，糕点糖果不少。东亮面子大，人们乐意捧场。

家穷骑在梁柱上，可着劲撒糖。忽然眼前冒出金花的身影。绿叶里的深红，鸡群中的白鹤。那一身素衣素衫，山水隐现。他不知是幻觉还是疲态，脑子忽然旋转。整个人摇晃着。只听得下面呼他的大名、小名和绰号。他本能地抛撒糕点糖果。然后失足，摔下了。

珍芳第二时间赶到。第一时间赶到的是金花。她摇着家穷身子，拍着他脸。珍芳只一个劲喘。阿大牵着她衣角时，她忽然醒悟。家穷气若游丝。东亮叫珍芳准备后事。珍芳惊吼一声，跑进厨房，打开碗橱，空无一物。珍芳又一声惊吼：铁蛋呢？阿二吓得躲在桌子底下，头埋在裤裆里。阿大站出来怯生生地说，阿二饿，偷吃了！

家穷猛地从床上坐起，一身冷汗。他掐了掐肉，疼。还活着。他咧嘴笑了。

他明天还要给东亮家上梁。他打开碗橱，铁蛋宛在。

7

东亮业务做大后，推倒旧居，盖起了别墅洋房。家穷也跟着沾光。第一个被带出去的是家穷。家穷给东亮家盖屋，出了不少力。上梁还请了他。事情总算圆满，没出分毫纰漏。东亮很满意，东亮老婆金花也很满意。家穷却不这么想。他对一事至今耿耿于怀，生怕他们记恨在心。上梁那天，下午吃酒席。村里照例来了很多小孩。村里的狗闻到肉香，也不知从哪里一股脑儿凑了过来，钻到桌肚下等着啃骨头。家穷屁颠屁颠趿着布鞋，回家牵着铁蛋过来一起吃酒席。铁蛋很久没吃过酒席了。明坤家做屋时，家穷舍不得，抱着铁蛋去过一次。伢那时还小，吃得多了，也吃得急了。回家上吐下泻，闹肚子。这次家穷有了经验，不敢狠给，只舀了些汤汤水水，用碎花瓷碗装着，让到半边去吃。铁蛋三下两下就吃尽喝光，又把碗伸过来。家穷到底不舍，撩了两块红烧肉放进碗里，又夹了三个肉圆子。鱼是不敢搛的，刺多，怕卡着喉咙。想了想，最后夹了一个鸡大腿。铁蛋端着碗，在矮凳上胡吃起来。灰狗和黄狗在桌肚下抢骨头，不知何故突然互咬起来，灰狗落败，嗖地从桌下钻出，撞向铁蛋。铁蛋摔倒，碰在矮桌上，碗掉地上，菜泼了出来。碎花瓷碗摔成了两半，瓷勺也摔成三截。铁蛋看了几眼，然后号啕大哭。鼻涕眼泪糊得满脸都是。他用嫩嫩的手背在脸上一抹，立马成了大花脸。家穷听到了，赶紧转过头，碗和勺子都碎了。他脸腾地红了。家有喜事不能碎东西，这是不吉的象征。家穷作势要打，客人拉开了。"碎碎平安！"于是有人接口，"碎碎平安！"东亮全没当回事。小孩哪有不冒失的，大人都有犯傻的时候。他招呼大家继续吃喝。帮厨的就过来重新给铁蛋换了一个碗和勺子。金花端着菜给珍芳和阿大送去。她完全不知。事后，东亮也没说。东亮越不在乎，家穷越上心。生怕他家有个好歹，将来算到自己头上。好在这事很快过去，东亮家啥事也没有，家穷才稍稍忽忘，一颗悬着的心才咕咚一声落进肚子。

有件事很不踏实，一直梗在他心里，特难受。东亮对他好，对他家也好。珍芳喘病发作时，捂着胸口，一副难受至极的样子。东亮过年串门时，发现了这个秘密。他本来以为珍芳只是小病，并无大碍。看到她紫茄的脸面，痛苦的模样，东亮别过脸去。他留下两百元，急急溜掉了，招呼都没打一声。家穷正在锅底烧水，烧好水出来，人已消失。他一声长叹。

不久就来了一个赤脚医生，给珍芳挂水。珍芳总算缓了过来。铁蛋递给妈妈一包麻酥糖。珍芳吃了，摸着铁蛋的头，甜得齁！

家穷家是茅草屋，一刮风下雨，家里漏风潲雨，用脸盆接着。不多会，就满盆水。东亮找来瓦工，请人为他家修屋。家穷说，不用，不用。能对付着住就行。也没那个闲钱。珍芳看病花光了积蓄。

　　东亮说，我看着心疼。钱的事，你就不要操心了。穷家窝在一边，默然不语。房子重新翻修后，好歹还能住人。房不算危房，墙基还是牢靠的。

　　家穷有个小九九闷在心里，快发芽了。他没机会说出来，也不知该不该说。说出来自己解放了，别人恐怕就遭殃了。他考虑再三，犹豫再四，还是没敢说。嚼舌根子不是所擅，弄巧也许成拙。

　　陈巷后山是坟地，长着一大片毛竹，一到夏天郁郁葱葱，莽莽苍苍。那里阴气重，一般人不敢去。野鼠的天堂，家蛇的老窝。家穷不大时，一次内急，刚好走过竹林，一看四周无人，搂着裤子往竹林里钻。突然听到塞塞窣窣的声音，他吃了一惊，停下脚步。不一会，剃头匠阎后进从里面钻了出来，脸色潮红。家穷快要撑不住了，他不以为意，希望他赶快走人。阎后进凶巴巴地说，不许在这里拉屎。家穷没理解深意，梗着脖子回撑，也不是你家的，咋不能？有蛇！小伢子，不知道好歹。剃头匠拎着裤子急急地去了。家穷以为他也在出恭。他刚好解裤子，金花从竹林钻了出来。左胳膊上还挂着一根枯草。家穷也不懂，以为她也是来这里方便了。他脸"腾"地红了，憋得脸色黢紫。心说，姑奶奶，快走吧。金花似有会意，急匆匆地从他身边踅过。家穷拉过屎后，觉得不对劲，就往深处走。看到地上窝着一摊草纸，草纸上沾着湿乎乎的一坨东西。他"啊"了一声，似乎明白了一切。自己在草堆垛里手淫时，下身流出的东西，好像一样。他挠了挠头皮，皱了皱眉。自此就有了心思。

东亮本是当兵出身，据说没要工作，拿了几个补贴就回家了。回来就娶了金花，生了崽，然后满世界跑。先是贩牛，后又贩草席。贩牛赚了不少，贩草席赚得更多。

陈巷不远有个牛集，一到春天，四面八方的人都牵着牛来卖。有三岁母牛，有四岁公牛。有黄牛，也有水牛。都洗刷得干净，希望卖个好价钱。改革开放后，分田到户。家家都想有头牛，这样犁田不求人。求人犁田还要看别人脸色，更要看别人心情。给钱也不行，得就着别人的时间。家里有头牛，就像军人有头马。那是大牲口，表示家底殷实，稻米流脂。红花草大片大片地开着紫花，根茎还嫩时，犁田开始。将红花草一同犁进土里，然后水泡一阵子。沤得田里水呈紫黑色，就可以插秧了。红花草是肥料，庄稼有了营养，长势非常喜人。一个春天都不要施肥的，禾苗长得又绿又壮，风吹不倒，雨浇不灭。就等着丰收，等着喜庆。

红花草盛开时，正值春天。蜜蜂闻香而至，围着田转。一群娃子提着篮子，背着篓子，拿着镰刀，来收割一亩一亩的红花草。既可当猪食，又能做人餐。端上桌，不失美味。家穷曾和妹妹收割过，去掉花和叶，留下茎，炒了吃，浇点菜油，甜甜的，香香的。青黄不接时，这是一道时蔬，也是饱腹之物。

东亮靠贩卖青牛，经常出现在牛集。人们看他从口袋里掏出档次越来越高的香烟，就算计出他赚了多少钱。

春天牛集过去，就到夏天了。夏天陈巷家家户户都种席子草。一种长长细细的草，绿油油的，长在田里煞是好看。到了仲夏，天气最热时，也是收割席子草最好时机。好几户人家都有草席机，收割后就兑给他们，打成草席，售卖出去。东亮不做草席，只管贩卖。那时竹席还没流行，草席很有市场。夏天热，草席性温，可以睡到秋凉。竹席太凉，寒气重。老人小孩都不宜久睡。草席不同，夏天睡凉快，秋天睡暖和。不伤身体，价格还便宜。

东亮开着三轮车，跑到安徽金寨，又远到江苏金坛。几年下来，卖草席赚了很多钱。回来，乡亲们都能分享到他的好烟，连家穷也不免。家穷觉得他瞧得起咱。家穷舍不得抽，攒着，兑给货郎，换几颗水果糖和狮子头带回家给铁蛋吃。阿大有时也分到一点。

家穷小时候被父亲逼着早起拾猪粪，长大了，也没改掉习惯。即使有了铁蛋，他也照常早起，没事就提溜着一粪筐，到处捡粪。一日早起，刚走到东亮家不远的地方，就看到东亮家门"吱呀"一声洞开，一个人影从里面钻了出来，低着头火急火燎地往回赶。家穷人虽憨，却不傻。他"跐溜"一下，躲在了檐后，偷偷观望。

月亮已经收敛，星星还偶尔眨眼。东方已露出一丝亮白，足以看清一个人。家穷真真切切地看到了这一幕，剃头匠阎后进从东亮家钻了出来，隐身在一片薄暮中。

阎后进仗着有个手艺，村里大姑娘小媳妇的头摸了个遍。不仅摸头，还趁着人家衣衫单薄，偷窥。衫底风光一览无余。包裹得再严实，也逃不过那滴溜溜乱转的贼眼。可饱眼福了。他不仅饱了眼福，有时还饱口福，更饱手福。真不是东西！家穷在心里暗骂一句。这个麻秆，瘦得走路都没劲的人，咋还有那劲头，往人家床头摸。要不是亲眼所见，真不敢想象，他这样一个人，会做出那样的事。其实，做出那样事，也不奇怪。他老婆就是个十足的疯子。整天衣衫不整，疯话连篇。接连生了仨儿子后，就疯得更没形了。她生冷不忌，好赖不分。遇到什么吃什么，碰到什么砸什么。一般人不敢靠近。常年不洗澡，也不打扮。头发蓬乱，衣服油污。脏得没边，瘦得脱形。家穷一次捉了几条黄鳝，养在缸里，不知怎么被她发现了，竟然伸手抓了出来，用嘴直接咬着吃。鲜血糊得满嘴都是。恶心极了！家穷拿出菜刀比画，才最终吓退了她。据说疯女人过门时，还不太孬。生了几个伢后，就越发严重起来。生孩子都不知怎么回事。当然也不知道男女干那事会有什么后果。一任阎后进糟蹋。后来，阎后进就没性趣了，碰都不碰一下。这个可怜女人在水塘边看影子，觉得好玩。后来落水，淹死了。直接裹着张草席就掩埋了。阎后进一滴眼泪都没掉。仨伢也不懂事，都没哭。

阎后进不知咋就勾搭上了金花。金花虽然和村里大老爷们打情骂俏，但慑于东亮威严，是不敢造次的。她毕竟已生俩伢，好歹是为人父母，知道轻重了。东亮每次回来都大包小包带着许多吃的穿的，就是铁石心肠，也会融化的。

家穷没弄懂。家穷真的不懂。成人的世界相当复杂。

8

东亮给家穷家修屋后，家穷就憋不住了。他嗫嚅了几句。东亮以为他不好意思，想要付费。东亮眼一瞪，莫说了，莫说了。这点小东西，不足挂齿的。家穷于是噤口。东亮帮家穷，既有同情的一面，还有秘不示人的另一面。东亮家早期很穷。靠着壮实的身体，灵活的头脑，才有资格去当兵。在当时，能当兵，也是一个不错的出路。要么就去考学。东亮初中都没读完，不是笨，也不是不想读，根子还是穷。在家牵牛鼻子牵了几年，也下地侍弄庄稼数年，一晃眼就大了。他在放牛时，将牛往草滩上一丢，在春天里，在秋光中，在晨曦后，在黄昏前，躺在柔软的草地上，望着蓝天想心思。一个个奇怪的念头在脑际闪过，一幅幅美妙的画面在眼前显现。他在思考未来，他在擘画前程。可眼前，除了山就是水，除了水就是空旷。附近有口小塘，塘边有块水跳，常有女子来浣纱汰衣。一日他放牛时，在草地上想着想着就睡着了。睡得嘴角流出了口涎，他浑然不觉。太阳高照，和风徐徐。他做了一个梦，梦里他爱上了一个红衣女孩。那女孩好漂亮。唇红齿白，眼眸里漾着春情，正款款走来，还向他招手。他看真切了，这不是家穷妹子，韩家慧吗？几年没见，出脱得如此袅娜，那样娉婷。真不敢直视。他正张口要喊，突然听到她说话了。好温柔，好甜蜜。骨头都酥了，心醉到家了。她在喊：东亮，东亮，杨东亮。声音越来越大，越来越急切。他忽然醒了。擦掉口涎，翻身坐起，四下张望。眼前正杵着韩家慧。她穿着红裙子，端着脚盆，盆里放着棒槌。

你家牛吃人家嫩豌豆了，还不快去！看家慧涨红着脸，急不可耐的样子，东亮觉得好美。皮肤像刚剥开的水煮鸡蛋，嫩白、芬芳，沁人心脾。脸蛋像鹅卵石一般光滑，在春光沐浴下，更娇艳，越发楚楚。东亮光听声音就骨软筋酥，浑身舒泰。她吐气如兰，让东亮销魂；她语绽莲花，使东亮蚀骨。东亮几乎忘了她在说什么，只是好奇地盯着她看，看得家慧直发毛。家慧脸酡红着，鼻子沁出了微微细汗。她似乎发怒了，脸上渐渐显出不悦的神色，就这神色，东亮也觉得好过难看。他也喜欢。她一颦眉一蹙目，都让人心旌摇荡，波翻浪卷。他终于知道她在说什么了。等他明白过来，牯牛已啃了一大块豌豆。豌豆是情种，缠缠绵绵，曲曲弯弯。不是绕着柳条，就是傍着细枝，却是缠不了树。东亮一个箭步赶过去，拽住了牛鼻子，牵住了牛绳。在它身上连拍几掌。牛哞哞几声，摇了摇脑袋，跟着东亮走了。

那时风气未开，思想锁闭。即使沐浴春风时雨，也让人难开尊口。东亮看着红裙子飘忽如云，在清水塘边招摇。像塘中的水草，油油的荇菜，在水底摇曳，姿态万千，想伸手捞去，却不敢，也不曾。就让那团柔柔的情愫随着水流滑去，偶尔起一两个涟漪，几次泡沫。小鱼儿在水草里钻营，一会进，一会出。进进出出，水草就长高了一截。再去时，更加招摇。临走时，他想招呼一声，妹子，我走了，谢谢你！可话到嘴边就是吐不出来，涨得脸通红，汗也跟着挤出。他就低下头，狠狠在牛背上甩了一掌。

几番入梦，数次入心。人已长大。家慧及笄时，上门求姻的络绎。家慧头几年一概回绝，理由是自己还小，不足婚配。虽然年龄不大，但做人行事却老道，透着成熟。家穷对妹妹也是仰视。当蓓蕾绽放时，姹紫嫣红；当青春勃发时，柳绿桃红。家穷粗粝，像硌脚的砖石，像铺路的粉煤灰。他在粪土堆里长大，从驴粪蛋里走来。他总觉得自己脏，浑身散发着一股难闻的气息。这不是青春，这是为青春培土浇肥的料。

父亲看在钱财上，还是把家慧嫁给了大她一旬的阔嘴男人。家慧哭得很伤心。要是母亲在，断不会如此待她。她梨花带雨，泪落倾盆。

好在那家还不错，家道殷实，富裕不足，温饱有余。家慧就铁了心，开枝散叶。

东亮听到这个消息，几天没睡着。辗转反侧，翻来覆去。那个可人没了，我到哪里去找。当兵后，回到家，手头已有些钱了。他发狠心，要好好经营家，经营事业。他给了人家很高的聘礼，迎来了金花。金花也是周围数一数二的人，泼泼辣辣，很有男子风范。家慧就从梦里消失，只珍藏在脑海深处。只有家慧回娘家时，才过来偷瞄一眼。眼里含着别样的深意。

家穷过得寒酸，过得憋屈，东亮理应拉一把。家穷甚是感激。出门就夸东亮好，能干，还热心。金花和剃头匠的事，他几次想开口，都被东亮岔了过去。

东亮生了一女一儿后，就常年在外跑江湖。除了贩牛，就是贩家乡草席子。跑遍了安徽，后来范围扩大，跑到江苏。刚开始在苏北，后来又延伸到苏南。

苏南经济要活泛多了。有人家开始盖小洋楼了。早就不住土屋了，砖瓦屋很普遍。东亮嗅到了商机。他想到了改行。陈巷慢慢有人出去打工了，家里土房子就空着，成了老鼠的地盘，它们在里面生息繁衍，为所欲为。

9

陈巷附近有座山，林壑优美。人呼雀儿山。山不在高，有用则名；水不在深，有鱼则灵。山多杉木，春夏针叶幽碧，秋冬枯黄萎落。杉树是速生林木，长得快，卖相好。是村集体财产，一大创收来源。有人突发奇想，将杉树砍尽，运黄土烧砖。作为乡办企业。想到就能办到。很快，一根高高的大烟囱矗立。来了一批人，周围盖起了厂房。一个黄道吉日，开启点火仪式。那天，围了一大批人，看新奇。陈巷的壮年男子都涌到砖瓦厂，当起了工人。砖瓦厂机器日夜轰鸣，厂区灯火通明，来往卡车、拖拉机昼夜排队，等着红砖出窑，一抢而空。没装上砖瓦的司机大声骂娘叫嚣。有人买通了地保，偷偷塞钱，就可以靠前，多拉几趟。看砖瓦不够卖，地方领导一合计，又开了一个轮窑二厂。砖瓦还是不够卖。

老婆珍芳身体稍好时，韩家穷就去了窑厂拉水坯。夏天一身汗，冬天一身灰。活又脏又累，挣头还不多。有人就说，在窑厂打工，注定秃屁股。没娶到老婆的男子在窑厂干活，没文化，没出息的。稍微活泛点的，谁愿意窝在这里。注定要受穷，注定娶不上老婆。家穷已成家，还生了铁蛋。他不在乎。多少还挣点，贴补家用。虽然发不了财，富不了家，但比种田种地要强。

春天的傍晚，野火还未烧尽，仍然哔啵着。东亮不知从哪钻了出来。他说，春天到了，就在眼前，就在身边。你瞅瞅，到处春意盎然，花香四溢。该换一种活法了。

家穷刚从窑厂回来，身上的脏衣服还没来得及换，就听到鼓舞人心的消息。他似懂非懂。确实，巴根草返青，狗尾草吐绿。柳树上的嫩芽早已长成绿叶，在和风里摇摆。它们是春天的信使，暖日中的芳姿。长尾雀叫得多欢，黄鹂鸟鸣得多脆，百灵鸟直上九霄。小云雀在油菜田里跳跃，黄花满地。到处铺锦织绣，满目春潮。

东亮拉着家穷说，走！跟着我干，比在窑厂多拿两倍的钱。

家穷憨厚地笑笑，不置可否。他其实心动。要不是珍芳拖累，他早就跑江湖了。虽说嘴不好使，脑子不笨。虽说文化不多，力气有，使不完。

想了想，家穷就问，我能干什么。你不是给人家盖过屋吗？我们也给人家盖屋。家穷脸上露出了喜色。这个成，我能。

家穷还是不太放心，别人不找，咋就只找我。莫不是骗人的谎话吧？他将信将疑。咱村里还有别人不？小劫、小虫都去。东亮的话像一扇天窗被捅开，露出了白亮亮的一片。他豁然开朗，心中亮堂。

小劫是朋友，自小腿脚不便，老大还没对象。他去，自己没意见。小虫不行，羞于和他为伍。少时，为了捡拾猪粪，没少挨父亲的冷眼和巴掌。要不是他抢先一步，断不至于此。家穷对小虫没有好感，不希望与他共事。既然东亮愿意，家穷也无话，只是心里硌得慌。

东亮承包了一个施工队，挂靠在祥和建筑公司下面。施工队很大，分好多班组，有钢筋组，专门负责轧钢筋；有水泥砂浆组，专门和水泥，搅拌砂浆；有脚手架，有塔吊，等等。相当庞大复杂。还有后勤保障组，专门负责采买，烧锅做饭，工人衣服浆洗，等等。还有财务会计室，负责算账结账。人少了不行，干不起来。

东亮也够能的。这么大一个摊子，全靠他掌控、调度。先前，他只是一个小包工，负责施工。尝到甜头后，越做越大。自然挣钱也越来越多。亲不亲，家乡人。他想着把他们带出去，带出来。窝在那里，到老还是守着"穷"字。

小劫读过书，念到了高中，没考取大学。他就窝在陈巷，在村边开了个小店，卖烟酒百货，附带修理电视。陈巷许多人都出去了，留下来的大多老弱病残，购买力不强。他也只能糊张嘴，多余的钱没有。到了婚娶年龄，没有女子看上他。他看上去清秀文弱，不过嘴甜，比较能说。比家穷要强。东亮派给他内勤，做会计，代账。这可是肥缺。不是老板信任，很难得的。小劫上班第一个月工资，就买了两条玉溪孝敬东亮。东亮婉谢。叫你来，是帮我挣钱，也给自己攒钱。怎么好让你破费。干好工作，就是对我最大的报答。小劫赧然而愧。

小虫负责轧钢筋。家穷只分到了搅拌砂浆，运送砖石。月底一结账，家穷挣得最少。比小劫低，比小虫更少。他有点气不忿了。好在他厚道，有话烂在肚子里。不过腹诽还是有的。他觉得东亮薄待自己了。自己整天忙活，累得要死，到头来工资最少。

回家将这事跟珍芳一说，珍芳不干了。珍芳虽说身体不好，但脑子不坏。她喘了一阵，消停后，就凑到家穷耳边，跟金花说。

金花本不管东亮事。她只管年底收钱。收少了，就吵嘴；收多了，就偷着乐。东亮一年回不了两次家。一个人带着两伢，虽说累，其实也累不到哪里去。就是哄睡伢后，夜里不踏实。翻来覆去，想东亮。

东亮四十来岁，就两鬓斑白，头顶已谢。在外打拼也怪不容易的。想想也替男人亏。娶了这么漂亮的老婆，一年也用不到几回。回来不是应酬，就是招人。脚不沾地，连说个体己话都难。金花也难受。每次剃头，都找阁后进。后进老婆疯了，生冷不忌，最后死了。后进年轻时读过不少书，对《三国演义》《七侠五义》如数家珍。夏天一到傍晚，一群老人小孩凑在一起，听他说书。后进很会说，很能说。说得口沫横飞，精彩绝伦。说到紧要处，就突然打住。欲知后事，请听下回分解。

金花本不感兴趣。无奈儿子小虎很喜欢。她也就跟着。听到后来，竟然上了瘾。开始对故事感兴趣，后来就对人感兴趣。觉得后进很有才学，窝在村里浪费了。娶妻不慎，一生被毁。他经常给村里八十岁老人免费理发。老人都感念其德，到处说他的好。

小虎和后进儿子小铁关系好，很玩得来。两家自然就走得近些。有时小铁就在小虎家吃饭。后进不好意思，给金花理发就不收钱。金花哪肯，不但给钱，还多给了不少。拉拉扯扯间，就产生了火花。后进没护好，金花没守住。两人就在草席上翻滚起来。金花身上汗湿透了，后进连说，我要死了，我要死了。金花抱着后进的头，嘤嘤哭泣起来。后进脸色突变。要死，要死。这事要传扬出去，东亮不打折你的腿，也要打破我的头。以后再不往来，再不往来。边说边又啃起来。

他们以为这事很机密，不说出去，谁也不知道。过了一阵，外面风平浪静，啥事没有。他们就更加大胆了，到了互相留宿的地步。

家穷知道了。他一直埋在心里。有几次想告诉东亮，东亮都岔过去了，他就没找着机会。后来还是憋不住，告诉了珍芳。珍芳看金花的眼神就有点异样了。有时看得金花直发毛。金花啥样人，只几回，就明白了。她心里咯噔一下。然后换作一副面孔，和善地对珍芳说，铁蛋要是没衣服穿，我家虎子衣服多，可以给几件。珍芳就意会了。

杀年猪时，金花端给珍芳一大海碗杀猪汤，里面汪着心肝肠肺。珍芳大度地接了，只轻轻地道了声谢。

过年后，青黄不接时，金花又抓炒米糖又带小炸给铁蛋吃。珍芳还是大度地接了，也只轻轻地道了声谢。

出去跟着东亮干后，觉得东亮亏待了。珍芳趁着串门的空，跟金花唠家常。珍芳隐晦地提到家穷待遇低，家里生活难。自己又是药罐子，阿大阿二正在上学，还要攒钱盖屋。说了一大摞，金花于是就懂了。第二年，家穷的待遇就上去了，跟小虫拿一样多。

东亮是陈巷第一个买轿车的，北京现代。21世纪刚刚来临，东方泛着鱼肚白，东亮开着银灰色现代汽车出现在家门口。车子泊下来时，村里大人小孩都跑过来看新奇。啧啧，这要多少钱？啧啧，我祖宗八代都没见过这新玩意。东亮不仅开回了新轿车，还带回来一台数码相机。他给大家拍照，刘大爷、李大婶，一人一张。还洗好，散发给每家。大家交口称赞，说东亮真发了，发大了。东亮眯着眼，嘿嘿一笑。

东亮又从车里掏出一个东西，谁也不认识。这铁疙瘩干什么的？虎子也不清楚，好奇地打问。边说边拿手摸。东亮制止了他。笔记本电脑，东芝的。天方夜谭，天方夜谭。真是神奇。刘大爷抖着胡子，活到八十岁了，见着稀奇了。李大婶揩着泪眼，我家青毛还在背板车，亮子就带回了这玩意。这玩意能吃吗？东亮呵呵一笑，不能吃，比吃更重要。不能吃，要它屁用。我反正用不着，我家青毛也用不着。李大婶似乎不高兴。花许多钱，竟买烧包货，不怕烫着手。

东亮又从车里掏出了家伙。这是DV，知道吗？就是摄像的。大家围拢来，你一言，我一语。谁也闹不清，干什么用。

东亮就把相机数据线掏出，接在电脑上，将里面照片导出来。在电脑上一放，好家伙，照片清楚得很，汗毛几根都能数得着。又将 DV 里的影像导入电脑，放着给大家看。真开眼！有人眼都绿了。东亮不简单，有几把刷子。东亮给陈巷 70 岁以上老人每人派发了 500 元红包。过年了，过年了，算是一点小意思！于是收到祝福和赞美。陈巷沉浸在喜庆与欢乐中。那年过年，鞭炮放得格外多，声音也分外响。烟花直插云霄，雷子响遏行云。

阁后进受到前所未有的压力。他脸青灰着，脑门上全是汗。儿子小铁把这消息绘声绘色地说出来时，他连连摇头，又不住点头。他一再制止小铁，小铁却十分亢奋，停不下来。终于描绘完了，然后补充道，阿爸，我以后就跟东亮叔学，也要开轿车。后进眼一瞪，现世宝，别做春秋大梦了。以后能挣钱养活自己，老子算是烧高香了。

10

东亮家在县城一口气买了三套房。家里又盖了两层小洋楼，在十里八村都算豪宅。东亮家装了电话，买了台式电脑，组合音响。家电一应俱全。装电话时，还很贵。一般人装不起，装起也用不起。电话初装费就有好几千块，这在千禧年前。家穷听到了，惊得舌头伸出老长。几千块就一个红漆话机，用荷叶边手帕盖着，平时都不舍得用。装电话，主要还是东亮与金花联系方便。有事打电话，没事也可以扯闲篇。夫妻之间，见不着，嘘寒问暖还是需要的。东亮在外多年，知道人心不古。为了防贼、防偷，在家悄悄按了摄像头。也没跟金花说，说了她也不懂。本来东亮想接金花进城，陪他一道做。金花识字不多，不善生意。她喜欢乡村，喜欢这片故土。大嫣和虎子正在上学，正好照应。城里乱糟糟的，不适应，也不习惯。

她心中一直负疚，不忍面对东亮。她不想和剃头匠那个了，再也不了。伢们越来越大了，要是知道了，真没脸活在世面上。已经好久没去理发了。她让虎子离小铁远点。可小铁老缠着他。不是伸手要糖，就是伸手要糕。虎子家里有的是，也不在乎这些。他有求必应。小铁后来胆子更大，还怂恿虎子从家里拿钱给他。虎子一一照办。小铁收了钱后，附在虎子耳边说，不许告诉大人，不然就不跟你玩了，还把你家丑事说出去。

虎子也照办。只是有点好奇，我家有什么丑事，我都不知道，你怎么知道的。他在心里想着，晚上回家吃饭时，就问妈妈。金花一听，脸都绿了。这事必须断，不然会出人命的。她晚上觉都没睡好。东亮例行电话，她也含糊其词，模棱两可，应付了事。心头一直不安，眼皮突突地跳。刚好村里流行诈金花，一种扑克游戏。既可赌钱，也可怡情。陈巷诈金花风气很盛，也不知从哪里传来的。金花很反感。一提到这事，就恼火。一看到有人玩诈金花，一扭头就走了。但她不反感打麻将、推牌九。诈金花，诈金花，太不吉利了。偏偏我叫金花。难道我有血光之灾？一想到这里，额头就渗出微微细汗。呸，呸，呸！胡思乱想，我家好得很，也没得罪人。怎么会呢？金花连吐几口唾沫在地，用脚死劲踩踏，算是去掉晦气。

一日从双塘担水回来浇菜，田已不种，只在门前园子里种了些青菜萝卜，辣椒茄子，还有西芹。种的菜自家吃不掉，好多都送人。不是李婶，就是刘妈。还有左邻右舍，七七八八，差不多都送出去了。送出去的是菜，收获的是人情。人们都夸金花停当（贤惠），会做人。路上刚好遇见一个道士，青衣皂袜，摇着拂尘，向她走来。施主，请留步。金花歇下担子，问道长什么事。施主，可借一步说话。道长，来我家吧。前面不远小洋楼就是我家。金花指了指。语言中揣着自豪，还有几分得意。

到了家，金花歇下担子，给道长沏茶，双手捧至前。道长接了茶水，喝了一口，异香扑鼻。他咂吧几下嘴，不紧不慢地开腔了。

施主想听真话还是听假话？道长放下茶杯，摇了几下拂尘，看着金花眼睛说。金花被盯得一阵羞臊。她忽然脸红了，心怦怦乱跳。她稳了稳神说，当然想听真话。施主，五日之内，必有血光之灾！金花惊得脸色煞白，她哆嗦着问，可有对策？办法是有的。道长还是慢条斯理，不疾不徐。金花急得快要跳脚。难怪最近老是眼皮跳，敢情是真的。我的直觉是对的。就是不知祸从哪里来，怎么化解？我在村里人缘很好，从未得罪人，结善缘，解矛盾。我想不出，哪里肇祸？金花对道人说，也是对自己说。她百思不解。脑子飞快地转动。自嫁过来，没跟人结仇，也没跟人掐架，连脸红吵嘴都不曾有过。她实在想不出。

请道长点拨一二。小女子，实在想不起，哪里开罪人了。金花带着祈求的眼神。正因如此，才招致灾殃。老道又摇了下拂尘。你无意中种下孽缘，好自为之，好自为之！

道人走了。一边走，一边长叹。金花回过神来，要追着施舍，那人已不见踪影。

金花晚上给东亮打电话。电话里很吵。好像在歌厅或舞厅。做他们这一行的，请客求人是常事，金花习惯了。没聊几句，就挂了。听不清东亮说什么。她等东亮回电话。她一般不打电话，怕干扰了他正事。专等东亮打过来。可左等右等，一直到深夜，还是没等到电话。她不好意思再打了。也许他太忙了。她宽慰自己。

第二天晚上还要打，和头天如出一辙。守到深夜，东亮还没消息。第三天也是如此。金花就有点担心东亮了。声音一准是东亮的，不会假的。他那边没事就好。

第四天，一早起来。家穷家阿大穿着碎花衣急匆匆赶来，阿婶，我阿妈喘病犯了。你有空过去看看。金花放下手头的活，就赶了过去。带她去卫生院吊水，还买来喷剂，只要发作，照着口腔喷几次，就缓解了。在吊水时，珍芳问，金花嫂子，你脸色不好，生病了吗？眼袋好大，眼窝好深。没睡吧，这几天有心思吗？你家这么好，吃不愁，住不愁，还有什么烦心事？

问得金花差点眼泪出来了。她也不好说，只是宽慰珍芳，照顾好身体。男人不在家，也怪可怜的。挣钱不容易，花钱倒快。珍芳一个劲点头。下午，珍芳缓解了，金花就要回家。在路上刚好碰上阎后进。他挑着稻箩碾米回来，赶紧歇下担子，跟金花唠话。金花忽然眼皮飞速跳动，跳得眼珠突出，又一阵莫名恍惚。她不想和他说话了。应付两句，就加快步伐，往家赶。回到家，心跳才稍缓。

她现在很讨厌那个人，甚至可以称得上厌恶。见到了，心里就一颤。看他狞笑的样子，就觉得恶心。她几次不从，硬逼着。并放出狠话，如果不来往，小心你全家性命。真是橡皮糖，黏上就脱不掉。真晦气，真倒霉。当初，也是好心，一时寂寞。既出于同情，也出于善意。没想到，事情弄砸了。正在家胡想，一个人进来了。将大门一关，就拉拉扯扯起来，要成就好事。金花吓得快瘫了，恨不跪下来求他。来那个了，做不得！她尽量压低声音。为什么躲着我？难道我讨嫌吗？家里有钱了，就看不起人了？我过得不好，你也别想好。说得金花毛骨悚然。她颤抖着说，求你放过我吧！我给你钱，要多少给多少！金花抹着泪，哭着求他。阎后进丝毫不为所动。你当我是叫花子吗？这么好打发。你今天从也得从，不从也得从。两人扭打起来。通过强力，拉扯下金花裤子，果然见红。晦气！他扭曲着脸，将她裤子提上，从口袋掏出剃须刀，在她脖子上一抹。殷红的热血像喷泉涌出。金花本能地用手捂着伤口。阎后进拉开大门，扬长而去。金花跌跌撞撞跑出门外，刚喊几声"救命"人就倒在地上。

珍芳吊水回来，后面跟着莲花乡卫生院院长王胜友医生。他背着药箱，和珍芳深一脚浅一脚往这边赶。他要去给沈老太吊水。沈老太最近身体很弱，隔三岔五晕倒。儿女们在外打拼，只有孙子在家。听说珍芳去卫生院，就托孙子小强带口信，喊王医生过来。王院长是她最信任的人，别的医生她一律不理。由于年纪大了，很少到医院。一有病，就喊人请王院长。王院长是上海下放知青，医术高明，医德高尚。本来有机会回上海，由于娶了当地姑娘，生儿育女后，就断了念想。镇上和县里感念他的善行，多次送他去上海华山医院和瑞金医院培训，一学半年。他在大医院学到了很多东西，长了很多见识，水平直线上升。县里甚至省里医院想调他去工作，他婉言谢绝了。他说莲花乡需要我。老婆孩子都在莲花，一家人在一起比什么都重要。于是就留了下来。附近十里八村的人都找他看病。他妙手回春，药到病除。在百姓心中很高大。有人说，要是没有王胜友，莲花枯萎水倒流。

到沈老太家，必经过金花屋前。珍芳一看金花横卧场基上，捂着脖子，很痛苦的样子。地上有一摊血迹，金花手上全是血。她大惊失色，赶紧招呼王院长救命。

王胜友拨开她的手，血喷了他一脸。他招呼珍芳快拿毛巾。珍芳连病带吓，已经喘了。她还是飞速拿来毛巾，递给王医生。王医生用毛巾捂在金花脖子上。快喊人，抬到医院。她颈部划破，再晚就没救了。

珍芳一呼救，来了几个壮汉，七手八脚用竹床反面抬着金花飞奔医院。王院长一路小跑，回到医院就包扎、缝针，总算止住了血。金花已休克，脸如蜡纸。人不能睡着，要拍醒。珍芳守着她，不断在她脸上拍。然后迅速组织输血。王胜友忙得井然有序，有条不紊。最后人总算救了过来。

当公安踢开阁后进家大门时，他横卧在堂屋，口吐白沫，身体已僵硬。一个胆大点的公安摸了摸他脉搏说，死了。有经验的公安说，喝了百草枯，没治。他从堂屋拐角拿出一个画着骷髅的农药瓶，举起给大家看。

珍芳晚上给家穷打电话。她还没缓过神来，说话颤抖，喘半天说一句。家穷听得好费劲。弄了半天，家穷才听明白。

好险，再晚10分钟，人就没了。幸亏沈老太叫我喊王医生，也幸亏王医生在场，不然很悬。家穷听了长吁一口气。

东亮在酒桌上被家穷揪了回去，开着车，连夜往家赶。珍芳是用金花家红漆电话给他们打的，也一直守在电话边。

在卫生院输血后，又挂了几天营养水，金花缓过来了。她见了东亮，眼泪一直流，不肯说话。头发乱糟糟的，东亮找来梳子给金花梳头。然后摸着她头，摸着她脸，也摸着她手。手冰凉冰凉。

11

杨东亮一回到公司,就将出纳黄美丽开除了。理由很充分,黄美丽利用公司漏洞和老板对她的信任,侵吞了几十万元巨款。现已查明,既往不咎,但永不叙用。当杨总宣布了这一消息时,大家惊掉了下巴。怎么可能?平时和气胆小的小黄怎么那么大胆?谁给她权利,谁给她机会?当着稠人广众,黄美丽脸往哪里搁。大家心知肚明,不过在心中也暗暗佩服杨总。东胜已从施工单位转化为房产公司。千禧年后,中国正式施行货币化分房,取代福利分房。经过改革开放二十年,老百姓腰包已经鼓起来,口袋中攒了不少钱。福利分房弊端多,跟经济市场化严重抵牾,势必要改革。箭在弦上,不得不发。杨东亮凭借着多年经商的经验和敏锐的嗅觉,认为时机已成熟。春江水暖鸭先知。他算是第一拨触摸到水温的人。知识是一,分析是二,判断是三。他经常看新闻获取知识,再忙也要看,新闻 30 分或新闻联播。国家的大政方针都来自这里。还有就是看《参考消息》,每天必订。对国际国内形势有个大致了解,做到心中有数。这样分析和判断才不会出现偏差,也才能有的放矢。

杨东亮有雄心,也有善意。要想对人善,必先对人恶。恶有时是为了掩盖善。对开除黄美丽,他经过深思熟虑的,绝不是贸然行动。

黄美丽是襄珠人,也是同镇,不同乡。从一个县来说,还是比较近的老乡。认识她很偶然。在一次朋友酒局上,看到一身清丽的小黄,杨东亮眼前一亮。女子看上去不过二十岁出头,机灵透着沉稳。朋友劝酒，她很礼貌地婉拒，既不伤对方尊严，也不失自己面子，有礼有节。

但他对杨东亮似乎很有好感，主动敬酒。不胜酒力，也喝得面色酡红，灿若桃李。东亮越看越喜欢。他们就互留了联系方式。东亮还送她离开，临别时，说有事可以找他。

在商场和情场都是老手，一个眼神，一个动作都逃不过东亮的眼睛。东亮可以肯定，这个女孩会是自己盘中的菜。他没有主动出击，也没刻意联络。先冷她几天。女孩要是有心，必然主动上钩。

几天后，果然小黄打来电话。说自己在超市工作不开心，想要更大的发展，更好的空间和平台。杨东亮当时啥情况，小黄未必了解。但隐约应该知道他是做大事的人。具体做什么，估计不甚了了。

东亮约她晚上见面。对方爽快答应。事情妥妥办成。杨东亮正缺一个秘书兼出纳。秘书可以，出纳得先考察。后来觉得胜任，就让她身兼二职了。东亮这事做得机密，除了几个心腹，多数人不清楚。

家穷后来才知道的。小劫很少说话，除了做账，不大与人交流，闷葫芦一个。小时，小劫和家穷交好，可长大了，反而陌生了，有了鸿沟，有了隔膜。好像彼此无形中长了刺，稍微靠近，就戳了对方。杨东亮说过，在公司做事，不该问的不问，不该说的不说。埋头做事，低调做人。别人可能没记住，小劫恪守。他知道自己残缺，小儿麻痹。能在东胜公司做会计，全拜杨总所赐。沾他光，享他福。他一直小心翼翼，兢兢业业。他通过出纳黄美丽几次先斩后奏，揣摩出他们关系不一般。一次汇款十万元，竟然没有杨总签字。他事后汇报了，东亮没生气，只说你做得好。所有汇款事项必经我手，小黄除外。小劫心中一惊，红着脸，慢慢退出。杨东亮突然冒出一句，快三十岁了吧？小劫轻声应着。出来后，咀嚼着这句话的意思。

家穷其实不太受杨东亮重视。他没文化，也比较粗粝，只能干些重活。家穷其实心里有气，窝火。凭啥小劫坐办公室，小虫干到代班，我就一直没进步。同样是你带出来的人，也该照顾照顾。一次酒后，他抽着烟，想到夜场去混混。珍芳不在身边，好久没碰荤腥了。那些跟他一起干重活的人，经常到KTV，到洗脚城。回来就绘声绘色地描述。家穷不是榆木，而是血肉之躯。经不住怂恿，受不了撺掇。他也心中痒痒。只是慑于东亮的管束，到底有些怯。本来家穷不喝酒，不抽烟，老实人，老好人，放进泥窝后，也弄得不干净。

家穷就在路边美容美发屋，和小姐苟且。不远处富丽堂皇的"温柔里"与"忘乡楼"不敢进去。听说很贵的。家穷挣的是辛苦钱，也是血汗钱，他舍不得。一次一个工友听说他和杨东亮是老乡，同村的，不惜血本，请他去"忘乡楼"逛逛。咱没吃过猪肉，总得要见见猪跑吧。家穷心动了。于是几人踅了进去。兜了一圈，确实价格太高，只好散伙。家穷独自离开后，在路上东张西望，像个贼。刚好有个熟悉的身影，站在霓虹灯下。家穷刚要喊，忽然又来了一人。黄美丽！杨东亮搂着小黄进了一个装饰简约的咖啡屋。家穷什么都明白了。

他回去后，就找小劫。他递烟给小劫。小劫不抽。家穷就问，东亮有情人，你知道不？小劫淡淡地说，很正常啊。啥正常，他跟黄美丽。金花不要了吗？你管得宽了！小劫在计算器上摁着，头都没抬。

家穷摸着头，回去后一直没想明白。在珠城搞开发，商住楼还没封顶，买房的就一拨一拨涌过来，抢购。购房就像买菜，价格都不问，抢着付钱。有的按揭，有的全部现款。盖一栋楼，就富一批人。

家穷受到优待，管仓库，分发材料。他做事认真，不怕吃苦。经他手的材料都很清楚。家穷知道，公司做大了，花销也大。要知道省俭着用，不能铺张浪费。他很珍惜这份工作。要不是东亮能耐，自己还在家扛锹把子。这份情不能忘。有时看东亮大手大脚，他就忍不住想说。几次话到嘴边，又忍住了。小劫说，管得宽了。他就有点戾了。自己是啥样人，不沾亲，不带故。看在妹妹家慧的面子上，才带自己出来。不能忘本。

一次饭后，家穷实在忍不住了，就对东亮说，自家人，点那么多菜干啥？又是鲍鱼，又是龙虾，又是菌菇。好是好，不必要。东亮嘿嘿一笑。就是让大家开开荤。赚钱就是用来花的。不花，动力就不足了。那也不能铺张。要知道，我们都是穷人家出身的，不敢太大方。那是老皇历了。此一时，彼一时。人不能总沉湎于过去。东亮要制止他。家穷梗着脖子不答应。还有很多穷人，饭都吃不上，房子住不起。我们这样是不是过分了？

东亮没作声。他低头抽着烟，也递给家穷一根。家穷接了，夹在耳朵上，没抽。全公司人都对我逢迎，就你敢跟我说真话。家穷似乎得到鼓励，情绪有点高涨。依我看，公司要整顿。大家都在大手大脚花钱，不心疼。现在光景好，一旦形势不对，想掉头都难。

东亮心里一凛。这话说到他痛处了。他何尝不知，又何尝不想。家穷竟然冷眼旁观，知道不少事情。别看平时闷声不响，半天不说一句话，关键时管用。还有吗？

公司员工吃喝嫖赌严重。包括一些高层，不懂节制，不知收敛。我看这样长久不了。家穷的话让东亮脸红。他扔掉烟屁股，狠劲地在地上踩踏几下，旺盛的火气湮灭了。还有吗？东亮盯视着，很陌生地看着家穷。好像第一次认识这个人。没想到不起眼的韩家穷，还有这样的花花肠子。让人刮目相看。

你和小黄的事，你以为别人不知，其实大家都晓得了。没人敢说。在你的率先垂范下，人人效法。只有你不知道大家知道了，只有我知道你不知道。再这样下去，不是长久之计。金花嫂子，是个好女人。你长年放在老家，不闻不问。她心里怎么想的，你知道吗？珍芳跟我说了好多遍了。她也想到城里来。哪怕烧火做饭，她也愿意。我想干几年回家盖屋，不再出来了。珍芳时常犯病，需要照顾。金花、大妈和小虎，也该接到身边来。黄美丽未必真心爱你。你要想清楚了。

家穷这次豁出去了，他要和东亮说真话。大不了卷铺盖走人。他也想好了，不让干就不干。家里还有几亩地，只要手脚勤快，饿不死的。他想好了，金花对东亮不忠，不能说。只许男人寻花，不准女人问柳吗？他虽然给了金花富足的生活，但情感是欠缺的。金花是人，还是女人。一个人拉扯着两个伢，多不容易。她也需要安慰，需要关怀。过一阵子，我就把老婆孩子都接来，你也是。东亮似乎还有顾忌，说得有点勉强。家穷虽憨，到底还是能听出来的。不像真心，倒像应付。

三天后，当家穷把老家发生的血案告诉东亮时，东亮眼都直了。回去料理完家事后，回到单位就开了大会，宣布开除黄美丽。真是下了狠心，不然不会做得那么绝。一点后路不给留。

金花带着大嫣、小虎，珍芳带着阿大和铁蛋，风尘仆仆地赶来，受到了隆重接待。闲住几天后，金花被安排管后勤，珍芳做她助手。

珠城是大城市，灯红酒绿。珍芳的喘病也得到了较好救治。好久不再发作了。不发病时，珍芳也学会了打扮。原来也是个美人。家穷看着，心里暖融融的。珍芳跟着金花跑来跑去，精神头十足。她也会管理。

两个人挣钱就快多了。几年后，家穷在村里盖了二层楼房，在县城买了一套三居室。日子越来越红火。

几个伢在珠城也上了较好的学校。全家心里美滋滋的，说话都洪亮多了。

每个春节都回乡。家乡已大变样。许多人家都盖了楼，过上了殷实的日子。以前的草屋和瓦房都不见了，似乎一夜之间，大家都翻身了。

除夕夜，烟花满天，绽出七彩光华。家穷和珍芳全家围坐在桌边。手里握着青幽幽的小葱，篮里横着碧绿绿的芫荽，火锅正冒着热腾腾的蒸汽。

小劫带着五岁儿子放烟花，小虫搂着四岁女儿点鞭炮。

噼啪一下，又噼啪一下。

行为艺术

A

放我出去！申云量嘶吼着，摇着铁门。当铁门咣当一下关上时，云量突然意识到上当了。云来不是要看病吗？怎么把我关起来了？真是莫名其妙！他在心里嘀咕着。过了一阵，没见云来，只见许多穿着病号服的人在走廊上溜达。云量大恐。我不是病人，我很正常！云量这么想着，同时叫出了声。一个瘦高个病人凑近，嘻嘻笑着。进来的人都这么说。我刚进来时，也是这样。安静些吧，不然会吃苦头的！云量转过头，瞪了他一眼。我看你也不像，一定搞错了！瞪一眼后，云量收到了这样的言辞。不过我说话不算数，得让医生看。

云量摇着铁门，咣当咣当响。这声音刺耳，撕心裂肺，招来很多病人看新奇。这人病得不轻！病号们你一言我一语。快去吃氯丙嗪，抵抗住。别不是武疯子吧？快闪，进来一个重度病人，大家小心了！云量想笑，嘴咧了一下，半道收住了。云量还在摇铁门。铁门一关，云量后悔了。他有点害怕。里面都是些乌七八糟的人。有唱歌，洪湖水浪打浪，浪来浪去到病床。有人"嗤"地笑了，浪来浪去到洞房。你这蠢货，好歌给糟蹋了。一个板栗下去，还不去倒垃圾，瞎起哄！晚上多吃两粒氯丙嗪就安静了，省得吵人。一天到晚洪湖水浪打浪，听得耳根起茧。

天上有个太阳，水中有个月亮，我不知道，哪个更圆，哪个更亮……

羊有基，你不唱会死吗？闹得人心烦！大哥，给你说个事。羊有基自称太阳。他是太阳阿波罗转世，来救苦救难的。贼儿子骗鬼去！他是太阳，老子是银河系。

云量听了，打消了恐惧和顾虑。有戏，别看疯人院，有趣得很。我是在恶搞，属于行为艺术。跟他们霄壤之别。谁要把老子划入疯子行列，准保跟他急。医生也不行。医生不会的，他们都医术高明，一眼就看穿的。

云量转了身，不再拍门，也不摇晃铁锁。他安静下来了，病房也安静下来。大家都安静下来，似乎要听云量演讲。山雨欲来风满楼，你收被子他牵牛。云量腹诽了一下。肚子里装着万千首打油诗。将古人名人的诗篡改得不成样子，然后得胜地讪笑几次。于是满足地踅进屋，满足地靠在床上。床上有一个白布枕头，他当靠背。

包打听是"牢头"，他事事门清。云量喜欢，没有故事多么无趣。世界上本来有很多故事，可惜作家不能深入生活，感受不到水深火热，写出的东西干巴枯燥，让人昏昏欲睡。这简直暴殄天物。严重辜负了好时光。这是一个伟大的时代，人们在和平安祥中享受生活的馈赠。

曹雪芹就是在伟大的生活中，提炼出了"铀235"，当量无穷，爆炸时，挤满了读书人的内心，撑得都要发狂。他是怎么做到的。满径蓬蒿老不华，举家食粥酒常赊。条件艰苦，日子清苦。他还是毅然决然将平生所历之事，付诸笔端，传之后人。满纸荒唐言，一把辛酸泪。都云作者痴，谁解其中味。云量十几岁读到这样的文字，心中感慨万千，思绪翩翩。待到成人后，走上工作岗位，他也想一试。脑子里整天胡思乱想，天马行空，不着边际。好在风筝没有断线，飞得再高，也能拽回。不久前，他看了一篇文章，某个知名大家做下的。他很受蛊惑，一心想当领导。当了领导，就可以接触更多的人，办成更多的事。哥哥云来还是个泥腿子。在云量心中，云来可以有一番作为，不该脸朝黄土，修理地球。于是他找到人事部，说自己天生是当领导的料，不该窝在一隅，默默无闻。人事部部长呵呵一笑，做出成绩，自然有位。他抬出了俗语，有为才有位。云量颠倒了，与部长理论。有位才有为。如果刘备不把诸葛孔明放到军事的位子上，他能火烧新野，火烧赤壁吗？他能调动千军万马吗？

部长脸红了，汗也跟着出了。这娃还真有一套歪理。你想当将军，那就先做好士兵。一个不合格的三等兵，没有资格讨价还价，只有干活的份。等你翅膀硬了，可以飞得更高，才会让你搏击苍穹。

还是一只嫩雏，就想飞天。可以断定基本属于白日梦。

云量说不通他。那个榆木脑袋，灌满了糨糊，点不醒的。部长礼送出门，才没让他踏进一步。第二次去时，部长的门关着。第三次刚要敲门，穿着制服的人，带着大盖帽出现了。这是正规单位，也要有正规手续，要有上面的任命。没有红头文件，想都别想。

云量火大，你是哪根葱，管得宽了。大盖帽没给他申辩的机会，直接提溜着，赶出了部门。再有下次，不客气了。云量没掂出分量。他嘿嘿一笑。

第四次再行造访时，保安捉住了他，没给他挣脱的机会，更没给聒噪的时间。一辆车子呼啸而来。这是不合手续的。中途又折返回来。事实合理，程序不合法。那也不行。必须经过家人，通过亲属来。脑子坏得不成样子。也该修理了。

云来被召唤了过来。官瘾不小！云来突然冒出一句话。干得好好的，为啥捣乱。公司有公司的规矩，单位有单位的章程。不敢胡来的。

云量就气。我是正经的，不开玩笑。诸葛孔明在隆中时，常以管仲乐毅自比，我这算是小的。小时候不是常说，我们是社会主义的接班人吗？都老大不小了，咋还没接班？我着急上火了！

我出去一趟。云来招呼着，倏忽不见。再回来时，就声言，我病了，经常头疼。考验兄弟感情的时候到了。

云量一听，去看医生呗。你要陪着我。我从乡下来，不熟。云量点头，肯定。二人坐上红色的士，飞也似的往南疾驰。云量一想不对劲。看病应到市里最好的医院，为何舍近求远，往县里去。云量心中存疑，也没往深处想。去就去呗，也许县医院看头痛有一招。

他们来到县医院。云量看到精神神经科。俩人径直走过去。他也没往深处想。只是疑惑。云来头疼要看神经科，也没错。

然后就过来一个白大褂，与云来叽叽咕咕。撇开了云量。云量在转悠，看到了人事股长。他点了点头，那人转过脸去，没搭理。云量觉着诡异。心中忽然虚。然后云来就跟进。领着云量到了铁门边。云量寻思，云来看头痛病，不至于要关铁门吧？

云量与云来都走进铁门，忽然铁门嘭地关上。云量心一惊。白大褂领着云来从偏门出了。云量要跟，没允。他好生奇怪。云来头疼，怎么把我关上了？没搞错吧？他连说三遍，搞错了！

里面的人说，没错！

B

进来了就要老实！包打听和管事佬都凑过来。包打听：那是你阿爸？不像。管事佬：去理个发，再洗个头。理发不要钱。里面多快活。可以看电视，吹空调。就是伙食不好，不然胜似天堂了。

云量只是听，并不回答。再要靠近时，云量胆寒。到底陌生，亲昵的表示会引起别样的猜想。云量瞪了一眼。俩人无趣，讪讪地走开。

云量果然被拉去剃头。一个胖子，肚子凸起得格外明显，走近云量。云量警惕地竖着耳朵，瞪着玲珑的眼睛。

爱理也理，不爱理也要理。进门的规矩。留着长发像话吗？胖子腆着肚子，哼唧着过来。他有喘病。云量担心他一口气喘不上来，就死了。可不敢抵触了，任他摆布吧。

胖子三剪两剪就将云量一头秀发铰去，像狗啃的。本来俊美的颜容一下子就难看起来。好在云量还未发觉。只见别人在笑。云量就当他们发神经了。这些病人想笑就笑，想哭就哭。如果能自控，也不会进来了。

　　云量是陈巷第二个大学生，据说考得最好。只是志愿填得不太如意，没进重点大学。云量耿耿于怀。整个大学，都念得磕绊。不该挂科也挂科。好几门课亮红灯。他不喜欢，什么经济会计，都是扯淡，骗人的把戏。心里装着这样念想，学起来就不三不四，不生不熟。纯粹一个二吊子。就像娶老婆，娶的不是称心如意的，就会疙瘩。心里老不是滋味，像吃了一坨污物。咽不是，吐不是。糟心得很。

　　揣着这样的心思，哪能学得好。越学不好，越没劲。最后只有放弃。跌跌撞撞毕了业，心却受到戕害。从此就怕考试。曾经身经百战，久经考验。在大学却被强殴了，败得稀里哗啦。

　　他忍着痛，含着泪，发配到了一座小城。他有资格去上海深圳，大门敞开着。谁都可以去。至于能否混好，另说。但他没信心。信心被一次次考试消磨殆尽。他一头钻进书堆，妄图找到颜如玉，枉然。

　　班上漂亮女孩本垂青他。可他成绩不好，也就转向了。投射来的不是青睐，而是白眼。

　　没人时，偷偷看《太平天国》，看《李自成》。总是躺着看。不躺着就看不进一个字。看得鼻血横流，眼冒金星。一个个血腥的画面缠绕着，在脑中，在眼前。

　　发配到小城后，他一度勤奋。企图杀出血路，开辟新径。

　　陈巷、钱显大学毕业，进入了上海滩，据说混得不赖。回家一议论，云量脸红眼黑。真是白学了。同样是大学生，咋就差别那么大呢。

　　云量受不了阿爸酱黑的脸色，阿妈期待的眼神。大嫂也投递些刺目的话语。呛得云量语塞。云来瞪了一眼。还叫人吃饭不？

于是云量放下碗筷，缩进了房间。回家是一种痛苦。他找不到曾经的自己。几年大学上了，发小也生疏了。见了他，不是低头，就是躲避。云量寻思，自己做错了啥。为何招来这样的处境。

谈起钱，眉飞色舞；说起麻将，铿锵有声。提到学问，一个个噤口。云量倍觉孤单。他不喜搓麻，也不重财色。只好一口，读书。

待他走过，有人"嗤"地笑了，书呆子。话在空气中翻了几滚，被风传过，灌进耳膜。云量一阵悸动。赧然而愧。

云量喜欢艺术。一个穷小子喜欢艺术，意味着什么。豪阔的想法，奢侈的行为，是要被阻止的。

每次回家，阿爸阿妈都在絮叨。别再看那劳什子，当不得饭吃的。

云量就憋气。心中不爽，眼里不悦。看人就歪斜起来。天空是倒着的，风刺啦啦的，像毛虫。爬得浑身疙瘩。阿爸阿妈的话就像毛虫。大嫂也添油加醋。云来制止，大嫂红着脸走开了。掏灰笆扔出，砸得卷毛鸡惊叫着跳去。大黑撒着欢追卷毛。

都是不清头的人，云量无奈。匆匆回到小城。小城里又埋着什么，让人不服帖。总想逃离。至于方向在哪儿，目标怎样，他闹不清。就想离开。不离开的唯一办法是升上去。来到塔顶，一目千里，众山皆小。

云量拼着命读书。窝在寝室，玉兰花开了，不觉；牡丹花开了，不知。蔷薇花开了，才伸个懒腰，连打几个哈欠。他困了。

万花凋谢时，他蓬勃而起。本来行为有点孤僻。有人让着道，有人堵着路。让道的不讨喜，堵路的只招怨。

他视一切不当行为作行为艺术。一旦进入这样的框架，就好解释了。咸与维新，呵呵一乐，皆大欢喜。

找人事部部长谈谈，成了他的一个光荣梦想。蓄谋已久，酝酿多日。

机会终于来了。人事部部长权力大。在云量眼里，主宰着大小员工的升迁起降。可谓生杀予夺。

天空晦暗的一天，冷风嗖嗖着。云量敲开了部长的门，厄运像巴根草一样疯长。

几次三番，事情就起了变化。变化都在情理中，也在意料外。云来的赶到，彻底打破了平衡。以云量进驻医院结尾。

故事并不好玩。云量还想玩。但已失去权利。他的权利被关进了笼子，挂上了锁。一屋子人都在酣睡。云量跺脚不醒，呼喝仍寐。他咧开大嘴，准备哭泣。泪水像决堤的巢湖，涕泗滂沱。

胖子腆着肚子赶来，一把捂住了他的嘴。他出不了声。

C

科主任是微胖的中年人。穿着白大褂，款款而至。后面跟着大小医生，清一色白大褂。胸前挂着牌子，兜里揣着笔，露出一点黑头。

科主任叫水路。想必生他时，在圩里。私下一打听，果不其然。水主任戴着金丝眼镜，进了病房。一群人像鸟雀一样围拢来。水主任，我能出院吗？能，快了！水主任，我的病好了，我要回家！好了就回家。护士长小汤驱赶着人群。走开，走开！主任查房，都到床位上去。

云量待在一边，想心思。他还没搞懂程序，也没弄明白缘由。我正常得很，想必关几天就会出院。水主任来到他身边。你叫啥名字？申云量。啥时候进来的？前天。知道为啥进来的？不知道。主任，我没病，真的！骗你是小狗。天文地理我都懂！好吧，吃点药，好了就回去！主任和颜悦色地说。然后跨步离开。云量来气。我好好的，凭啥吃药！要吃你吃，我横竖不吃！

不知水主任可听到了，胖子听到了。胖子是护工，专门监督吃药的。谁要是不吃药或藏药，耍滑头，他就用板子敲头，拳头对付。在病房里人们私下叫他活阎王。水主任这点小事，可不管。他只安排医生配药，剂量大小他掌握。

胖子听到云量的话，跳着赶来，红着脸就给云量一刮子。云量被打得眼冒金星。胆敢拒药，小心掌嘴。你要不吃药，就吃火锅。云量刚来，不知深浅。也不懂吃火锅是啥玩意。他瞪着眼，纠正：我这是行为艺术，闹着玩的。我没病，怎么就不相信呢？云量要赌咒发誓。没人听他的。包打听一声呼哨，追着主任看热闹去了；管事佬一言不发，也跟着主任查房了。起先，云量以为包打听和管事佬都是工作人员。一到开饭，包打听守门，叫人排队。管事佬溜进饭堂装饭、打菜。忙得井然有序。看不出半点头脑不好的迹象。云量也好生奇怪，俩二愣子，家里不好好待着，跑这鬼地方，伺候人。后来他知道，他们也是病人。进来好几年了，都没回过家。

吃药的时间到了。护士推着药车进门。这是一天中最热闹的时候。每个人都乖乖地排队。比军人有纪律，比警察有规矩。胖子一声，吃药了——，大家都拿着杯子，跑着去排队。排在前头的，得意扬扬；落在后面的就面露不悦。云量夹在中间。

药到手了，云量一仰脖子，看上去药吃进肚子了。胖子用小板子在他嘴里搅和几下，翻着舌头查验。叫你藏药，贼娘养的！一个巴掌打过去，云量左脸立马肿起。再有下次，永不出院。云量在家是惯宝宝，那见过这场面。他心里火大。我是来玩玩行为艺术。你有毛病，我这是行为艺术，你真当老子有病啊！

又一个刮子过来。云量受不住了。他刚要破口大骂，管事佬窜过来，将他拉走。有规矩的。小心吃电火锅。云量不懂，估猜不是好事，也就噤口了。我是纯粹属于行为艺术。你们还当真了。我来体验生活，感受一下疯人院的场景。我要特殊对待，跟你们不一样的。

这样不是更逼真。让你亲自体验一下，岂不是感受更深。消停吧！进到里面的都是病人，包括医生。他们穿着白大褂，人五人六的，也不正常。这样一开解，云量懂了。管事佬吃完药后，张着嘴等胖子查看。胖子用手电筒在口腔里照了照。走人！管事佬乖乖离开了。

突然一阵起哄，胖子和其他人员呼啦一下冲了过去。将一个年轻的病人摁倒。叫你吐药，不想好了！

逮住后，就直接送到一个房间。用一个电熨斗似的家伙在身上熨来熨去。那人颤抖着，哼唧着，很快就不省人事。

事后，管事佬告诉云量，这就是吃火锅。藏药准备吃，吐药直接吃。不容商量，不让辩解。

吃过火锅后的病人，比孙子还乖。窝在一角，一言不发。两眼直勾勾地，只是看。

真是绝了。这样的行为艺术都能玩。可见那家伙是亡命之徒。云量在心里叨咕着。还好这话没说出口。

后面吃药就很乖了。云量不想玩了。不好玩，真比炼狱。他在脑中盘桓一个计划。自然不会告诉包打听和管事佬。他每次吃药都乖。见了胖子，点头，主动招呼。胖子对他放松警惕。见了水路，亲切地喊水主任。水路也就点一下头。

一天晚饭，大概4点吧，云量端着不锈铁饭盆，在走廊上吃饭。一抬头，一个促狭的空间。上面空着，两墙夹壁。云量心念一动，计上心来。必须成功，否则成仁。他环顾了一下四周，没人。大家都在饭堂里，埋头吃饭。天赐良机，机不可失。他心脏怦怦地跳。

玩一次大的，不然对不起光辉岁月。玩的就是心跳。王朔过把瘾就死。要做就做得轰轰烈烈。

云量饭盆一放，噌地蹿上墙。从两墙夹壁处蹿上外墙，跳了下去。干脆直接。七弯八绕，来到出处。很不巧，撞上水路。水主任大惊，你怎么出来的？立马电话喊人。从里面冲出仨大汉，其中一个是胖子。

云量要跑，刚迈脚，就被绊住了。像虾一样被提溜着送入病房。铁门哐当一声关死。太阳要落山了，一抹酡红印染西山。在翠色苍茫中拉开黑幕。

逃跑是重罪，也要重罚。云量啥都清楚，说自己一时冲动，想到外面走走。都是行为艺术，不算数的。水主任嘿嘿冷笑了几声，当班医生也干咳了两下。胖子来劲了，晚上硬给云量多灌了几片药。板子在嘴里撬动牙齿，翻动舌头，闹个底朝天。

病得不轻。房子都能跳出，像一只苍蝇。比苍蝇还坏。这是亘古没有的事。博得大名了。胖子训诫起来，没个够。老子月底奖金全扣，还要被扫地出门。什么行为艺术，害得老子跟着遭罪。有本事回家现世去。云量的耳朵就起了茧。贼儿子，一直聒噪，我真疯了！

跟你说是行为艺术，那是行为艺术！云量再三强调。胖子的耳刮子过来了。云量捂着红肿的脸，躲到一角，暗自揉捏。

突然听到一声断喝。云量转过头，只见胖子在一个老者脸上掌掴，噼啪直响。都不消停。连你这个窝囊废，也瞎起哄！

云量浑身颤抖。我要回家。他没老婆，爷娘都在陈巷，老迈着。指望不上了。云来还没到，来了要跟他算账。我搞点行为艺术，你比我还能，干脆干一票大的。彻底得很，直接进精神病院。既然来了，也只是玩玩，没想到大家都动真格的，没留情面。不好玩，我要出去。云量突然抽泣起来，还发出了声。

胖子赶了过来。又发什么神经，哭个啥子啊！云量揉了揉眼睛。

不好玩！大哥，我能回去吗？我想家。

就你这样还想回家？不住个一年半载门都没有！云量哇地哭出了声。声震屋瓦。

管事佬不知从哪冒了出来。这里没有行为艺术，只有病人。我也是！云量抹去眼泪。你不是很好嘛，干吗不回。这里就是我的家。有吃有喝，多好。家里没人了。听说娘老子都走了，也没人探班了。

云量来了好奇心。这里的人都乌七八糟，神神道道，都有故事和戏码。咱就踏实住下来，不跟他们玩了。艺术太高深，玩了也不懂。

云量收住泪，和管事佬攀谈起来。

D

　　吃药了！一听到护士喊，云量迅速拿起水杯，冲在前面。终于排在前三名。吃了药，主动张开嘴，等胖子拿手电筒照口腔。露出两排森森白牙，一口幽深的孔洞。胖子拿板子在嘴里搅和一气，果然没藏药。三五次领先，四六次没事，胖子逐渐放松警惕，逐渐建立了信任。再有吃药时，胖子只用手电筒在嘴里照一下，通过，走人。再后来，胖子手电筒也不用了，只要云量张嘴，他瞅一眼就放行。最后，吃过药后，连嘴也不用张了，直接离开。他学乖了。

　　在这里玩不起行为艺术。要说行为艺术，这里的人都在玩。本色出演，都不要彩排的。

　　云量收拢了乖张和奇异，一切表现都正常。该吃药时吃药，该吃饭时吃饭，该睡觉时睡觉。人在异常的机器里行走，需要极度正常。云量调节了自己的神经，不给找碴的理由。胖子无可奈何。

　　胖子喜吸烟，瘾不小。病人常递烟给胖子，胖子笑纳。对贿赂他烟的人态度明显好转。

　　云量也抽烟，进来后烟具被没收。有瘾也得忍着。只有云来探班时，才能享受到。盼星星盼月亮，终于盼来了云来。云来带了水果零食，唯独没带烟。戒了吧！这是个机会。云量气闷。饭可以不吃，烟要抽；零食可以不嗑，烟要抽。云来没带烟，云量勃然变色。东西呢？我要的东西！云量尖着嗓子喊道。

　　云来尴尬地立着，像个树桩。愣了半刻钟，终于回过神。不是说好了，戒吗？咋又反悔？云来几乎嗫嚅着。他好像做了亏心事，一副不好意思的神气。

里面不是人待的，硬往里送。我记着你一辈子！云量情绪激动，有点飙了。马上去买，马上去买！云来拗不过，举手投诚。

先吃个香蕉压压惊，再吃个桃子养养胃。云来慢条斯理地说。事情并不像云来想的简单，住个十天半个月就能出来。既然进去了，就得听医生的。到处都是江湖，你不懂，我懂！

要烟不仅给自己抽，还要散给别人！云量还生着气。要戒也等到出院再戒。现在不是时候！

云来"哦"了一声，带着云量去小卖部拿烟了，顺便再理个发。头发像狗啃的，好好的一个小伙子，搞得像罪犯。云来数叨。都是因为你！我好心带你看病，却把我看进去了！云量气鼓鼓的。

在单位的做派都是行为艺术，懂吗？跟你说不清。云量又自我开解。出院了，瞧好了，你就不会这么说了。

他们才是神经病！都脑子不好。还给人看病。真是饿着肚子施舍，得了天花说麻子。我算搞清楚了，都不是好人。好人都进博物馆，进故纸堆了。

云来也不辩驳。你会明白的！来到小卖部，一个胖妇人在打毛衣，头上浸着细密的汗珠。一个破风扇，在摇头晃脑。

云来要了一条迎客松，100元。云量不喜，他想抽玉溪，200元一条的。云来没理会，付钱后，拽着云量来到落地松美发美容店。一个胖子给一个瘦子理发。胖子太像神经病房的那个家伙。云量心里一抖。走到哪里都脱不开。真是晦气，倒霉！云量在心里长叹。陡然呕了口气。坚持要走，云来不明就里。不就理个

212

发，至于吗？

云量独自外出，招呼也没打。解释不清，索性不解释。云来大骇。不得了，要跑了。云量在医院逃跑的事，被医生护士绘声绘色地描摹了一番，到了云来耳里，格外神奇。云来都不敢相信的。

云来接云量出去放风时，离云量逃跑时间不远。刚开始，没被允许。说云量有暴力倾向，是危险分子。现在还在躁动期，不宜外出。

云来递给水路一条烟，值班医生一条烟。当班护士一盒糖，并拍着胸脯保证按时送达。云量才被允许出去兜风。

水杉像利剑直插云霄。天空中白云散淡，自由飘逸。不知哪里是来处，也不知哪里是归处。有时作阴，有时化雨。作阴时，凉风习习；化雨时，细雨沥沥。真是个好去处，可惜住的人精神不正常，讽刺得很。

云来刚来时，以为是风景区。美得不想走。他说云量来享福了。真是幸福呢。吃不愁，住不愁。风刮不到，雨淋不着。夏有空调，冬有暖气。一日三餐，都有豆芽，用水焯的。云量刚进来时很不适应。不适宜的理由很多，其中包括焯豆芽。菜里挑不出油，吃进嘴里，如枯草，味同嚼蜡。不能下咽，还要咽，不然就饿肚子。云量强行咽入，肚子糙得很，总打饱嗝，嗳气，梗得难受。

在外面时，同事常常小聚；朋友每每会餐。少不了云量的参与。从没觉得吃饭是问题。今天突然进了这样地方，感受了另一重天。原来人世间还有这一拨人，过着另一样的生活。这不是行为艺术，这是扎实的苦难。尽管这样，还有人在饭菜上做文章。

大有螺蛳里做道场的意味。

云来叫云量理发，云量见了胖师傅，心生逆反。拒绝剃头，云来恼火。恼火的时间不长，他转念一想，云量是病人，不按常理出牌的。

云量站在大街上呆望。云来暗想，痴子，还好没跑。不然真不好抓。想必那次亏吃大了。逃跑时被抓回去，直接喂药和打针，并且用绳子捆绑。云量只一个劲叫：行为艺术，行为艺术了！

别人不懂，以为他胡话，没睬他。该绑则绑，能捆就捆。捆得像个肉粽子，挣扎不得。记忆是崭新的，隐痛也是明摆的。他不想再跑，能跑到哪儿去？跑到上海深圳？都不行。天下虽大，终难安身。一个男子曾经也闯深圳。别看那地界，好混。许多人赚得嗨，可也有不少人赔得嗨。裤子可能都穿不起，直接套着内衣回乡。个中滋味，也挺不好受的。那男子爱情调包，事业掉链，生活无着。哭丧着脸回来，被父母直接送入精神科。他精神委顿，神情落寞。进到这里，就是要养养神，松松皮，加加油。好出去再打拼。在里面与胖子、包打听、管事佬打牌，好得很。哪有半点神经病的样子。有人直接指出，演得不像。牌都没出错过，怎么当神经病的？莫不是逃犯吧？男子叫后天。后天心中不喜，面露不悦。包打听赶紧圆场，他最多算是抢劫犯，绝不至于是杀人犯。一语成谶。经公安调查，后天挪了地方，进了另一个铁门。里面的人不用排队吃药，而是隔三岔五挨揍。还要劳动，种地、养猪。

云量剃过头后，再进来时，包打听和管事佬在嘀咕，无意中听到。

后天打牌太精，一点都不装，暴露了本性。

他入室不抢钱财，抢女子贴身衣物，回到家时，一件件摆出来，在房间里展览。父母发现了，于是就进了精神病院……

这是包打听告诉我的。包打听从胖子那得来的，胖子从水主任那里窃听的。大家哈哈大笑，于是就解散了。

E

云量申请假出院。他从后天那里获得了灵感。他要写作。这是一部很有意思的中篇小说。作家要深入生活。我体会到了。要是浮在表面，哪能获得一手材料。感谢圣灵圣父圣子。云量在内心是个基督徒，虽然从未皈依。他还是佛门子弟，也是戴发修行。他连蚂蚁都不敢弄死，苍蝇蚊子也不会。苍蝇叮着鼻子，他只用手摸一下，驱散。蚊子叮咬，下手也不重。一次偶然拍死一只蚊子，心中难过半天。佛家讲万物有灵，不可轻害性命。

出院就出院，再不要进来。也快出院了。水主任给云量鼓励。这里乱哄哄的，写不出东西。我是作家，行为艺术传承人。水路呵呵一笑。不在乎这一时，回去想干啥就干啥。

云量激动了。听说不久要出院，心中既欢实又着急。不久是什么时候，三天后，还是五天后，要不就是半个月后。

水主任每次查房，云量都尾随着，直到他走出大铁门，吭当一下关起来，才怅然若失地低下头，冥思去了。

写作这玩意儿像拉屎，憋在肠中梗得难受。找不到茅厕，真叫气闷。又像母鸡下蛋。一颗硕蛋藏在肚中，就是找不到窝。咯咯叫着老半天，主人还是不理睬。只好随便找个角落蹲下，一颗热蛋很快产出。半途被别人捡去。主人怪母鸡随便，一个掏灰笆砸去，母鸡惊叫着逃去。

在老家陈巷，经常发生这样的事。捡蛋的人与主人抢嘴，蛋没记号，谁捡到归谁。主人不服，自家鸡蛋，怎么便宜你了。两人由吵嘴，发展到打架。捡蛋的人将主人头打破，血流了半盏。捡蛋的人赔了二十个蛋钱的医药费。两家从此不和。

申云量本想好好住下来，认真采访聆听一番，却被告知明天出院，他满脸笑容，忽又满面愁容。

荷花洲

1

我叫他大哥。他比我阿妈都年长。他叫我改口，喊叔。我死活不答应。不答应的理由很多。阿妈说他和侄媳妇家是亲戚，同辈。侄媳妇喊阿妈婶子，阿妈只比她年长三岁。阿妈说不能改口，差了辈分。更主要的是他好烟。整天烟不离手，手指焦黄。还未走近，烟味就熏来。已经走远，烟味还不散。我讨厌烟。对一个十岁孩子来说，简直就是受罪。在他的熏染下，我也讨嫌。

还有，大哥一只腿瘸了。瘸了就瘸了，用拐就行嘛。可嘴还是歪的，歪得很彻底。没法修正。至于为啥这般歪瓜裂枣，形象不佳，我就不清楚了。我是中途来的过客。我泊在了洲上。

其实这是偶然事件。我们坐船时，并没有明确的目的。上岸时，心下才欢喜了。

阿妈晕船，晕得特别厉害，吐得不省人事。船主怕出事，就将我们甩在了江心的一个洲上，叫荷花洲。人们说从空中看，像一支盛开的大莲花，纹理清晰，绿意盎然。

人踏上去，也就是一片土地，漂浮在江心。但我感到实，并无虚浮。

机帆船嘚嘚了好久，在江浪里载沉载浮，或高或低，起起落落。让人想起摇篮，想起婴儿。我们就是一群被抛却的婴孩，到处寻找宿主。

上岸后，一群牯牛在江边饮水，甩着尾巴，驱赶身上的苍蝇和飞虫。看我们靠近，它们哞哞地叫唤。是警示我们，还是提醒主人。我看都是。

一个拄着拐杖的人出现了。拐杖杵在地上，烟叼在歪嘴上，手都不用弹的。他看着这些半大孩子，还有瘫软在地的阿妈。他下意识地问，走亲戚？没人回答他。又问，逃荒？三哥看阿妈蔫蔫的，也无力回答，就代答道，嗯，逃荒。声音细如蚊虫。

瘸子耳尖，听得真切。有地方去吗？三哥似乎得到鼓励，声音提高了几度，没！

去我家呗！这么多人晾在外头也不是办法。我内心欢欣着。但阿妈迟疑了，她听到了。回过神来，用眼神扫射了我们一遍。她以为要跳火坑了。

这不是火坑是什么？一个瘸腿的中年人，歪着嘴巴，用那只精光四射的独眼审判着一群落荒的人。其中还有个妇女，晕软在地。这不正是他趁机使坏的时候吗？

我心里直打鼓。我不喜欢他！当他要抱我的时候，我毫不客气地显示了我的厌恶和嫌弃。

他似乎并不在意。被我拒绝的尴尬未显现分毫。阿妈醒转来，呼喝一声，不要碰我的伢子。

瘸子一惊，手缩了回来。一只拐杖无声地甩落。嘴上的烟囱冒着更浓烈的白烟，飘过岸边的柳树，混入江涛。

我躲在三哥的背后，拿眼瞄着他。生怕他再起歹意，俘虏我。

那小孩怪伶俐的，招人喜欢。瞧那双黑豆似的眼睛，真勾人。

我听得出他在夸我。我并不稀罕。阿妈似乎有所转变。

你们到底去还不去？我还要放牛，没闲工夫耗。他又点着一根烟，猛吸几口，过了一阵瘾，才慢慢弓下身，捡起另一只腿。阿妈在三哥身上扫了一遍，他有了主意。

你家还有啥人？三哥勇敢地走近，依然警惕地发问。

你家有的我家都有！我家有馍馍，有发糕，有六谷，有黄豆。他一口气说出这么多。每一个都那么诱人。亮闪闪，金晃晃。勾人味蕾，引诱口水。

我一刻都没能忍住，冒失地蠕动咀嚼肌。产生了大量的口齿液，囫囵吞咽进肚子，权当消饥解渴。

阿妈上岸，缓了缓，终于醒过神来。她不许伢们叫饿。饿，也得忍着，别表现得那么急切，慌张。

她的眼光飘来，让我惊诧。里面包含着复杂的成分。我没读懂，但心生怯意。

我又躲在三哥的背后，连头都不敢伸出。揪着他的衣角，心咚咚的。

瘸子叼着烟，拄着拐去了。阿妈，你就不能仁慈点吗？让我们先吃口饭，喝点水。我在心中念叨。

忍不住看远去的背影。似乎不觉得他有多讨厌了。我又回头看江面，浪涛滚滚。一头一头黑东西在江上拱啊拱，好像要赶集去，也好像朝圣。就这么不知疲倦地逆流而上，溯水而居。

一只小狗到江边饮水，毫不陌生地走来。见了我们，在我裤腿边嗅了嗅，绕着三哥转了一圈，然后吠叫一气。它似乎闻到了陌生气息。我无意中蹲下，打理脚上的破鞋。狗一惊，掉头疾走。三哥掷出了一颗土块。

2

三哥搀着阿妈走在江堤上，跋涉在沙土路上。路很空，伸向辽远。一群牛在江堤上啃吃枯草，一群黑山羊也游走在江堤上，闲适得很。招人羡慕。它们肚子鼓鼓的，装的绝不只是空气。我们腹中空瘪，衣衫单薄。江风透着凉薄，在身边逡巡，撒下一些寒微。我身子一颤，躲在阿妈的背后。天空上飘着云，云里藏着雨，雨随时有滚落的嫌疑。我一会抬头看天，一会低眉望地。从我的扭怩里，想必阿妈和三哥看出了不安。一会就到，找到人家，就好了。阿妈和三哥几乎同时安慰。我相信她们的话，就像相信我自己。

家里养不起鸡，但也强力养了几只。有一只老母鸡下了蛋，孵出一窝小鸡。它们形影不离。老母鸡护崽，总用羽翼罩着。雨天淋不着，骄阳晒不着。黄鼠狼刁滑，想趁母鸡打盹时偷腥。水獭机巧，也想揩油。这些都不能得逞。母鸡圆睁着双眼，咯咯扑棱着翅膀，表达怒意和愤懑。它总是寻寻觅觅，叨来米谷和虫豸，喂养幼崽。

阿妈就如家中的老母鸡。虽然儿女众多，但尽量伸展翅膀，护着。谁要被欺负了，她跳脚大骂。看到锅灶冷凝着，她心寒着。东家借到西家，拜揖。热脸常撞上冷屁股。村东聋太慈眉，舀些糙米，救急；村西矮婆善目，挖些粗谷，解难。阿妈记着，也让我们记着。

　　阿妈就是那只老母鸡。羽翼尽量岔开，多一些荫蔽。在我肚皮干瘪时，阿妈舀来清汤饲喂；在我口渴难忍时，阿妈捋起上衣，将干瘪的奶头塞进我的嘴里。温暖传遍四肢，幸福溢满百骸。

　　很快人影凸现。小如米粒，逐渐增大，在眼眶里越来越清晰。是人，这早就预料到。不止一个，也在视野内。到了近前，才知是黄发垂髫者。黄发为老妪，垂髫者乃少年。老妪欷然，上前施礼，温语以待。少年牵住我的手，嘻嘻地看。我大窘，意欲挣脱，恐拂美意，稍做挣扎，静随其便。阿伲，阿拉是好朋友，弗是？我笑了，点点头。我阿伯邀你去我家。我家阔着呢！

　　老妪也拉着阿妈的手，可怜见！瞧这一家子，怎么好？去我家，去我家！

　　阿妈向三哥示意，三哥心领。拎着细软，跟着去了。四间大瓦房，灰墙红瓦，派得很。走过江堤，走过圩埂，走过窸窸窣窣的地界，来到村寨。整个村里热闹，牛嘶马叫，鸡犬相闻。一条秃尾巴狗迎了过来，呼啦一下蹿到垂髫者身上，舔着他的脸。表达亲昵和欢喜。过后围着我转，转来转去，短尾摇啊摇，就像久别的亲人，就像是我曾经豢养的。我从未养狗。养不起，也没这习惯。虽然我也喜欢，隔壁阿三家就有条银蹄，吃过我丢下的薯皮，啃过我的脚面，舔过我泼下的剩汤。每见我，亲得不行。尾巴摇得勤，头晃得久。比见阿三还亲切。阿三用棍棒对付过它，用脚伤害过它。也不知它记不记恨。

猪围拢来，鸡也围拢来。公鸡追着母鸡撒欢。猪拱着土，掘食。一个牵着水牛的老者从我身边经过，眼里盛满浓情。水牛哞哞着。我和三哥都报以莞尔。生命赐予善，善就流溢；生命赋予暖，暖就散布。大地赐予食粮，丰饶紧随。苍天给予妖娆，岁月深厚。我来荷花洲，天阔气清。风雨有度，晴暖有时。

阿妈随黄发阿婆去了。我们尾随。小概跑前跑后，他拉着我的手。他的手温热，传导出汩汩温情。我将怀疑甩脱，把戒备松弛。身心妥帖地随他而去。秃尾狗追着我们跑，一边汪汪。吠叫里分明透出欢喜和快活。它一会在地上打个滚，一会追着紫蝴蝶，一会衔来幸运。我的心醉了。从江岸追过来的风也不觉得生冷，隐隐藏着蜜意。

沿途见到棉花、稻秆，还有其他。我都觉着美不胜收。所有的快乐是满负荷的。在他们引领下，来到住处。

阿婆良善。一到家，赶紧叫人打洗脸水，先洗洗。我的手是够脏的，黑乌乌的，像掏灰笆。阿妈晕船，身上吐脏了，还残留污渍。

阿婆找来衣服，让阿妈换上。又拿出梳头，找来镜子，让阿妈使用。阿妈躲到房间里，不久出来，焕然一新。像变了个人。原来阿妈很美，在岁月的磨砺下，阿妈糙了，像捶布石。在饥饿的威胁下，阿妈瘦了，像灰布衣；在寒微的衬托下，阿妈缩了，像广寒柳。阿妈在我心目中以美著称。不许别人丑化她。小曲和我吵架，骂阿妈大嘴，我追着打。用一颗松软的土块教训了他，自此噤声。阿瓜与我拌嘴，叫阿妈稀毛，我赶着揍。拿一枝柳条对付了他，而后闭口。

阿妈是不容亵渎的，她在我心目中以神一般的存在；阿妈又不能被贬损的，她在我眼中像佛一样的庄严。

换了新衣的阿妈多美。我不知貂蝉有多靓，阿妈赛她；我不晓西施有多美，阿妈超她。这是遗落在民间的明珠，不幸在糠箩里。阿妈清爽地来到我们身边，阿六，去洗脸。然后捧着我的脸，用手揩掉我的鼻涕。待我洗过手和脸后，她走近我，用梳子在我头上刷来刷去，好舒服。我很配合她的拨弄，也很享受她的拨弄。然后她拿镜子给我照，一个明净生动的脸盘映照在镜子里。不敢相信，这就是我。我原来可以这么帅和酷的。阿妈年轻时喜欢打扮。家里没有镜子，就到小溪边，看；又到小塘边，晃着脑袋照。然后就一身清丽地回来了。身上有满满的美气。我也跟着学，也到小塘边，照。水波不兴时，身影脱俗。秋风涌起时，身影斑驳。

我不能享受美，腹中空空，哪有闲情。多数时候，我都在考虑怎样喂饱肚皮。少些抗议和叽咕。

3

泊在荷花洲，甚为巧合。既来之，则安之。三哥表达了少有的勇敢。我年少，是为幺儿，自然不会主事。三哥往往伸头。阿妈不便时，都是他窜来窜去。他像根线，把遗落的珠子一个一个地连在一起。结果完美了，煞是好看。这分明是一串珍珠项链，熠熠生辉。

我们安顿好了。正准备睡觉，一个叼着蛮音的人显现眼前。不是别人，正是挂拐人。我在地铺上，骨碌碌转着眼睛，跃然而起。警惕地看着，生怕他不轨。他拄着双拐，来到近前，递给我一个鸡蛋馓。我望着，想接不敢接。

在村里，货郎的挑子上常有这个。昂贵着呢。富裕人家的伢才能享有。我最多拿鸡胗换一两颗小糖，其他都可忽略。我眼里狮子团、鸡蛋馓都是尊贵的存在，于我都很奢侈。我不敢想，更不敢要。同龄伙伴阿布曾经掰一小块让我尝鲜，吃着十分香甜。味道十足，味蕾大开。从此念想。可一直没有机会享用。奢侈的念头埋在心里，朴素的想法经常冒出来。吃一两颗小糖就很满足了。

瘸子大哥竟然投其所好，将我埋藏很深的味蕾勾引了出来。馋虫呼啦啦爬到唇边。我咂吧着嘴。他是怎么知道我喜欢鸡蛋馓。一击而中。天啊！我在心中惊呼。

就在我犹豫之际，瘸子大哥将美物塞进我的手里，容不得我拒绝。阿妈是看到的，但没有阻止。这就更助长了我的勇气。我三口两口解决了战斗。然后摸摸肚子，好舒坦。

瞌睡忽然袭来。我的眼红彤彤的，从三哥的嘴里得到观照。于是倒头就睡，实沉。秋风涌起，秋雨阑珊。一觉到天明。下面发生了啥事，我一无所知。我一屁股坐起，揉揉惺忪的眼睛。四处张望与打量。瘸子大哥不在，我长吁一口气。

早晨，灵雀造访，在枝头欢跃、鸣唱。我摆摆衣袖，它倏然噤声，展翅另去。

早餐丰盛。稀粥、馒头，佐以豇豆和酱乳瓜。我吃得热汗淋漓，爽滑通透。瘸子大哥趁人不备，竟然又塞给我一颗白煮蛋。我彻底感动了。但绝不允许他亲我，可以靠近我，算是给他的优待。

他满身满脸的烟味，熏得人犯恶。所有的食欲都败光了。他的拐杖杵在地上，空空作响。每当听到这样的声音，既感亲切，又揣惶恐。我希望他走近，又害怕他走近。他终于还是走近了。我不能拂他美意。他来时总不空手。这是我希望所在。他每次靠近，不是摸头就是摸脸。这是我害怕的因由。那焦黄的手，夹烟的手，粗粝的手，让我本能地厌恶。我还是没法拒绝。我从他的给予中感受了别样的深意。

他们家除了瘸腿大哥，还有俩兄弟，一曰大贺，一曰大喜。他们都很俊。大贺已成家，有妻子儿女。领我来的伙伴小概就是大贺长子。他喊瘸子大伯。大喜刚谈朋友。大贺严肃，不常发声；大喜活跃，缠着我要教武功。他每天晨起，都在屋外练功，马步蹲裆。又是扫堂腿，又是黑虎拳。嚯嚯有声。我一天早起，看到他短襟打扮，一会出左拳，一会出右拳。一会后空翻，一会扫堂腿。那一身腱子肉，线条分明。他脸如朗月，眼冒神明。走路轻快，飘忽如风。我着迷了。分明是一个武术行家。已快十岁的我，虽然懵懂，还是心动。

大贺老婆美得不忍直视。人还勤快，做事麻利。大贺享福了。他没事就端着茶杯，四处晃悠。有时还摸牌，也打麻将。在烟雾缭绕中，忽然添财进喜。于是兴冲冲地回来，买下油条、糍粑和烧卖，请我们尝鲜。大贺唤老婆美珍。阿妈叫我喊珍嫂。以我的年龄，我可以呼为姨了。美珍不允，叫珍嫂，亲切。

他们都很美和酷。为何大哥腿瘸嘴歪，形象不佳。我没敢深想，更不好打问。想必阿妈和三哥也有此想头，都埋在心里。我揣着好奇进入梦乡。梦乡里有成片的玉米、高粱，还有拱出地面的山芋。金黄的稻子自不必说，绿油油的麦子也随风招摇。我的梦乡里是美美的庄禾，沉沉的丰收。

我们一家都住在阿婆家。阿婆不说，阿妈过意不去。阿妈说等安顿好了，就去讨要。在人屋檐下，总归要低头。我真想把梦乡里的丰收搬出来，既可大快朵颐，又能开枝散叶。梦想只在梦乡，我没有长吁，只一声短叹。我抠不出那一爿丰饶。

阿婆叫瘸子大欢。我们也跟着叫。当我直呼其名时，大欢嘴歪得更厉害，拄杖在地上跺得山响。于是我在后面加俩字，大哥。于是他的面色缓和下来，递给我一包小炸。我美滋滋地享用着，觉着应该的。

他没事总找我，塞给我小吃。我又禁不住诱惑，每次都上当。他然后就提出要求。要求我晚上陪他，和他钻同一个被服筒子。他的被子虽然干爽，但总有股浓烈的烟味。我不喜。有几次他郑重邀请我参观他的小屋。小屋也就是披厦。一般安顿给失去自理能力的老人。他抢先享用了。我没太懂。

你做我儿子，我给你婆媳妇。我年少，还不懂婆媳妇是什么意思。但本能地感到是好事。我咯咯笑了，他也哈哈笑了。然后他递给我一块红薯，黄心的。我又美滋滋地享用了，不觉唐突和失礼。在他面前忸怩大可不必。故此我觉着理所当然，觉着十分应该。

玩熟了，我不再避他。他的小屋里总有好吃的，像万花筒，像魔术箱，变戏法一样变出好多吃食。在他的糖衣炮弹下，我彻底被降服。叫我陪他睡，允诺有好故事伺候。我正处在求知的年纪，对一切新鲜事物怀着浓厚的兴致。听说他有故事，我比吃麻球还过瘾，比嚼油条还带劲。很小时，我就躺在阿爸怀里，听他说古今。七侠五义，锦毛鼠白玉堂，听着三日不知肉味，余音袅袤。还听他唱小二郎，背着书包上学堂。家乡饥馑，饭都吃不上嘴，没有心思念书，也没心思考虑伢们读书的事。哥哥们荒芜了。我也荒着，像梯田里撒下成片的野稗，如土壤里种下几多杂草。蝗虫嘬瑟着，水蛭也嘬瑟着。

同龄伢们都背上了书包，进学堂了。我排除在外，随阿妈和哥哥去远方赊讨。刚开始，我在本乡讨要。跟着三哥。他总是打头阵，口中大爷大妈喊个不住。我觉着躁得慌。从不开口，更不会举碗向前。我总是缩在一处，眼巴巴地看。看到烟囱不再冒白烟，闻到饭香，就踅过去。往那里一站，低着头，默不作声。主人就知道了，或给米或盛饭。饭头上也堆着菜。有苋菜和青菜。苋菜滴着紫，染红了饭粒。青菜透着绿，新鲜。盖在碗头上，格外解馋。那时以为是无上美味，人世间难找的。

长大后，才知这不过是稀松平常的菜蔬。但味觉存下了，总也改不了。即使现在大鱼大肉，还不如少时的苋菜甜，青菜香。

阿爸从不出门，他是读书人。残存着一点自尊。他无意中匀出了一些给我，我也很自尊。这是蒙羞的事，秘不示人。讨要总想出乡镇，走得越远越好。可惜，我的圈子和视野不阔，绕着绕着就折返回来。又吃了点窝边草，总算喂饱肚子。其他姑且不论吧。后来，我上小学时，才知先前的考虑是对的。毛孩子见到我，如觉不爽，就抬出糗事，骂我叫花子。我恨不得将头塞入裤裆。好在我成绩不赖，个头也高。冲淡了些许敌意。他们不敢再数落我。偶有长舌的，在背地里窃窃私语。我一旦在场，绝无嚼舌的。但我还是从他们眼神读出点异样。走自己的路，让他们嚼蛆去。我抱着这样的念想才读完小学。中学时，他们只保留了羡慕，鄙夷和偏见一起消失。

还听到杨家将。从阿爸的嘴里冒出，意义不同，比说书的更有分量。常常我在阿爸的摇篮曲里安然入睡。

大欢要给我讲故事，也许佘太君，也许杨六郎。还有《水浒》中的英雄人物，个个让人敬佩。我热烈地期待着。

他总是叼着烟，一根接一根，从不断火。一进入小屋，就呛得难受。赶紧掩口捂鼻，想挣脱出来。可他已栓上门了。我没法出逃。只得入乡随俗，进门随喜。闻了多次，慢慢也就习惯了。

他递给我两块切糖，滚着芝麻的。我浅尝辄止，慢慢品咂余味。

阿妈到底不放心，怕我被带坏，时不时叮嘱几句。让我对瘸子留点心，防着点。我也不知怎么留心，也不懂如何防着。

他最多摸摸我的头，捏捏我的脸颊，除此之外，别无逾矩。他还献出零食。对一个很少吃到零食的伢子，诱惑不小。我就中了他的圈套。

他想着法子满足我的味蕾，让我尽量不再讨厌他的烟。他的烟不仅熏黄了天幕，也熏得我头晕。但我也不能明确反对。他阿爸抽旱烟，他抽纸烟。他们有同好，自然不会反对。他阿妈说大欢苦，让他抽吧。

作为外乡人，我只得首肯，不同意能行吗？

4

我们安顿好后，就开始营业了。阿妈是女人，不随便外出。小住了一阵子，就回去了。只留下兄弟四个，三哥领头。

三哥机灵，不大会上当。苦吃了不少，亏吃得不多。他趁讨饭的机会，还当了几次三只手。第三只手伸入玉米地，采摘了不少嫩玉米棒子，揣在蛇皮袋里，吭哧吭哧地背回家。我跟他几次。我不允他这样，以哭表达抗议。三哥故我，依旧招来心中的贼。还好，没人找上门。瘸子知道了，他不吃烀玉米。三哥殷勤地敬献，他还是拒绝了。只是把眼神瞥向一边。三哥灵秀，自此再不动手脚。

阿妈走时，我在码头边送了好远。阿妈在船上，也不住地招手。好好的，听三哥话，听大欢话。俺们都是亲戚，不会薄待你的。

我揩掉滴在脸颊上的泪，一个劲地点头。阿妈身影消失时，我就赶到江边柳树下，找鹅卵石。沙土滑腻，一个不小心，就可能摔跤。我踩着松软的沙土，一个人踽踽。

后面突然一个身影向我涌来。他指着我手里的鹅卵石，咿咿呀呀。我知道他是个哑巴。我意会，但故作不懂。哑巴急了，跳过来，就是推搡。他个头高，力气大。我被推得趔趄，差点摔倒。哑巴见我未倒，又送来黑虎拳，当胸一击。我负痛咬牙。他仍不罢休。捡来树棍对付我。树棍粗粝，带着凶狠。我以为要遭毒手了，眼睛闭上，等待凶神降临，接受恶煞凌虐。

突然一声断喝。救星出现了。不是别人，正是瘸子大哥。他拄拐跑着过来，站稳了，一拐砸在哑巴后背上。哑巴咿咿呀呀地跑了。临走还投来怨毒的眼神。我心一寒。

哑巴其实没走远，躲在柳树下观瞻。我想他得空就会钻出来，重新对付我。我看到那个身影，心中就怯怕。瘸子大哥估猜也懂，他像老鸡护崽一样，将我罩在视线里。

我忍不住下到江边，一群一群江猪在水面拱来拱去。一会沉没，一会浮起，摆动着，向前进发。它们是朝圣还是贺喜，我不知悉。我觉着好新奇。在叉江能看到壮观，让人欣慰。我几乎忘却了眼前的危险。大哥的老水牛在堤坝上啃吃嫩草。他叫唤了几声，看我无动于衷，也就随我去。

大哥一走，我看江猪出神。哑巴迅速窜了过来，抛别柳树。柳树的叶子在江风揎掇下，随性招摇。

哑巴走过来，冷不防就给我一拳，打在后背上。我本能地回头，他又一拳砸在胸口。我连吃两拳，趔趄着。他打上了瘾，还要继续出拳。突然一声断喝：住手！我知道救星来了。瘸子大哥几乎跳着单腿赶到，一个拐杖下去，哑巴负痛嗷嗷着。他还不肯罢手，想从我身上找到平衡，再想拳击时，另一根拐杖落下。哑巴一声惨吼，去了，比兔子还快。

我的痛正如哑巴的痛。我的痛不轻，他的痛也严重。瞧他鼠窃狗偷的样子，就能感受到。

我给了他正常欺负的机会，他也给了大哥从容教训的余地。大哥叼着烟，嘴边冒着白烟，也冒着火星。

他腾出手来牵我，几乎就是拽，容不得我再犹豫和考虑。犹豫是落单的象征，考虑是退却的样貌。这两样他都统一收去。

我在他强力收容下，随着去了坝埂。老水牛骑在小青牛的背上，肚脐下伸出一根老长的鞭子，直往青牛尻门上插。我一阵羞臊，赶紧别过脸去。畜生不知羞，人要懂得回避。我还是忍不住偷瞄了几眼。

老牛哞哞地哼哧着，嘴边哈喇子滴滴不休。他一定享受到了妙处。究竟咋好，彼时的我并不懂。但我觉着好玩。于是又多贪了几眼。大哥脸色潮红，站在那里木桩一样，只一个劲地盯着看，一动不动。

大哥扭头时，突然发现我也在看。他轻吼一声，伢子，闭眼。我于是就闭上了眼睛。

大欢为啥没有讨来媳妇，和大喜大贺一样。我心中揣着疑虑。

5

大喜很喜欢我，没事总叫我跟他练功。他马步蹲裆，双手前伸。他叫我照猫画虎，有样学样。我刚蹲下，就有点受不了。我泄气了，坐在露水边，坐在石墩上，只是看。他蹲了好久，也练了好久。一趟形意拳打完，就准备收拾下，吃早饭。

我趁着他兴致浓，问大欢的事。大喜欲言又止。话到嘴边又硬生生咽了下去。他命不好，也怪他自己。大喜这样对我说。

本来抽烟很少，自从毁容，烟瘾特别大。他人不坏。大喜边收拾边对我说。我还是没太明白。我单知道大欢遭灾了，其他不便深问。我还是个伢子，问多了不好，也不适当。在交谈中得知，大贺妻子是家乡人，离陈巷不远。她与侄媳妇家是亲戚，喊侄媳妇表姐。

我呼大欢为大哥，就有了注脚。大欢听到解释，就不再争辩。自此，我不再厌烦他。就是他没救我，我也不嫌。遭灾后，他烟瘾日深。只要一起床，烟就不断，直到夜间就寝方止。他原来也很苦。不仅嘴苦，内心也很苦。没人诉说，没人能懂。他深埋着秘密。

后来，他每次叫我，我都积极。几乎不再腹诽，更不曾心谤。他的躯壳里藏着东西，红红的，艳艳的。在胸间跳荡。我没理由拒绝。

拒绝是一种罪过，冷漠更是另一种绝情。在广寒木和薰衣草的倡议下，我悚然而立。

春天来了，大家都纷纷外出，向太阳靠近，随阳光移动。四肢健全的人，满世界疯。大欢也不免俗。他也挂着拐，为我们送行。

芦笋在圩上。大姑娘小媳妇，都挎着竹篮，拎着麻袋，去江边采笋。打芦柴的人也多。芦柴可以编芦席，芦笋可以做菜。生在江边的人就是幸福，什么都有得吃，不仅可以吃鱼，还可吃草。

芦柴在圩上，长势良好。人们边砍柴，边摘芦笋，一筐一筐地往家背。

芦笋烧腊肉，真好吃，还香。我们讨饭回来，也能享受一番。

这个菜是大贺老婆烧的。她不仅会打麻将，还能烧一手好菜。他们也没拿我当外人。请我上桌吃饭。我惊诧了。哥哥们没资格。我又荣宠了。

记得和三哥他们去讨饭。时间一长，就有了经验。谁家有红白喜事，都少不了我们。

一天听说邻村，有个老人过世。这个消息是大欢偷偷告诉三哥的。三哥就动员俺们一起去，吃大块红烧肉。不常有的，只有在婚丧嫁娶时才享用。下午三点，太阳还在高照，我们就出发了。到了天黑，那家才开始摆酒席。我们每人不仅吃够了，还捎带了几大碗红烧肉。准备留给大欢吃。大欢已从披厦搬到了水边的一个茅棚里。那是养鸭人住的。鸭子不养了，茅屋还在。我们就跟着去了。

弯月高悬，星星满空时，我们揣着满意和高兴，回到了鸭棚。大欢正坐在屋里吸烟，听收音机。闻到了肉香，他咧嘴一笑。

不吃，你们留着吃。大欢还是谢绝了。我心里有点难过。只允许他对俺们好，不许俺们一点报答。你们吃好，就好，比我吃好要好。什么话！我夹了块大肥肉，强逼着大欢吃了。他满嘴流油，还是抛下话。以后这样的好事，你们自己享受。我从他脸上分明读出了高兴与感动。我心里不情愿他这样说。我勉强地点了头，包含着别样的深意。

他摸摸我的头，又点着一根烟。我没有阻止。我没有权利阻止。这是他的爱好。他的爱好不多，不能剥夺。虽然他抽烟的姿势不美，但很实用。一股一股的白烟从鼻腔滚出，很好玩。

他不吃我们讨来的肉。我不知他咋想的。我认为他有点嫌弃。于是，我心中不快。我的快乐在他的蹙眉蹙目中。

水沟里爬着毛蟹。三哥搞笑，叫它金毛狮王。谁也不曾动用。当时，我们哪敢吃呢。后来变成餐桌美味，一蟹难求。这是我们没有预料到的。大欢一日兴起，捞了几颗毛蟹，蒸煮。他冒着中毒的危险。我们都以为这东西吃不得，只是好玩罢了。

大欢吃得好，嘴角流黄。我厌恶地别过脸去。他递一颗给我，我赶紧溜了。

一天我们讨要回来，大欢端出一大盆牛肉。生的，沾着血丝。肉很新鲜，冒着刚刚屠宰后的热气。

今天炖肉吃，都别走。三哥笑了，我也咧嘴。我们都想蹦起来。讨要这多天，从来没吃过牛肉。牛肉的滋味都闹不清。

　　牛肉是队里的老黄牛，干不动了，大家一合计，就宰了，每家分一点。大欢独立一份，和父母分开来。分肉师傅是大欢发小，玩得来，就多切了一些。大家也无微词。这是大欢亲口告诉我的。发小还说，家里人头多，不能少了。其实还有一层意思，大欢残疾，理应照顾。于是就有一大脸盆的牛肉，估计有十多斤。

　　大欢洗净切好，用砂锅炖了。给我们每人盛一碗，当饭吃。味蕾蘸上美味，久久不肯散去，一直存留大脑。馨香和甜腻氤氲了整个春天，也充实了大半个童年。于是我感到世界极度美好。不仅有荷花和睡莲，也有阳光与和风。世界是暖的，尽管在冰冷的地界游走，我也能感到融融春意。

阿奶与阿布

一

陈阿奶终于卧床了。强劲的生命力，让她撑到了 21 世纪。新世纪的曙光刚刚点亮，她就要熄灭了。这不怪她。时间太过无情。家里堂屋中的闹钟永不休止地走字，滴答得让人心酸。一头青丝染霜华。

从陈阿姐到陈阿姨，中间似乎就隔了座桥，几步之遥。从陈阿姨到陈阿奶，似乎要漫长些，也不过几袋旱烟的工夫。清楚记得老头子坐在田埂上拔旱烟。那时多年轻，像水中游弋的鲫鱼。一不小心就被时光捉去了。从陈阿奶到陈阿太就更为短促，几句闲言，一阵咳嗽，就过来了。

陈阿奶没有闲情感叹，她忙着呢。她一生最大的成就不是生儿子，而是带孙子。儿子是赤脚医生，也光脚走了。留下了阿布，还在摇篮中。陈阿奶脚虽小，心是大的。她没工夫哭儿子的夭逝。孙子还在哭呢。她得哄，她得喂。她将对儿子的爱一成不变地转移到孙子身上，甚至更浓烈，更醇厚。

门前的槐树跟她同龄。她刚出世，家道殷实。父母是有心人，为每一个刚出生的孩子种一棵树，既是纪念，也是寄托。树比人好活，人比树难养。那就要活成一棵树，沐浴阳光，也经受风雨。

陈阿奶看到这棵褶皱满身遍布沧桑的槐树，就不由得心生感慨。老槐树枝繁叶茂，浓荫蔽日。自己身下凄凉。儿子刚走那阵，伤心欲绝时，就抚树大恸。老槐树敦厚地杵在当下，是忠告，是抚慰，也是警醒。知了热情地唱歌，单调的音阶流散在干热的午后。

阿布在蝉鸣中长出，就像蛹虫艰难地从洞穴里爬出，恋上高枝。一声声急切的嘶吼强劲地证明着自己的存在，和着阿布的哭声，此起彼伏。

二

阿布来到奶奶的床头。他高大英俊，魁梧结实。他挑开帘子，头要低着才能挤进去。小时候，觉得奶奶的小屋好大。大得有点空旷，有点多余。等自己大了，才觉得屋子好小。小得憋屈，小得猥琐。自己高了，阿奶矮了；自己大了，阿奶小了。眼界小时，屋子好大；世界大时，屋子好小。阿布每次进出，都低着头，矮着身。小时阿奶搀扶他，一晃眼，他搀着阿奶。阿奶的脚似乎更小了，迈步更难了。那不叫走路，简直是挨。一步一挪，一步一晃。挪得阿布心焦，晃得阿布心酸。

阿奶，阿布看你了。阿布靠近床前，左手抚摸奶奶干涩的头发，枯黄的额头。阿奶的头发跟着落叶一起谢了，随着秋风一道萎了。每次梳头，头发就跟着梳子一同降落。落得阿奶心尖儿颤抖。时光老去，饰物也凋零。一个簪子都插不上了。只用头绳缠裹着零星的发芽，算是一个不错的交待。

阿奶闭着眼睛，泪水从眼睑溢出，顺着脸颊流到腮部。阿布拿出右手，轻轻擦去。阿奶慢慢睁开眼，嘴唇嗫嚅着，似乎有话说。

阿布俯下身，将耳朵凑近她的唇边。她喉咙咕咚了几下，发出一点含混不清的声音。阿布抬起头，泪水滑落，滴在阿奶的额头和鼻尖。阿奶似乎毫无知觉，又沉沉睡去。

阿布来到灶间，打开橱柜，一股霉味扑鼻而至。阿布毫不在意。在灰暗中，看到了熟悉的粗瓷大碗，疲惫而安详地卧在橱里，安分守己。它已老旧，豁了几个口子。它已退役多年，阿奶就是不舍。它承载了一段中药和童子尿。阿奶就是用它延续着时光，接续着生命。它更像陪伴阿爹的那头老牛，闲暇时就伏在屋西头的余光里，咀嚼和反刍着，将碎末和余光一同吞进肚腹。

阿奶没什么希求。看到阿布长大，振翅高飞，她心里美美的。迈起小脚，格外有劲。

菜园里丝条、瓠子展览着妖娆的身段，阿奶用带钩的竹竿伸过去一钩，嫩生生的丝条、瓠子就稳妥地落进筲箕。她踮着小脚，一步三晃回到堂屋。小狗银雪一路跟踪，尾随不退。四眼猫懒散地卧在鸡窝边，像个不称职的卫士。一只生蛋的母鸡跳上窝槽，乖巧柔顺地伏在那里。四眼猫看都不看一眼，将头埋进爪子，继续它的春秋大梦。

一会母鸡下完蛋，咯咯叫着跳下来，一脚踩在猫背上。四眼猫惊惧而警惕地醒来，瞄了一圈，甩甩尾巴迅速躲开了。

阿奶坐在木椅上，刨着丝条和瓠子，给它们褪皮。不一会工夫，丝条和瓠子就赤裸着蜷在竹篮里。

忙完这些，又从床底搬出蠢笨的冬瓜。上面粉嘟嘟的，像一层白霜。一看就知道久经考验，不然哪有那么大的块头。

阿奶麻利地分解冬瓜，将一小块拿上案板，斩起来。忙完这些，阿奶觉得还少点什么。又从箱子拐角旋出铁皮柜，启开封盖，抓出一小把干货，放进水盆里。阿布不懂，这是要淹死它们吗？他想打捞，拯救。阿奶阻止了。这是午饭的菜。阿布缩回手，乖乖地咬起指甲。

趁阿布乖觉的时候，阿奶又从墙上挑下一挂腊肉。油腻腻，香喷喷的。阿布脸上堆满了笑意。有肉吃咯！

不大会工夫，一桌热菜摆上了。阿布看到这么多好菜，馋得直咽口水。趁阿奶去灶房端饭的时机，他手抓了几块肉片塞进嘴里，吃得嘴角流油。阿奶一过来，就知道阿布馋猫了。

阿奶，今天是啥好日子，咋有恁多好菜？阿奶用手指在阿布额头一点，我孙子生日嘛！

阿布高兴得一蹦老高。阿奶万岁！

饭桌上，阿奶给阿布夹肉、揀蛋、舀汤。阿爹坐在正中，温一壶药酒，自斟自饮。猫闻到香味，一蹦跳上桌，坐在桌沿。阿奶一筷子敲过去，猫呜地一声溜了。

饭桌上，阿布快吃好了，问了一句，三毛有阿爸，小水有阿爸。我咋没有？

一句话问得阿奶眼圈红了。她放下扒拉着的饭碗，撩起围裙擦擦眼睛，哽咽着说，阿爸走了，出远门了！

阿布似乎还不满足，他要追问到底。不对，你骗人！阿爸就睡在后山上。

阿爸在守山呢。你要去看看他吗？阿奶硬着心肠说。

阿爸咋不回来？他不冷吗？不饿吗？他不想阿布吗？阿布想阿爸了。

阿奶一把搂过孙子。好伢子，阿爸会托梦给阿布。

他们说阿爸死了！阿奶，对吗？死了，就是回不来了，是吗？阿布在阿奶胸口哭开了，伤心得很。

要是阿爸在，黄头才不敢欺侮我；要是阿爸在，三毛也不会骂我的；要是阿爸在，小水也不敢捶我后腰。

陈阿奶的眼泪哗哗地流，她硬忍着没哭出声。阿奶不哭！阿布抬起头，用嫩嫩的手背给阿奶抹泪。阿奶哭出了声。

三

阿奶躺在床上，越来越无力了。人已缩成一握。高大的阿布眼里的阿奶是坚强的，从没低过头，叫过苦。也许她伤心时，偷偷掉过泪。但在阿布面前就是一座山，长满野菰嫩菌；也许就是一条河，生满鱼虾，荡着清波。他在她怀里无数次撒娇、任性，她都没赠予一巴掌。只有淘得过头时，才用焦黄的老竹枝，在屁股上象征性抽几下。富珍，瞧瞧你儿子，到底干些什么？

富珍，就是陈阿奶死去的儿子，阿布的阿爸。一听到这两字，阿布一激灵，马上就乖觉了。

儿子既然狠心走，她却不能。那个没责任心的苦主，丢下摇床上的阿布，招呼不打一声，说走就走，话都没留下一句。陈阿奶每每想起，就泪水涟涟。

阿布撕心裂肺的哭声回荡在屋里，播散在村中。在富珍走后不久，阿布的阿妈就待不住了。不是要赶她走，是她自觉无趣。阿妈最后给你喂一次奶。在阿布还未过周，远方的亲戚就给她找好了下家。阿妈含着泪水，在阿布粉嘟嘟的脸蛋、额头亲了又亲，才最终下了决心，头都没回，决绝地走了。她的走与富珍的走，很大不同。阿妈，还能找到，看到；富珍就再也见不着了。富珍连张相片都没留下。阿布长大，都不知道自己的阿爸长成啥样。是俊是丑，是胖是瘦都不清楚。只有从大人的嘴里零星得到点印象，模糊、破碎。

阿布长大后，压根就没有一点印象。尽管阿奶多次描述阿爸，他还是形不成概念。

阿奶经常口渴，喜欢喝红糖水。这次回来，特地买了三斤上等红糖。阿奶已病入膏肓。他还是用那个退役多年粗瓷大碗，兑了一碗红糖水，端到阿奶床边。一勺一勺，小口小口地喂。阿奶喝了几勺，再也不肯张嘴。

阿布清楚地记得，阿奶还有一个嗜好。这是她的秘密，也是她的偏方。头疼脑热时启用。药引在阿布身上。用的碗也是那口粗瓷大碗。也不知是几时豁了口。东西用久了，就自然破损了吧。也许是磕的，也许是摔的。反正那碗装载了很多次阿布的尿。阿布从不用这只碗，刚开始一见到就犯恶心。可阿奶对这只碗钟爱有加，珍惜不已。

它救过阿奶的命。确切地说，他救过阿奶的命。阿布童年时，阿奶身子有点糠，也有点弱，隔三差五就感冒发烧，咽喉痛。

没见阿奶打过针，吊过水。她有一套深藏自我疗救的本领。

人家渴了喝水，她喝尿。人家病了喝药，她喝尿，是童子尿，孙子阿布的尿。

四

阿布一般撒过晨尿后，直接钻进被筒，继续黄粱美梦。一次陈阿奶接过阿布晨尿后，来到灶间，将粗瓷大碗蹾在案上。阿布蹑手蹑脚地进来，想抱一抱阿奶。陈阿奶正聚精会神地忙活。突然回头，看到阿布在骨碌碌地盯着看，好奇、着迷，也疑惑。

阿奶知道瞒不过了。她抱起阿布，小声地嘀咕。阿布总算明白了。原来自己的晨尿不仅肥田，还可治病，用处大着呢。

陈阿奶在阿布脸颊上亲了两口，放下，然后严肃地说，不许告诉外人！阿布觉得这是严重的事情，就点点头。

孩子们一起玩耍时，都想把自家新鲜的事往外抖，博得面子和尊重。

阿布将小山拉到一边，给了他一块米糖。小山想都没想，一把丢进嘴里。嗯，甜！他还想吃，眼睛滴血般盯着阿布的腮帮。

阿布没法，就附在小山耳边喊咙两句。小山眼瞪得溜圆，一副不相信的神气。

骗你就是小狗！阿布急了，脸涨红了，赌咒发誓。

除非我亲眼看见，不然打死都不信。阿布和小山拉钩，要小山保守秘密。小山伸出了小指。

我阿奶一般都是早上喝，你们还在困大觉呢，能起得来吗？

阿布又在小山的耳朵嘀咕了几句。小山恍然大悟。

隔天一早，小山敲门，陈阿奶瓮声问道，谁啊？我找阿布。阿布还在睡觉。阿布趿溜下地，敞开大门。公鸡母鸭小猪老鹅纷纷叫唤着蹚出门。一出门，就排泄和啄食。抖动毛羽，嚷声不断。

小山循着空隙踏进门。进门就礼貌地喊，奶奶好，奶奶早！灶间的陈阿奶裹着蓝毛巾，踮着小脚出来。小山，恁早找阿布什么事？小山边回答边拿眼觑着锅灶。锅灶与堂屋一箭之遥，并无帘栊。里面看得清楚，通透。果然见到一个粗瓷大碗蹾在锅边，隐约冒出腥膻之气。小山想捂鼻子，又觉不礼貌，就踅进阿布房间。阿布将房门咚地关上。

我阿奶有病吧？阿布小声地告诉小山。小山不置可否。阿布指了指自己的脑瓜。小山摇摇头。

真能治病？小山越发好奇。他和阿布耳语了几句。阿布迅速穿好衣服，引着小山来到灶间洗漱。

粗瓷大碗已然不见。但那股味道犹在。小山鼻子尖，四处嗅了嗅，发现在橱柜。

陈阿奶去后院抱柴草去了。小山像个侦探，朝阿布努了努嘴。阿布心领神会，打开橱柜。果不其然，一碗黄金液汪在碗橱里，长柄细瓷汤勺淹在汤液里。

你敢喝吗？阿布撇了撇嘴，问小山。你先试试。小山将皮球踢过去。哪有喝自己尿的？我不喝。脏，恶心！小山摊开手，也表示没兴趣。既然来了，就不想搞清楚？阿布再次激发。你要喝，我给你炒糖吃，给你麻酥吃。这是不小的诱惑。小山一年都没吃过几次。他挽起汤勺，舀了一些，送进嘴里。起先，用舌头舔了一下，微苦，微甜，也微咸，似乎不难喝。他将剩余的汤液

242

全倒进嘴里，抿了抿就直接咽入肚里。

好喝吗？阿布看他很享受的样子，也想尝试。小山将勺子递给了他。

阿布刚要挖，陈阿奶蹿了过来。那是药，喝不得！阿布一抖，将汤勺打落地上。还好，地上是茅草，松软得很，汤勺安然无恙。

陈阿奶走过去，摸摸阿布的头，又摸摸小山的头。慈爱地说，那是药。你们小，没病没灾的，喝不得。阿奶老了，借点阳气。

小山赶紧退出。看到条几上摆放着佛龛。一尊汉白玉观世音坐在里面，慈祥而友善。两炷香正升腾着袅袅轻烟。一股异香直钻鼻缝。小山待阿布吃过早饭就一起出门了。小山好奇地问，你阿奶信佛？以前不信，后来就信了。闹不清。经常看她晚祷。嘴里叽里咕噜，也不知念什么。

听阿爹说我出世不久就信了。我阿爸走了，她的信念就来了。来得执着，来得持久。这么多年，阿奶从没断过。

我有时就觉着很烦，念那劳什子，搞得像唐僧。我阿奶，是不是有病？小山打圆场，闹不清。大人的事，小孩哪懂。

五

陈阿奶不是中医，就知道他的儿子陈富珍是郎中，赤脚行医的。懂医理，会看病。还到省城进过修的。有人就叹息，要是不走，多救活不少人。

陈富裕家媳妇就是他救活的。毕竟是堂兄弟，一点没保守，

243

将看家本领都掏出来了。陈富裕累成了驼子，堂嫂病得人事不知。陈富珍弄了些草药熬成水，漫灌下去。几服下去，人就回转了。棺材都打好了，就等着断气。这下用不着了。

方阔气家媳妇手被划了，残砖断瓦戳的。也没当回事，继续忙活。几天后，就破伤风了。怎么治都不好。方阔气请来陈富珍，敬烟上茶。满眼巴望着他也能起死回生。陈富珍掀开眼皮，摸摸肚子。一句，转院。连夜转，到芜湖。

方阔气的老婆命保住了。虽然不是陈富珍直接诊治，却少不了他的功劳。方阔气一直感恩戴德。见到陈阿奶就客气得恨不得下跪。陈富珍走了，陈阿奶在，阿布在。阿布上学常经过他家门前，方阔气炒糖、麻酥、方片糕没少给。

陈富珍怎么走的，谁也说不好，只有陈阿奶心里清楚。她从来秘不示人，装在心里，烂在肚里。

阿布到了上学的年纪，十分捣蛋。喜欢野，随着性子来。陈阿奶既爱又恨，亦疼亦怜。

阿布很淘，和三毛打架，裤子扯破了。吸着鼻涕灰头土脸踅进家门。他是斜着走的，用手遮着破处，生怕被看到了肉肉。

陈阿奶在灶间，阿布，帮奶奶端菜。有你最爱吃的蒸三咸（咸鱼、咸肉、咸黄豆）。平时阿布听到这个好消息，像猫一样从拐角窜出。这次连喊数声，都没应答。陈阿奶用湿抹布端着鲜毛豆，晃晃悠悠地来到堂屋，没见着阿布。她放好豆盆，向房间瞄了一眼。阿布正坐在矮凳子上，一手护着屁股。陈阿奶火了，阿布倒头（吃饭）了！阿布怯怯地说，不饿。陈阿奶不由分说，走近前，拧着阿布的左耳。叫你耳朵打苍蝇，头脑不记事。阿布负痛而起，还要扭捏。陈阿奶找来笤把丝，在阿布背上狠抽一气。

244

阿布泥鳅般滑走。就不吃饭，就不吃饭。

到了堂屋，陈阿奶看到阿布后腿根部露出一个破绽，她马上明白了。

先倒头！又跟人打架了吧？还是上树掏鸟窝刮的？有娘生没娘养的，哪天气死婆子，叫你讨饭！

阿布才不理那一套。他知道阿爸走了，阿妈改嫁了。没人管才好，多自在。可阿布又恨。没阿爸撑腰，没阿妈护守，就是常受欺负，更受白眼。

风言冷语接二连三地袭来，他都当没听见。骂多了，骂久了，骂得不耐烦了，他才回敬一句。

小山有点看不过眼了，就帮着阿布。吃饭的嘴巴都不干净，尽嚼蛆！跟粪篓子一样脏！有人就红着脸，偃旗息鼓了。

阿布递给小山一颗水果糖。小山扔进嘴里，一嚼，甜得钻心。

糖果是姑妈从江苏寄过来的。自阿布记事起，糖果、糕点就没少吃。和他好的几个伙伴，也时常分享到。

阿布常和小伙伴们玩石子、跳房子、过家家。不亦乐乎。有时还会和小妮踢毽子，蹦橡皮筋。

他更喜欢抹牌，玩"五十K"，争上游。牌瘾大得很，一天不玩就手痒，一周不玩就手疼。玩牌刚开始贴红纸，后来也跟大人学，赌钱。一分二分，最多不超过五分。五分就有人手心出汗，鼻子冒油了。阿布不玩大的，伙伴们也没大钞，只有一分二分五分。毛票不多，舍不得。块票，稀罕，更不敢玩。

阿布瘾大。谁要是赢钱中途开溜，阿布不依；谁要是输钱半场耍赖，阿布不饶。他和小山、小水、三毛经常玩。

阿布能得很，除了赌博，还能斗鸡。一腿拳起，单腿独立，奋勇缠斗。斗得难分难舍，不分胜负不肯罢休。阿布乐此不疲。上学路上斗，课间休息斗，放学路上也斗。斗得昏天黑地，一身臭汗。

回到家，保准现成的热菜热饭等着他。阿布从来就没为吃和穿发过愁。陈阿奶尽管小脚伶仃，但粮仓总是满的，米缸也不空。衣服脏了，脱下一扔，阿奶就端着脸盆，踮着小脚去双塘捶洗。跪在石跳上，又揉又搓，用棒槌又捶又砸。似乎有使不完的劲。阿布第二天又是一身光鲜地上学。像个阔少，俨如公子。

上次和三毛打架弄破了的裤子，阿奶端坐在小椅上，脚下放着簸箩，簸箩里盛着针头线脑。剪刀、拔子、锥子一应俱全。

陈阿奶戴着老花眼镜，远看像个学究。她穿针引线，左右逢源，缝得又快又好。阿布的屁股再也不开绽了。

太阳终于西斜了。血色光芒洒在陈阿奶身上，金光闪烁。她像一尊菩萨又像一座佛。

六

阿布的姑妈在江苏，听说那里流着蜜和油脂。姑妈隔三岔五就寄包裹，都是些稀奇古怪的东西，名字叫不上。阿布自作主张，自我发挥，自我命名。这个叫驴粪蛋，那个叫麻雀屎；这个叫鸡肠徽，那个叫鸭腿菇。难看是难看点，反正都好吃。小伙伴们看他舔着黑黑的东西，觉着又甜又苦。一个个馋痨得很，眼睛骨碌碌地盯着。阿布一口包到嘴里，腮帮鼓鼓的，咀嚼几下，就吞进了肚里。小伙伴装作无所谓的样子，大度而讨好地说，阿布，我们继续玩跳房子。

阿布估计是吃多了，腻味。还未嚼的黑家伙，咬了一口就丢到地上了。烂东西，真难吃！他显得牙酸的样子。

阿布和小伙伴继续玩。三毛有点心不在焉，不时拿眼瞄那坨"废物"。

阿布，我们不玩了。小山没搭理，继续着。三毛觉着无趣，尴尬的。他眼睛一转，又计上心来。我阿爸喊我陪他碾米，给我买小炸。不陪你玩了。他对着阿布喋喋不休。回家吧！

阿布竟然停止了动作，附和着，好吧。待阿布走远后，小山也消失了，他又返身回去，捡起那坨沾着泥巴和枯草的"废物"，擦都不擦，往嘴里一丢，嚼起来。好吃，真稀罕！

阿布打牌上瘾，斗鸡也上瘾。几个小屁孩，碰到一起就缠在一块，像口香糖，拉都拉不开。三句话不对头就要斗鸡。孩子们有自己处理矛盾的方式，与大人不同。

课间休息时，阿布又忍不住叫板。这次不是和三毛斗。三毛吃了"废物"拉肚子，正闷在家哼唧呢。

他和小水斗。小水肚子里装的不是墨水，是坏水。他学会一二三，就以为天下字很简单。老师提问万字么写？他说回家慢慢写。引得哄堂大笑。他却一本正经，不笑，也不脸红。

小水阿爸是捉黄鳝淘泥鳅的，整天在田埂上转悠。小水学业好孬，他才不上心。一天用笼子抓住了一只黄鼠狼。剥皮抽筋，肉下油锅，炒得香飘周村。大家都来搛一块尝鲜。小水得意得找不着北。我阿爸大本事，什么都能逮着。

小水也学会了摸鱼抓虾。除了这样本领，他还会欺负阿布。阿布只有小脚奶奶罩着。她半天跑不过三尺，才不怕呢。

虽是同龄，小水比阿布个头高，也有劲。斗鸡斗着斗着，趁阿布后退时，猛地一挑。阿布跌入浅坑，失去平衡，崴脚了，当场就不能走路。不知小水是无心的，还是故意的，只有他清楚。

阿布的脚肿得像发面，像泡馍。小山知道了，赶紧从教室飞奔过来，搀扶着他回座位。

放学回家还是小山背着的。一回到家，陈阿奶看到阿布的伤情，心疼得眼泪滴答滴答像自鸣钟。

杀千刀的，作吧！非把自己弄残不可。陈阿奶和阿爹搬来半桶尿，杵在阿布眼前。尿骚味阵阵飘来，熏得阿布辣眼，刺鼻。阿布捂鼻，挥手。拿走，拿走。要命！

想不废，就把脚伸进去，泡着！陈阿奶从没这么严厉过。几乎是尖着嗓子叫，声音都变了样。

阿布老大不情愿。满头白发满嘴银髭的阿爹走过来，将阿布的脚挪动，掰起，抬高，轻轻放入尿桶。还是溅起了一些尿花。

阿布直犯恶心。我要吐了，吐了！做出干呕的样子。陈阿奶一点不为所动。给我看好了，啥时消肿啥时消停。

小水阿爸拎了半笼油滑的泥鳅，连声对不住。陈阿奶将他挡在门外。好好管管孩子！我家不缺那点东西。

小山看陈阿奶黑着脸，比乌云让人心颤，比山雨使人背凉。他偷偷地溜了。

陈阿奶都不知道。她还准备留小山吃晚饭呢。

头两天泡尿，阿布一头恼火，恨不得将尿桶踢翻。无奈阿奶眼睛不时睃来，脸色也不好看。阿布到底还是惧怕的。阿奶够操心的了。

到了第三天，效果凸显。阿布的脚肿消失了，疼痛减轻了。

非常明显。阿布感受深切，不再抗争和腹诽了。尿骚味也习惯了，甚至可以坐在桶边吃麻酥。一周后基本痊愈，又可以活蹦乱跳了。

阿布撒娇说，阿奶，你低头。我跟你说句话。陈阿奶就低头。阿布在阿奶沟壑纵横的额上亲了一口，又在褶皱密布的脸上亲了一口。

陈阿奶笑了。眼里分明溢着晶莹的泪光。

七

陈阿奶躺下了，年届九旬高龄，是村里最长寿的老人了。跟门前槐树同龄。槐树每到春夏之交，长满槐花。招徕细腰蜂，引来彩蝶。翩翩起舞，好美。小孩们就围着槐树转圈，躲猫猫，疯得没了形。

还有馋嘴的孩子听说槐花可吃，用竹竿打些下来，抢着往嘴里塞。确实味道不错，甜丝丝的，一股清香。

槐树皮粗糙地包裹着树干，就像陈阿奶的脸和皮肤。阿布走到阿奶的床边，用毛巾蘸些温水给她揩面。阿奶几乎不再吃东西了。阿布只喂些清水。阿奶嘴翕合着。头有时摇摇，表示还有意识。

阿布坐在床前，沉思，回忆往事。

陈阿奶怕唯一的命根子有闪失。乡间流行结干亲。如果找到大户人家，也就是人丁兴旺的门户，那是好事一桩。

村里大户人家不少，张家、王家和李家。张家人口虽多，但穷。孩子蒙裆裤都穿不起。不行。李家人丁也旺，只是平时少来往，不走动。难！那就选王家吧。王家不仅人丁旺，有男有女，家境也不错。孩子吃穿不愁。更重要的是和王家大妈多有唱答。你送我些干辣椒，我馈你些秋茄子。你给我一块烙饼，我回你几个馍馍。来往密切了，交流就频繁了。

陈阿奶和王大妈在大槐树下纳鞋底，聊得热火。阿布和伙伴在树边玩泥巴炮。

陈阿奶看似无心地说，阿布，从小没爸也没妈，以后让那小东西就叫你妈吧。

王大妈正用锥子戳眼，听了话。停下手中的活，眼睛放出异光。中！她头都没抬，又继续纳鞋底。用拔子扯粗线。

说正经的。你家人丁旺，孙子跟你家结干亲，放心。就怕有个闪失，也有人罩着。阿布势薄，我怕有好歹。那是老婆子命根子。你们家小山与阿布交好，不如结为兄弟。

王大妈妥妥地应着。好得紧，好得紧。阿布腿崴了，引起陈阿奶莫名担心。她想找下一座靠山，好有个照应。

陈家到底羸弱，根根绊绊少。一旦与人起冲突，老婆子应付不来。

王大妈答应了，事情就成了一半。陈阿奶放下针线，踮着小脚迈回家，端来了菱角，请王大妈吃；又摘下几条瓠子，搬来一个南瓜，放在筲箕里，请王大妈带回去。王大妈左推右挡，终究抵不过陈阿奶的盛情。她拎着筲箕，笑着去了。

小水是李家的，他家是大户。别看李二懒捉鱼摸虾的，后面势力大着呢。阿布腿肿了，陈阿奶气都没出一声，更不敢高声叫唤。二懒婆娘堪称母老虎，相当不好惹。她捏着鼻子，没吭一声。

出了这事，才使陈阿奶加快了结干亲的步伐。本来有此念想，只是觉着时机不成熟。

结干亲那天，刚好周末。天空爽朗得很，晴中带着透明。中午，阿布家热闹，喜庆。准备了三桌饭菜，请的厨师。

侄子陈富裕也邀请到了。毕竟沾亲，不能留下闲话。王大妈家儿女和王大爷都到场了。还有村里几个德高望重的人也请了。

阿布八岁，上学了。有些事情也懂了。听说和小山结为兄弟，高兴得一宿没睡好觉。从此喊王大妈为干妈。他想想就觉得美气。

那天他和小山在桌肚下钻来钻去，你追我我赶你。村里的狗也嗅到了喜气和香气，纷纷赶来。在桌下坐着，等骨头啃。

仪式开始后，王大妈和王大爷坐在堂屋正中。堂屋上墙挂着一幅画，画着大仙太上老君。老君手上握着龙头拐杖，拐杖上挂着宝葫芦，葫芦颈上系着红绸。旁边是万年遒劲针叶松树，松树上一只丹顶鹤展翅欲飞。两旁挂着对联：福如东海长流水，寿比南山不老松。

大爷大妈穿着干净的确良衬衫，绵绸黑裤，坐在那里很威严，很有派。阿布被阿奶叫来，给两位敬茶，改口。一边端茶，一边喊干爸、干妈。两位拿出红包，递到阿布手里。阿布收下红包，还要磕三个响头。连姓也改了，叫王不疾。

阿布出世后，本来指望富珍起个好名。没想到孩子一落地，还没来得及哭，富珍就咽气了。陈阿奶只得硬着头皮，想名字。想了好多，还是孩子健康重要。大名叫陈不疾，小名阿布。

改姓就是换名。好在刚上小学，换名不晚。有人叫他陈不疾，有人叫他王不疾。他都应着。村里伙伴一如既往，叫阿布。

开席前，鞭炮齐鸣，香烟袅袅。大家划拳行令，吆五喝六。

闹了好一阵子才解散。阿布从此就有了阿爸阿妈，虽然是干的，比没有强。他的底气足了些。

阿布在玩耍中冲杀得更加肆无忌惮了。可以拿水枪抵着三毛的小腰，不许动。戴着柳条编的军帽，敢当"司令"了。让一群小鬼跟着他跑。在干透的河床上豕突狼奔，疯得一身汗一身泥。

果不其然，小水也乖多了，甘于听命他。让到东不敢到西，让往南不敢往北。

阿布对小山更好了，毕竟是兄弟了。一有好吃的总要留点给他。有人欺负阿布，小山也常出头。

三毛、小水对阿布刮目相看，再不敢轻视。

在演戏中，阿布常扮八路军，手拿驳壳枪。英姿勃发，器宇轩昂。三毛和小水只有当汉奸和日本鬼子的份。小水和三毛私下很有微词，当面不敢顶嘴。

小学时在未庄。那里孩子野得很，动不动就打架。许多孩子畏惧，吓得不敢上学。有的就逃学，跟大人谎称肚子痛。

小山和阿布不怕。小山有哥哥罩着。大哥是铁匠，二哥是木匠，胳膊粗如树干。只要他们一瞪眼，小伢们都四散逃窜。

一次未庄愣头要打阿布，只因阿布没带麻酥和小炸给他吃。小山站了出来。愣头气焰高炽，举拳就要打。小山手一指，阿哥铁柱来了。愣头还是怕了，立刻住手。但嘴硬，铁匠算个啥！阿布接茬，斧子是硬，还不是在锤子和砧子下服软。愣头甩了甩拖到额前的毛发，吹一声口哨，去了。

这个事传到陈巷。伢们众星捧月，围着阿布和小山转，再不敢伸手问阿布要水果糖吃，除非阿布主动给。

八

陈阿奶老得啃不动了，坐在大槐树下乘凉，摇蒲扇的劲都没了。手里握着开了衩的扇叶，偶尔晃动几下。风招不来，风是拿力气唤来的。陈阿奶的力道消磨在提水、捶衣上了，消磨在抹抹洗洗中了，消磨在养鸡赶鸭上了，消磨在柴草中，消磨在菜园里，再也捡不回来。脸上的褶子越来越多。阿布于是长成了大人。她坐在大槐树下，看着阿布高大的背影，轻叹一声。阿布大了，她就小了。不仅脚小了，身板也小了。腰身几乎弓了下来。

鸟羽丰满，最终要飞出老巢，就像屋檐下的燕子，来了一茬又去了一茬，赖着不走都不行。阿布随着檐下的燕子去了。他不能走远，南方更南，他去不得。据说那里高楼林立，金银遍地。

阿布出省了。心是悬的，没落过地。阿奶毕竟80多了，还能撑到几时，谁也说不清。

再强壮的人，也会生病。譬如陈阿奶，就是喝童子尿，也阻拦不了疾病的侵扰。在她70多岁时，被一场疾病侵袭。要不是阿布的撑持，她兴许就走了。她不甘心，也不瞑目。

寿柴都买好了。本来想用大槐树来做棺椁，被叔叔陈富裕否定了。陈阿爹也不舍得。这么好的树，养了多少鸟，开了多少花，结了多少子。不能说没就没了。它与陈阿奶同龄。人去了树在，还有个念想。

于是找到铁瞎子打了一副寿棺。寿棺摆在家里，上桐油，滚了三遍，放到后院晾晒几天，再上黑漆。看上去阴森鬼气。阿布看着瘆得慌。阿布隐约知道那是阿奶的卧具，新的家。他不允许自己害怕。

寿棺备好，一是为冲喜，二是为应急。未雨绸缪，多头准备。阿奶那时已卧病。只觉路是晃动的，缥缈的，也不知伸向哪里。

阿布搀扶着阿奶，阿奶也走不实。只有整天躺着，喝点米汤。说话的声气明显缩小。话语总是冲不破喉咙，送不到听者的耳朵。阿布拿耳朵贴着阿奶的嘴唇，只感受到不规则的震动。

寿棺摆在堂屋里，用两条板凳支着。它是不能落地的。不吉祥，也不吉利。入土的时间长着呢，不在乎这短短一瞬。

隔天早上，陈阿奶喝了阿布的中段晨尿，脸上有了些血色。似乎好点了。她竟然挣扎着爬起，要看看寿棺。

寿棺用红绸布覆盖，阴森鬼气被压住了。阿布不怕了。她搀着阿奶，一步一挪，来到棺前。

他不敢掀开布幔。陈阿奶叫孙子退后，她亲手掀去。摩挲着，从棺头到棺尾，从棺盖到棺身，像摸一个老汉的肌肤，仔细、认真、耐心。

然后两滴泪顺着脸颊滑落，滴在棺盖上。陈阿爹过来，搀扶着她坐下。指不定谁先用上呢。陈阿爹在她耳边嘀咕。

陈阿奶叹口气，阿布还小，不能走。先留着吧。然后对着阿布轻言，给阿奶端碗粥。我饿！

阿布一阵惊喜。多日来，阿奶从没主动要吃。就是喂她，她都懒得张嘴。似乎很费劲，就像老旧的铁门合上就很难打开。

陈阿奶喝过粥后，不多，精神头足了些。说话舌头不打卷了，口齿也清楚了。

阿布的泪水挂在腮边，他转过头，偷偷地擦去。

有句古谚：七十三，八十四，阎王不请自己去。那年陈阿奶刚好七十三。还好阎王没请动。她有功德在身。阿布瘦小单薄的身影始终在她眼前晃动。阿爸没了，阿妈去了。他不能没有阿奶。气不能噎在喉管，要沉在丹田。气顺了，人就活了。与其说是阿布的尿救了阿奶，还不如说是阿奶的心救了自己。她不屈服，命运就不会压垮她。虽然有时觉着累，很想睡下去，再不醒来。但天一亮，鸡鸭鹅猪一呻唤；鸟雀虫鱼一唱和，她就立刻醒来，再也眯不住。

　　淘米刷锅，添柴烧灶，洗衣喂猪，没个停歇，忙得有条不紊，井然有序。哪天如果少了一样，就觉着空落落的，心都吊着。

　　待一切安排好，就唤阿布起床了。阿布总是睡得香，像根木头，叫不醒。陈阿奶在他耳边大声喊，起床尿尿了！阿布一个激灵，弹簧般跳起。他知道阿奶喝尿的时间到了。

　　他不知道是他救了阿奶，还是阿奶救了他。阿奶用粗瓷大碗接下中段尿，有时不加糖，先在嘴里过一点，咂吧着。觉着还是那个味，就加少许红糖，一口气喝干。

　　阿布脑后留着独辫，不到十岁是不能剪的。只有过了十周岁，剪掉辫子，挂在中堂边。这是爱。有父母的孩子有，没有父母的孩子也要有。阿布不能少。陈阿奶心细着呢。这一点她不会犯糊涂，也不怕麻烦。每天早起，要给阿布梳辫子，打扮得利落后，才目送他和小伙伴一起上学。这是不是古俗，从清朝遗留下来的，不知道。反正村里谁家孩子脑后有辫子，就知道还不满十岁。每个孩子都是父母手心里的宝，阿布没有，却是阿奶的宝。阿奶惯得很，也宝贝得很。巴掌没上过头，这是真的。再气不过，就拿笤把丝伺候。打也狠不到哪儿去，气极才下手重些。不过都是些皮外伤。打过后，陈阿奶就躲在一角抹眼泪。她下不了手，没有下重手的理由。所有生气的由头都是阿布淘。在外野，在外浪。有时偷瓜摘菜，被人捉住了手腕。陈阿奶就用柳条伺候。家里瓜菜多得送人，你却当三只手。撑得慌吗？

阿布一边挣扎，一边抢嘴。小水叫我干的，三毛给我望风。

你这个猪脑子，被卖了还替人数钱。没见过这么傻的！

最叫陈阿奶担心和上心的就是阿布爬树、下塘。她心都拎着、揪着、缩着。如果看到阿布一身泥水地回家。陈阿奶绝不轻饶，真是下狠劲打。

替你阿爸教训你，替你阿妈收拾你！不长记性的东西。塘能下吗？有水猴子不知道吗？村里的荒柴怎么淹死的？村里的立国怎么淹傻的？才多久的事，就忘到屁眼沟里了。陈阿奶一边打，一边数落。

阿布像猴子一样左右蹦跳，就是逃不脱。笤把丝一道一道抽在阿布的裸背上，疼在陈阿奶的心尖上。

上树摔折腿，还想泡尿吗？残了，废了，怎么好哟！

阿布汗滚豆似的下来了。

九

陈阿奶病好了，好得很彻底。只是白发日渐增多，头发也日渐稀疏，露出红红的头皮。她毕竟爱美，外出时就用蓝布头巾裹着。她曾寻思，难道童子尿不管用？甚至有点怀疑了。好虽好，不能包治百病的。老了，吃什么都难挡退却的步伐，趔趄的身心。

她病好后，没事就找村里的老人叙旧。在老槐树下，一边缝补衣衫一边絮叨。她的老伴是个聋子，过得相当富态。人也七十多岁了。膝下无儿，唯有一女，招了上门女婿。她时常犯头晕，晕来时天旋地转，倒在草堆垛里，人事不知。

陈阿奶不仅会些偏方，还能亲自把脉治病。聋太听不懂陈阿奶说什么。俩人你听你的，我说我的。鸡对鸭讲，对牛弹琴。

黄昏，蝉鸣声声。场基上黄蜻蜓、红蜻蜓、黑蜻蜓上下翻飞，来回穿梭。不知是抓虫还是开飞行大会，热闹得很。

陈阿奶眼明如镜，心中亮堂，知道不久会下大雨。她扯着嗓子，对聋太大声喊，去我家坐坐，避避雨，喝口水。

聋太低头看东西。一群黑压压的蚂蚁从槐树洞里钻进钻出，搬运东西，忙得不亦乐乎。她自语，怕不是天要下雨吧。

陈阿奶以为她听懂自己说话，一阵惊喜。是的，天要下雨了。陈阿奶和聋太互相搀扶着回家了，在屋檐下，互相端坐着。

聋太诉说自己最近老犯恶，不大舒服。陈阿奶给她把了脉，看了看舌头。然后就用针在火上烧了一下，算是消毒，直接插在聋太的眉心。不一会，一股黑血就流了出来。

夏秋之际，天忽冷忽热，老人就容易招病，抵抗力差点就可能倒下。陈阿奶深谙此理。她给聋太放血后，又在她鼻梁处拉扯一会，又改在后脖颈处拉拽。很快这几处就紫红。起痧子了！要注意保暖，不比当年了。

聋太年轻时能得很，当过妇女主任，领着一帮人忙生产，给家里挣了很多工分。一次带着大伙开山炸石头。放炮时，没来得及躲开，被轰天巨响震坏了耳朵。自此说得，听不得。一度急得百爪挠心，头发都白了一大块。慢慢适应后，中听不中听的话都被屏蔽了，反而自在舒心了。她和陈阿奶年轻时就交好，在生产队忙得不可开交时，睡过一张床，吃过同一锅饭，甚至连衣服都伙着穿。

聋太耳朵打岔后，陈阿奶就显得无比孤独，连说知心话的人都没了。她们曾经是好姐妹，好战友。聋太虽然聋了，但眼不瞎，心里明。陈阿奶的一个眼神几个手势，她就明白啥意思。毕竟交往久了，对彼此都熟悉，不靠话也能表情达意。

聋太刮痧后，气色好多了。她话匣子打开了，喋喋不休起来。听了半天才搞明白，她外甥古今愁家的小儿子古怪病得不轻，希望陈阿奶帮忙去看一下。

陈阿奶收拾好簸箩，放好针线，拉着聋太就走。

一看古怪，果然病得很重。已经多日没吃喝了，脸色蜡黄，气色浮肿，整个人如病入膏肓。

陈阿奶叫赶紧拿碗和勺子。命人将古怪翻身，后背露出来。褪去衣衫，陈阿奶就蘸水，拿勺子在他后背上使劲刮起来。没一会工夫，后背乌紫。主要沿着脊柱骨从下到上一路刮过去。古怪痛得咬牙，不出一声。这孩子也够倔的，陈阿奶事后感叹。

刮过后背，就拉脖子扯后颈。忙了好一阵，古怪明显觉得舒坦了。他肚子也能咕咕叫了，似乎提议该吃东西了。

没过多久，就能下地拉屎撒尿了。美美地睡一觉后，醒来就找东西吃。古今愁长舒一口气，渡劫了！

起痧不能吊水，发病机理也很特别。冷了不行，热了不照。冷或热都可能埋下祸根。冷痧不能吊水，容易送命。有人不懂，一有问题就吃药、吊水，结果导致不良后果。

古怪再不恶心呕吐，人又生龙活虎起来。幸亏听了聋太的话，请来了陈阿奶。否则，事情不好收拾。

陈阿奶手到病除，让古今愁和古怪心生感念。他特地带儿子去娘娘庙烧了高香，保佑陈阿奶和孙子阿布长命百岁，福寿双至。

十

陈阿奶家本是富户，年轻时在家是做大小姐的。织布绣花很在行，只是常遭匪患兵灾。没几年工夫，就将偌大的家产花得差不多了。其他几个儿女都外出谋生去了，只留陈阿奶在身边。陈阿奶养老送终后，守着空荡荡大屋子，过得孤单凄惶。

陈阿爹这时送上门来，她已错过了大好时光。人都快三十岁了，结结实实是个老姑娘。

接连生了几个丫头，陈阿奶心有不甘。快要绝经时，好歹盼来了儿子，那就是富珍。

阿布小时就像富珍。看到阿布就想到富珍儿时的模样，闪现在眼前。一晃几十年过去了，富珍在后山已好多年。后山茅草长疯了，有一人多高。小伢子们钻进去，大人都找不着。

她的这些医理和偏方都是在娘家做姑娘时偷学来的。不敢光明正大，老爷子不允许。姑娘家，会织布和烧锅就行了。读书求功名，是男人的事，学医行走也与女子无关。她偏偏留心，跟三叔学了些皮毛。要是敞开手脚学，那还不是医学院的高才生嘛。

就这点皮毛，还让她日后派上了用场。她后悔没多学点。没证没照的，不敢乱行医。自己和老头子有啥问题，都自己解决。

阿布有问题，也靠她，很少上卫生院的。

富珍的走，也许是上天的安排。他一个医生，平时没病没灾的，说不行就不行。快得措手不及，毫无准备。

富珍的走让她悲伤，阿布的来让她欢喜。生者为大，她也顾不得许多。

富珍的走，让她觉着德薄，她行善显多。阿布的来，让她觉着福厚，积德日隆。

古今愁是个浪荡子，在村里口碑甚差。她既看在聋人的分上，更不想区别对待。所谓好人，在关键时刻也会使坏。她门清。

包产到户时，生产队长一干人，就把好田留给自家，瘦田薄地就推给小姓人家。

张家、王家、李家都分得肥田阔地。陈家只给了几亩水田，离家很远，离河很近。一到发水季节，水漫金山，颗粒无收。她捏着鼻子，咽下这口气。生产队长口碑倒是好，那是得了便宜的人夸的。她才不信呢。

古今愁在村里名声不好，一有什么事，都赖在他头上。村里丢了鸡，认为是他干的；村里失了猪，也认为是他做的。她不信，古今愁不是那样人。她凭良心，不瞎指派人。

自家一只老鹅不幸走失。大家都指着鼻子骂古今愁不是东西。这不是拿屎盆子往他头上扣吗？陈阿奶做不来，也不屑于做。

后来，陈阿奶捞蛆给小鸭吃，在李家二懒的茅缸发现了大把鹅毛，才知道事情的真相。她也没再追究，只是奇怪李二懒当初叫得最凶，指手画脚，指名道姓说是古今愁所为。

古怪急火攻心，要找小水拼命，还是古今愁拉开了。让他们嚼蛆，老子毛都不少一根。其实陈阿奶当时就已经猜到三分。捞蛆捞出了真相，她就更确信了。

陈阿奶靠几亩瘦田，养不壮阿布，她只得啃老本。好在做姑娘时攒了些积蓄，该派上用场了。

阿布越来越大了，花销也多了。她从鸡下蛋中得到启发。从来不出门的人，信息和知识懂得就少。母鸡下蛋，然后孵小鸡。小鸡长大又生蛋。周而复始，既有鸡吃，又有蛋吃。这个朴素的道理她懂，也觉着划算。所以从来不把鸡杀绝，那就断了种。没鸡吃，也没蛋汤喝。

她将细软拿出，变成现金，放出去。放出去容易，收回来难。她格外小心，眼睛睁得大大的。什么人可放，什么人不能放。她打开了第三只眼，在额头上。多数放出去，有些赚头。

王家洼王青头，小时候就顶龙，点子特别多，眼一眨一个主意，眼一闭又是一个想法。伙伴们服气他。长大后，闯江湖。同龄人在砖窑厂拉板车，一身土一层灰。他衣着光鲜，抽红塔山。问起在哪高干，他天南海北给你兜转。转得你晕晕乎乎，找不着北。从他嘴里吐出的名词那么时尚，那么新潮。听者仰慕加敬佩。他说在南京做生意，想带一批人出去，跟着他干。保准有好日子过。那时听到南京、上海这些词，无异在天堂之上。

他说最近手头有点紧，生意做大了，转不开。问可有放"包子"钱的。三毛阿爸正好在其中，刚接了根红塔山。他感激着呢，正愁没法回报。一听说他要那个，就勇敢地站出，指点迷津。王青头又递了根烟，事成有你的好处。三毛阿爸更激动了。

来到陈阿奶家。三毛阿爸介绍了王青头。小王家离周村不远，名声在外。陈阿奶与人闲呱时，听说过。就是没见过年少成名的小青年。总算见到了，陈阿奶很客气。既留茶又留饭。特地宰了一只半年没下蛋的老母鸡，用瓦罐炖着。不大会，灶房就飘出缕缕清香。

喝茶时，事情就谈妥了。王青头来也不空手，带了中华鳖精和芬克欣营养液。陈阿奶非留吃饭。

她平时给散户一分息，王青头主动加码，给二分。陈阿奶激动得心脏怦怦跳，差点没跳出嗓子眼。毕竟年岁高了，大悲大喜都不合适。陈阿爹基本是个附庸，不发一言。眼睁睁看着陈阿奶从黑色塑料袋里掏出一千块，递到王青头手上。王青头眼里飘过一丝不易察觉的狡黠，很快恢复镇定。他呷了口茶，阿奶，您先忙着。我有点事，就不打搅了。陈阿奶踮着小脚，送出门。喝点鸡汤嘛！

王青头挥手之间，就消失在村尽头。陈阿奶本能地叹息一声。

说好三月回款付息，已经三个月过了十天，踪影皆无。陈阿奶有点坐不住了。她拄着拐杖，摇摇晃晃地去要债。

到了王青头家，门锁着。场基上蒿草丛生，虫鼠遍地，一看就知许久没住人了。问东问西，都说不知在干嘛。陈阿奶沮丧了，回来时几乎挪着步子。路上碰到小山哥。他俩家结过干亲的。陈阿奶也不当外人，一五一十地吐了心声。小山哥说，阿奶放心。这事就扛在我头上了。不出十天半月，就给您要回来。

说着容易，做起来却难。阿奶千恩万谢而去。小山哥挠挠头，想辙子。最终本钱要回来了，利息一分没有。据说王青头吃了闷棍，小山哥付出了一颗门牙的代价。

陈阿奶特地杀了一只乌骨鸡，请小山他们一家。

十一

这边刚消停，阿布淘开了。天气热，陈阿奶看得紧。阿布一直没学会游泳，连狗刨都不会。他觉得丢人，特没面子。小伢们一下水，脱得尽光。阿布只有老实坐着，看衣服，没劲死了。

一天午后，阿布和伙伴们朝双塘开去。塘水正深，汪着清凉和浅蓝，诱人得很。

伙伴们玩够了，疯累了，纷纷回家了。阿布落寞地走在后面。心情像被搅动的塘水，波澜起伏。我就要下水。他在心里反抗着。

于是折返回去，脱掉衣服，在浅水里缩着，好玩得很。他也钻猛子，学狗刨。钻猛子蹬远了，一下陷入深水区。他脚不能着地，两手就乱扑腾。

古怪丢了一块钱，怀疑洗澡掉的。他折返回来，后面跟着大狗苍黄。狗一到草地，就不停嗅来嗅去，突然汪汪乱叫。古怪正低头用树棍拨拉，看到苍黄叫得急切，赶了过来。苍黄正对着一汪塘水吼叫。古怪抬眼一望，塘里正飘着个人头，在水里一拱一拱的，像江猪。他放声高叫，有人淹死啦！

小山在附近田埂上放牛，李二懒正扛着铁锹巡田回来，两人几乎同时赶到。小山眼尖，首先看到草地上的衣服。不好，是阿布。

他要脱衣下水。李二懒将锹把一扔，衣服都没来得及脱，纵身一跃，跳入水中。准确地抓住阿布的后腿，拽上岸来。阿布已昏厥。

絮语

张正福作品集

李二懒指挥小山将牛牵来。他抱着阿布,横在牛背上。小山鞭打水牛。水牛一边哞哞,一边跑动。颠着颠着,阿布肚腹中的水就吐了出来。水冲出口腔时,呛着鼻子了。他一阵咳嗽。李二懒、小山、古怪长出一口气。

陈阿奶叫阿布晚上蹲着撒尿。阿奶将阿布的尿一饮而尽。给阿奶压压惊。陈阿奶还给阿布喊魂,连喊三天。

陈阿奶在观音像前握香作揖,连续三月,一日不落。

阿奶终于合上了眼睛,在世纪之交。当零点的钟声敲响时,阿奶已沉沉睡去。阿布眼睛湿润了,泪水溢出了眼眶。

良　缘

1

母亲喜欢做媒。这是她一大癖好。人家做媒，有一搭没一搭；母亲做媒一茬接一茬。她不擅劳动，善动嘴。

那时没有相亲节目，电还没全通，电视也稀罕。不像现在，珍爱网、世纪佳缘，成就了一对对，也拆散了一对对。更有《非诚勿扰》，上来的不是白富美就是高富帅，一个个看上去都像明星。线上牵手，线下分手。闹得轰轰烈烈，锣鼓喧天。总之是聚少离多，也就博个露脸的机会。母亲说这哪是相亲，这是炫富、斗财嘛。

母亲都快八十岁的人了，还喜欢赖在电视机前，什么枪战、武打、言情都不看，就喜欢看《非诚勿扰》。看得多，骂得也多。真牙基本光荣退役，满口都是假牙。可她做事从不参假，包括做媒。她戴着我给她配的老花眼镜，一本正经、兴致勃勃地坐在电视机前，评头论足。遇到对眼的，这小伙子不错，能成；碰到中意的，那姑娘不差，准行。她三言两语，要言不烦，简单明了。情节的发展基本按照她的思路来。她不是导演，却比导演还清楚。她不是当事人，却比当事人还明白。偶有一两对猜错，她惋惜地冲我喊：小尾巴，他们是不是搞错了？

我飞也似的从厨房奔来，妈，没您的事。您只管看，图个乐呵就行了，犯不着操这份闲心了。然后轻拍几下母亲的肩膀，安抚她激动的情绪，提醒她当心心脏。母亲其他都好，耳不聋，手不笨，头脑灵光，腿脚灵便。只是眼有点花，心脏有点异常。已是耄耋老人了，不错了。这节目既喜庆，也让人揪心。母亲时髦得很，这不是相亲，这是走 T 台，连这样时尚的话都能说出。母亲并未落伍，思想敏锐着呢。她对往事记得很牢。家里兄弟六个，每个人的生日不曾或忘。家里谁从她嘴里掏点陈年旧事，保准都能满足、满意。我的儿子、她的小孙子路漫漫一从城里回到奶奶身边，就缠着要讲古今。母亲讲着讲着就讲到我的身上。小尾巴，跟着我跑来跑去，吃了不少苦，也享了不少福。路漫漫就问，谁是小尾巴啊？母亲就指着系了围裙的我说，就是他啊。然后呵呵笑了。路漫漫和我都跟着咧嘴。讲着讲着就讲到做媒上去了。现在什么都搞得花里胡哨的，连做个媒还要上电视、上网。网里有鱼吗？空落落的。你在这头，她在那头，八竿子打不着的，也能凑成一对，变成一家。摆明了就是行骗嘛。

路漫漫，奶奶跟你说啊。你长大了，可不要去网上相亲。就在眼前找个称心如意的姑娘。听奶奶的，错不了。

我赶紧朝路漫漫挤眉弄眼，路漫漫心领神会，马上就接茬，听奶奶的话，走自己的路。我眉毛一扬，嘴巴一努，路漫漫迅速改口，听奶奶的话，走好路。

这才像我孙子。奶奶做了二十多年的红媒，没有一对不成，也没有一对分离的。家家和和睦睦，儿孙满堂。见到我哪个不客气。就是有夫妻脸红拌嘴的，请我去做和事佬，从没叫他们失望。

电视看完了，饭也吃好了。母亲跟我们一起回忆光辉岁月。

母亲做媒低调，不张扬，在不声不响中把事情就办成了。每成一次，就给母亲平添一分威信和声望。

有的是母亲找上门的，有的是慕名来的。不管是哪种，母亲都一视同仁，从不怠慢。她常挂在嘴边的话：做红媒，添十岁。

我从七八岁就跟着母亲，在十里八乡转来转去。把王屯的姑娘嫁到李洼，将沈庄的女子娶进刘冲。又将刘冲的妹子配给王屯，李洼的小姐姐许给沈庄。亲戚套着亲戚，朋友沾着朋友，来来往往，热热闹闹。

母亲就是能耐，但女子没有嫁到县外，男子没有娶到城里。母亲还有句口头禅：龙配龙，凤配凤，麻雀子儿钻草洞。

她说媒，也是看菜吃饭，量体裁衣的。不是葫芦僧乱判葫芦案，更不是乔老爷乱点鸳鸯谱的。

母亲做媒，牵线搭桥，有的我知道，有的我不知道。知道的我当不知道，不知道的听她絮叨。那一段光辉岁月，印在脑海，贴在脑门。每当说起，容光焕发；常有提及，兴致盎然。

母亲一不开心，我就哄她说说做媒的事，她就气消火灭，颜开了。

2

早年乡村，家家都穷。茅屋连着茅屋。偶有一两家砖墙瓦顶，来说亲的踏破门槛。

皇甫旺是村里大户，家里儿女众多，都是劳动好手。四女登科，一个比一个水灵，一个比一个能耐。大女儿春草，二十多了，还没成家。她心高，周围十里八村的人都看不上，没一个入法眼，于是一直孤着。二女儿夏荷已经怀着身孕了。三女儿秋月正值豆蔻，小女嫩雪刚上小学。春草葳蕤，挺拔摇曳。

正当年的小伙们眼馋得很，总想盯梢。春草没读书，不识字，但劳动起来不逊男子。双抢时，她是绝对主力。皇甫旺体弱，有气管炎，干不得重活。她重担在肩，当仁不让。打稻挑稻都是她的事。其他姊妹，只有打下手。忙不过来时，二妹夫来家帮衬。抬桶，需要双人，一人实在没辙。如果能，春草都想包揽。打稻，就要挑稻。两稻箩稻子很实沉，还滴着水。春草不假外人，亲自上阵。秋月心疼姐姐，每次装半。春草急了，又添到满箩。累了，可以歇一下。半箩，挑到啥时啊！姐，别加了，累得不长个子。秋月又从里扒掉一些。小妮子，不懂姐的厉害。春草在秋月的鼻子上刮了一下，拿起扁担，挑上一担稻子，稳稳地起步。女孩家，毕竟爱美，怕脏。稻田里蚂蝗多，飞虫也多。男子不怕，都卷着裤腿。女子不同，长衣长裤。裤脚用绳线捆扎紧凑，防虫钻蝗咬。就是捆扎好了，蚂蝗还叮着脚面。习惯了，不怕。弯腰捉住，扔掉，就像抛开一颗石子。

春草挑着百来斤的稻子，走在路上，肩都不换一次，一口气到家。村里男劳力见了，感喟，皇甫家养了一个真儿子！女同胞见了，赶紧避让，既脸红，又心怯。这样的女子谁娶到是谁的福分。

陈巷女子喜外嫁。同村青梅竹马的有，两小无猜的也有。一到谈婚论嫁，就都炊了，没有一对成的。

王不显是村里能人，很早就在外浪。仗着一身手艺，吃香喝辣的。别人砌灶台，七处冒烟，八处冒火。很不好烧，烧锅的人呛得掉泪，还费柴草。王不显砌下的灶台，好烧不费柴。

我那时还小，就知道陈巷有个王不显，能得很。家里的灶已烧了多年，有裂缝，快要倒闭了。母亲发狠不将就。他老早就跟小王打招呼，有空来家里砌灶台，管饭还有工钱。

王不显对母亲很尊重，知道她嘴皮子溜，能说会道，是远近闻名的媒婆，谁也不敢招惹。年轻后生见了，更是毕恭毕敬，礼遇有加，都指望母亲有朝一日给他说来一门媳妇。

王不显在外做瓦工，见多识广。一般女子不放眼里，更不放心上。给他牵线的不下十数人，他都婉拒。连说自己还小，不着急。

他母亲急得直跺脚，这个枪铳的。高不成低不就，这个不行，那个不照，到底要找甚样人。都快三十岁的人了，就等着秃屁股吧。

老妈妈，你要是有合适的，就给他寻下一门，只要蹲着尿就行，甭管她黑白美丑。女人哪有丑的，拾掇拾掇，都很漂亮。就是丑的，晚上睡觉，把灯一吹，黑灯瞎火的，也分不清。

母亲记着不显妈的话。只要有，肯定会想到不显的。不显本领大着呢，还能讨不下媳妇，包在老身头上。

吃了定心丸，不显妈也不甚着急了。有事没事都给母亲捎点豇豆，摘些茄子。有时奉送一颗冬瓜，递两根丝条。母亲也不推辞，慨然领受。她绝不白拿，心里已有算盘。

李洼有个女子，念到高中，大学没考上，就在家歇着。有时帮家里干些农活，晒晒稻子，洗洗衣服。人白净、温柔。个头有

1.6 米还多，高挑、瘦削。和不显真是天造地设的。母亲去李洼串亲时发现的。当时就拍大腿，这事没准能成。女子已 20 岁出头了。虽然不显快 30 岁了，但不觉老，还嫩着呢。

很快就提上议事日程。两家在拉呱时，母亲提到了这档事。不显阿妈喜得眼泪直掉。小镗炮子的，再不成就真要绝后了。

两家一合计，说干就干。母亲牵头，将不显和他妈引了过去。事情很简单。王不显看了一眼，说太文弱了，咱家供不起。女人烧锅带伢，洗洗抹抹，不干重活。还不满意吗？

女子对王不显很有感觉，点头同意交往。王不显无奈，母亲挡在前头，不得不同意先交往着。

交往几次，发觉女子有个癖好，喜欢吊书袋子。不显不懂，脸红。我只会砌墙盖屋，别的不会，更不会读书。十几岁还在上小学。村里同龄伢们都下田劳动了，他也撂挑子了。将书包一甩，直接下田。高小还未毕业。大道理哪懂，小道理也不清。跟这样女子过生活，累。于是他找借口，再不搭理人家。

母亲知道了，难过得很。你也是有手艺的人，娶有文化的女子，不亏。不显喏喏，一个劲地点头。我怕消受不起，大妈。

那你到底要找啥样人？过日子，当然能干的。漂亮不是第一考虑。如果既漂亮，又能干。那是最好没有了。

你看看，春草咋样？春草正挑着粪桶，去田里施肥。担子不轻，压得直甩。

不显眼红了，嗫嚅着：我俩家有疙瘩，我怕阿妈不同意。

我早就知道。不然，我还不给你们撮合。

原来皇甫家与王家有隙，村里尽人皆知。皇甫旺家四个女儿，没有儿子。这是他的心病，觉得在陈巷抬不起头。他有点霸道，喜欢水面。村里有个池塘，四周柳树成荫。池塘里夏天有荷花、莲藕；秋天游弋着麻鸭和呆鹅。都是皇甫旺家养的。鹅与鸭趁人不备，经常蹿上岸，偷吃不显家场基上的稻谷。一天被不显阿爸发现了，打死打伤了几只。两家的梁子就结下了。

本来，春草和不显关系不错，经常一起打猪草，一起放山羊。自从那事后，两家就断了来往。皇甫旺后来干脆将池塘筑坝，挑泥，砌得老高，鸭子与鹅再也没机会吃食。春草养过一阵，后来嫩雪也养过一阵。池塘里的柳树长得老高，遮住了太阳，赶跑了月亮。不显阿爸更不痛快。两家又吵了一通。

不显和春草见面都低着头，谁也不肯首先说话。春草一低头，就低到了二十岁。不显也是，见了面，脸红到脖颈子。

每到冬闲，家家出力要挑坝埂。不显去了，春草也去了。都分在一组。毕竟是女伢，力量到底小。春草不服，心里攒着劲，她也想和男子一样。每次铲土，不显都少给。春草硬要，不装满不挑。一次小雨，地上滑。她和男人一样挑着百来斤的担子，往高处赶，没走多远，就滑倒了。土块泼撒，人也歪倒，弄得混身脏臭。

不显同情，慌忙赶去，扶起春草，脱下外套，让她换。春草投来感激的一瞥。不显脸又红了。他怕嚼舌头的。

这事要让皇甫旺知道了，还不要打折春草的腿。自从两家吵嘴，皇甫旺就抛下狠话，我家女子就是嫁不出去，也不找姓王的。就因为这句话，王不显曾经想改名换姓，跟母亲姓，叫及不愿。父亲发了大火，要是换姓，就别踏进王家门。我没有你这个孽种，算是白养了。为了一个不是媳妇的女人，连姓都不要了。这样的瞎火养也是白养。父亲气得病了很久。病好后，每当提起这事，手脚还在发抖。

在乡村，不跟父姓，是大逆不道，要被打入另册的。王不显为了能跟春草结缘，竟然动如此歪念。不可饶恕。父亲火发了一通，还一通，就没消停过。

王不显大了，愿意学门手艺。学木匠太苦，三年未必能出师；学铁匠太累，五年也不见得能成。俗话说一打铁，二放血。打铁每天烟熏火烤，夏天热如蒸笼，光着膀子打铁，依然一身臭汗。放血就是杀猪，杀猪是杀生，弄不好要绝后。人心善，干不了这一行。三姑父是打铁的，找他学徒，一句话的事；二姨夫是屠户，向他学杀猪，也是手到擒来。学打铁，他力量不够；学杀猪，他心不够狠。那只有学木匠，大表哥就干这行。出师多年，远近有名。学木匠家伙太多，要这个工具，要那个錾头。每次出工，都背着箱子。墨斗、直尺，刨子、錾子、锤子一应俱全，一个不能少。少了哪样，就没法开工。不显烦得很。这些家伙置办起来，费很多钱，也费很多事。他想想不划算。就是再聪明，也要两三年，不然出了不师。

他想还是瓦匠好学，不到一年就能学成。他跟五舅后面，一准能成。阿妈请了五舅一顿，算是拜师礼。尽管是亲戚，必要的礼节不能省俭。不显磕了头，拜了师傅。

他悟性高，半年就成。一般的灶台都能砌。事情比预想的还顺利。一技在手，天下走。他成天口里叼着烟，嘴上抹着油。给人干活，好处少不了的。

到了嫁婆年纪，也该成家了。王不显一个头两个大。来提亲的踏破门槛，就没一个中意的。其实也有好姑娘，无奈不显心头有人，总找借口推挡出去。

母亲眼光毒，看人准。知道王不显眼里装的是谁，但她不能点破，必须要王不显自己承认。不显给我家砌灶，母亲认为机会来了。

3

灶台砌好了，情况也摸清了。王不显果然中意春草。可两家有龃龉，心中都结着疙瘩，咋办呢？母亲端来溏心蛋，请不显吃。不显死活不肯。我有求于您，哪能受得住？吃下，你是替灶王爷吃的。不吃，就是我灶下无火，锅里没粮。王不显就不推辞。

我给你家办事，这事要成，少不得你家要给好处的。这个媒不好做。不仅是伢们的事，还牵扯到两家大人。

你先把心思放肚里。老身做了多年的媒，没有不成的。明显做不成，我也不费那口舌。

你阿爸阿妈要放低姿态，表达点歉意，总该有人要低头。不是你家，就是她家。你先做自家工作，我来做皇甫家工作。办不成的，一个子不要，茶水都不喝一口。

灶台砌好后，王不显拔脚就走。母亲要给工钱，他死活不肯收。

母亲只得应承下来，办不成，老脸往哪儿搁哟。

母亲最得意的事，就是说服皇甫旺，让王不显顺利娶到了春草。多年过后，王不显还感念她的恩德，每次过节过年都要拎几样糕点来看望。即使他儿子上中学了，也不曾中断。王不显每到人前，都不忘提母亲，路大妈真叫牛。事情本来一点希望都没有，竟然把我岳父说动了心。她真有一张巧嘴和铁舌。不服不行。这一行饭也不是好吃的。他们夫妻感情好得很，一个主内，一个主外，将日子过得红红火火。由于离得近，春草也能顺便照顾父母。皇甫旺一次生病，倒在病榻上，差点没救起。夏荷和秋月都嫁得远，嫩雪考上大学，嫁到城里，好几年才回来一次。远水解不了近渴。幸亏听了路大妈的话，不然也活不到今天。我不仅养了女儿，也等于养了儿子。不亏，不亏！

母亲最打动皇甫旺的话，就是你不能保证你每个女儿嫁得近。你只要点头，春草和不显就可以照顾你一辈子。他们就在你身边。过去的事，就让他过去。上辈的事，何必要牵扯到下辈。

刚去时，皇甫旺脸铁青着，眼里喷出的都是火。他都不请母亲就坐。母亲一直站着，站得腿酸，胳膊疼。茶水都没喝到一口。今天不行，明天去。说得口干舌燥，热汗淋漓。

就冲不显不要工钱，她也要把皇甫旺说通。最后，春草妈在旁边打圆场，皇甫旺终于松口。要不是看在你路大妈的面子，别说提亲，就是打我家门前过，都要啐他一口。不显不是孬种，有人样。我也不敢保证，他娶了春草，会不会变。要是变了，我可要找你路大妈的碴。

撮合王不显这桩婚姻，母亲最为得意。母亲还和皇甫旺家来往不断，也和王不显家不时唱答。不仅化解了两家宿怨，还让两家结了亲。

这是母亲引以为傲的事。过去多年，母亲提起，依然满脸春色。

接亲那天，热闹异常。两家同在一村，相距几尺之遥。接亲本可以几步路就能到，但皇甫旺不同意这样潦草简便，非要绕道接亲。从东边走，抬着两爿猪肉，两条大鱼，一行人吹吹打打，绕过马洼、陈村、李庄，走了半天再绕回来，到达皇甫家。春草脚不沾地，被堂弟小毛背着从屋里出来。家人照例要哭，哭得越大声越好，哭得泪水越多越好。在啼哭中，鞭炮齐鸣，锣鼓喧天。

床褥、痰盂、枕头，清一色红彤彤。缝纫机是最大件，农村陪嫁这样的东西，保准家道殷实。抬着缝纫机的俩人左右耳朵上都夹着烟，满面红光，一边走，一边笑，笑得天空瓦亮，碧色如洗。

未拿嫁妆的就跟着，插科打诨，笑得前仰后合。就等着晚上的酒席，开怀畅饮。还没吃到，嘴角就咧开了。

绕了一大圈，就是为了昭告和显摆。皇甫家嫁女儿，敢于付出，不是白嫁。沿途村上人，啧啧称奇。皇甫家春草终于嫁掉了，还陪这老多的嫁妆，不简单。人们指指点点，或摇头或点头。和春草熟悉的，就说女子有福气，嫁给了瓦匠，比杀猪的强，比打铁的好。春草算是从糠箩跳到米箩了。有人竖起了大拇指，春草经过时，拇指直晃。春草脸上挂满春色，像清晨的芭蕉叶，像雨后的山茶花，娇艳欲滴。脸酡红着，像西天的晚霞，像庭院的朝露。

兜兜转转，来到夫家。老远鞭炮就开始鸣响，一刻不停，震耳欲聋。热闹追着喜庆，喜庆赶着热闹。伢们在场基上围了一大圈，等着抢糖果糕点吃。不显领带西裤皮鞋，要多好看就多好看。头发也打理得油光锃亮，滑倒苍蝇。当新人来到，鞭炮和雷子响得更欢。撒糖开始，抢糖也开始。撒下的有大白兔奶糖、糕片、枣子、花生等。伢们撅着屁股捡拾，忘了捉弄新娘新郎。新人趁机溜进洞房。

晚上酒席开始。我有幸和母亲坐在一起，是主桌。母亲是媒人，尊崇异常。人们纷纷向母亲发出肺腑的感激。母亲笑着回应，招手致意。路大妈，给我家小三也说门亲事，给我家阿毛也讨个老婆。母亲呵呵笑着，中，中！好女子多得很，只要勤劳，只要肯吃苦，哪有讨不来老婆的道理。俺们陈巷钱显都考上了南开大学，啥样女子找不着。

你们都是好样的，一样能讨下好女子，过日头。

连吴傻子都娶了亲，虽不是婆子介绍的，却也是陈巷的荣光。你们愁个屁啊。一个个生龙活虎，彪悍有力。

小伙子们听了心花怒放，大婶们听了喜笑颜开。席间一个个过来敬酒，路大妈，喝一口。不喝就是不给找老婆。俺家伢子就要找春草这样的俊女子，要财有财，要德有德，能耐得很。

酒席时，上了八冷八热，人们吃得口角流油，眼冒泪花。给俺们赶上了好时代。几多时，有这么排场的。

不显和新娘挤在人缝里，挨桌敬酒。有人说百年好合，不显就喝一口酒；有人说早生贵子，不显又喝一口酒。这个喊，那个叫，不显一杯接一杯。

我在酒桌上，尽情吃喝，吃得肚子溜圆。有甜品莲子银耳汤，好喝很。我喝了两大碗。鸡鸭鱼肉，应有尽有。有人开王不显的玩笑，瓦刀一响，黄金万两；瓦刀一抬，财路大开。王不显笑得前仰合后。他听了开心。陈巷人会来事，很早就有人外出打工。刚开始给人做小保姆，慢慢摸出门道，也做卤菜生意。有的富得不能动，有的肥得走不开。回家给老弱病残送钱，还到庙里烧香。土地公公面前一跪，纸钱和真钱同时烧下。真钱还不少。

烧得穷人牙直龇，嘴直撇。作孽，作孽！有人竟然开车回家。这是陈巷人的破天荒。有人瞪得眼睛溜圆。不得了，只有大干部才坐得起，没想到小百姓也能坐现代汽车。虎得没见识的人一愣一愣。人有多大胆，路就有多宽，宝马良驹任你骑。

陈巷人真不简单。原来人多地少，为了一口吃食，搞得邻里不和，亲朋反目。皇甫旺家和王不显家不就是活生生的例子吗？要不是结亲，两家说不定还不来往呢。这要感谢路大妈。宁开一门亲，不结一门仇。外出打工的，做买卖的，回来一身光鲜。钞票像纸，花得一点不心疼。在土里刨食的人哪见过这场面。舌头吐得老长，像吊死鬼。看来国家真富裕了，窝在陈巷就是没出息。

盖房子的明显多起来。土墙推倒，翻盖新砖房。不显有一身绝活，干起事来聪明得很，一个当俩用，自然工钱也高。他都忙不过来，再没空替人砌灶台。这活挣不了俩钱。

干出名堂来，他拉起队伍，自己当包工头。也不亲自捉刀，只指挥调度就行了。中华烟不离手，毛峰茶不断杯。整个人派得不行，潮得闪眼。

春草嫁过来，刚好可以铺张一下。每个人都很满意，都腆着肚子，笑着离开。不显送得老远，烟不停地递过去。来人也不客套，喜宴喜烟，抽了长命百岁。于是呵呵着离去。

4

生米做成了熟饭，敲定了不显和春草的姻缘，母亲在众人心目中地位陡增，上门求婚的人络绎不绝。母亲一一接待，每人都吃颗定心丸。那时做媒，没啥油水。最多结婚时，男方给一个红包，一条糕一包烟，仅此而已。母亲刚开始做媒，全凭热情。在财务上从未考虑过。她压根就没想要赚多少钱，更未明码标价。

后来城市里热衷婚介所，完全是冲经济效益来的。介绍一个多少钱，成不成与她不相干。她只负责拉人头，牵线见面，能不能成不打包票。我后来到城里工作，想母亲那时搞定的姻缘不下十多对。她一个子没收，放在当下，亏吃大了。

母亲给人做媒上瘾。一段时间没有客源，急得百爪挠心。她喜欢走动，今天到马洼，明天到刘冲。那里都有亲戚。马洼是母亲的娘家，离家不远，走半个钟点就到了。舅舅家的侄女们眼看就大了，到了该嫁娶的年纪。她拿眼瞄着，心中有了念想。刘冲，她的姐妹，我的三姨娘嫁在那儿。她也可以常跑，不是白跑，有目的。

每到一地，就跟熟人瞎掰。看似无心，实则有意。陈巷有那么多半大小子，也都到了娶亲年纪，一个个家长急得抓耳挠头。恨不得今天谈，明天就娶。恋爱要谈长，婚姻要续久。母亲懂得其中的道道。别人不知，她门清。

自己的侄女凤姐大了，人长得还不错。可惜害牛皮癣，脸上和身上有白斑，难看。头发由于害疮，也剪得一块一块的，真不好看。舅妈急了，凤姐没人要咋办？都二十岁多了，没一个提亲的。母亲回娘家时，舅妈就跟母亲絮叨，看能否在陈巷找个后生。

母亲一口答应，毫不犹豫。凤姐不差，就是有点皮肤病。能生能养，不怕。母亲虽然这么说，多半是安慰舅妈。她自己心中也没底。凤姐走到人前，模样不讨喜。由于涂药膏，身上有股味，不好闻。即使是侄女，母亲也忍不住厌恶。舅妈也很烦，凤姐在近前，她也捏鼻子。凤姐因此很自卑，有喝农药的冲动。一次关上房门，就要寻短见，还是舅妈及时发现，阻止了。从此舅妈对她再无任何不满的表示。一心安慰她。凤凰城这么大，总有合适的。再不成找个瘫子，嫁个瞎子也可以嘛。要想开点，皮肤病又不是绝症，怕什么嘛！

凤姐得到宽慰，也就打消了隐世的念想。在家什么活都干，舀粪挑粪都是她的事，割稻插秧是她的事，烧锅做饭也是她的事。

有人暗暗夸道，要不是皮肤病，凤姐谁娶了谁有福。

母亲突然有了信心，凤姐能嫁出去。她在脑中盘桓，陈巷究竟哪家可以。家里不能太富，富了就挑；也不能太穷，穷了气短、遭罪。最关键的一点，小伙子要人品好，长相在其次了。

在脑中捕捉了一通，终于想到一个人，朱顺昌。唠嗑时，顺昌阿爸最近还提起过，路大妈要有合适的，给顺昌也介绍一个，能蹲着尿的就行。母亲一想，眼前人就是胸中人。凤姐不是假小子，自然是蹲下尿的，只是斑秃和牛皮癣遮盖她的美色，让人看着揪心、望着心疼。其实也很实用的，接回家一样可以睡觉烧锅，还能生养。这病也不遗传，顺昌娶了也不亏。

母亲就在舅妈面前提起。顺昌母亲早殁，家里有个老父亲，下面一弟一妹。妹妹顺芬长得羞花闭月，主动攀亲的人多如牛毛。妹妹一个没相中，一次赶集，却看中了一个黑不溜秋的人，离家还远。老父亲死活不同意，声言要断绝父女关系。即使是这样的威胁，也撬动不了顺芬的心。父亲心中有个小九九，家里条件不好，如果顺昌再找不到合适的，就让顺芬换亲。顺芬一意孤行，让老父痛恨。嫁出去就别踏进朱家的门。嫁出的女儿，泼出的水。这种脏水他也不想要了。

顺昌也急，他没正当营生。只在农闲时，在红白喜事上，吹吹唢呐。他还没弟弟吹得好。换气不行，中间总断档。弟弟吹得就是好，一气呵成，绝不中断。这是祖传。父亲也吹唢呐，吹得好。父亲的父亲也吹得好。父亲得了个绰号叫大喇叭。附近村寨一有红白喜事，就想到他家。人们一看到他家，就想到红白喜事。顺昌练了很久，就是缺一截。中间非得停下来换气。于是吹出来的曲子就不连贯。有人要求高，不愿请他，而总想请大喇叭和顺荣。

顺昌吹唢呐不在行，收入就少。除了下田劳动，就剩下写毛笔字。毛笔字是他的绝活。他少时顽皮，会写标语大字，练成了一手绝活，毛笔字写得比刷标语还工整。他成了远近名人。他得了绰号标语哥。

改革开放后，他的字不再吃香。但爱好种下了，没事就在家写大字，练标语。改革了，又开放了。人们只一个劲地往钱眼里钻，谁还稀罕那个。他就无用武之地了，下田种稻。种稻只能维持温饱，想日子小康，却也难。二十五六岁了，还未娶亲。头上偶尔也冒出一两根白发，怕是急的吧。就经常看到他皱眉的样子，估猜心事重。

大喇叭提到给顺昌说亲，母亲眼前一亮。他家虽小康不足，但温饱有余。刚刚好，天造地设，一拍两响。母亲刚一提出，并要介绍女方的缺陷，大喇叭噌地打断了。他连说三个好字。是你家侄女，最好不过了。那时母亲在陈巷代表着信誉和威望。能跟路大妈家沾亲，好事少不了。

母亲牵线，两家人就见了面。来往过几次，半年后就结婚了。只要有饭局，母亲总是带着我。我不仅是家里老幺，博得母亲喜欢，更主要的是我还小，好带出门。我是母亲的小尾巴，这个权利谁也不能剥夺，连五哥都不行。五哥虽然年龄不大，可个子已蹿得老高了，带着不合适。于是我理所当然，心安理得地享用着丰盛的喜宴。

5

顺昌娶了凤姐，大喇叭很高兴。凤姐能干，烧锅做饭，扫地浆衣样样能来。大喇叭逢人就夸，见人就谝，整天笑得合不拢嘴。

一日又跟母亲提起，顺荣也该娶亲完室了。问母亲可有合适的。母亲想都没想，中！大喇叭又高兴了，喇叭吹得震天响。有好菜也不忘给母亲带一些，让伢们打打牙祭。有红烧肉，兔子肉。这是不常有的荤菜，我们见到，眼里放光，额头锃亮。

顺荣一晃眼，也二十岁开外。冬天老人去世多，活也就多。他穿着旧夹袄，裹着破喇叭裤，出门给人吹唢呐。顺荣长大了，大喇叭就很少接活了。一有活，就指派顺荣去。顺荣倒也勤快，不推不挡。于是在寒风中，在冷雨里，经常看到他的身影。

三姨娘住刘冲。母亲常去。大喇叭的话母亲重视。她走亲戚是真，找女伢也真。三姨娘寡居，儿女都打工去了，像鸟一样飞走了。烟囱里很晚才冒出一缕白烟。烟火在，人就在。烟升起，人就活泛。母亲去，三姨娘总少不了打蛋泡茶。我也跟着享受。三姨娘手拙，嘴也拙，不甚灵动。嫁人也潦草，随便找了个人就嫁了。夫家穷，夹带着病。三姨娘就没好日子过。生了几胎，男人就归西了。她硬撑着将伢们带大。家里穷得伤心。母亲每次去，自然不让三姨娘破费。泡茶打蛋的事就免了。有时只喝点白水。白水必须喝，不然三姨娘难过。母亲每次去，她都高兴。拉着不让走。母亲说，我只是来看看。你一个人待着总不是办法，给你相一个。三姨娘脸就红了。都什么时候了，二姐还打趣。母亲一本正经，三姨娘就不作声了。

她常来，就和刘冲的人混熟了。有富裕点的人家，拖拽着不让走。二姐来啦，难怪老早就喜鹊叫呢。敢情是贵人到了。来人就拉到家里。母亲假意推辞了一番，就落座了。我也跟着享受了美餐。

哎哟，你家女子好俊，还没找婆家吧？让老身给你牵根线。母亲饭后捧着茶，唠叨开了，一说两合。女子扎着两根麻花辫，脸白如雪，眼眸亮闪闪。一看就是精当的女子。

女子赧然低眉，咯咯笑着，跑开了。大人就接了茬，谈着谈着就拢了。

三天后，带着顺荣去提亲。顺荣一看到女子，眼中放光。真是好看，怕拢不住呢。顺荣扯了一下母亲的袖子。母亲继续说笑。这事还真成了。母亲不仅给顺荣添喜，也给三姨娘牵线，让她也有了归宿。

小尾巴，快开电视，《非诚勿扰》到了。母亲一副急不可耐的样子，我正系着围裙在灶间忙活，忘记了这茬。路漫漫迅速从房间冲了出来，奶奶，我给你开电视。母亲笑了，脸上布满一片祥云。

天 狗

1

  我在墙角边偷偷地啃着一根骨头。骨头上面还有点陈旧肉末，我装作津津有味地啃啮着。其实，啃久了，早就了然无味，乏善可陈。我之所以啃得那么欢，一是因为我确实饿了，二是希望我的举动能得到主人的怜悯，赏给我一根还未啃尽的牛骨马骨或驴骨猪骨都行啊，当然有象骨就更好了，那家伙大得叫人 high。（别看我是一只脏不拉几灰不溜秋的小狗，还懂几句洋文。我的出身可是很高贵哟。说来你可别不信，我可是正宗舶来品。我的前任主人是金发碧眼高鼻深颧的正牌美国人。我是在牙牙学语时乘着飞机坐着游轮被带到上海的。我身上有四分之一哈士奇与博美犬的血统。我既有温驯可人的一面，也有凶狠残暴的一端。不知何故前任弃我而去。现任是个泥瓦匠、勤杂工或者什么都不是。他也不知出于什么心理，粗粝的大手掐着我娇小细嫩的脖子就回到了老家。）虽然我不一定拖得动，但心向往之。再不行，主人能丢给我一个鸡骨甚至是小鱼骨也行啊，哪怕就是一根鱼刺，我也感激涕零，感恩戴德，感激不尽。毕竟是主人的恩赐，我能不怀着感恩的心，我就得感谢他八辈子祖宗。主人似乎洞察了我的鬼胎，瞪着绿莹莹的眼睛，闪着蓝宝石般的光芒，然后一阵得意的狞笑，接着就扔给我一个棒槌，巧妙得紧，不偏不倚，打中了我的狗腿。于是我就折了。我拖着残废的狗腿，本能地发出嗷嗷叫的天音，尖利的声音像窗户上打碎的玻璃，刺耳而悲凉。我躲进了狗屋，舔舐着滴血的伤口，权当是我红色的大餐。我嗜血而眠。但痛楚渐渐洇湿了我的内心，无法排解，只得发出呜呜的咽声，权当是我的催眠曲。我竟然在痛楚中睡着了，但被饥肠辘辘搅醒了。我辗转反侧，夜不能寐。透过透明的铁栏杆，我点数着闪烁的繁星。繁星朝我眨着调皮的眼睛，我也回报它一个无言的沉沦。繁星嘲笑我的无能，为何不逃出这地狱之门，还在这里苦苦哀吟，叫同类不齿，让狼族愤恨。再投给你一个石子、一个土块，甚至是一个粪坑，让你在疼痛中死亡，让你在肮脏里葬身。我一个寒战，鬣毛直竖，顶撞着四壁的牢笼，恨不能冲出去狂奔。我的呜咽惊动了主人，他拿起杀马鞭抽打瘦骨嶙峋的我。脊梁断了，脊梁断了，我再不敢发出悲声。我将痛苦与沉闷统统埋进皮肉，藏入骨头缝里。

一个被打折了腿的狗还能嗷嗷叫着，一个被打断了脊梁的狗只能匍匐在地，寸步难行。

天快亮了，雄赳赳的公鸡在母鸡群里欢快地叫着，叫退了天边最后一丝乌云。脸盆般的太阳渐渐流露出了红晕，羞赧的样子简直就是一个少女在怀春。露珠给鲜花以滋润，那湿漉漉的模样叫人说不出的欢欣。母鸡嘎嘎着，公鸡绕着母鸡自豪地打鸣。太阳都成了你的情人，瞧那一抹酡红，就是倾心于你的罪证。说着，主人就扔过来一把砍柴刀，公鸡的脖子血淋淋，倒地噤声。

我闭上了沉重的眼睛。我一夜未眠，已经困得不行。我没有兔死狐悲的心情，却在胸头涌起一丝隐隐的残忍。叫你得意，成天围着一群母鸡，想上谁就上谁，想追谁就追谁，追不到还不罢休，围着墙根追，绕着大树追，甚至还飞到树上追，直到对方服服帖帖为止。

我开心地笑了，公鸡你也有今日。终于看见你被主人修理了。叫你一天到晚得意扬扬，无忧无虑，妻妾成群，美女成堆。想到这里我却不由自主地掉下了两滴鳄鱼的眼泪，左边一滴，右边一滴。我都奇怪，我还有同情心。我不知道这泪是为谁流的，难道是为那只雄赳赳的公鸡吗？还是为折了腿断了脊梁的我而流？我知道我的心不是铁石铸就，却是结石而成的。我是没有同情心，我不具有同情心的，我不具备同情心的物理资质。

2

天亮后，我匍匐前行来到主人面前，再不敢发出呜咽的声音，不管是抗议也好哀号也罢我都不会。我的眼边挂着两行泪珠，在太阳折射下，熠熠生辉。主人看我一副可怜兮兮的样子，似乎良心发现，忽然同情心大起，朝我扔来一根骨头。我也不敢打量这是猪骨、鸡骨、马骨抑或是牛骨，即便是同类的骨头，我也得装作欣然接受。我痛快地吸吮着，贪婪地啃啮着，有滋有味，津津乐食。主人看到我那副馋猫的样子，扑哧一笑。这一笑让我胆战心惊，浑身筛糠。我叼着那条还未啃尽的骨头，跛着一条瘸腿，无脊而行。吃过"大餐"后，我竟然呼呼成眠。在睡梦中我变成了一条蚯蚓，被斩成几段，依然还能满地翻滚；忽然又变成了一只墨鱼，喷出乌黑乌黑的汁液，企图迷惑敌人，获得重生；再幻化成一只狼人，怀有一颗凶狠而残暴的心。在与同族的打斗中我获得了胜利，从此威风凛凛。主人的棒槌和杀马鞭再也不能近身。我的威风惊动了四邻，他们纷纷捧来酒菜，请我畅饮。我豪气干云，喜气盈心。

我美梦快要成真，突然疼痛难忍。原来一个蝎子窜入我的眼睛，吓得我屎尿失禁。我张开血盆大口，将该死的蝎子咬昏，然后得意地想重新睡眠。它打碎了我的美梦，使我虚汗淋淋。尽管是黄粱一枕，我依然觉得口齿生津，滋滋于心。

醒了就醒了吧，我再也不能成眠。我拖着瘸腿，看到一只花呢猫在酣睡。我突然心生愤恨，蹑手蹑脚来到她的跟前，用我的臭嘴给她一个强吻。她突然苏醒，惊惧中瞪着鼓凸的眼睛，吓得我豕突狼奔。

我看到一只乌龟在大地上慢慢爬行，它那悠闲缓慢的样子可以被我欺凌。我轻轻来到它的跟前，本想喊它数声。它却把头缩进脖子，似乎懒得搭理我。我心下气愤，一口咬住它的背壳。乌龟毫不在意，依然想前行。我索性将它弄个四仰八叉。它四脚朝天，胡乱折腾。我坐在一边笑得肚子疼。山羊走近前，看到我如此行径，不禁大声发出狼吟。该死的山羊竟然还操这份闲心。我继续干着暴行，我只把它当成烂木废柴一根。一个衣帽严整的士大夫经过，陡然暴喝：狂徒，以强凌弱，还不滚开！我会以笔为枪，将你杀于无形。到时你会被万人唾骂，千人踩踏，终生不得翻身。你们狗类，除了看家护院，就是仗势欺人。遇到有钱有权的主子，叫得比谁都深。龇牙咧嘴的样子恨不得将来人吞进肚子里。有何德能，在此叫嚣狂吠。我经此一吓，哆嗦着离开了乌龟，口里喃喃自语：闹着玩还不行吗？我也没伤害那只猫。

晚上月亮出来了，我又好奇地对月吠叫。主人恶狠狠地说：该死的东西，叫什么叫，连月亮都没见过吗？我立刻哑口。

我舔舐着松软的皮毛，闷闷不乐地钻进了狗笼……

3

我吟诵着庭院深深，装作一个公子哥们，宽襟长袖舞东风，独留青葱向黄昏。主人不知从哪弄来了钱银，装扮得格外迷人。住进了深宅大院，养起了小蜜情人。小蜜情人身后总是尾随着狮毛小金。小金长嘴短吻，十分温顺，见到主人总是舔舐着他的红脸黑心。主人看着情人的份上，送给她一个飞吻，送给她一个甜心，送给她一个温馨。小金摇摇尾巴，简直就像孔雀开屏，逗得主人呵呵一乐，十分开心。情人依偎着主人，主人缠绵着情人。情人情到深处，喘息不匀。主人更加肆行，将情人弄翻了身。小金眼巴巴地看着主人，瞅着情人，不知是走还是哼哼。情人太腻人，总是缠着要穿金戴银，稍不恩准，就闹得鸡犬不宁。主人终于不安分，赶走了情人，踢走了小金。小金摇尾乞怜，脖子上的铃铛发出清脆的响声。那是主人亲自给戴上去的，算是给情人的赏金。

这一响声差点要了小金的狗命。被抛弃了的情人找不到泄恨，咬着尖牙利齿一使劲，就将小金的铃铛拽入了手心。她这一使劲让小金顿时胸闷头晕，嗷嗷惨叫，满地翻滚。柔顺的皮毛也

287

变得凌乱不堪，看上去就是一条丧家的小金。好久小金才缓过劲，睁开幽幽的眼睛，眼睛里泪光莹莹。我从狗洞里旁观和侧听，看到这一幕血腥，禁不住颤抖。我想叫出声，想给主人报个警，哪容我多思，小金慢慢爬起身，蹒跚着走出客厅，金碧辉煌闪着她的眼睛。她无息无声，慢慢吞吞。她走到一处花荫，四下张望，还想寻到她的主人。主人已经关上了大门，大门朱漆红粉，烫金镂银。小金还想寻找主人的情人。情人跛腿而奔，哪里还顾得上她这个小小的生命。

小金躺了三天两夜，水米未进，眼看就要迷昏。我心下实在不忍。我从厨房偷来了甜饼，和波斯猫一起厮混。波斯猫睁着蓝莹莹的眼睛，同情的泪水模糊了视线。她舔舐着丧气的小金，也打量着我的深沉。

我吐出甜饼，和着唾液还有那份深深的同情堵住小金的短唇。小金慢慢醒转过来，迷惘地看着周围的一草一木，假山上流水淙淙。

过去吧，不要留恋往昔的温馨，也不要留恋主人的深圳。那里虽然有金山银海，毕竟也淹死了很多冤魂。你，就做一个流浪的小金，主人抛弃了你，也可以找个狗洞安身。

我的安慰没能打动小金的芳心，小金失落得满地打滚。曾经的繁华富庶多么让人舒心。主人的情人牵着小金在林荫大道上旁若无人，小金一会儿打滚一会儿翻身，一会儿又作揖打躬，逗得情人粉脸含春，楚腰越发婷婷。迎春花和杨柳青吐蕊，铁蒺藜和梧桐木含苞。世纪大道上花香鸟鸣，让人说不出的欢欣。小金跟着主人的情人，死心塌地，一刻不离分。

这一幕已是曾经，小金不堪回首，眯着一对失神的眼睛，不知以后会向哪儿去。主人抛弃了情人，情人抛弃了她。她只有躲进墙根，任寒风吹拂她的寥落和伤心。

<h1 align="center">4</h1>

主人的大门是敞开的，对那些华冠美服的人。我只有躲进狗洞，悄悄地探出身，生怕打扰了主人的雅兴。

他们开着威士忌、人头马，就着意大利烤肠、法国面包，喝得天昏地暗，忘乎所以。他们喝着吃着抽着，抽得满屋烟雾缭绕，恰似神仙洞府。

那粗大的雪茄在粗大肥厚的嘴唇上叼着，就像叼着意大利香肠。

我咽着唾沫，吞噬着满屋的烟香酒臭。我已经饿得眼花头昏，却不能发出一声哀鸣。我强忍着饥肠辘辘，强忍着这帮人类的非人做派。

我就是凭着一腔热血，满腹忠心才熬到了今天。虽然我住着狗屋，但已是今非昔比。我并不羡慕如今的豪华，但我对主人不离不弃。他贫穷时打折了我的狗腿，打断了我的脊梁，但是我还是对他死心塌地，忠贞不贰。我起码不是一只在死尸和粪土交媾的罅隙里寻找生存，我尽管不受主人待见，但也不会流落他乡，任人呼来喝去，居无定所。

主人发达时，开着宝马奔驰越野车呼啸而过，我就是凭着对他那一身独特的臭气才寻到了他今天的住所。他的车上有金发碧眼的女子，有温柔贤淑的女子，有高傲跋扈的女子，有丰乳肥臀的女子，但我对她们都目不斜视，耳不旁听。我始终站在主人的一边。

有一个金发碧眼的女子穿着尖尖的高跟鞋，走起路吧嗒吧嗒地响，能震醒午夜熟睡的人儿。有一天，不知是谁惹得她不高兴，她从我身边经过，冷不防一脚踢向我的狗头，痛得钻心。但我连叫都没叫一声，迅速地溜掉了。我不想惹来更多的无趣和丧命之痛。

又一个丰乳肥臀的女子假装慈善，诱使我靠近她。

我低低地仰视着她，她像个高傲的女皇，就像唆使一个奴隶一般御使着我。

我看在主人宠幸她的份上，不得不靠近她。我不知道靠近她的后果是什么。她张着猩红的嘴巴，吐着狼豺一样的舌头，说不出有多么贪婪和凶狠。

等我靠近她时，她的狞笑突然收起，换作一副穷凶极恶的模样，然后就砸过一个狼牙棒，嘴里叽里呱啦，你这个走狗，带着满身腥臭，满腹的狐疑，靠近富丽和尊贵，这是完全的不相称。叫你滚回老家去，老家在哪里，就在那穷山窝窝里。这是富人的天堂，美人的安乐窝，穷鬼只配吃哈喇子，吃那穷山恶水。你带着一身晦气，一脸俗气，一地的霉气，害得老娘们搜肠刮肚也搞不定搞不懂你的那个所谓的主人。这该死的金钱真迷人，叫人欲仙欲狂。你的主人要是穷光蛋，一文不名，扔在大街上狗都不理。你也是看上你的主人的财富吧？别看他貌不惊人言不压众，没想到身家不菲。就这一栋别墅也够人挣个几辈子的。他那身糙肉能比得上姑奶奶的冰肌玉骨吗？为啥让他近身肉搏，还不是那几个臭钱惹的祸。现在叫姑奶奶欲罢不能。一腔欲火也只好发到你狗崽子身上了。滚吧，滚回穷山沟里去。

我似懂非懂，只看见她从猩红的嘴唇里吐出一串串符号，那符号像苍蝇、蚊子贴着耳朵飞来飞去，钻入耳膜，深入骨髓。我狂躁不已，突然朝这个浑身珠光宝气的女人狂吠，吓得女人扔过来坤包，坤包里装着风骚和艳冶。我不为所动，又一阵狂叫，汪汪汪。女人没了主意，丢给我一只高跟鞋，一根金光灿灿的手链。我还是不解气，依然没有停止吠叫，并做好攻击的架势。我从来没这么张狂过，就是主人打折了我的狗腿也没敢这么发过狂。"老夫聊发少年狂，左牵黄，右擎苍，锦帽貂裘，千骑卷平冈。"这是狗类在听人类的吟唱时不小心记下的。谁叫他写得那么好呢。谁说狗狗不聪明，只是没到发挥时。

　　丰乳肥臀的女人招架不住了，连连后退，退到了死角，无处可逃。我瞪着一双血淋淋的狗眼，龇着锋利的快牙，张着尖削的狗嘴，吓得女人湿了裤裆。她做最后的挣扎，拿起另一只高跟鞋拼死地抵抗。我的眼闪着寒光，我的牙闪着寒光，我的毛闪着寒光。女人就要崩溃了，一个老佣人蹒跚着走来，挎着簸箕，拎着锅铲，围着头巾。她那松垮的水泡眼突然精光四射，畜类，不得伤人！

　　我看到女人的救兵来了，赶紧抛下她，落荒而走。我不是惧怕那个老佣人。我是心疼老佣人。老佣人曾经被这个丰乳肥臀的女人折磨过、埋汰过、挤兑过。但她不计前嫌，毅然决然地搭救她。就冲这一点，我也不敢再造次。更何况，老佣人曾经有恩于我，在我失魂落魄，无处可去，饥肠辘辘时，是她舀来了清汤寡水填饱了我干瘪的肚皮。还有主人吃下的残羹剩炙她偷偷地捡来扔在我的脚下，温暖了我的肠胃，丰富了我的肌体。就在我几乎成为资本家的乏走狗时，是她，这个老弱的女佣用一颗善良和煦的心焐热了我冰冷彻骨的肝肠。我只能报以感激、感动、感化。

是她喝止了我第一次的孽行。

我逃走了，逃得正大光明。我没要女人的坤包、手链，更不要她的高跟鞋，在金钱践踏下，充满妖冶和风骚。

5

我知道，跟这个女人算是结下了梁子。冤有头债有主，我可不怕她添堵。世间事没来由，或喜或悲空飕飕。经过了深思熟虑和长期豢养，我熟悉人世间的那一套。斗鸡走狗，跑马溜圈都不在话下。陪主人在斗兽场看秃毛雄鸡缠头。一个押红嘴鸡，一个押乌冠鸡。一个个毛羽似剑如枪，每个毛管都充盈着怒气和不甘。打斗酣畅淋漓，眼里滴着殷红的泪，皮上爬出墨绿的汗。谁胜谁败都在两可之间。押宝的人引伸着长脖，像擀面师傅拉伸的扯面；又像橡胶或弹簧，当战斗激烈时，脖子嗖地弹出肩头，高高耸立着。这不是两只鸡在战斗，这是一群人在互搏。鸡斗得酣畅激烈时，人群也是叫得最欢。一个个额头暴突，像无数条蚯蚓在爬行。汗像受惊的雨点从额头拱出，眼珠子像顽皮的孩童踢玩的玻璃球弹出老远，射在斗胜的公鸡身上，灼烧着雄鸡高昂的头颅。斗败的公鸡灰溜溜地躲在一角，像个赤裸的荡妇示众展览，一丝不挂。秋风起，黄叶飘，群狗在叫嚣。我迥然于众，一副事不关己的心态，安然独卧。主人押中了红嘴鸡，夺得头筹。奖金雪片一样飘来，主人用蛇皮袋满载战利品。

最为可气和揪心的就是同室操戈、同类相残。看得惊心动魄，体如筛糠。真是黄狗身上红，黑狗身上肿，体无完肤。一众看客们却血脉偾张，脸红耳赤，青筋暴跳。黄狗如狼，黑狗似虎，在一阵啸叫中发起冲锋，你咬我撕，你踹我踢，互不相让，绝不罢休。白森森的牙齿像尖刀如匕首，想方设法戳中对手的要害，打破相对的平衡。黄狗被咬住左耳，负痛狂吼，一使劲，左耳飞升去，鲜血像喷泉一样飞射而去，溅在主人身上、脸上和袖子上，也溅在我灰黑松软的皮毛上。真是狗血喷头。主人用袖子在脸上抹来抹去，终于抹成了红墙。他所有的兴奋、激动、幸福和失落、失望都隐藏在里面，密不透风，找不出破绽。我抖落了一身的血腥，紧贴着主人继续当看客。其实，我的痛更甚。它们的身体在流血，我的心在滴血，吧嗒，吧嗒，像定时炸弹，随时都有引爆的可能。我喘息着，坚持着，不让自己倒下去。黄狗失去一只招风耳，形象大损，复仇的心思更加急切，叫得更加穷凶极恶。抓、蹬、踢、咬，无所不用其极。黑狗的背上、脖子上绽放出一朵朵殷红的血花。黑狗身强体壮，睚眦必报，冷不防咬住了黄狗的喉咙。黄狗呜呜发出无力的哀鸣，倒地呜呼哀哉。黑狗蹲坐在地，喘着冒烟的粗气，舔舐着千疮百孔的皮毛。它并没有以胜利者雄赳赳的姿态出现，而是满含忧伤落寞。我听出了主人心跳，如战鼓雷动。他披散着长发，叼着粗大的雪茄，随着他一呼一吸，火星闪闪发亮，映照着主人红透了的脸膛。主人又押中了，黑狗获胜了。他像吸金筒，又吸收了大把的金币、银币和纸币，堆成了小山。他跳进去，翻滚着。小情人波斯深目高颧，腰细如丝。听人类说如同历史上掌中跳舞的赵飞燕。主人捧着肚囊，里面装着威士忌和叫花鸡，装着黄油和糌粑，装着稀奇古怪，装着氨气和运气。他突然一串响屁，尾巴上青烟袅袅。主人的肚囊就慢慢地瘪了下去。周围的人被熏得东倒西歪，横七竖八。我深埋下头颅，钻进了土堆里，算是逃过一劫。主人捋尽了钱财，阔步而去。从他的嘴里发出一阵阵的啸叫，似狼吼，如虎吟。我迈开四蹄追赶着，上竖的尾巴像得胜的旌旗，招摇而洒脱。

两头挂彩的犍牛斗得酣畅激烈。主人眼冒金光，手舞足蹈，不顾一切地加入了战阵。红色犍牛飘忽如云，来去如风；黑色犍牛快如闪电，气势雄霸天下。四角相抵，钩、拉、拽、扯，恨不能掏心掏肺。双牛酣战，总想深入脏腑。终不能成，气血翻涌，怒目圆睁。眼红如血，鼻翘青天。缠斗已久，力不能支，黑牛败北。红牛像凯旋的将军穿着战袍威风凛凛，绕场一周。掌声雷动，呼啸声山崩地裂。疯狂人群里的呼哨响遍行云。主人的情绪受到了感染，狂放不已。我也受到感染，叫得山呼海啸。这里不分猪狗马牛羊，不分男女老少幼，狂风巨浪般的啸叫惊得飞沙走石，黑云压阵。一个青衣青帽的竹竿男子倏忽而来，手里拿着一块红布巾，闪抖着，闪抖着，裂帛惊云。红牛见到自己身上的红就一直停不住兴奋，又看到红布绸，激动得鼻下生烟，眼中喷火，撒开四蹄狂奔而去。只见红绸始终在它眼前晃动，它无能为力，无可措手。凭着我天生敏感的嗅觉，我知道斗牛士是一个穷小子，是从山沟沟里玩泥巴炮长大的野孩子，既雄心勃勃，又好勇斗狠。他想急于摆脱穷困潦倒，想一日暴富。你想啊，富裕人家、纨绔子弟谁愿拿性命相搏呢？这可不是闹着玩的，弄不好阴沟里翻船，一命呜呼的。斗牛士身披斗篷，手牵红绸，兴抖抖、活灵活现地出现在赛场上。他身上每个毛孔都张开着，像无数只眼睛扫射着四方八处。激动的红牛看到红绸像见了亲娘一样撒开四蹄猛扑过去，两个朝天角像利剑一样试图直插斗牛士的肚腹，斗牛士左躲右闪，腾挪跳跃，虽然险象环生，却一次次化险为夷。围观的人群啸叫着，疯狂着。斗牛士要的就是这个效果。看到人群发出阵阵欢呼，越发来劲。一遍遍靠近，一番番逃离。红牛被戏耍得精疲力竭，气喘吁吁。主人看得两眼放光，汗如滚豆。我在人群里有时龇牙咧嘴，有时大呼小叫。那些疯狂的人群才不在乎一条狗的情绪，更没人留心这条狗的兴奋或失落，高兴或悲伤。红牛终于没了气力，站在当下，眼红如灯，嘴边哈喇子滴滴不休，泡沫糊得满嘴都是，疲态尽显。斗牛士瞅准时机，一个箭步跃到近前，利剑直插脖颈，红光飞射，洇染了半天晚霞，也血色了沉归的夕日。红牛挣扎着、踢腾着、不屈着、努力昂扬着的头颅终于慢慢垂下，四蹄半跪着，直至像山墙一样轰然倒塌。繁华落幕，好戏收场。血溅当场，腥臊浊臭漫天飞舞。斗牛士像凯撒像马其顿像亚历山大像拿破仑像一切稳操胜券的武夫接受万众朝拜。主人下巴颏突然掉了下来，口涎汹涌而出，像开闸的洪水喷薄而来，淹死了无数赶来礼拜的蚂蚁。就像麦加朝圣者一样三步一拜，五步一叩，在某个盛大的节日——古尔邦节，牵苍擎黄，衣白戴玄，虔诚曳地。不承想，人潮澎湃，推推搡搡，到头来命丧圣地。善因种出了恶果，琵琶奏出了琴音。我是班布尔顿的狗崽子，有狼族的血统，驯顺时如绵羊温情脉脉，凶暴时就是一头发狂的野狼，无数敌人在我的啸叫声中落荒而逃，包括狗、驴、豺、豹，还有蝗虫和蚂蚱。主人休克了，不是痛苦和悲伤。痛苦和悲伤只能使他更坚强，更奋发。

6

太阳花照耀着大地，一片金黄。赛马场一批批骏马鬃毛或红或黑或白或蓝，红马高昂着头颅，以志在必得的神气昭告天下；

黑马低头沉思，以低调稳健的气度预报未来；白马风流倜傥，嘶嘶鸣叫以壮神威；蓝马不住地咀嚼，缓解紧张和不安。鹿死谁手，胜负难定。空气里充盈着焦灼、沉闷和惊悸。我混在人堆里，谁也没拿我当盘菜。我伸出长舌撩拨着汗臭和烟香。地上的烟头横七竖八地躺着，有的被摁灭，有的还在闪闪发出幽光。有刚从嘴边吐出的烟头七弯八拐弹跳着落在蓝马蹄前，试图一探深浅。蓝马摇摇头，咳咳打了几声响鼻。

主人睁着一对牛眼，看看这想想那。一会押红马，一会押黑马，一会又押白马，唯独对蓝马不屑一顾。我不知哪来的敏感，突然冲动起来，咬住了主人的杀马特裤管，牵动了他敏锐的神经。他忽然双手哆嗦，嘴唇发紫，眼看就要休克了。很快主人就缓过了劲，面色柔和起来。四匹健马已冲出牢笼，飞身越障。红、黑、白三马齐发，遥遥领先。蓝马拼着老命追赶，还是差一截。但它耐力十足，不肯放弃，跑得稳健、安详。

我的狗头在主人裤管上不停地蹭着，嘴里发出呜呜的信号。主人拿着红牛灌漱着瘪嘴，压根就不搭理我。我气急败坏，突然发起了狂，冒着极大的风险咬了他一口。我知道他迟早会清算的。主人负痛嗷嗷叫着，疯狗，骂了一句继续看红马越障，黑马紧追，白马尾随。红马失前蹄，翻身滚一边。黑马不再黑，奋蹄跌下去。白马越发兴奋，嘴边泡沫横飞，气喘不已；英姿不再，矫健全无。唯有蓝马不紧不慢，优哉游哉，晃到了终点。押错注了，主人突然脸色绿了，嘴巴歪了，下巴掉了。雄峰女抖抖索索，七敲八弄才将他一副尊荣给安顿好了。头发却像一根根钢针直插云霄，雄峰女无奈，只好任其自然。肥臀妹不甘心，耐心细致地一根一根地抹平、理顺，少安毋躁。可哪能呢？主人的小心脏跳起了迪斯科，劲舞团在胸腔里舞枪弄棒，捣鼓得主人几欲休克。一多半的财产雨打风吹去，主人痛得痉挛，痛得彻骨。肥臀妹撩起左脚，一个霹雳腿，砸在我的铜头铁脑上，哐当一响，一股戾气倾泻而出。我知道，作为狗族，除了维护人类的尊严和薄面，还要替他们遮羞，更常常成为他们的出气筒。戾气、邪气、怒气和风气如响尾蛇出洞，滋滋丝丝。

　　说白了，主人其实就是一个赌棍，离赌圣天差地别。也不是逢赌必输，更不是逢赌必赢。输赢都在两可间。输时可倾家荡产，赢时富可敌国。一对灯笼眼喷射着红光，映照得双颊绯红，灿若桃花。乌皮嘴喷吐着烟花，蝶舞蜂围。主人喜欢剑走偏锋，旁门左道。高寒处有胜景，险峭地藏真经。不入虎穴焉得虎子。他信奉这一套，积得浮财。长裙曳地地奔将来，妖娆妩媚地贴上去。黄皮肤漂白了凑近，黑眼睛染绿了紧跟。东方翘臀女款款有致，西方大波妹蛇行鹤步。仪态万方，招摇过市。主人牵苍擎黄，倚红偎翠。红光扑面，黑光翻天。在金钱的掌控下，游走在脂粉堆里。常常被翻红浪，每每夜夜笙歌。在雪茄、人头马和老爷车里逍遥度日。

　　一日在电视中看到绝色美人，赌性大发。好赌之人什么都可以拿来赌。他与一干赌友赌真假人妖。国内美人虽多，难逢及。于是杀到泰国。在清迈、在曼谷，在街上、在酒馆，遇到姿色平平，正眼不瞧；碰到妖娆妩媚的立刻开赌。尾随跟踪，到头却是良家妇，扫兴而归，败兴而返。饭不香，卧不安。钻头觅缝，踏破铁鞋无觅处，得来全不费工夫。一日在清迈酒楼，来一靓丽美人，肌理细腻，粉胎弱骨。行动处弱柳扶风，娴静时娇花照水。主人一拍大腿，指着美人说，如不是人妖，拿我项上人头。我钻在桌肚下，四蹄卧伏，舔舐着松软的皮毛，百无聊赖。自从我的吠叫中获取灵感和警觉，他就悬崖勒马，多次逃脱船翻倒运。他对我这条小狗虽不是言听计从，却也约略重视。我无心的一叫，就会牵动他敏锐的神经，立马左顾右盼，试图发现蛛丝马迹。他本来信心爆棚，吃过马后炮，变得敏感多疑，井绳如蛇，风声鹤唳，草木皆兵。我赶紧闭住了狗嘴，如狼假寐。

靓丽美人风姿绰约，款款而来，踏香而至。主人本是登徒子，两眼直勾勾盯着，眼里滴出了殷红的泪。血色浪漫。衣袂飘飘，风流潇潇。几个赌徒忘记了主题，突然失忆。待靓丽美人走出老远才缓过劲，回过神。一拍大腿，干什么来着？于是主人唆使我长途奔袭。他扔出了一个绒球，跟着美人不断地游走。我撒开四蹄本能地追赶绒球。我的使命就是叼住绒球，物还原主。兜兜转转，跟上了美人。美人似乎在捉迷藏，突然一闪身就进入了巷道。我尾随着，不远不近。她准以为是一只流浪狗在觅食寻窝，没想到是一只探犬、警犬、跟踪犬。我兴奋不已，狼奔豕突，喘息着赶回。我呜呜地啸叫，主人似乎明白，似乎一窍不通，踢了我狗头一脚，悻悻而去。

7

主人一次在清迈大街上转得心慌，看到一绝色丽人，斗胆高呼，人妖，人妖！却招致狂徒一阵暴雨般的拳脚，乌青着脸回到住处，从此再不敢胡乱发声。

他心中始终十分好奇，人妖到底是何方神圣，是人还是妖。解惑释疑唯有花大价钱进入圈子，真是开了眼。个个倾国倾城，羞花闭月。貂蝉再世，贵妃重生。胸器傲岸，脐下嫣然。芳馨袅袅，婀娜多姿。

连我这条七情不动六欲不开的狗都跃跃欲动，太秀色可餐了。主人的两只灯笼眼贪婪地摄取着，恨不得将所有尤物都吞噬干净。

我不想怎样，我能强烈感受到主人的放肆、放纵和放浪。没有谁能止住他此刻的骄狂。我的吠叫无济于事。危险无处不在，危机到处潜伏。我能做的除了吠叫就是吠叫。主人对我烦不胜烦，恨不得一踢了之。我知道招厌讨嫌，但死性不改。

丰乳肥臀女双峰生双眼，肥臀生二心。主人只有一个小心，怎么对付得了这个魔物呢？即使我叫破喉嗓也难唤醒他锈钝的神经。我只能望空而叹。

主人曾经有一个相好，眉目俊朗，细腰翘臀，可惜胸部坦荡，眼纯似泉，心静如水。波澜不起，水波不兴。面对主人的不菲资产，她不怀二意，更无三心。专心致志地侍奉着他，连我这只夹尾巴狗都不曾怠慢。凭着我的直觉，还算敏感，如果他们珠联璧合，自然有风得风有雨得雨。也不知是啥子缘故，主人似乎不久就厌弃了她。花好不再月圆，伉俪也难情深。丰乳肥臀女接着就上位了。起先偷偷摸摸，在黑暗中，在阴影下，在三更天，在夜静时。我不想尾随，每次主人哼着小曲回到大别墅里，我就强烈感受他释放后的轻松，满脸月色。

后来干脆开着宝马，载着丰乳肥臀女直奔厅堂。她扯下像套在狗脖子上粗大的金链子、劳力士手表，塞进爱马仕坤包，掏出风骚和艳冶。满身满脸写着鼓胀的欲望。两座雄峰挤满了贪欲，两瓣肥臀夹够了爱欲。无论是花蝴蝶还是细腰蜂都会碰壁而死。

她严密地掌控了主人的小心肝。她满身胴臭，主人爱而不休，恨而不能，弃而不舍。

我能洞穿她的心肝脾胃。她心已铜绿，肝冒欲火，脾大气盛，总想用娇俏的嫩爪钳住主人的腰包。腰包有时鼓囊有时干瘪。鼓囊时肥头大耳，干瘪时一望无垠。青春在铜臭滋养下越发婷婷，像一束罂粟花盛开在艳阳里，如一朵鸡冠花成长在野地里。

她的温柔一抱差点俘虏了我。我几乎沉浸在美色的酱缸里不能自拔，就在我贴着芬芳，吮着蜜水，意态悠然时。突然听出她的红心里在滴着黑血，滴答滴答。黑血奔流着，洇染了全身的通透和灵醒。一支娇嫩的蔷薇，一朵清芬的茉莉，原来生长在腌臜中，臭不可闻，俗不可耐。她原是金枪鱼转世，响尾蛇化身。那开衩而猩红的信子到处撩拨，两眼像激光在大别墅里贪婪地摄取着，每一个可疑之处都不曾放过，最后把电光落在保险柜上。这是主人的至宝，也是天大的秘密。没人能带走他的财富，天王老子都不行，洋人、土人更不行。我只有一次机会进入他的密室，用我的眼波摄取了他的密码，窥破了他的秘密。但我是条狗，从来就不曾泄露。没有谁会知道我这条狗还藏着天大的机密，成为宝藏的守财奴。

丰乳肥臀女将我抱起那一刻，我心旌摇荡，感动备至，准备铁下心要吐露心机。当她看到保险箱，双眼像激光直冒绿光时，无尽的贪婪差点击溃了我的良知。我有点神不守舍，在她的蛊惑下。傲岸的雄峰能醉死豪饮的人。她突然抛下了我，这一抛让我如堕五里雾中。刚刚还在发情，转眼就发了狂。我从巅峰跌入谷底，身心俱疲。

她大步流星地靠近密室，要撬开宝藏。我突然灵醒，汪汪连声。吠叫穿过厅堂，击穿防弹玻璃，飘落在草木葳蕤的后花园。主人正在喝咖啡，抽雪茄，跷着二郎腿，坐在金边藤椅里，听《悲怆交响曲》。我不知他怎么会突然高雅起来，高雅得有点不近情理。他是啥人，也就一粗人，水桶腰，啤酒肚，磁石臂，能欣赏那嘈嘈切切的玩意儿吗？我多次表示深度怀疑。主人向往高雅，也许这是人类的天性。

那嘈切之声淹没了我发出的信号。信号起初是强大的，到了林深处，就越发衰减了，虚弱不堪地凑近了主人的耳膜。他以为那是一只苍蝇的嗡嗡声搅扰了自己，用耳勺在耳朵里捣鼓了一通，掏出了一堆耳垢。耳垢上还附着活蹦乱跳的音符。

就在丰乳肥臀女行将得逞时，我忽然歇斯底里，啸叫得撕心裂肺。主人装聋作哑，压根就没当回事。我深信这次主人是听到了的。

丰乳肥臀女被吓住了。虚汗淋漓，逃之夭夭。临走时，投来穷凶极恶的一瞥，那眼光足以杀死深海鲸鲨，北极浣熊。我体如筛糠。

自此被她虐待和踢打，也就家常便饭。那次的反抗更加激怒了她。我不敢靠近，还要靠近。主人对她好，我不敢对她恶；主人对她柔，我不能对她刚；主人对她敬爱，我不敢对她非礼。我夹着尾巴，几次差点没夹住，流露了一些狼性。我在悔恨交加中度日如年。

8

在深圳、香港踟蹰久了，恋家。主人是有产业的。一个炒房，一个小贷公司。两个都是主业，没有偏废。刚来深圳那会，他背着麻布袋在世纪大道上漫无目的地游走。看到高楼大厦，耸立着，直插云霄。他眼里放出慑人的光。一片芭蕉叶枯萎了，几朵鸡冠花凋谢了。天空游弋着成片白云，闲散无奈。他一会昂首望天，一会低头看地。车辆如龙，鱼贯而出。一个个车辆呼啸着从他身边擦过。有人从车窗里探出头，一个叫花子和一条狗，真滑稽，莫不是从华君武和丁聪的漫画里逃出来的小丑吧？赶紧收回，合好。别再放出丢人现眼了。紧接着就一阵哈哈哈。车子吐出一股浓黑的尾气，直接喷向主人和我。主人一阵咳嗽，我贴着主人劳动布裤管，逃避。主人腾出一只手！

一个穿着花衣，满脸络腮胡子的中年男人刚好经过。他好奇地打量着主人，以别样的眼神。主人倒退数步。连连摆手，不是指您！不，不是……

量你也不敢！络腮胡子吐掉嘴里的烟，慢慢靠近。没别的，只想混口饭吃，养活这条癞皮狗。主人吞吞吐吐，口不择言。

哈哈哈……一阵放浪的狂笑。主人以为要天塌地陷了，正准备做好架势挨揍。他低着头，一副可怜虫的样子。

死了亲娘吗？别装可怜！王八犊子。老子混世界时，天空总是瓦亮的。络腮胡子一把揪住主人的衣领，看样子就想动手了。我一阵吠叫，龇着锋利的快牙。中年汉子吃了一惊。没想到身边跟着一条义犬！他松开手，掸了掸袖子，拍拍手。跟老子混吧，包你有天空和女人！

你要勤杂工和泥水匠吗？我是从乡下来的，从大山深处溜出来的。要是不嫌弃，给您打打下手。

主人显然没搞懂那人的来路。他要的可不是泥水匠。我咬着主人的裤管，拖拽着，嘴里呜呜着。

癞皮狗，别碍事！否则老子做了你，炖汤喝。反正一天没吃了，刚好填肚子。主人一脚踢开了我。我啊呜啊呜地叫唤着，装作很痛的样子。

这条狗很机灵，别废了，留着有用。络腮胡子似乎为我求情和开脱。我才不稀罕他的话。主人那是说着玩的。即使他用打马鞭对付我，我都不曾有二心。他毕竟豢养了我，从上海带到了乡下，又从乡下踏入了这里。我都一路跟随。呵斥常有，贬损不断。这并不影响我对他的感情。一个陌生人贸然介入，只能使我高度怀疑，深度戒备。

来吧，带着你的狗，再不用翻垃圾桶，深夜等在饭店酒楼边，一毛一块地要。

主人似乎受到了侮辱。他想反抗、反驳。话到嘴边又吞了下去，噎得一个喷嚏下来，喷了络腮胡子一脸毛毛雨。

他摸了一下，装作大度地说，从此就不用睡拱桥下了。那是社会的渣滓，富人眼中的垃圾。瞧你一身臭气，准是睡久了！

真别说，主人刚来深圳时，连一个窝棚都睡不起。那时城中村到处都是，里面冒着各样人，包括猫和狗。他背着蛇皮袋敲开一户人家，要住宿。那人脱下玳瑁眼镜，狐疑地打量着他。住不起，离此五里，有个桥洞，可以不收钱。

主人讪讪而返。心中被那眼神蜇了，很是气闷。那人咣当一下关门声，将他的怒气抬升起来。他走在路上，一脚又一脚地踢着我的狗头。我成了十足的受气包。不但对我动粗，还对我施加语言暴力。比鞭打更甚，比脚踢更狠。呜咽声盖过了机器大轰鸣。高楼和脚手架捆绑在一起，像巨兽野蛮生长。星星和月亮带着嘲讽的眼神，看人间这对须眉俗物，在寻找栖身之所。我嗷的一声，月亮隐身，星星眨眼。

蹚过不适期，找到居留所。我安适地睡上了一大觉。主人三更起床，五更上班。我毫无察觉。

当我吃过剩炙，害怕主人弃我而去，只得寻味而来。主人在搅拌砂浆，抛递砖块。戴着安全帽，穿着旧脏衣。我远远地就能感到主人的不服气，肚囊里装着满满的怨气。

我来到他身边，他一喜。脸上的表情略有变化，接着就要拿洋锹拍我的脑袋。我不是傻瓜，没接受他如此的厚礼，退缩到一边，舔舐着皮毛，嘴里呜呜有声。我找到他，想表达我的兴奋和忠诚。他是会意的。

别丢了，癞皮狗。一边等着我，很快就要下班了。他脱下安全帽，搔弄一下毛发和头皮。我坐在一边，眼睛直勾勾地盯视着他，舌头伸了出来，呼哧呼哧地喘着气。

很快主人就忙活完了，换了一身干净衣裳，从钢筋水泥丛林里走了出来。抱起我，拍拍我的脑袋。我摇摇尾巴回敬他。

他不久就离开了。跟朋友说，关键不是工资，被小瞧了！走在路上，那是一群农民工，跟蚂蚁似的。保不齐哪天就会消失。城市建设需要这样的人，城市消费不需要这样的人。住在窝棚里，躺在涵洞里，跟牲口没两样。有个农民工很奇怪，自己都困难，身边整天还带着条狗。蛮有情调的！嘲讽之意，连我这条非人类也懂。

他们建设的房子，跟珠江的水一样往上涨。涨得两岸都快撑不住了，就是没人管。连我这条狗都开始着急了，经常无端地呜呜着。他们以为是一条疯狗，总是绕着我走。连哈士奇、京巴、雪豹都不肯与我为伍。既嫌我脏，更嫌我贫，跟了一个没出息的主。哈士奇、京巴和雪豹都住洋房，吃着脆饼，喝着奶酪。毛发打理得纤尘不染。一看就是狗类中的贵族。有的还穿着小夹衣，戴着铃铛和花环。我这个同类算是丢丑了。她们那些主人，见到我，走远，走远！别沾上虱子，染上狂犬病。那是不治之症！说完就丢给我一块石子和砖头。我落荒而逃。

打狗看主人，爱狗望贫富。我一度非常失落，常躲在一角，低着头。只有一只流浪猫愿意跟我厮混。它喜欢抓老鼠，我也喜欢逮耗子。由于爱好相同，竟然走近了。可老鼠那么多，耗子遍街走，能抓得完吗？别管闲事了，任由鼠窃吧。流浪猫没理会，继续着。我从大街上经过，许多披着人皮的耗子，招摇过市。我一眼看穿，免不了吠叫几声。甚至龇牙抓捕，不承想招来打狗队的攻击。我夹着尾巴逃到涵洞，再不敢乱叫。

主人终于被络腮胡子"请"了去，不知是否奉为上宾。只见一个门童引着我，窜进富丽堂皇的大厅。我蹲坐在门边。一个个衣冠楚楚的人类争相与主人握手，说着让狗类听不懂的话。我竖着耳朵，睁着双眼，随时做好护卫的准备，怕他们对主人动手。但看到一个个脸上露出笑容和友善，我才放心，低下头，闻了闻地面。

一个黑衣人哈哈笑着，显然他注意到我了。一条狗都这么忠心，谅小耿也不会叛变。这句话我听懂了，"汪"一声，算是回答。主人姓耿，就像主人给我取名灰猫。但他不常叫，常叫的却是癞皮狗。这是疼爱吗？真搞不懂人类的情感，复杂着呢。我明明是条狗，却叫我灰猫。我分明是灰猫，他总叫我癞皮狗。我一点不癞，真不赖。就像他父母不叫他耿不值，叫他黑蛋。黑蛋叫久了，他大名都快被人类忘却了。忘却了就是麻烦事，联不上，找不着。人类的嗅觉和听觉早就退化得差不多了，跟狗类无法比拟。手脚还发达些，那是抓取的结果。

络腮胡子叫什么总，原来是大头目。主人换了一身行头，容光焕发，神气活现。我都不敢相认了。我跑上去，用嘴扯了扯他的裤管。他一脚踢开我。他还是那个做派，都不能温柔点。我习惯了，知道那就是主人。

主人跟着别人经常出入楼堂馆所，我只能守在门口。有时也趁人不注意，偷偷溜进去。辉煌闪眼，富丽逼人。我感到自己是一条走错门的狗，只好溜掉，以免给主人招来不快和麻烦。

主人发达后，竟起思乡之情。一个人常对月亮发呆，对着星星自语。我知道他的心事，不说也知道。我拉着他的裤管，往外拖。我叼着他的背包，往外拖。我衔着他的全家福，往外跑。傻子也能明白，他不是白痴，自然懂。他抚弄着我的头。过几天就回去，看看娘老子。

说完就抹抹眼睛。眼里似乎含着泪花。黑蛋也想家了！

9

回家的滋味不好受。首先狗不能上飞机，托运也不行，只有坐火车。在没办狗证时，我没有权利上火车。那就开车，为了我。他要回去，得带着我，必须的。

如果说人类有记忆，狗不例外；如果说人类有回忆，狗亦然。混沌庄住着混沌人，也住着混沌兽，更活跃着混沌禽。我与它们十分熟稔。自从我和主人外出闯江湖，离别久矣。主人事业腾达后，思乡日切。开着四轮套着四环的车，一路飞驰。几千里的行程，几天就到家。大山依旧在，容颜不曾改。绿水绕青山，野兔撞柴门。

我曾熟悉的芦花鸡和乌骨鸡都不在了，换成了红冠鸡和三黄鸡。它们看见一只灰突突、鼓胀胀的狗立在跟前，惊恐地瞪着眼睛警惕地观望着。我一声吠叫，它们哗啦啦四散逃窜。一只母鸡在慌乱中踩中了一只小鸡。小鸡"叽叽"呻唤着，跟着逃命。我立刻停住了，本想跳上去，表达热烈和兴奋，也只能作罢。我强烈地抑制住冲动和激动，任由情感在心中翻覆。

一只老水牛从身边走过，哞哞连声。我认识它。曾经我在它腿肚下躲雨，在它身体下避阳。无数苍蝇和蚊子欺负它，吸它的血，叮它的皮。它也只甩甩尾巴，摇摇头，表示无奈和悲怆。疼痒难耐时，就地打滚，或冲进水塘，以示抗议和不满。

我高兴地冲了过去，在它腿边直闻，摇着尾巴，表达亲昵。它哞哞叫着，似乎也认出了灰猫，摇头摆尾，表达情意。

主人来到村口，早有一班人站在那里，老远就招手致意，还准备了几挂鞭炮。人还未进村，鞭炮就噼里啪啦地响起，一阵香雾飘来，直冲鼻顶。我在氤氲中陶醉，主人在热情中醺醺。一群狗冲到我面前，汪汪叫唤。我知道不是从前的伙伴。那只猫从山墙上跳下，瞄着我喵喵不止。我知道，我的好战友来了。记得我们一同多次抓过老鼠，捉过蛇。它一定不会忘记。老猫看了一会，身边的一个炮仗震响，惊吓了。"呜呜"着迅速逃开了。眼睛的余光里漾着一丝不舍和几缕不安。主人和亲人朋友搂搂抱抱，拍拍打打。人类表达情感的方式就是多样，以我狗类不甚了然。

散烟敬茶，喝酒吃饭。主人东家走走，西家看看。呢子大衣格外拉风，分外抢眼。上年纪的花胡子走上前，握着主人的手，黑蛋大发了。才几年的工夫，就混出来了，还是外面的世界好嘛！

花胡子是向前小学校长，德高望重。主人曾经是他的学生。自然熟络，不客套。三句话就回到正题上。我陪着主人，坐在教室外。花胡子和主人说了许多，并在操场上转悠。我夹着尾巴，离主人一尺开外。有人说，灰猫这多年了，还跟着黑蛋走南闯北，也够见世面的。这不是一只普通平凡的狗，那是一只视野开阔、胸怀抱负的狗。

夸赞于我如无。我只想见到当年的猫。可它被炮仗吓了，再也不肯出现在我面前。我还想看看当年的种猪，它那时多么肥壮。成天在村口转悠，我也没见到。想必已成盘中餐，口中食了。作为人类豢养的禽畜，我们不甘心，但也情愿。必要时付出生命的代价，这是逃不脱的命运，也是既定的轨道。我们没想寿终。它们如是，我也如此。

主人见了几个穷学生，一个小树，一个小花，一个小草。他们有的没爹，有的没娘，过得比猪仅好一点，跟狗差不多。虽然我也是狗，但不见得如我。跟城里那些狗更不能比了。它们吃一天的粮食可以让小树他们生活一个月。这是主人亲自透露的。花胡子眼睛瞪得像铜铃。这是啥世道？人难道还不如猪狗？说出来叫人不敢相信。说着同样的话，长着同样的手，咋就差别恁大？

我在村里时，小树、小花、小草都还小，光着屁股追着犍猪跑，赶着鸡鸭走。几年光景，已是小学生。他们黑不溜秋，脏不拉几。同类不齿，异类不堪。主人走近小树。他绞着手指，低着头颅，眼光飘忽。主人在他头上摸了摸，好好上学。叔，供你到大学！大学是什么？有大楼吗？有猪赶吗？有鸡叫吗？

小树竟然提出这样的问题，也许他鼓足了勇气才发问的。主人又摸了一下他的头，好好上学吧，以后你会知道的。

他塞给了小树一沓红票子。这是人类的交换物。用它可以买很多东西，包括猪狗鸡羊。

主人来到小花、小草家，同样也施于一沓钱物。小姑娘捧着光灿灿的东西，水珠从眼眶里滴出，像珍珠，像雨滴。小花、小草就要跪拜。主人拉起。花胡子慈爱地说，不兴这一套了。好好读书，才对得起毛爷爷！

我好奇地看着人类的行为，总有搞不懂的时候。但我喜欢嚷嚷，这样解闷，也保持着存在感。

10

校长说穷得锅揭不开了。毛竹卖不出钱，石耳提不上价。山货都烂在沟缝里。然后端出一桌大菜，鸡鸭猪鹅，石耳、石鸡、石笋。都不值钱，黑蛋远道而来。鞍马劳顿，特地略备薄酒，为黑蛋和灰猫接风洗尘，不成敬意。主人呵呵一笑，连连摆手。不了，不了！为我破费实在惭愧！花胡子哪肯罢休，硬拖死拽把主人拉上桌。一桌人陪同。

我坐在桌肚下，伸着长长的舌头，等着啃骨头，哈喇子早就流了一地。我才不害羞，作为非人类，那点耻感早已荡然无存。还没开席，花胡子就捡了一块肥硕的鸡屁股丢在地上，我一口衔住，三咬五啃就吞下肚。舔舔嘴唇，继续等候。校长示范和带头，教导主任、年级组长等纷纷捡鱼夹肉，轻轻放在我的脚边。

我都一一笑纳，踌躇满志地享用。

校长和主任们一个个轮番上阵，向主人敬酒，很快就称兄道弟起来。黑蛋兄弟，哪天也带我到深圳、香港开开眼，听说那边富贵无边，美色遍地。一个个都现了原形，忘了自己披着一张皮。这张皮一揭开，许多方面跟我狗类相去不远嘛。男人的一半是女人，作为狗类，我也想套用一下，人类的一半是兽类。虽然不雅，文明人士绝不答应，但人类的那些做派够得上这句话。我理解得很深，不夸张，跟着主人吃香喝辣，跟着主人左拥右抱。我没有曲解。

主人看到小树和小花，似乎良心发现。他决计金盆洗手，做个正派人士。他戴上了玳瑁金边眼镜，头发梳理得有条不紊；说话斯文客套，不吐脏字，不用俗字。可惜，肚中墨水有限。酒一喝多，斯文扫地了。眼镜也摘掉了，露出了灯笼眼；头发也弄乱了，显出了斑秃。他喝了几斤白酒，将花胡子一干人几乎都放倒。花胡子硬着舌头，黑蛋有酒胆，也有酒量。来日再喝，喝个痛快。

改日我请，大家伙都来，一醉方休。黑蛋说完就吐了。吐得满地狼藉。作为狗类，只有打扫战场。来人将黑蛋搀扶去了。

醒来时，黑蛋身边一个小妹。哥哥，你晚上好过劲哟！越喝越来劲嘛！黑蛋酒全醒了。给了小妹一沓红票子，去吧。她抱起衣服就溜，临走还不忘在黑蛋脸上印上一个香吻。

门是虚掩的。作为狗类，我清楚地看到了全程。我不吐一字，也吐不出一字。我只会吐骨头和渣滓。

花胡子来要钱。学校翻新。墙都快倒了，砸死我没事。砸死学生，不得了。主人掏钱。村里五保老人快活不下去了，支持一下吧。主人掏钱。学生穷得都快上不起学了，牺牲一点吧。主人掏钱。

他们又抬出小树、小花、小草。小树的爹在工地上干活，不幸让空中落下的砖砸没了。母亲就改嫁了。小树可怜，跟着奶奶生活。寒冬腊月还穿破拖鞋。鼻涕冻在脸上，抠不动。

小花娘很早就走失了，一直没找到。小花爹一边打工，一边找。小花就无主了。小草更可怜，不说了。

花胡子絮叨了很多。他的目的很明确，要钱。黑蛋就是摇钱树。

主人慷慨惯了，左掏右掏，口袋也瘪了。去，灰猫，给我买包烟。主人似乎第一次叫我大名，已经好久没这么叫了，格外亲切，让我受宠若惊。他一贯呼我癞皮狗。其实我一点都不癞，皮毛光滑，眼神锐利，奔跑似马，啸叫如狼。就像人类给小儿起名，偏偏取狗蛋，笨熊。他们既不是我的同类，也不是熊种。糟践了！

更有甚者，小儿头上生了个疮，秃子的名号就传开了，一传多年，有的伴随终身。有的脸上只有几个斑点，麻子的称谓就流行了，一叫成名。人类真是奇怪的动物，所谓高级，也不知高在哪里，跟俺们狗类学学吧。

我摇晃着尾巴接近了主人，主人赐给了一声凶吼。明明刚才笑逐颜开，变脸真快。我叼着纸团，人类的所谓交换物，来到烟酒店。吃了店掌柜稀毛的爆栗，衔着战利品，老实巴交地交差。黑蛋竟然抱起我的狗嘴，亲吻了一下。破天荒！我并不感兴趣，我只要我的骨头。我蹲坐着，伸出舌头，呼哧呼哧，哈喇子掉了一地，都没等来一条小鱼刺。但我还得摇尾。我摇尾的动作一定很滑稽。我只有尾骨，少了尾巴。主人的砍柴刀早就对付了它。就像大树被劈得只剩根桩，荒凉地裸露着，别提多凄惶了。我表达情感的出口被堵塞了，严实。我只好呻唤，往往换来的是噼里啪啦的脚踹和拳打。

黑蛋，我大着胆子叫他，他正一根接一根地抽烟。烟雾绕墙穿洞，招来农妇提桶端盆，朝他扑去。他浑身透湿地蹲在拐角，一副无奈的神气。我假装摇尾。我想笑，可惜没有笑肌。上苍赏给我们的功能太过单一，只有再三使用。不想人类发明了笑哭，喜乐悲恐。踩脚跳跃，拍手踢腿。甚至还发明了语言和手势，尽情开发。更有聪慧者，发明了文字。嘴上说说不算，还记录在案。要你流芳百世，你不会遗臭万年；要你钉在耻辱柱上，你就不会留在光荣榜里。他们恨一个人，口里骂骂还不算，硬是写在纸上，让后代的后代照着学。

我好歹搞清了主人一根接一根抽烟的缘由。道理很简单，从他的自言自语里，对着电话的倾诉中，知道个轮廓。

他钱已不多，还硬扇自己耳光，苦着脸说不疼。佛面已肿，刚好进入胖子行列。他含着泪，笑了。

小树、小花、小草的生计和就学他全揽了。他以为自己是太阳，那天上是什么？他以为自己是菩萨，那庙里是什么？没听过后羿的故事吗？你就是太阳，也会被神箭手射下来的。你以为是菩萨，那观世音干什么吃的。真是管得宽了，没了边沿。

作为狗族，只有被摆布的份，如果要发声，那是尾气。

在外挣足了面子，在家受够了气。两面派，不好玩。我摇摇头，出门溜达去了。人类的做派狗类不懂，表里如一下可好？

他曾放出豪言，几个孩子的学费算个啥。花胡子听了，精神大振。

他更抛出壮语，学校的缮费值个啥。老子在深圳跺一下脚，没准都会地震。花胡子听了，兴奋莫名。

真财主回来了。您百年后，一定塑金身，进罗汉堂。黑蛋摆摆手，不作兴，只要在县志里添上浓墨重彩的一笔，够了。

简单，县志办主任是俺乡党，跟俺睡过一个炕，尿过一张床，更是俺同学，亲着呢。俺声张一下，他乖乖就范。

花胡子的话就是永动机，就是小马达，震得主人劲头十足。他不想折了面子。面子有时比里子重要。他在深圳混久了，靠的就是面子。烂瓢糟心自个不说，外人不知。发财一半靠能，一半靠脸。能可活命，脸可发家。他以能挣脸，以脸养能。

校舍改造了，从草房换成了瓦屋。花胡子笑了。小树、小花、小草都光鲜了，鼻涕也不糊在脸上了，哼着儿歌上学了。

耿不值回来一趟，爹妈没见到几回，整天被一群人围着，口袋里的钞票像水一样流走。我多次咬他裤管，都被踹开。

这一趟回家，他面子总算挣够了，口袋却干瘪了。没喝够西北风，也灌了一嘴东南雨。我跟着他屁颠跑，跑得终于吁吁。

11

花胡子站在矮处，挥手。一干学生娃也挥手。主人开车载着我离去。我蹲在车窗边，一阵旋风刮过，人影不见了。车还没到深圳，油干了。主人腰包瘪得可以塞下一颗地球。就剩两百公里，迟迟到不了家。大度是大度者的通行证，慷慨是慷慨者的墓志铭。他电话一通，三哥，往我卡里打个五千元！电话里哼哈一阵，没戏了。他又拨，四弟，给我卡里打个三千元。对方好的好的，挂断电话后就没下文了。最后一个袍哥打了两千元，解了他的燃眉之急。他当时蹲在路牙上，直抹泪呢。我摇着秃尾巴蹭他衣袖。他给我一拳，接着就紧紧地抱住我的狗头，连啸叫一声的机会都不给。

主人好歹回到了大别墅，我好歹回到了狗窝。裹着头巾的老佣，赶紧端来了冷炙，填饱我干瘪的肚皮。主人面包黄油香肠胡塞一通，接着就仰面长卧。

肥臀女靸着高跟鞋，吧嗒吧嗒从深夜里走来，震醒了酣睡的花呢猫，也搅扰了我的香梦。脚步里深藏不测，我强烈感受到每一个吧嗒声里都涌现着危机。夜已深，我虽警觉，却不敢发声。连呜呜几下都不可，更别说咆哮了。我龇着毛从狗洞里钻出，蹑手蹑脚。我不是贼，比贼还小心；我不是偷，比偷还警惕。肥臀女摸着主人的口袋，摸着他跳荡的心。一串钥匙出现了。主人哼唧一下，又入酣梦。长途奔袭耗去了他太多油脂，也损耗了他太多精神。他要补回来。

钥匙，这东西我懂。我不能不懂。所有预备的邪恶都是由它打开；所有珍藏的繁华也都由它保管。是深入还是浅出，它说了算。

主人对我训练了无数遍，挨过皮鞭和脚踢。我忘不了。当钥匙在锁孔里转动时，我及时出现了，两道绿光射向粉脸。肥臀女本能地反应过来，一转头，捂住了嘴。眼睛瞪得溜圆，别吃我，别吃我！颤抖的声音飘过来。原来是一只狼！该死的耿不值，你养的不是狗，更不是宠物，却是一只不折不扣的狼崽子！老娘魂都快没了，她靸着高跟鞋，跛着脚，踢踏踢踏地消失了。头发乱成了一团，人也乱成一团。

哦，这是一个新发现。我都不知道自己的出身。让她给破解了。主人说我有哈士奇的血统，那也是狼族的异类。原来我离狗远些，距狼更近。我血液里流淌的并不是温顺，而是狂野。我珍藏着并无外露，关键时候派上了用场。主人睡得多欢。我卧在沙发下，闭目安神。我不想告诉他自己阻止了一次危机。这是我的本分，如果失窃，我罪莫大焉。看着他甜美的睡姿，听着如雷的鼾声，我舔了一下爪子，安适。

12

大别墅还在，肚囊还在，雪茄还在，老爷车依然还在。据说钱柜没了，保险箱没了。主人的口袋瘪了，钱包空了。一如他空虚的双手，空洞的双眼，空蒙的内心。我起先浑然不觉，还沉浸在对付那女人的快感和兴奋中。

我蜷缩在狗洞里，悠闲地舔舐着卷毛，心情大好。对付丰乳肥臀的女人就该那样，可不能退缩了去。

一个脚步轻轻地过来了。凭着直觉，这是不好的预感。我知道，对付了那个女人，总有一天，主人会狠狠地修理我，如果有一天她和他重归于好的话。我也知道，他们终究会重归于好的。就凭着女人那傲然的双峰，足以征服了他，还有她浑圆的臀部，也够人喝一壶的。更为可怕的是，那女人还有一张嘴巴，两瓣刀片样的薄唇，黑白不分，是非颠倒，那我岂不是死无葬身之地。

果不其然，蹑手蹑脚而来的不是别人，正是我的主人。他拿着打马鞭和撒手锏，悄然而至。我知道大祸临头。我刚要跑开，一个打马鞭抽了下来，鞭子饱含怒和恨，还夹杂着些许的怨。

我负痛而逃。主人扔下了撒手锏——大砍刀，这个曾经不离左右的护身符。不偏不倚，砍中了我的尾巴。尾巴脱离了我的身体，不翼而飞。我首先想到的就是再也不能摇尾乞怜了，最多只能摇头乞怜了；现在连摇头乞怜的机会都没有了，只有嗷嗷叫着，逃命要紧。

主人在穷困潦倒的时候，就没给过我好脸色。但我依然紧跟，不离不弃，不依不舍。

主人发达的时候，开着宝马奔驰，横冲直撞，我还是愿意为他看家护院，忠于职守。但他搬进了新家，就是如今的别墅。他本打算扔下我的，我凭着多年嗅觉，让他甩不下我。他身上有一种特殊的气味，与众不同。就是那种穷酸气，混杂着肮脏气，还有一种不服气。就是他发达了，依然改不了。我就是一路闻着气味寻过来的。他尽管坐着香车宝马，倚红偎翠，但骨子里散发着那股气味怎么也洗脱不掉。

主人看到我千里迢迢，一路跟来，倒也心花怒放。觉得没白养，到底恋家。主人特地赐了我一根牛骨，喜得我虎咽狼吞。

从此我闲来无事就在花园里漫步，在太阳底下睡觉，在月亮弯里彷徨。我漫无目的地行走，也漫无目的地吃喝，不知不觉养肥长壮了。毛发乌黑，头脑灵光，嗅觉敏锐，听觉灵敏。

主人换了一茬又一茬的情人，也换了一茬又一茬的朋友。我都凭着敏锐的嗅觉和听觉知道来人是怀着善意还是揣着歹心。在我的吠叫中，唤醒了主人早已麻木的神经。

那个丰乳肥臀的女人一来到，我就意识到这是一个居心叵测的人，她是来分主人的家产。她的意志是如此顽强，一次次被主人甩掉又一次次地重归于好，直到信任有加。

就因为我对她狂吠不止，她对我恨之入骨，总是在主人面前煽风点火，添油加醋，说尽了我的坏话。再加那次的肆意攻击，主人已经厌弃了我。我真的成了资本家的乏走狗，一个落水狗，人们恨不能得而诛之。只有那个胖胖的佣人，裹着头巾的老女人，偷偷给我饭食。

主人不知何故，突然就卖掉了别墅，住进了小高层。小高层不准养狗，我就成了无主浪子。浪子是危险的，打狗队随时都来修理我。

我只好躲进无人巷陌，舔舐着肮脏的皮毛，带着憔悴和病容。一个黑咕隆咚的夜晚，一个脚步趔趄的老女人走来。凭着我天生的嗅觉，我知道是那个老女佣来了。

她看到凄凉孤独的我，扔下包裹，抱住我失声痛哭。主人被那个丰乳肥臀的女人骗惨了，骗得血本无归，倾家荡产。那个女人跟一个洋人串通了，害得他生意失败，债台高筑。他连自杀的心都有啊！现在除了酗酒就是酗酒，已经醉成了一堆烂泥，扶不起来的阿斗了。

女人远走高飞，不知去向。小金也成了流浪儿，它不够机灵，听说被打狗队收拾了。主人还说那次打你，不是心疼丰乳肥臀的女人，而是怪你咬得不够狠。

老佣人在我耳边絮絮叨叨，也不管我听懂听不懂。我只有对月狂吠，叫得星光抖落，银河失色。她抛给我半块月饼，我一口接住。我吞咽后，月亮忽然少了半边。

老佣人一瘸一拐地走了，身后拖着长长的叹息……

失　去

壹

　　滕茼就是不愿结婚。男朋友柳枫苦苦哀求着。谈了三年恋爱，正是如胶似漆的时候。柳枫本以为水到渠成，买了十九朵玫瑰，在烛光晚餐上，亲自单膝下跪，向滕茼求婚。滕茼玫瑰收了，戒指不要，不发一言，就坐在那里。橘黄的灯光打在脸上，柔柔的。柔软里显出三分刚硬，无言就是最大的抵牾。柳枫就这样跪着，足足有五分钟。五分钟是漫长的，一个食客走了，另一个食客也走了。柔媚的厅堂里显得空旷而寂寥。音乐里放着柔和的钢琴曲，理查德·克莱德曼。乐音缥缈，在屋子里散漫开来。很美，也很不美。对滕茼来说，很美，她已入境。少时拉过小提琴，学过乐理。也懂得欣赏音乐，音乐勾起人无端的伤感和莫名的情愫。对柳枫来说，却不美。膝盖跪疼了，拿着礼盒的手也酸了。他像一尊雕塑始终保持着一样的姿势，以僵直的模样呈现在滕茼眼前。滕茼只接受了鲜花，放在桌上。桌上摆着沙拉，放着拿铁咖啡，咖啡冒着微微热气。

当咖啡变凉时，滕莴还在以手支额，品咂着优美的旋律和动人的乐音。

柳枫终于失去耐心，也失去勇气，更失去毅力，慢慢伸直身子，缓缓站了起来。滕莴乜斜了他一眼，继续保持惯有的动作。柳枫坐到位子上，讪笑着，今晚的彩排结束，眼前的演出告终。如果有机会，我还想继续，直到获奖告罄。欲抱美人归，不怕膝头跪。

滕莴扑哧一声笑了出来。

这样的场景不下五次，滕莴就是不答应。不是她不喜欢，也不是不愿意。她也想穿上嫁衣，走入洞房，在迎来送往的仪式中将自己体面光鲜地嫁出去。可一想到斯烈，她的烛火就黯然，甚至归于寂灭。心中有火，那是对生活的希望，对未来的憧憬。

可希望燃起不久，憧憬在怀不长，生活突然蹦出一个虼蚤，浑身痒得难受；生活又丢给你一个趔趄，击得人摇摇欲坠。要不是爸妈的坚强，她就撑不过去了。才十几岁，就面临着人生的重大选择。她何尝不想读书，在象牙塔里闻着书香，在林荫道上舔着冰激凌。在家庭变故前，一切都很美好。她都不知道什么叫美好。斯烈已经结婚，远嫁外乡。爸妈在做生意，越做越大。美好炙手可热，幸福低悬枝头，轻轻一踮脚，伸手就能够着。那就是天堂，流着蜜的生活。财产很多，住着大别墅，喝着新西兰牛奶，吃着美国坚果，还有澳洲龙虾。

十五岁那年，滕莴放学回家，母亲眼红红的，父亲低头抽着烟，闷声不语。气氛显得好凝重，凝重得如入冰窖，似进寒窑。家里本来富丽堂皇，有齐白石的虾，李苦禅的藤，黄胄的驴，都是原版，不是复制。本来引以为傲的挂件似乎失去荣光，变得枯燥而干瘪。厅堂里只有鲁姨在抹抹洗洗。她轻手轻脚，生怕发出声响，惊扰了二位。

滕菖放下书包，奇怪地打量着母亲，母亲抬起泪眼。她又怜爱地望着父亲，父亲头埋得更低了。

妈，你总得告诉我，家里发生了什么事？母亲眼泪扑簌簌地滴落在光洁的大理石地面上，连轻微的声响都能听到。滕菖心惊肉跳。

她走过去摸着母亲的脸，拭去她腮边的泪痕。她又走到父亲跟前，抚着父亲的头发。父亲嗫嚅着，还是出不了声。过了半晌，从胸腔里发出哀鸣，叫妈告诉你！你长大了，瞒也瞒不住。

斯烈没了！母亲说着就号啕大哭。都怪我，女儿生孩子都不在身边，忙着挣钱。咱家的钱还不够花吗？几辈子都花不完的。挣这么多干什么？斯烈享受不到了，一分一毫都享不了。

本来住着高级套间，有专门医生护理，可为什么还要搬出去，出了意外。滕菖一听，明白了一大半。敢情是姐姐生孩子出了问题。难道人没了？斯烈怀孕五个月时，还回家来了，住了一个多月才回去的。她和斯烈多亲，给斯烈削苹果，剥橘子，斯烈一一领受。斯烈回来时，给父母和滕菖带了好多礼物。给滕菖是一个玉观音挂件，原产缅甸翡翠玉石，货真价实，一定价格不菲。她喜欢得不得了。老早就想要。妈妈忙，没时间买；爸爸更忙，没空看。他们生意走上正轨后，忙得不可开交，忙得显山露水。姐姐还未出嫁时，就带着她玩，吃各种美食，买各种花卉。她特别喜欢花，羊城花如海。一年四季鲜花不断，到处洋溢着花香，就像这生活，洋溢着甜蜜。

家里后花园里也种满了各样花卉，有君子兰，有红白玫瑰，也有月季和蔷薇。有花就有味道，有花就有情趣。生活里不仅有花，还有姐姐。斯烈跟父姓，滕茼随母姓。虽然姓不同，却是一母同胞，嫡亲的。有好事者问起，就解释半天。她也不怕麻烦，是嫡亲的。斯烈是姐姐，却像母亲一样，承担起了对她的责任。她比斯烈小一属，她属狗，斯烈也属狗。一个狗头，一个狗尾。两个狗，没事时就汪汪叫。家里热闹极了，开心极了。妈妈给我生一个玩伴，生一个小尾巴。她小时候总是跟着斯烈，形影不离，亲得像一个人。没有代沟，也有代沟。说没有代沟，滕茼人小鬼大；说有代沟，斯烈说的好多事，她听不懂。姐姐就一个劲解释，也不嫌累。

　　滕茼是好吃佬，喜欢零嘴。斯烈总是予以满足。妈妈说再吃就变成胖墩了。斯烈还是没听，照买。她没变成胖姑娘，十岁左右个子就蹿得老高，比姐姐只差一点点了。十一岁就来了初潮。在她惊慌失措时，姐姐及时走进了她的内心，释疑解惑。她懵懂地听着，不时点头。那一丝焦虑与不安就变浅了，直至于消失不见。她顺利地度过了青春期。叛逆很轻，抵触很少。她在姐姐的陪伴下，愉快地生长着。

　　父母生下头胎后，忙于生意，一直不敢再怀。等到生意稳定，家底殷实后，才想起再要一个，希望是男孩。父母是安徽人，很早就到广东打工，刚开始人生地不熟，办事好难。混迹江湖多年，漂泊异乡很久，才上了正轨。斯烈已是大姑娘了，父母也人到中年。生意稳定后，为了有个继承人，将来承继家业，两人一商量，就要了。

　　滕茼来得很是时候。他们想要时，她就及时赶来。父母都没太花心思，一切随缘。

家里厅堂上挂着一幅大大的"缘"字。这是当代一位书法大家写的，父亲爱如珍宝。

贰

姐姐的去世让滕蒿难过好一阵。她对结婚生子本能地恐怖和抗拒。谈恋爱可以，她不排斥。当要提到结婚，她就心生抵牾。特别是结婚后，要生孩子，更是反感。她不想步姐姐的后尘。斯烈是惨痛的教训，她想想就后怕。

斯烈挺着大肚子回娘家小住时，滕蒿一有空就陪着。买化妆品，兰蔻、雅诗兰黛。有着高级香，涂在脸上，散发隐隐的栀子花香，幽幽的茉莉花香。还有高级护手霜，欧舒丹和屈臣氏。抹在手上滑腻腻的，手娇嫩无比，像婴儿的皮肤，吹弹可破。十根手指伸出来，像玉葱一般，修长美丽。斯烈虽然怀着身孕，只长肚子不长膘。腿还是细细的，胳膊也细细的。身材依然姣好。

她对食物很挑剔。鲁姨见她回来了，想着法子做好吃的，虾仁荷兰豆、黑鱼排骨汤、佛手炖蹄子。她只吃一点虾仁，喝一点排骨汤，就再也不肯动筷子了。鲁姨怀疑自己手艺不好，怯怯地问，不合味的，说出来，下次改进。

怀着娃，可不敢少吃。她依然如故。鲁姨改进了烹调方法，也不能让她食欲振作起来。她只爱吃酸，指导鲁姨去市面上买酸菜，好下饭。其实只是念想，真买回来，做成酸菜鱼，她也只拨弄一点到碗里，吃个小半碗饭，再也不愿动筷子。

其实买化妆品，她也不搽，多数都给了藤蒿。有欧莱雅眼霜，火烈鸟睫毛膏，牌子都不错，买来也只是看看，从不用。怀着孩子，怕对腹中胎儿不好。她好想搽。做姑娘时和刚结婚那阵，没事就在梳妆台前，一坐半天，捯饬自己。什么护手霜、洁面乳、睫毛膏、眼霜、粉底一应俱全，弄了这个弄那个。把自己打扮得美美的，心里就觉得美美地。小资的感觉油然而生，幸福的眩晕呼之欲出。怀了娃后就一直素着，兰蔻和雅诗兰黛的精华液和水乳霜就不敢用。虽然高级，含着植物香精，到底是化学品，不能大意的。她爱美，但美得有度，拿捏分寸。忍着吧，生过孩子就可以用了。

斯烈临走时，要将这些东西都丢给滕茼，她还是孩子，也用不上。正在上学，哪有闲工夫捯饬那玩意儿。斯烈还是执意要留给她。滕茼拗不过，放着呗。姐姐的一片美意。滕茼还是很高兴。这些瓶瓶罐罐很精致，看着就美气。什么膏、乳、液等，名字都很贵气。斯烈没事时，就给滕茼涂指甲油，涂了洗，洗了涂。上学时可不允许带着彩色油指甲。就是给，滕茼也不敢。滕茼的油指甲只能保留两天。周五放学回家，就满怀兴致地等斯烈涂油。这是一件愉快的事。两人一边涂，一边聊，一边笑，好开心的事。每到周末，最高兴的事，这算是一件。

滕茼也学会了涂指甲。斯烈回去后，她一阵惆怅，特别想两人在一起的愉快时光。想斯烈时，就涂指甲，涂了洗，洗了再涂。夕阳黄昏中，曾经留下两人碎步；越秀公园里也曾落下彼此身影。想姐姐时，在被筒里哭鼻子，枕头都哭湿了。

毛丫头，跟斯烈就是亲，比父母还亲，自小就是。还是我们带得少，跟姐姐时间比跟我们长。我们早出晚归，出门时她还没醒，回来时她已睡觉。真心对不住她。恁小的娃就懂事了。每次姐姐给她梳头，给她扎辫子，她乖得像只羊。扎好辫子，在斯烈额上亲，又搂又抱。小时候，都是姐姐伺候她睡觉。有时干脆俩人挤一被窝。斯烈既是姐，又是妈。这孩子，算是没救了。说不定长大了，也要跟她姐一样，从我们身边飞走。女大不中留。

滕茼也不辩解，默默地做着手头的事，一本正经地坐着写作业。也不知她听到没听到。就当她没听到吧。

尽管斯烈饭菜吃得少，可水果吃得多。热带水果、温带水果几乎吃了个遍。怀胎时阳春三月，五六月时，各种水果就上市了，一直吃到深冬腊月。身上不长肉，尽长肚子了。娃八九个月时，肚子高高隆起，像一座小山。有人以为是双胎。

生娃时，去了省城。本来可以剖宫产，她怕对娃不好，坚持顺产。剖宫产有比例控制，不是想剖就剖的。她身体素质还不错，年龄也不大，胎儿没有脐带绕颈，也没有头上脚下，一切符合顺产条件。医生也做了检查，给予了指导意见。两者一结合，就达成了顺产意见。

宫缩时，就开始进产房。足足待了八个小时，绞心痛一阵赛过一阵，孩子还是生不下来。她使尽了吃奶的力气，娃终于生下了。她浑身是汗，已经虚脱了，连看一眼孩子的力气都没有了。孩子八斤六两，是一个胖小子。

在遥远的南方，四季常青的城市里，滕茼似乎听到了第一声啼哭。她笑了，母子平安。这是发自内心的渴望。那天晚上睡觉，总不踏实，深夜两点，还是醒着。朦胧中，一个黑黢黢的影子突然蹿上身，压着头，压着身躯，压着腿。她哼叫着，扑打着，想醒转来，就是动不了，想呼喊，也出不了声，急得浑身冒汗，双脚乱蹬，依然无济于事。过了好久，才一惊，就醒了。她虚汗淋漓，浑身难受。心脏怦怦乱跳。她翻身坐起，想开灯，摸到了开关，就是打不开。就在那里傻傻地站着，直到天亮。心中不好的预感越来越厚重，越来越清晰。

已经初三了，功课繁重。本来斯烈生孩子，她想过去的，可斯烈不让。这是非常时期，马上就要中考了，你怎敢放松。功课的确紧张，每天都有做不完的试题。不是数学就是语文，不是物理就是化学，还有历史、政治，七八门功课，将所有的空闲时间全部占领，塞得满满的，让人喘息的空间都没有。整天埋头于题山书海，没有一丝缝隙。

滕茼只好说，等我中考结束了，就去看你，看刚出世的外甥。斯烈在电话里表示首肯，也才放心下来。

叁

滕茼还是结婚了，外甥六岁时。她本不想谈对象，更不愿结婚。斯烈去世后，她似乎一夜长大。本来还是懵懂少女，可到了瑶城，看到摇篮里的外甥小粒，她母性的光辉激燃，心里的柔情复活。她不再是一个少女，在中学读书的娃。她没资格享受这些，也没心思要这些。特别是小粒奶奶跑东跑西，说着满口叫人听不懂的乡音，她就下定了决心。小粒绝不能给奶奶带，那是斯烈的骨肉和生命的延续。这是她生命开出的花，只要一朵，猝然而谢了。那缕缕殷红照彻了西天的晚霞，黄昏时的白昼。光芒万道，在天幕上重重地划过。像欢喜时的烟花，冲天而起，却寂然无声；像庆祝时的雷子，遽然而去，也哑然无语。什么也没留下，在疼痛与嘶叫中走向轮回。下次再世，也许就是陌路。她拼死留下了骨血，那个替她发声的活物和精灵——小粒，就像一颗微尘，从远处飘来，也向远处飘去。存在是极大的考验，任钱财与高位都无能为力。

那个男人在她生产时，却忽然消失。这不是他的错，这是上苍的安排，让他此时错失，错过不该错过的时机。待他回来，木已成舟，生米熟饭。哭与内疚击溃了他。他似乎一下衰老了，脸上横纹密布，心中苦水泛滥。他病倒了。看着襁褓中小粒的阵阵号哭，无所措手。那是操作电脑和机械的大手，却不能抚育一个嗷嗷待哺的婴儿。孩子哭了，他也哭了。一个比一个声音更大。小粒的哭是单纯的，或许是饿了，他的哭却极不单纯。多种情感缠绞在一起，让他痛不欲生。这个男人坐在那里，木呆呆的，泥塑一般；这个男人蹲在那里，傻愣愣的，木雕一样。强烈的情感冲击，让他胸脯起伏不定。他大口喘着气，很是呼吸不畅；他脸色死灰，毫无生动可感；他面色酱紫，一派老气横秋。他的神采被带走了，他的精气被扒掉了。当听到骇人的消息时，他浑身发抖，不肯相信。一定是搞错了，搞错了！医学这么发达，在二十一世纪，医学已经发展到一定的高度，连这点小问题都解决不了？岂不是弥天大谎，瘆人笑话。

男人矮坐在那里，谁也不看。那个指挥若定，潇洒从容的男人忽然死掉了，死得很彻底。那个含着巨大热情的男人忽然湮灭了，只剩一具躯壳。看着他通红的眼睛，看着他痛苦的表情，滕茼好心疼。她想走过去，抚摸他的头发，抚摸他的脸面，却不能。中间隔着巨大的鸿沟，跨不过去，尽管近在咫尺。她想埋怨这个男人，她甚至想诅咒这个男人，可做不到。他也是受伤者。他流的不是泪，是苦涩，是心酸，是愧疚。为何不在身边，工作再重要，能比生孩子还重要？刚好有个项目，非他不可。在外面开局，他是唯一会操作的人。离不开，工程晚一天就有几十上百万元的损失。他以为生孩子是小事，只要钱到位，都会搞定。每个生过孩子的女人都说从鬼门关走了一遭。男人不懂，以为轻松，以为简单。说女人夸大其词，现在医学这么发达，事故率极低，摊不上的。真要摊上那是上天的惩罚，躲也躲不掉。即使自己在场也无能为力。老公在场帮不了任何忙，只会添乱。最多在妻子的心理上有一丝安慰。除了这个，什么也没有。他不能助产，有助产师；他不能接生，有接生婆。如果自己在，徒增烦恼，白添担心。

他不知道精神的强大作用。老公在与不在，关系很大。精神的支撑有时胜过一切物质，再多的金钱也抵不上一句关怀的言语，再好的病房也胜不过几声呵护。滕茼懂，妈妈不知在耳边絮叨过多少次。生你们俩丫头，真作孽。要不是命大，早没了。说得人寒毛直竖。从此斯烈对结婚生娃就有莫名的恐惧，说不出的担忧。

容不得滕茼悲伤，摇篮中的孩子正张着嫩口。她要做一只成年的鸹鸟，衔来虫豸和糠秕饲喂嫩雏。那个扑腾着翅膀的老鸟已经厌弃了人间，抛却窝中的秧崽，提前告别人世。

她要接过来，做一个传导温情与爱的使者，虽然还小，心智也不够成熟。当变故突然降临，这是生长的最佳季节。激素从下丘脑溢出，散布全身。她一夜之间就长大了。她对着叫荒源的男人下了通牒，我要抚养他，我来抚养他。

她将欧莱雅、兰蔻、屈臣氏一股脑儿扫进抽屉，将这些闪着贵气与豪奢的粉妆一起锁进了笼屉。没有这些脂粉，就不会姹紫嫣红，妖娆生气。她决定荆钗布裙，沉下心做一个主妇。

姐姐不在了，骨肉尚在。饲喂他就是思念她；拥抱他就是亲昵她；抚摸他就是接近她。没有了姐姐，却有了小粒。小粒肉嘟嘟的，粉嫩嫩的，不仅会哭，随着时间的推移，竟然会笑。笑的时候比哭多。他是开心的，他沉浸在爱中。他不懂，本能体会到。

她有时看着小粒在睡觉，就悄悄地坐一旁端详。多像姐姐，越来越像了。首先脸的轮廓就像，鼻子和眼睛也酷肖。下巴是圆的，也应该像吧，不确定。看见他，就仿佛看见姐姐。姐姐地下有知，一定会欣慰的。

那个喜欢拉小提琴的女孩不见了，那个愿意听《梁祝》的女孩不见了，那个留着粗黑马尾辫子的女孩也不见了。她剪着齐耳短发，坐在摇篮边，哼着贝多芬的月光曲，看着小粒鼻翼一张一翕，呼吸均匀，就觉得满足。

肆

即使斯烈对结婚恐惧，但结婚时的热闹和喜庆还是冲淡了这份忧愁。来到瑶城，七年了。妈妈没踏进一步。一是工作忙，事情多。她既当会计又做出纳，还兼着厂里的日常管理。每天迎着日出，踩着星归。滕蒿在家除了和鲁姨相伴，和京巴相守，就再也找不出乐子。她来到瑶城，多半是对"家"的抵牾，没有温暖，缺少问候。爸妈的缺位，让她很早就品尝了孤独。所以她和鲁姨亲，胜过父母。鲁姨头疼脑热，她很上心，为她跑来跑去，连父母都没享受到这样的待遇。父母有时生病，她希望病久点，病长点，这样可以有更多的时间陪伴，更多的闲暇唠嗑。只有在母亲生病时，才享受到这样的温馨。有时她感激"病"，是它拉近了距离，消解了隔阂。

她来不了瑶城，这是伤心之地，接纳了斯烈，也埋葬了斯烈。是他将女儿抢走。她甚至恨这个脸膛黢黑的男人。只去了一趟广州，就是和斯烈来认亲，谈婚论嫁。都决定好了，也没经过我们。来了只是打声招呼，爸妈，我要结婚了。结婚后要跟这个男人去安徽瑶城生活。这个家不温暖吗？广州不美丽吗？为什么要千里迢迢，到那么远的地方安家。家里缺吃少穿吗？为什么不找个本地人，想念了，还可以随时看望。这倒好，嫁得这么远，相互照应都难。妈妈是不开心的。看着这个"拐"跑自己女儿的男人，她没给好脸色。脸始终挂着，没露一丝笑容。出于礼貌和客套，她也就走走过场，尽一点做父母的义务。该讲的话还是要讲，也不怕荒源烦。烦也要讲，谁叫她是我女儿，还嫁得那么远。夫妻吵嘴打架都没个诉苦的地，优势全在对方，好处全在那里。养了二十多年，说走就走。虽说现在交通便利了，高铁直达，可也要半天里程。女儿被欺负了，谁管；女儿受委屈，向谁诉。不像在家里，怎么着都行。唉，糊涂啊！妈妈背着斯烈和这个男人偷偷叹了口气。女大不中留，女大也不由娘。随她吧。虽说自己是安徽人，可对家乡还真不太了解。家乡的变化是不小，可那里已没有多少亲戚了，有也很少走动。家乡在心中只是一个模糊的概念，朦胧的影子。三十年前离开的，那时家乡被穷困包围着，只有光秃秃的树丫、低矮的草屋，还有黑狗和黄狗在地上争食。这是留给她最深的印象。父母早就不在了，奔丧和嫁娶时回去过几回，后来就断了音讯。

领来了一个安徽小子，还黑不溜秋的。个头虽高，身材也算挺拔，可看上去老气。确实不小了，比女儿大了整整五岁。这还不算什么，家里弟妹还多，是个农村娃，负担相当重。这些都可以忍受，最让人担心和揪心的是小伙对斯烈好不好。如果不好，只是冲着钱财来的，那就跳入火坑了。我反正不看好。

斯烈怀着身孕回来小住，也不跟着。工作就那么忙吗？男人的心真大，自己心爱的女人也敢放着独自出远门，自己的骨血也敢不陪着，就不怕有闪失吗？从火车上下来时，还是老爹开车去接的。看着她孤零零地出站，心都揪紧了。当然，滕茼也跟着去了，大包小包地拎着。她不忘埋怨几句，荒源咋就不跟着来？瞧你这样子，不像省亲，倒像是逃荒。滕茼是好样的，亲热得很，问东问西。一路火车，你也疲惫了，有一句没一句地应承着。

斯烈结婚老两口子才放下工作，来到瑶城。婚礼是隆重的，也是热闹的。滕茼跟着来了。小城别有滋味，珠光圆滑，有嚼头。不像妈妈形容的那样，土气、俗气与乡气。没有，一点没有。像个小家碧玉，干干净净，清清爽爽。只有在城乡接合部，露出了不太明显的牛皮癣，多数地方花红柳绿。原来这个中部小城，别有一番情趣。她忽然心生好感。这是她第一次来，留下了深深的印象。

斯烈的婚礼给了滕茼很大冲击，她心中莫名欢喜。有朝一日，我也举办个盛大婚礼，让爸妈也坐镇中堂。

斯烈走了后，滕茼表现得比母亲还要悲伤。母亲当着她的面，没掉一滴眼泪，她的眼泪全流进了肚子。滕茼任凭眼泪流淌，恣肆汪洋。她也不遮着，不拦着，任凭泪水横冲直撞。

当听说宝宝小粒活了下来，呛了羊水，本来生命垂危，经过医生施救，脱离了危险。身上有黄疸，在紫外线箱里待着，去掉黄疸。人算是没事了。这是她听到最好的消息。斯烈地下有知，一定感到欣慰。她们牵着众人的心。父亲由于打理生意，只有母亲带着滕茵来到了瑶城，置办后事。

　　母亲的脸始终是黑着的，与在家迥然不同。荒源倒头便拜，一切都是惘然，一切皆已过去，曲终人散。要不是小粒，两家再无瓜葛。小粒是大家的火，共同的根。有火就有温暖，有火就有希望。有根就有绊，有绊就有盼。火塘里快要熄灭的微火，在风的舔舐下，慢慢燃亮，直至熊熊。在情的浇薄下，渐渐旺盛，直到烈烈。

　　家里有钱，不缺钱。广州就有好几套房子，在贵州、南京都有房子，还准备在武汉也购置房产。这些都是助燃剂，会让小粒有更好的未来，不信钱堆不出一个健康而多才的嫩娃。

　　看着襁褓中的婴儿，那个小东西似乎对滕茵笑了一下。再哭，只要小姨抱着他，哄着他，他就偃旗息鼓，安然入睡。多好的孩子，滕茵在他小脸上亲了又亲，像个母亲一样，那么轻，那么柔。

　　从此他离不开她。更确切地说，她离不开他。孩子需要母亲，而不是奶奶。那个满嘴乡音的老女人，她可以叫奶奶的人。

　　荒源看着小姨子，就像看到斯烈。她和斯烈长得不像，无论外貌还是性格都不像。她们一个像母亲，一个像父亲，像商量好了似的。可偏偏这两人很亲，亲得恨不做一人。

　　荒源当听到滕茵要留下来，他泪水滑出眼眶。

伍

滕蒿还是把自己嫁了。犹豫再三，考虑再三。嫁之前，与柳枫约法三章。他都答应了，她也就没有后退的余地。

有那么一刻是恐慌的，稍纵即逝，取而代之就是喜悦，特别是母亲从遥远的广东乘高铁来，更让她喜出望外。斯烈去世后，照顾外甥的重任就落在滕蒿肩上。是她主动的，父母没有强迫，甚至是反对。反对也是激烈的。开始压根不松口，要是留在瑶城，就别回来了。他奶奶会照顾的，你凑什么热闹。滕蒿心疼斯烈，也思念她。外甥就是她的影子，也是她的化身。看到小粒就等于看到她。滕蒿舍不得她，滕蒿放不下她。揪心的难过一阵狠似一阵。她想哭，没哭够。如果哭能召回她，她就可着劲哭，放任地哭。哭无济于事，哭于事无补。哭，只能招来更大的痛，更深的想念。死去是另一种解脱，也是一个极大的谎言，由不得藤蒿不信。殡仪馆水晶棺里躺着的是一个睡熟的人，一个慵懒的人，一个再不梳洗的人。过去吧，这是一个坎，总要有人面对。藤蒿以极大的毅力，极强的包容接纳了这个事实。一度她是不肯面对的，不愿面对的，也不甘面对的。看到襁褓中的小粒，哭得伤心，她就不敢流泪。泪水稀释了悲伤，也强化了事实。她抱起小粒，喂着奶。不是驼奶，也不是马奶，而是牛奶，还有些羊奶。牛奶喂得多些，是进口奶粉，用温开水冲兑着喂。美赞臣、雅培是常用品牌。小粒出世只喝过两次母乳，不是她妈妈的，是一个同病房的阿姨。她也生了宝宝，跟小粒同一天出世，是个女娃。看着小粒嗷嗷叫，那个长辫子阿姨奶水很旺，多得喝不掉。

有时胀得难受，就到厕所挤掉。藤茴留了个心眼，也跟着去了，亲眼看到这一幕。她就问那个姐姐，能不能喂几口给小粒。小粒总算尝了几次母乳的滋味。

那个姐姐出院后，小粒就再也享受不到了。黄疸消失后就回家了，喝牛奶，牛初乳。孩子不挑嘴。喝了几次母乳，再喝牛奶，孩子拒绝。奶嘴一贴上，就用舌头顶出来，死活不肯，还一个劲哭。他奶奶也跟着抹泪，小乖乖，你不喝牛奶，就饿肚子。你想长大，就喝牛奶。妈妈不在了，你要懂事，乖！

奶奶叽里呱啦，边说边喂。小粒依然抵触。他听不懂，藤茴也听不懂。藤茴心下不忍，从奶奶手里接过奶瓶，试着喂。小粒是苦孩子，从小就没妈，我就是你妈。你要懂事，乖乖的！妈妈为了你，命都没了。你要争气，不能挑食。给你喂奶的不是妈妈，是阿姨。小粒似乎懂了，不哭了，也不手脚乱蹬。他静静地躺在摇窝里，眼睛看着"妈妈"。滕茴将奶瓶塞进他嘴里时，他不反抗了，啜着舌头吸，吸得很起劲。喝饱后，就睡下了。小脸红扑扑的。

家里人商量，小粒没有母乳喂养，长大抵抗力差，容易生病。琢磨着请一个奶妈，费用不是问题。她们去医院妇产科，瞄了一阵，没人愿意。出高价都不行，都奶着孩子。一个孩子都不够喝，怎么喂另一个。他们就想到了那个阿姨，奶喝不掉。

打听来打听去，这人似乎人间蒸发，再未出现。还是荒源有主意，到医院调档案。在医院生孩子都有一套档案，家庭住址、电话号码一览无余，清清楚楚。于是塞了红包给档案室的人，一查，果然资料齐备。顺藤摸瓜，很快找到了孩子妈。

那位同房的阿姨住在老旧小区，没有工作，男人打零工，生活艰难。可女人能吃，一餐好几碗饭，奶水足得很。

说明来意后，女人满口答应。她饭菜不好，估计奶水营养也不好。干脆将她请到家里，伺候几个月。

小粒奶奶负责买菜烧锅。每餐有猪蹄炖黄豆、鲫鱼汤、黑鱼汤，还有猪肝猪腰子等好伙食。女人本来面有菜色，两个月待下来，不但没瘦，还胖了五斤。小粒喂得也好，脸上肉嘟嘟的，小胳膊小腿像藕节一样，嫩得能掐出水。

女人除了喂俩孩子，啥事不干。孩子吃饱后，下午天气暖和，就和滕蒿各自推着婴儿车外出晒太阳、遛弯。三个月后，家人估计奶水不干净时，才硬让小粒断了。女人就回家了，临走还得到一大笔钱。女人满心欢喜地走了。小粒哭了好一阵。母乳喂养时，夜里女人不在，只有滕蒿陪着。一般十一二点小粒总要喝奶，滕蒿就起床冲兑奶粉，既怕烫着，又怕凉着。孩子娇弱，一点不如意，就会哭。他才几个月，不会说，也不会叫，唯一的表达工具就是哭。有时哭得莫名其妙，有时哭得毫无来由。拉屎时哭，尿尿时也哭。饿了哭，饱了也哭。这孩子，真不省心。奶奶抱时哭，爸爸抱时也哭。只有滕蒿抱时，才会消停。他离不开姨，那个他后来喊妈的女人。

滕蒿离不开，也走不了。她丢下了学业，没有随母亲一道回去。母亲生气了，一句话没说，就急匆匆赶回去了。后来打了几次电话，问啥时回来，你就钉在那里了吗？挪不动还是咋的？滕蒿就说要照看小粒，过段时间就回。一晃半年过去了，小粒明显长大了，长高了，会笑会叫，更好玩了。现在不是小粒离不开她，却是她离不开小粒了。在小粒半岁后，她就教他说话，教他爬。叫妈妈，叫妈妈！指着自己对着小粒喊。一段时间训练，小粒六个月会爬，八个月就能走，一周岁不到就会喊"妈妈"。第一声稚嫩的俩字从他嘴里含混不清地吐出时，滕茴眼泪吧嗒吧嗒地掉。她特地去了斯烈的墓前，亲口告诉了姐姐。墓前草木葳蕤，柏树森森。风吹过菊花，雨打湿纸钱。姐姐的墓前放着她爱的化妆品兰蔻。风打着滚，在附近周旋。还未燃尽的纸钱纷飞，落进衣领，钻入脖子。这也许是蝴蝶幻化，蛾子裂变。是精灵，也是妖孽，挥之不去。

清明时节来过，儿子还小，不会走路，也不会说话。成人的世界他不会懂，不能带他过来。大人已经商量好了，滕茴就是妈妈，长大了也不能说破。说破了，怕他闹情绪，有想法。这个美丽的谎言一直说下去，谁也不能破坏。

每次上坟，都要特地带一瓶兰蔻，放在墓前。这是必修课。

陆

在滕茴的婚礼上，母亲哭了。她抱着滕茴，舍不得放开。我们尊重你的选择，并表示祝贺。场面上的话，她也说了。其实她内心很苦，在这种场合她不表现一丝一毫。婚礼还算成功，唯一的遗憾，爸爸没有到场。他本该来的，可琐事缠身，冗务牵绊。滕茴表达了略微失望。妈妈做了进一步解释，她也就释然了。

女儿受苦了，还要继续受苦。妈妈千方百计从安徽逃开，你们千方百计又赶回来，替我偿还孽债。算你是对的，错了也要坚持。老两口拼命打拼，还不是为了一家团圆，和和美美。你这是咋了？还嫌事不够多吗？这里有魔力吗？让你们前赴后继。我们的家业谁来继承，我们的财富谁来掌管？没有你们，我们奋斗还有什么劲?

婚礼后,妈妈将滕茼拉到一边,发表了这样的看法。滕茼眼睛红红的,她欲哭无泪。

小粒已经幼儿园毕业了,马上就上小学了。上幼儿园时,滕茼就没事。总得找些事做做,人不能闲着,闲极生事。

斯烈走后,荒源的精神就被击垮了。他回来时,半天没一句话。本来话就少,现在话更少,少得可怜。原本一头青丝乌黑,才几年时间就慢慢生出一些白发。他闲暇时就坐在椅子上,抽烟。烟雾笼罩了他,身影若隐若现。他不再高大,腰甚至有点驼了,说话也中气不足。小粒有时哭闹,他也不搭把手,就像不是他亲生的。他挣的钱全交给滕茼,滕茼照单全收。

荒源本来在国有单位,一个效益很好的企业。自从斯烈走后,他蔫吧了,心劲没了。没过两年,他辞职了,只身来到南京,开了一家工程公司。自此很少回来。回来时,也只冷冷看几眼小粒。小粒怕他,见了就想躲。他不喊儿子,小粒也不喊爸爸。

小粒只对两个人亲,一个滕茼,一个奶奶。奶奶絮絮叨叨,没完没了。一会嫌小粒吃少了,一会又担心小粒穿薄了。刮风送衣,下雨送伞。老早就待在幼儿园门口,巴巴地望。

小粒上幼儿园时,滕茼报了好几个班,一个是乒乓球,一个是跆拳道。滕茼管得严,刮风下雨时,小粒赖床,不想去。滕茼就拿戒尺打,照着屁股几下,小粒就乖了。

有时在幼儿园跟小朋友打架,揪掉别人扣子,她知道了,就狠劲打,叫你淘,叫你淘!有时又掐脸,拧耳朵。小粒对滕茼既爱又惧。半天没见滕茼就问,妈妈呢?我要妈妈!

奶奶说，妈妈不要你了，回广东了！小粒最怕听到这句话，比打疼，比骂伤心。他哭开了，哭得稀里哗啦，甚至躺到地上，打滚。他头发老长，后面扎着辫子。他一边哭一边打滚，一边扯下辫子，将头发弄散。这些还唤不来滕茼，他就用狠招，用头在木地板上磕，磕得咚咚响。这些还不够，他又用手在脸上挠，挠得一道一道血印子。直到滕茼出现在眼前，抱着他，哄。他见到滕茼，又搂又亲。妈妈不离小粒，小粒乖，再不淘气。滕茼心疼得想哭，就哄说，妈妈不离小粒，妈妈陪小粒一辈子。小粒就破涕为笑，在滕茼脸上猛亲几口，吧嗒吧嗒响。

小粒六岁那年，滕茼将自己嫁了，也只有二十二岁。小粒上幼儿园时，滕茼闲极无聊，不如谈场恋爱，以此打发无聊。结婚不是她所想。她是个正常女人，斯烈离开时的悲伤已消磨殆尽，人也松活了许多。钱不愁花，母亲定期往她卡里打钱，荒源也是。她一年什么也不干，就能收到上百万元的款项。听说荒源的公司赚头很大。荒源很少回来，回来就坐在椅子上抽烟。母亲端来鸡丝面，汪着两个茶叶蛋。他端起来，狼吞虎咽地吃掉。母亲满意地收拾碗筷，然后就报告小粒的情况。一般他只是听，不发一言。母亲问可找对象了，他沉默以对。如果滕茼在旁边，他就瞅一眼，然后低头抽烟。滕茼还他一眼，眼神很复杂，既怜又爱，且疼且恨。

滕茼谈恋爱了，听说快要结婚了。你快四十岁的人了，怎么还晾着，不怕晒干瘪了。你也算对得起她了。这都是命，怪不得你的。你就是在家，也不能保证她不出事。你见了小粒像仇人，小粒见了你就想躲。你们父子怎么能这样呢？你每次回来也不买点好吃好喝的哄着他。娃小，不懂事。他是无辜的，你更不能怪他。不是他命硬，夺走斯烈。

荒源不作声，只抽烟。烟缸很快躺满了烟蒂。家里雾气缭绕。

母亲无趣地走开，忙自己的事去了。她不管荒源听不听，只要他回来，都要说一通。

当母亲说到滕苘谈恋爱了，又准备结婚了，他也丝毫不为所动，也没任何反应。母亲希望他有所表示，不管是反对还是赞成，总要发句话。他什么也没说，抽完烟，只将烟头狠狠地在烟缸里摁灭，然后站起来走向房间。

滕苘手头攒了这么多钱，不知怎么花。她有辆车，奔驰600，可很少开，更不开到幼儿园。小粒放学，她都骑着电瓶车去接。穿得也很朴素，没有什么大牌的。她唯一的爱好就是看房子。在瑶城买了两套，自己住的那套是别墅。在市中心，闹市区。旁边就是购物大厦，大厦里什么都有，几万元的貂皮大衣，几千元的老爷车，几百元的真维斯，低中高的都有。她只买真维斯，普通品牌。

她一次去贵州旅游，看贵阳的房子比瑶城还便宜，就顺手全款买了一套，去武汉见朋友，听说房价不高，也看了几个楼盘，接着就出手，也购了一套。

小粒渐渐大了，瑶城教育资源有限，他爸又在南京工作，她留了个心眼，几次去中山陵，被发了几个购房传单，一下决心就在江宁也全款购了一套。那时南京房价还不算太高，但已不低了。南京房价在全国来说，涨势比较厉害。她想小粒将来到南京上学或工作，不如早做打算。手头的钱基本都用来买房了。如果不够，她就问母亲要。母亲也不问干吗，要多少给多少，从来不讨价。她知道滕蒿手紧，不会乱花钱。她唯一敢花钱就是买化妆品，兰蔻、雅诗兰黛、欧莱雅等品牌是常用货。在别人看来，都是烧钱的货，她出手阔绰，眼都不眨一下。化妆品别人看不见，用在自己身上也不易招眼。这些化妆品深入肌肤，看不出一点高贵，一毫奢侈。

滕蒿少开车，也是怕招眼。人在江湖，不能不长心。显出了与年龄不相称的成熟，尽管脸蛋告诉了别人，也出卖了她。她总是通过言语敷衍过去。她说已经三十岁了，有人就说过得真年轻。

她的结婚对象是柳枫。柳枫是技校学生时，喜欢去操场跑步。一般是晨跑，很早就看到一个穿着红色运动服的女子在锻炼。看上去也像学生，很嫩。跑了几次，就彼此熟悉了。他们跑步的方向相反，总有相遇的时候。你看我一眼，我看你一眼。通过眼神的交流与碰撞，彼此就算认识了。对方姓名和喜好都不知道，并不影响对彼此的好感。柳枫身材高大，体格匀称，浑身都透着健康与力量。滕蒿娇媚，玲珑，遍体显出活力与金贵。两人跑了半年步，谁也没首先说话。最后柳枫没忍住，主动搭讪。就像老朋友，滕蒿不感觉陌生，也不感觉唐突。互留了号码，相互加了微信。微信聊天模式开启。

柒

小粒上的是全托，早上七点半到校，晚上四点半放学，中午在校午休。上幼儿园前特别黏滕蒿。自从没了奶娘，滕蒿就喂牛初乳。小粒还认生，别人喂不喝，还一个劲哭，只要滕蒿一抱起，一听到她声音，就立刻止歇。滕苘将牛奶兑得温度适中，并用嘴亲自尝尝，才塞到小粒口中。小粒就吧嗒吧嗒地吸。断奶那一阵，小粒喝奶少，经常哭闹，夜里醒来就哭。有时凌晨两三点，有时三四点。哭音洪亮，叫声凄厉。滕苘正睡得香，一个激灵，赶紧起床冲奶粉。有时迷迷糊糊，晃晃悠悠，整个人都蒙着的。凭着本能，毫无经验。有时不是烫了就是凉了。刚喝一口，烫得直叫。滕苘亲自尝，不烫啊。这孩子怎么啦？几次一试，有了经验。小粒人小，皮肤嫩，大人嘴里刚好，婴儿口中不行。她兑凉了点，小粒才肯喝。有时兑得过凉，小粒喝了就拉稀。婴儿拉稀不好用药，只能上医院。六个月一过，娃儿身上从母体带来的抗体消失，新的抗体还未建立，就容易感冒发烧。一烧 39 摄氏度，吓得滕苘毫无主意。有时夜里发烧，发烧时就蹬被子，一个劲哭。滕苘被熬得心力交瘁。她只好和奶奶打车送他去医院。冬天冷，一次滕苘睡过了头，失去警醒，小粒蹬被子没发觉，导致受凉。婴儿本来抵抗力就弱，稍不注意就得病。再说小粒又没喝够母乳，体抗力就格外差些，受凉后就咳嗽。晚上睡觉喉咙里像小鸡叫，丝丝的痰堵着，像哮喘一样。滕苘没经验，也有点大意。毕竟她自己也是孩子，没谈过恋爱，没结过婚，更没生过娃。带孩子也是在摸索中，经验很不足。老奶奶想跟着，无奈小粒不认。老奶奶年纪也大了，频繁起夜也不方便。

小粒就在卫生院吊水。天冷，风嗖嗖的，树丫光秃秃的，枝头在颤抖，看着就心寒。不时有几只鸱鸟从孤零零的树梢像箭一样飞出，丢下一团黑色的身影。滕苘不禁一颤，本能地缩着脖子。

吊了几天冷水，病情反而加重了，咳得更厉害。喘气都难，小脸憋得通红。到南京儿童医院。儿童医院人满为患，到处都是孩子哭声。这好像不是医院，倒像一个幼儿园，一个极大的幼儿园。队伍排得老长，都在等着挂号。不挂普通医生的，都要挂专家门诊。给孩子看病，都舍得，再没钱，也不吝啬。专家号一票难求。老奶奶抱着孙子，滕茜排队。没地坐，大厅里人山人海。老奶奶快抱不动了，一直忍着。小粒在襁褓中呼哧呼哧的，时不时咳嗽着。

一个陌生人走到队伍前，神秘地问，要专家号吗？便宜啦，便宜啦！有人忍不住了，排了好几个小时都没等到。这里有卖专家号的。有人就跟了过去。滕茜听到，也不淡定了。跟着离开队伍，走出大厅。那人戴着瓜皮帽，眼珠滴溜溜转动，透着活泛与灵醒。一个男的掏出五百元买了一张专家号，滕茜也不含糊，同样掏出五百元买了一张专家号。到了指定专家那里，人家一看说，假的。滕茜气得想国骂，还是忍住了。她还没学会发火。老奶奶跟着楼上楼下跑，已经气喘吁吁。忽然一个趔趄，几乎将小粒甩了出去。幸亏滕茜离得近，一把抱住，孩子才没落地。吓得两人腿脚发软。

滕茜这时多想荒源在，他是爸爸，不该缺席。平时可以不管，关键时候要顶上。就在她几乎要绝望时，荒源及时赶到。他手里攥着一张专家号，货真价实，才五十元。小粒看到了。专家说孩子是肺炎，要住院。不过没有床位了，要等。等到什么时候，谁也说不准。滕茜又陷入恐慌与无助。荒源说回家。一个婴儿得了肺炎，也不是疑难杂症，犯不着小题大做。于是开车送两人回去。

在瑶城中心医院住下，只要七天就治好了。老奶奶送吃送喝，滕菁日夜陪同。

自此后，滕菁决心学车，并买车。车子一学会，就买了奔驰600。滕菁买车不是显摆，她一点这个意思都没有。她不喜欢张扬，也不好名车。买车完全出于临时急用。小粒上幼儿园，路有点远。春秋两季还好，骑着电瓶车很快送到。一到夏天和冬天，骑车太难了。小粒刚开始上幼儿园很抵触，总不愿去。叫半天才起床，时间紧得如弓弦，一拉就断的感觉。滕菁狠了狠心，买了车。她对钱没太大概念，好车孬车也分不太清。平时也不研究，听说奔驰宝马不错，就买吧。在两家店里转悠了一阵，稍做比较，就下了订单。还是奔驰好。究竟好在哪里，她也说不出子丑寅卯。感觉好，那就它了。

有了车确实方便多了，许多事都可以轻松搞定。孩子生病，夜里不用在路上等半天，直接开着车说走就走。

小粒大点后，她经常带着娃在妈妈群里晃悠。听有经验的妈妈说孩子不能老打针吃药，西药对身体不好，吊水也不好，对抵抗力是一种破坏。还是吃中药好，中药伤害小。她听了进去。只要不是大病，都看中医。认识了一个老中医，原市人民医院退休的，水平高超，药到病除。她省心多了。滕菁也不傻，听也听会了。小粒病好后，就拎着一篮水果登门道谢。下次看病，会受到优待。

刚上幼儿园时，孩子容易生病。由于孩子多，感冒发烧容易互相传染，再就是孩子午休时容易踢被子，老师照顾不过来，也会导致生病。到幼儿园中班和大班时，就好了。折腾了几年，滕菁终于熬得过来。中班时，滕菁养成了跑步习惯。她对体育很喜欢。小粒很小时，没时间。一旦有了自己可支配时间，她就重新捡起爱好。技师学院就在别墅边。学校操场上经常活跃着大批年轻人，跑步打球，热闹得很。站在楼顶，看得清楚。这个场面让她想起学生时代，特别留恋。于是每天早起去跑步。就这样和柳枫认识了。

柳枫快要毕业了。现在就业竞争激烈，像他这样三流学校毕业的，不好找工作，好工作更难找。他也不着急。俗话说，虱多不痒，债多不愁。都这样了，还能怎样。他爱好体育，喜欢篮球足球，也喜欢跑步。每天下午没课，就到操场上打篮球或踢足球，风雨无阻。他有一帮同学，也痴迷于此，工作都没着落，也不急。急不来，索性练好身体。说不急，其实有点假。年纪轻轻，总不能待业赋闲。他找过，都不太理想。大多在服务业，没有过硬的技术，只能干这行。不是嫌待遇低，就是怕工作苦。他也没太当回事。船到桥头自然直。他想干大的，雄心抱负有。可现实伸出了血淋淋的舌头，他就缩了回去。

遇到滕蒿纯属偶然。滕蒿不属于漂亮的那种，不招人。丢在大街上，普通极了。但隐隐觉得她身上有股贵气，说不准。自从搭讪上了，开了头，就不好煞尾了。他还是主动多点，只要柳枫不言，她就不语。在微信里也是他挑起话头，聊天才会继续。滕蒿想就当一个普通朋友处着。自己在瑶城没朋友，有时怪孤单的。除了伺候小粒，闲来无事，特寂寞，很无聊。少时喜欢拉小提琴。那是拉给斯烈听的，自从她没了，她也就了无兴致。小提琴就挂在墙上几年了，她从未摸过。她喜欢拉《梁祝》和《春江花月夜》。虽然现在不拉了，但还喜欢听。戴着 MP3，插着耳机，一边跑步一边听。有人拉呱时就摘下来，装作很投入的样子。都是家长里短，空穴来风的事，她不感兴趣。女人接孩子时，扎堆聊天。她站在人缝里，一言不发。聊穿衣打扮，聊吃喝拉撒，聊孩子学习。有两个二姐直接聊床帏之事，也不避讳。滕莴没经验，也不想听，就低着头走开。滕莴像个姑娘，一聊这事就脸红。娃都老大了，有什么羞臊的。

也怪啊，从没看见小粒的爸，难不成是离婚了？或者是二奶，被包的。这年头啥样人没有。这事多着呢，见怪不怪。说着两人就哈哈大笑起来。尽管滕莴已走远，还能听到刺耳的笑声。她真想跳过去揍一顿，欠扁的东西，嘴巴不干净。

后来接小粒就远远地躲着，再不往人堆里挤。两手插在裤兜里，耳朵上塞着耳机，MP3挂在衣兜里。

瞧那人一点不像生过娃的，看上去就像小孩。她是姐姐还是阿姨。但小粒总是妈妈妈妈地喊，亲热得很。一定是小三，跑不了的。

两个长舌妇又嘿嘿笑了，还拿眼睛朝这边瞟。滕莴装作没看见，也装作没听见，继续埋头做自己的事。

和柳枫谈恋爱后，她有一个原则，叫他别问，只管去做。家里的事情不好说，也懒得说，不愿意拉倒。

当他第一次见到小粒，吃惊地瞪大了眼睛。小粒搂着她亲切地叫妈妈，她顺理成章地摸着小粒的头，吻着他的腮，一个母亲才能做出的动作，还是嫡亲的。

他脸上汗下来了，顺着额头淌。小粒挣脱开了，很敌意地看着陌生的男人闯入他的家。妈妈，赶走这个人，他是坏人。

柳枫更不淡定了，他有点气急败坏，很想一走了之。滕莴纠正了他，也挽回了他的面子。他不是坏人，是妈妈的朋友。小粒不依，就是坏人，就是坏人，抢走妈妈的人都是坏人。

抢不走的，妈妈不是还在这里吗？你以后要叫他爸爸，懂吗？

我不是有爸爸吗？怎么又多了一个？

那个人也是爸爸，以后你会懂的。小粒就不再问了。

柳枫陡然间多了个五六岁的儿子，心里不好接受，难过地低下头。他不想多一个儿子，和他争抢同一个女人。这个女人都还没碰过，平白无故地有了儿子，实在不好接受。他心里梗得难受，像嚼了一根骨头，磕着牙了。牙不仅疼，还酸。

有一阵子，滕茵派他去接小粒。小粒已是幼儿园大班了，个子蹿得老高了，快到滕茵肩膀了。

滕茵再去接，没人言语了，只是好奇地打量她，眼神怪怪的。滕茵一个不理，接了孩子就走。她骑电瓶车，风里来雨里去。家里有辆奔驰，只在紧急时用。

冬天太冷，风还大，有时就叫柳枫开着去接小粒。柳枫第一次开好车，惊讶得合不拢嘴，慢慢就习惯了。

他知道滕茵不是一个简单的女人，是一个有故事的女人。他也不打问。住着别墅，开着豪车的人注定令人侧目。

原来长相平平，穿着一般的滕茵不同凡响，敢情是个富二代。柳枫在心里滚过无数个念头，也千百次想张嘴。他们之间的纪律不允许他多问，他只好闭嘴。

孩子要上小学了。为了小粒，他必须有个爸爸，时不时出现在校园里，营造一个圆满温馨的家的氛围，免得老师查问。小粒渐渐大了，不能总是自己接送，必须有个男人站出来。他的亲爸从未出现，也未尽责。他甩手不管，自己却不能。他是斯烈的血脉遗存，也是生命的延续。不管怎样，不能亏了。小粒大了，开家长会，班级打扫卫生，不是叫妈妈就是喊爸爸，他不能少了一个。

柳枫扮演得挺像，没有露出破绽。每次轮到小粒值日，不是柳枫去就滕蒿去，很积极，也很及时，没露出半点马脚。

柳枫去得少，非去不可才去。在一次家长会上，班主任点名要小粒爸爸来学校。小粒犯了一个不可饶恕的错误。他下课和同学一起疯，两人抱摔，将同学的头摔破了，淌了好多血。小粒闯了大祸。同学家长气疯了，也急疯了。声言要给小粒好看，如果家长不管，自己来管。班主任头都大了，一群不省心的熊孩子。

柳枫没见过这场面，也没当过爸爸，只好硬着头皮上。在家长会上被批得体无完肤，脸红汗出。他低着头走出了教室，眼前一片乌黑，方向都找不着。他不知道是怎么到家的。

回去一报告，赔钱呗。滕蒿说花钱买安。他不敢做主，也不敢放胆，毕竟滕蒿没有授权，不能大包大揽。

好在孩子没事，一场虚惊。俩人拎着东西上门负荆请罪，这事也就过去了。

滕蒿长了个心眼。她不像在幼儿园那样了。她学会了化妆，将自己化得老气点，成熟些。一个稚嫩的毛丫头说话使不上劲。化妆占用了很多时间，一遍不成，两遍不像，洗掉重来，直到自己满意为止。她听到窃窃私语时，就动了念头，于是到月亮城里跟人学化妆。月亮城主要卖地摊货，是居家过日子的女人常去的地方，东西便宜。里面有美甲店、化妆店，女人胸罩内衣。逛月亮城的多是妇女。偶尔有男人陪着女人的，多数是女人拖着女人去的。滕蒿在一个化妆店里花了五百元学化妆，包教包会。这里人化妆水平不上档次，跟婚纱店里专业化妆师没法比。叫姑娘小洁帮她化，化到满意为止，还要看不出多少化妆的样子，很素面朝天的模样。小洁就说不会，只有三脚猫的功夫，化不出那个水平。滕茼出价到了五百元，她勉为其难，接受了。捣鼓一通，花了好几个小时，才接近她想要的样子。然后洗掉，自己对着化，又花了好几个小时，才稍感满意。

后来每次去学校之前，她都化一遍妆，接近三十岁女人的年龄和成熟度，才肯出门。她想这样就配当小粒的妈了，省得人疑神疑鬼，问东问西。

一次上网刷手机，受到启发，突然有了灵感。于是网购了几个假脸，戴好后，在镜子里一照，真有几分沧桑，几多成熟，省心省事。化妆麻烦。

捌

柳枫扮演爸爸比较成功，打动了滕茼。有时趁着周末，三人一起去郊游。柳枫既当司机，又当爸，还当保姆。将两个人照顾得周到得体，让滕茼服帖。特别是阳春四月，柳絮纷飞，菜花金黄。田野里生机勃勃，田鸡蹦跶，野鸭翻飞，白鹭翱翔，鹁鸟欢鸣。一派祥和，一片愉悦。三人世界，是一个完美的组合。小粒拿着水枪，到处挤水，向天空，向大地，向他想的任何地方喷出一股股清泉，甚至也往柳枫身上喷，毫无顾忌，就像柳枫真是他爸爸一样，一点也不见外。他乐此不疲，任性胡来。他一会滚到菜田里，一会爬到矮树上，身上弄得脏兮兮，灰不溜秋的。滕茼表达了愤怒，他才有所收敛。柳枫说，孩子嘛，随他去。这话感动了滕茼。滕茼心里有了主意。

　　她本来对结婚是抵触的，现在忽然改变。孩子的亲爸一直不肯认领他，从来就没带他玩过。他都不知道爸爸的滋味。偶尔回来，不是抽烟，就是独坐沉思。在后面阳台上，拖把躺椅，往那一靠，万事大吉。小粒怯怯地走过去，轻声地叫着"爸爸"，他头都不抬，理也不理。他心里一直恨，这个毛孩夺走了妻子，是个煞星，是哪吒一样的人物，是祸水，是灾星。荒源看到他就想到斯烈，想到斯烈就对小粒多恨一层。按道理，是自己的亲骨肉，本不该这样待他，可就是转不过弯来。斯烈在 ICU 抢救时，他是多么焦急，多么难熬。当听到医生宣布时，如晴天霹雳，山崩地裂，内心的闸门轰然垮塌，泪水洪流铺满脸面，整个人简直疯了。他失去了理性，失去了神智，冲动得很想打砸抢烧。残存着仅有的理智将他拉回了现实世界，他踢着抢救室沉重的铁门，踢得脚都肿了。就这样还不甘心，又拿头撞着铁门，砰砰地响。试图唤醒那个沉睡的人，那个身体逐渐冰冷的人，那个毫无知觉的人。一层白布覆盖了全身，脸如蜡纸，静静地躺着，像睡熟的样子。

　　保安赶过来，阻止了他的疯狂，遏制了他的莽撞。他蹲在室外，捶打着头，揪着头发，不肯饶恕自己。本来非常活跃的人忽然沉默、沉闷，如一摊软泥。后来就从单位辞掉了工作，什么工程，什么项目，老婆生孩子都不让请假。这就是骨干的下场，能手的报应。他果断地做了决定，与单位一刀两断，绝不牵绊，到南京开了自己的公司。

　　一心扑在事业上，连家都很少回。再也不碰女人，拥有时美好，失去时那个痛好比剜肉割疮。斯烈读大学时认识，追得苦，追得久。他从心底里喜欢。这个女人钻进了他的心窝窝里，藏得太深。他发誓带给她好生活，富足、体面。本来她父母不同意，一百个不答应。嫁得那么远，回趟家都难，别说相互照应了。家里不缺钱，也不缺尊严和体面。该有的啥都有，何必和一个穷小子厮混。

斯烈最终背叛了父母之言，以不太体面的方式嫁了过来。婚礼那天，父亲都没来。荒源心里一直不舒服。你有是你的，我要给她创造好生活，用自己的才华和能力，搏一个天下。

几年后，生活和工作都趋于稳定后，他们才决定要孩子，没想到结果是这样。他万分不甘。是个男孩，如果是女娃，他还能接受。这个小东西，自从来到世上，一伸腿一蹬脚，就打破了一个和谐的家庭，闯下了大祸，下手忒狠了点。小东西在保温箱里时，他都懒得瞅一眼，都是奶奶和滕茼忙前忙后。

滕茼很心疼荒源，也为他惋惜。还是斯烈命短，这么爱她的男人都没能系住，独立离开。就在荒源埋头时，她很想走上去摸摸他，擦掉他脸上明显的伤痕，拭去眼角的泪花。她不能，她不敢。就这样怯怯地远远地看着，怕他走火入魔，陷入另一个纷乱的世界。

她同时也为斯烈感到高兴，她嫁得没错。与这样一个深爱她的男人厮守几年，也该知足了。她突然生出莫名的嫉妒和嫌恶。她为这种从心底里升起的情愫而感到羞恶，感到深深的自责和愧疚。斯烈生前和她多要好，对她多体贴。在这个男人之前，她享受到了斯烈所有的好。一个姐姐该做的，她都全部履行了；一个姐姐能做的，她毫无保留地奉献了。

斯烈没看到孩子一眼，滕茼替她照看。就是一辈子不谈朋友，不嫁人，也要恪守信诺。她给予的太多，我付出的太少。你没走完的路，我替你走；你没尽的责，我帮你尽。

她不恨荒源，甚至情窦暗生。她不怨荒源，时常另眼相看。荒源去了南京后，就交给滕茼一张储蓄卡，里面经常多出几十上百万元的款项。她也不问，花得心安，用得理得。她不缺钱，一个男人没有钱，面子和里子跌落一地，没人心疼。女人可以寒酸点，男人不可以。这个男人还没报废，虽然需要大修，需要保养，核心部件还完好如初。

进取心还在，拼搏力尚有。虽然他每次回来都黑着脸，阴鸷似乎少多了，柔和慢慢回归。心里装着阳光的人，阴霾迟早退却。

对小粒不好，让她反感。自己的亲儿子，犯不着那样。整天阴沉着脸，毫无光彩。就不能笑一下吗？就不能哄哄小东西，抽空带他玩玩。每当看到一家三口玩过山车，坐摇摇船，她心里羡慕极了。

荒源一次没给过。旁敲侧击地提过，都被无声挡了回去。只好和奶奶带着玩。她不敢坐过山车，还是硬着头皮上；她不能坐摩天轮，有眩晕症，还是狠狠心上。那真是玩命，下来后，心都是悬着的，在胸腔里怦怦跳个不停。想来令人后怕。

小粒很早就单独睡一个房间。一次起夜，他看到那个高大的身影在卧房里，替小粒掖被角，摸娃的头，亲他的脸。

滕茼赶紧躲到一边，久久不能入眠。第二天他依然对小粒横眉竖眼。她不再觉得他那眼神如刀，反而闪烁着别样的美。滕茼忽然扑哧一声笑了出来。荒源奇怪地乜斜了她一眼，她慌张地躲开。鸭子也会打鸣！

东边出太阳，西边下小雨。对滕茼的偈语，他也没太放心上，反而滕苘自己咀嚼了好久。

后来有了柳枫，她就可以退守一隅，让他带小粒玩，尽情地疯，尽情地耍。小粒在公园里骑着他的脖子，摘高处的果；小粒在摩天轮上，发疯地狂呼，柳枫陪着，不怕。柳枫像一株结实的梧桐，像一棵挺拔的水杉，矗立在那里，让人心生安详和说不出的踏实。

他渐渐地对这个男人有了依恋。本来只是闹着玩，让他陪陪小东西，可慢慢地一种莫名的情愫爬上来，溢满心田。

在他的软语下，她终于缴械，败得彻底，情感的天平终于倾倒了。本来还抱着不偏不倚的姿态，不多久，这样的模式就被打破了。

柳枫抱得美人归。小粒没人时叫他二爸，在人前就去掉二。这是滕苘教的，也是受了荒源的启发。荒源心中有小粒，还很重。虽然他不言，滕苘也不语，但能感受到，虽然不明显。当小粒叫他爸，他虽然不应，脸上还是掠过一丝暖意。那么轻微，那么遥远。需用心体察，刻意观摩。滕苘还是琢磨到了，捕捉住了。

滕苘结婚那天，荒源没去，还是随了一个大份子。那天他特地回家了，一个人整了半瓶酒，喝得耳颊通红。他平时滴酒不沾，只抽烟。那天不仅喝了不少酒，也抽了很多烟。

房子柳枫自然买不起。房价越来越高，一个劲蹿涨。柳枫没正经职业，只去县里一个村当了段驻村干部，开着奔驰来回。有人觉得他派头大，不好伺候，他也没再坚持，干了一年不到就回来了。回来就跟着荒源干了多半年，也是浮着，没能沉下去。他觉得不如意，总有点磕绊。荒源对他不冷不热，说不上好，也说不上坏。柳枫老觉得寄人篱下，心里不舒坦，又回来了。

结婚时，房子自然是滕茼买的。两人花了不少时间在装修上。滕茼不缺钱，但也不敢让他狠花。钱到底是挣来的，不是天上掉下的，也不是土里长出的。一分钱，一把汗，花着舒服，不知挣到多难。滕茼虽然没工作过，她知道。爸妈起早摸黑，夙兴夜寐，才让这个家兴旺起来，不能败在她手里。

玖

柳枫想努力挣脱这个二。不但没有，勒痕更深。滕茼借钱给他开店，他爽快地答应了。店很快就开起来。夏天嫌热，起得晚。开着奔驰去上班；冬天嫌冷，起得更晚，照旧开着奔驰上班。一天工作没几个小时就打烊。店开在闹市口，却门可罗雀。一年半载下来，连水电费都没挣来。滕茼也没多言，男人要敢于放手，敢于尝试。他烟瘾很大，开店前抽普通烟，开店后就抽中华，还是软的。一天一包，雷打不动。滕茼不言，他装作默许。无心问起，说是接待客户，要有老板样子。他还真把自己当老板了。挣头不多，花头不少。滕茼约略失望。她不在乎钱，却在乎人品，敢情是看走眼了。一个普通的农家孩子，咋就变化恁大。以前还朴素，能过贫寒日子，开店后花销显高。

荒源眉头皱得更紧了。他日渐憔悴，人显得黑瘦，就像有浓得化不开的心思。世界经济忽冷忽热，在经济危机爆发的那几年，许多世界名企也难逃厄运，纷纷关门歇业。萧条和萧瑟笼罩着天空，也笼罩着人心。处处冷风嗖嗖，人人寒意凛凛。

天气一进入深秋，梧桐阔大的叶子纷纷凋落，光秃秃的树丫无遮无拦。世界不再绿意盎然，世界灰不溜秋。

　　荒源烟抽得更厉害了。滕茼有时回来，看到这一幕，无比心疼，十分心酸。卡里的钱没比以前少，甚至更多了。但从凝重的气氛里，滕茼明显嗅到了异样。她存着钱，不敢乱花一个子。

　　她要投资。没学过，全凭本能。要说人世的经验，也不过二十来年，掐头去尾，懂事明理也不过几年。要说聪明，谈不上；笨也不至于，中资水平。房地产一年一个价，看别人买，她也不闲着。她想钱攒着存着就是死钱，死钱无用。她要让手中的钱活下来。每年物价都在上涨，什么 CPI、PPI 都在涨。很明显，以前十块可以买不少东西，两年下来，十块已买不上什么了。不能让钱缩水。更重要的是，小粒没妈，爸爸也不管。得给他积蓄点什么，房子就是最好的回报。不管他长大干什么，有几套房子在手，总不至于吃亏。

　　柳枫花着别人的钱，像没事人一样，也是自己惯的。以前他不这样，在不知道自己财富前，在结婚前，甚至在开店前，他都是吝啬的，对别人吝啬，对自己也抠门。开了店后明显不同。也不知跟谁学的，抽起了软中华，还一天一包。真烧得不轻，架得住这么花吗？店小赚头少，花得却多。月底一算账，倒贴不少。

　　滕茼要限制他了，不能让他敞开手脚花。这不成人，也不成事。将来生儿添女了，一家子花销很大的。不事先攒够，就叫人不踏实。虽说父母有，那是他们的。她还不想伸手要，主动给是另一码事。

　　就为这事，两人吵嘴了，吵得还凶。柳枫就不想上班了。店时开时关，原有的回头客都跑了，越发冷清。开店最忌讳开开关关，不按正点。柳枫不知什么时候爱上了手机游戏，玩得昏天黑地。滕蒿说他，他反呛，心情不好，解解闷。她走上去抢过来，狠劲地摔在地上，手机四分五裂。

柳枫气冲脑门，不淡定了，冲上去就拳打脚踢，嘴里还不干净。有钱就践，是吧？我受够了！整天看着你眼色行事，哪有一点自我，更没有自由。我是男人，男人不得要应酬吗？应酬不得花钱吗？我相信能挣到，挣得比你多。你看着办，咱就走着瞧。

滕蒿从来没吃过亏，挨过打，今天是一个血淋淋的教训。她怎么能咽下这口气。打，打不过；骂，骂不醒。只有一个办法，跑，离家出走。她不争了，也不吵了，心都死了，还有什么劲。她一声不吭，拿起手机背着包就出门了，招呼不打一声。

来到圣天湖，围着湖疾走。湖水潋滟，清波浩荡。湖边绿树成荫，柳树成行。柳树披着厚厚的柳丝低垂着，随风晃荡。鱼有时翻花，一个挺跃，蹦出了水面，吓得她一哆嗦。

风是冷的，心却是热的。她越想越觉得委屈，觉得难受。眼泪不争气地淌下来。天阴沉沉的，不久就下起了小雨，淋在身上湿漉漉的。她想自己看走眼了，找了这么一个不争气的人，压根就是一个吃软饭的。她想跳水吧，跳下去就可以和鱼做伴，与泥为伍。活着，本来就累，更添了负担。电话突然响了，座机打的，是家里电话。一定是那个人的，就让他担心去，让他负疚吧。她就是不接，响了好多次，她也不掐，任凭响下去。电话铃声是《荷塘月色》：剪一段时光缓缓流淌/流进了月色中微微荡漾/弹一首小荷淡淡的香/美丽的琴音就落在我身旁/萤火虫点亮夜的星光/谁为我添一件梦的衣裳……就这样一直响着，响着。

滕蒿想到小粒，想到斯烈，想到荒源。她不能辜负了斯烈，慢待了小粒，也不能辜负了斯烈，忽视了荒源。小粒是可怜的，一生下来就没妈，爸爸也不要；荒源是冷的，再不好，他能挣钱。他撑起了这个家，他不容易。爱斯烈，就要爱小粒。爱斯烈，就要爱荒源。虽然怄气，不是失去他们的理由。爸妈也定期往卡里打钱，虽然交流不多，他们是爱自己的，他们更不想失去自己。自己的路还要自己走，不能中途阑珊，半路身死。父母老了，还要靠自己。她是他们心目中的肉蛋蛋。她打消了妄念，收起了痴心。美美地回家，家是自己的。就冲他打那么多电话，也不能想不开。本来就想气气他，吓吓他。都是皮外伤，也没什么大不了的。这样一想，心就平和了。

回到家时，黑灯瞎火的，柳枫不在。等到了十一点，他拖着疲惫的身体回来了。找得我好苦，满世界地找，快翻遍大街小巷了。柳枫斟了杯橘子水，咕咚咕咚喝下去了，既甜又酸。以后保证不动手，绝不！说了一大摞，滕莴只好接受。

男人的手是打地盘打天下的，怎么可以用来打女人？滕莴补了一句。柳枫小鸡啄米般点头。夜里又是揉腿又是捶背，殷勤备至。

拾

荒源最近回来得频繁些，也不知什么原因，闷闷不乐。以前不说话，但眼神是犀利的。现在眼神有点飘，有点散淡，不像以前炯炯有神，不知遇到什么事情了。婆婆曾经多次跟他谈过，一回来就唠叨。在外漂着总不是办法。你也算对得起她了。不是你的错，你不用内疚和后悔。这么多年了，你一直孤单着。小粒都上小学了，你还剩着。凭你的条件，什么样人找不到。他坐在阳台藤椅上抽烟，一言不发，不置可否。那个女人把你的心带走了。你活着跟死了没两样。你挣钱为什么？我需要你多少钱吗？都半截身子入土的人了，花不了几个钱。小粒长大了有本事能挣到钱，没本事给他再多钱也会败掉。你该找一个了。荒源掐灭烟，起身往厨房里钻。他一准是饿了。

滕蒿能感受他眼角的余光向这边睃了一下，莫名的复杂。滕蒿心一揪，脸就红了。最近往卡里打钱的次数少了，额度也减了。想必不是他抠门，一定遇到了麻烦。

她跟着到了厨房。他在扒拉着饭。婆婆晾衣服去了。荒源，你告诉我，是不是遇到困难了。你给的钱，我一分没花，都攒着呢。你想要随时还回去。荒源，你不能总一个人，我看着心疼。荒源继续扒拉着饭，捥一小筷蒿菜送进嘴里。

荒源放下碗，看了她一眼，出去了。滕蒿不知该咋办。他横竖不说话，竟叫人猜，就是肚子里的蛔虫也猜不透。她又跟了过去。他在看月季。院子里有很多花，牡丹、芍药、栀子花、映山红，还有月季。月季雪白，开得好欢。蜜蜂追着采蜜，落下飞起，忙个不停。他独爱月季。原本他对花兴趣不大，斯烈喜欢月季，他就种了许多。牡丹、芍药只是点缀和衬托。滕蒿默默地走开了。

柳枫自从得知滕蒿怀了，他就满世界找工作。他不想开店了。味道不错，可人流却不多。每天起早摸晚，挣的还不够花的。他要挣够奶粉钱。他也要拥有自己的孩子了，而不是小粒。小粒只是干儿子。

可世界正经历经济危机的冲击，瑶城也难幸免。他想找一份正式工作好难。他的店转出去后，那人开了炸鸡店，生意竟然

356

火爆。

他泄气了，又回到路上，继续玩游戏。最近有款游戏特别火，《王者荣耀》。他喜欢得不得了，沉湎其中，饭都想不起来吃。滕蒿要照顾小粒，负责接送，他就煮泡面吃。滕蒿回来时，看到他面黄肌瘦，头发蓬乱，心都碎了。一个男人连自己都照顾不了，还指望照顾别人。自己真是瞎眼了。她心里主意已定。她要果断分手，绝不藕断丝连。她还要生下孩子，满月后就离。他再怎么求，都不行。

柳枫在学校里学的是气焊，也实习过一阵。几年没摸，忘得差不多了。大多是理论。气焊是门技术活，非常需要实践。别小看这专业，用处可大了。无缝链接，全靠焊工。如果技术不到位，焊得有一丝裂纹，将来会导致大事故。眼前看不出，日久天长，风吹日晒，就会显现出来。焊工干得好，是蓝领中的金领。就比如气焊，看着简单，真要做好，不仅有理论，更要实践。现在从事这一行业的，多为半路出家，没有理论功底，提升到一个更高的高度，难度很大。

柳枫所在的技师学院，每年都为长三角各个厂输送大量人才。在同学微信群里，他偶尔冒泡。有几个经过几年打拼和钻研，已经荣升为高级技师，每月薪水过万元。柳枫听说了，一阵揪心。他将大把的青春闲置了，将最美的年华贱卖了。想回头，已很难了。他对专业不太感兴趣，也没有深入钻研。放手几年，基本荒芜了。他想捡起，却回天无力。

和滕蒿在一起，眼界忽然变高了，也不知从啥时开始的。滕蒿很怪，很少提及家人。似乎她没有家人，只有小粒。自己看过她的身份证，是"90后"的。掐指一算，生小粒时不过十五岁，不大可能。

他心中是存疑的。经过几年相处和道听途说，也估摸出一个大概，知道小粒不是亲儿子。滕茼和他恋爱时，还未开苞。他是她的第一次。柳枫很感动，暗誓要对她好，对小粒好。可他拿不出多少行动，只落实在口头上，就是口头，还紧巴巴的。

滕茼内心起了变化。她不在乎他的家境，她想要的是人品和上进心。经过几年折腾，他似乎缺失。以前有没有，她觉得应该有。年轻人刚进入社会，谁没奋斗精神和拼搏想法。在社会上碰壁后，有的就消沉了。柳枫估计属于这一种。

小粒渐渐大了，自己也生了。两个孩子要照顾，她没时间搭理柳枫。

与柳枫离了后，她才知道荒源经历了一次大变故，公司差点破产。他硬是挺了过来，没露半点怨言。这才是男人。滕茼卖了南京两套房产，将卡里的钱全部塞给荒源。荒源不肯要，有办法，会有办法的。这不是办法。

滕茼一把抱住他，这就是办法。荒源公司起死回生，业务开始活起来。

滕茼回到羊城，小粒也跟了过去。荒源有时也赶过去，看小粒，也看他心中的一个执念。

微　尘

1

陈醉要出狱了。当狱警宣布这一消息时，他激动得浑身发抖，几宿都没睡好觉。这几天，他可以不用去劳动了。他在监狱里来回走动，情绪一直平复不了。心情像江浪，起伏不定。他想独眼龙老婆，想大丫和二毛。老婆要健在，快六十岁了。老寒腿一定将她折磨得够呛。老婆子，对不起，让你受苦了。陈醉在心里念叨。

大丫早就是大姑娘了，也该嫁人生子了吧。二毛也变成青壮年了，个子一定不低。自从进了监狱，未有一次探视。老婆没来过，陈重也是。就是老婆恨我，陈重不至于吧。好歹是手足兄弟，本该看看的。

难道家里出了事，有了变故？他心里一阵寒战。不敢深想，还是压不住念头。自打进了监狱，两眼就一抹黑。外面的世界到底变成啥样了，他完全无知，家里的情况他一点不晓。他沉浸在二十年前的回忆中，不能自拔。

和刘无意结仇，都是鸡毛蒜皮的事。那时血气方刚，三句话不对路，就用拳头解决。他相信拳头，相信孔武有力。因为鸡零狗碎的事，他用匕首要了刘无意的命。刘无意垂死的眼神让人不忍直视，刘无意求生的本能让人心胆俱裂。那眼神一直笼罩在他周围，几十年了，都不肯消散；那本能一直囚禁着他的心扉，几十年了，仍不曾松脱。

他活在几重牢狱里。一重是有形的监牢，一重是无形的囹圄。有形的监牢他可以待，无形的囹圄让人窒息。他逃不出监牢，也越不过囹圄。双重折磨，让他很快委顿。最明显的就是头发日渐稀少，由浓密转入稀疏，从乌黑迈入枯黄。他不敢照镜子，也无镜可照。知道这些还是狱友说的。狱友话说到一半，中途止息。陈醉不能接受。他可以接受狱警的断喝，牢头的皮鞭，接受不了黑发的萎谢。皮鞭伺候下，皮肉受苦。隔上几天，疼痛消弭。黑发凋零，嵌入心灵，再也抹不去。时光催人老，监牢里时光带着哨音，比鞭子狠上十倍百倍。抽打着你，却不觉得一点疼痛，悄无声息地要了青春，撵走了壮实。腰于是弓了起来。原来五大三粗的人，蜕化得十分厉害，往婴孩的地步萎缩。

二十年的牢狱，何其漫长，二十年的青春白白流淌，流向虚无，流向缺失。他都不知流到了哪里，找不回，看不见，唤不来。

他憧憬着，在即将出狱的前几天，生活似乎一下子轻松了。身上的重压全部卸去，人轻飘飘的。

外面阳光格外温暖，分外亲切，带着甜腻腻的味道，含着香喷喷的感觉。呼吸一口，神清气爽；大叫一声，脱胎换骨。他甩掉了过去，迎接未来。即使身上的那口痣依然昭昭，他浑然不觉。天气已近晚秋。到处一片肃杀。天空中飘着淡淡的云，自在游弋。他觉得自己就是那片云，从此就要飘移。家在哪里，还在陈巷。那里有老槐树，也有大榆木，合抱粗。夏天槐花满树，香飘四野。招来花喜鹊，引来细腰蜂，或在枝头喳喳，或在蕊中嘤嘤。

夏天傍晚，一家老小都坐在槐树下，扇着蒲扇，喝着稀粥，吃着烙饼，谈古说今。那时的岁月多美，一转眼，时光老旧。

他就要回去了。回到那个土旮旯里，茅棚中，矮屋下。火舔着锅底，白烟燎着烟囱，饭香四散。一家子围着锅灶，等着饭熟菜香。

他坐在灶下，给独眼老婆打下手，拉着风箱，抽着烟袋。一家子其乐融融。大丫敲着碗，二毛捶着桌。叫唤着，叫唤着，饭就熟了。夹锅饭烫人，二毛刚吃一口，烫得舌头伸得老长，赶紧舀瓢凉水灌进喉咙，才稍微缓解。家里养了猪，圈了鸡。一到天亮，鸡飞狗跳，牛嘶鸭绕。充满生气，充盈生机。一切改变就从那一刀开始。一刀下去，两家都毁了，就像高墙轰然坍塌，塌得干脆，塌得彻底。刘无意的女人哭晕过去，也吓晕过去。等她悠悠醒来，世界一片死灰，眼前全是空白。她不知未来在哪里。儿女都还小，一家子吃喝拉撒就落在她肩上。柔弱的肩膀扛不起如许重压。她想想就绝望，一绝望就寻死觅活。她怪陈醉，也怪自己。说起来，俩家还七弯八绕沾点亲。怎么就那么糊涂，为了点事，就拖泥带水，吵闹不休。早知如此，缄口不言。吃亏是福，老人的话，长辈的话，总是不错的。死几只鸭算什么，伤一头猪又算什么。刘无意女人春芹想想就气噎。生命大如天，男人死了，天就塌了。从此笼罩在她头上的尽是乌云，还有赶不开的墨雨。她的天空湿漉漉的，脏兮兮的，污浊浊的。

门一开，儿女们就嗷嗷待哺。他们不是鸡，也不是鸭，天一亮就赶出去觅食，天一黑就找回来。他们是活生生的人，需要将养。

看着稻箩日渐空疏，望着米缸慢慢浅显，她就头大。一张张嫩口待食，一双双稚眼馋痨，好久没见肉了。那头猪杀了，这是祸根。家里一块肉没留，不敢留。伢们多想尝鲜，愣是没允。晦气、招灾，吃不得。全兑给贩子了。猪血和猪下水倒是留下了，煮了伢们吃。一个个吃得嘴角流油。这是你爸用命换来的。吃了，就要长记性。要发狠，从田里跳出来，从农院走出去。大了，都到城里觅食，做个自食其力的人，哪怕捡破烂，打零工，比混在庄稼里强。

春芹边喝汤，边淌眼泪，边诉苦。吃了这顿好的，再也没有了。顶梁柱倒了，你们阿爸没了。伢们边吃边哭，边哭边吃。谁也没放下筷子，吃饱再哭，吃饱了才有劲哭。哭也没用，阿爸已经没了，到哪里也找不到。找到了，也不亲，是假的。

几年后，春芹真给伢们找了一个后爸。后爸就是后爸，比不了亲爸。可以骑在亲爸脖子上，可以跨在亲爸背上。后爸满脸络腮胡子，样子吓人。伢们躲在角落里，一个个像瘟鸡，谁也不出声。他们怵。

2

陈醉终于出来了。法国梧桐阔大的叶片凋零了，随风飘摇。一片落在他头上，一片落在他脚前，一片落在他身后。他不回头，往前走，回头不吉。不管前方多坎坷，不管未来多艰难，他都要硬着头皮往前走。没有接站，只有一个大背包，装着洗漱用品。他本想空手，狱警说要带点东西，回家总不能赤手空拳，也不吉。他照做了。其实也有点不舍。那些东西不值钱，但跟了他多年。那个搪瓷缸，瓷都掉了许多，露出斑斑铁锈，还是不舍得扔。一个破帆布背包，大洞套着小洞，补丁好几层，也不舍得扔。陪伴多年，扔了可惜。家里不至于空，总有些碗勺碟杯。那把不锈铁勺子，也揣着。喂了多年的饭，简直就是舌头和牙齿的关系。他都要带着。牢饭吃够了，出狱时，碗筷和勺子一定不能带，带着不吉。这话他没听。都这样了，还能咋样。只要不去讨要，丰年还能饿死人？天空格外开阔，世界很清朗，他的心也有所膨胀。出狱的兴奋与激动，让他想跪地叩拜。

他不想杀人，真的，没有这个恶意。完全是激情之下，冲动之余结下的苦果，惹出的纰漏。一刀捅下去，未来就没了，希望没了，美好也宣告终结。树上的叶子纷纷摇落。苦楝树，苦楝树，还是苦楝树。门前的苦楝树，挡了财气，招了祸事。那是麻雀和乌鸦最喜欢的树。清晨乌鸦聒噪，傍晚麻雀叽喳。吵得头晕，响得耳背，看得眼黑。他不忍心驱使，一任风飘雨落。麻雀钻进窝里，乌鸦蹿进洞里。乌鸦是不洁之物。他本不信。事情发生后，当他戴着镣铐，回头看那座土房子时，睄到了苦楝树和苦楝树上的乌鸦，才觉得大事不妙。

为啥喜欢栽种苦楝树，他也闹不清。苦楝树是速生木材，本指望快快长高长大，卖个好价钱，没想到招来黑羽鸹鸟和灰毛麻雀。

他心好痛。匕首好像不是捅在刘无意身上，倒像是戳进自己的肺腑。清醒后，冷汗顺着脖颈子滚滚而下。他发疯般施救，拍着伤者的脸，给他止血，给他包扎。一切都是徒劳。刘无意在他怀里慢慢咽了气，眼睛睁得好大。

要不是他的这些行为，兴许他也被毙掉了。他还活着。活着就好，什么都可以再来。快六十岁了，半身入土了。但他不服。那纯属意外。他多想抹去这一段黑暗。

陈重一定怪他。独眼婆子也一定怪他。不用说，春芹也怪他。他毁了几个家，还有几家人。

他没有逃跑。跑不了，也不想跑。他甚至可以说得上是自首。他揸着血淋淋的双手，来到乡镇武装部。他说自己有罪，最好枪毙了，给对方偿命。他也不想活了。那一双带血的手，简直罪大恶极。他不敢深想。怎么就能捅得下去。冷静后，他浑身颤抖，像打摆子。一直不停，连站立都不稳。他悔得肠绞痛，悔得脸铁青。他自觉像茅厕里的顽石臭不可闻，他痛感像臭水沟边的垫脚砖脏不可视。他身躯高大，此刻也深感特别矮小，像侏儒，像小人。他走出陈巷，走进沈冲，走向马洼，大人朝他吐口水，小孩向他扔土块。他低着头，低得快要贴近胯裆了。他不敢看人，都是熟人，不是远亲，就是近邻。他的脸一会蜡黄，一会铁青。汗糊着脸，毛孔粗大地突出着，格外明显。他走得好漫长，那一条通向罪恶的路曲曲弯弯，坎坎坷坷。幸好，大丫没看见，二毛也没看见。独眼老婆挺着大肚子，在家哼唧。当她听说男人犯下重罪，独眼里全是泪和悲苦。

陈醉等到太阳就要落山了，才上了囚车。门咣当关上时，他的世界就全消失了。黑暗笼罩了周身，黑暗淹没了喧语，黑暗却突出了嘈杂。他只听到外面大声喧哗，人声鼎沸，却不知道黑暗进一步向他逼来。他皂衣皂袜，头上罩着黑套。他不知车子开向哪里，哪里也容不下他。他占领的心理优势，全部吐了出来。陈重当兵后，他心理上有点翘，陈重复员回家时，他心理上更翘了。特别是陈重带了媳妇，穿着孝服的女子，细妹踏进他黑屋时，整个家就亮堂了。屋子尽管小，可以容得下美人，容得下轻巧和细腻。他没有觉得不配。陈重当兵学过一身本领，他完全吃得开，拿得下，捏得稳。他不担心陈重。陈重回来，就有了主心骨，有了希望和美好。他曾经在心里无数次规划，无数次设计，勾勒出一幅幅蓝图。日子就朝着那样的方向迈进。

陈重给了他信心，也给了他希望。乌鸦本不该叫。细妹的到来，应该是喜鹊叫才对。有天早上，二毛少不更事，喜鹊在梧桐上叫唤，他不知哪来的兴致，忽然捡起土块扔去。喜鹊扑棱着翅膀飞远了。绕着池塘，在很远的树梢上，嘎嘎呻唤。接着就来了黑乌鸦，全身涂了黑漆一般，没有一处白点。连眼睛都是黑的，眼珠子在眼眶骨碌碌转动，转了一会，就起劲叫唤起来。叫得人心烦，也叫得人心怵。

大丫准备砸过去一个扫帚，乌鸦飞到槐树上叫。陈醉没理会。事情往往反着来。虽然乌鸦不讨喜，喜鹊不讨嫌，但也只是鸟。它爱在哪里叫，就让它叫去。喜事就是喜事，叫不掉的。

细妹皱了一下眉毛，陈重叹息了一声，都没当回事。日子继续滑行，像流水一般逝去。

不该，真不该。也就一点小事，鸡和猪祸害了些稻子。虽然心疼，也不至于动真格的。要怪，也怪春芹那个女人。她要是收敛点，赔个礼，说说好话，事情不就结了。她偏不，骂得多难听。陈醉至今想来，耳根发热，心头乱跳。

陈醉坐着三轮车，突突地往家赶。他一心憧憬着独眼老婆出来迎候。二毛一定长成大人了。要是没流产，老婆肚子伢也长大了。他们也在盼望着阿爸。

下了车，从县城蹚过。街上热闹得很，红男绿女，摩肩接踵。市场上商品多得很，目不暇接。炸油条的，卖麻花的，蒸包子的，一家连着一家；卖衣服的，卖鞋袜的，卖日用品的一处接着一处。大家围拢来，摸摸这个，捏捏那个，讨价还价，吵吵嚷嚷。不时有轿车从身边擦过，摁着呐叭，使劲叫唤。人们挤在一起，谁也不让谁。宾馆的门敞着，进进出出。好新鲜，好新奇。二十年狱中生活，乍一出来，恍如隔世。世界已变了，变得光怪陆离，气象万千。他不敢认，也不想认。看到人头攒动，就一阵腻味。他想挤进来，可身无分文；他想逃出去，却心有挂碍。

他想买两根油条，一屉包子。摸摸口袋，啥也没有。他咽了下口水，继续赶路。肚子早就空了，一如心早就空了。回家能否吃上热饭，喝杯热水，见到稚子，遇上傻儿。他满心期待着。

于是加大步伐。县城离家十五里。用脚步丈量，天黑前有望到家。该带点什么，却什么也没带。他心下歉然。

3

到家了。到家就踏实了。进村前，心直打鼓。碰上熟人，可咋办？走进村里，一只黑狗朝他吠叫了一番，算是迎接礼。两个嫩崽拖着鼻涕在打泥巴仗，互掷土块，哈哈笑着，高兴得像发情的公羊。他们才不在乎一个老头的出现。接连有个年轻人从身边擦过，谁也没理他。陈醉看着都陌生，陌生得以为走错了路，进错了村。

狗突然窜出，朗声叫唤，吓得他连连后退。他本揣着小心，也没夹着歹意，狗怎么那样穷凶极恶，龇牙咧嘴，凶巴巴的。

一个后生拯救了他。后生看着他，走亲戚的吧？然后就扔下一块薯皮，干扰了它的专注，引开了它的专心。狗啃啮着薯皮，嘴里还呜呜着。

陈醉想接茬，话在喉咙里囫囵着，吐不出来。他咽了一下口水，继续赶路。

一个嫩娃扔出了土块，恰好砸进他的脖颈。他回过头，掸了掸衣服，一句话没说，也没瞪眼。嫩娃继续嬉闹着，当他不存在。

他终于走到老屋前。周围已完全改换了模样。谁也不认识他了。他看着老屋，荒疏得不能相认。周围都是砖墙，有的是二层小楼，只有自家还是土屋。大门紧锁，好像很久没住人了。屋子歪歪斜斜，像病榻上的老人，弱不禁风。只要风吹草动，随时都有倾颓的可能。老屋趴在那里，与前后很不搭。池塘还在，水波不兴。静静的塘水静静地流，偶尔一个水花，搅皱了秋波。

槐树还在，凄凉地矗立着。叶子已落得差不多了，枝桠旁逸斜出。苦楝树也在，在晚风中飒飒着。喜鹊已不在，鹁鸟也不在。陈醉靠在楝树下，手中的包慢慢滑落。他突然泪雨滂沱。

每家都关着门。但他分明能听到嬉笑声，吵闹声。他想敲开邻居的门。手举在空中，半天落不下去。手似乎千斤重压，拉扯着。他举起又落下，落下复又举起。反复数次，还是没忍心敲门。家家收割了幸福，户户迎进了喜庆。他一个糟老头，过气的人，平白无故地打扰宁静，搅合太平。很不恰当，也不对时。

他刚要掉头走开，门突然咿呀开了条缝，从里面挤出一个人。是来旺，已是半百老头了。入监前，就和来旺家做邻居。来旺人厚道，没有坏心思。当初为了承包水塘，和来旺家闹过矛盾。问题主要在他女人身上。来旺就劝，不就一水面，他爱养就让他养鱼去。两家矛盾就此化解。

来旺看到一个陌生老头站在门口，以为是叫花子。阿花，装点饭。这么晚了，还出来讨饭，可怜见的。

陈醉嗫嚅了一句，来旺。声音很细，也很弱。喉咙像被掐住了一样，又像堵了一口痰。

来旺还是听到了，打开手电筒照了一下，冲口而出，陈醉！

陈醉点了一下头。心里灌满了感激，充塞着感动。还有人认识我，能叫出名字。消失了几十年，以为陈巷的人早就忘记他了。忘了也正常，还惦记着就有点出格了。陈醉"嗯"了一声。

来旺赶紧拉陈醉进屋坐。陈醉手哆嗦着，嘴也哆嗦着。他不敢进门，也不想进门。他没脸面。几十年了，与邻居的小纠葛还缠在心里。就是他不计较，来旺老婆会计较。当初为了门前那口塘，没少吵过架，斗过嘴。

来旺拉着陈醉。陈醉犹疑，就在门口说说话。陈醉声音小如蚊蝇。来旺就随他去。

回来啦？回来了！不是假释吧？嗯。打算咋办？没打算。问一句答一句。慢慢话头引出了，陈醉不怯了。

他掏出话来。我家婆子和娃呢？咋不见人，门锁着？陈醉一肚子疑惑，一脸不解。入狱二十年，沧海桑田，总不至于……他不敢深想，也不敢问。

说来话长。来旺还是邀请陈醉屋里坐。来旺已是大队书记。

多年的历练，让他懂得很多。这时千万别揭伤疤，别提难过的事。陈醉坐牢，多少年都无人探望。他心其实已死，人虽然活着。支撑他活下去的勇气，完全是一家老小。如果此时揭开伤痛，掀起旧痕，兴许会招来诘骂，引起伤感。先稳住情绪，安妥意念。

陈醉进了屋。屋里好暖和，好温馨。娃们围着大人怯怯地叫，大人追着娃们一路小跑。好温馨，好热闹。来旺已当爷爷了。

陈醉缩在一角，退不是，进不是，好生尴尬。来旺赶紧端来一碗饭，有青菜萝卜，还有肉片。一股香气袭来，让人馋涎欲滴。陈醉好久没吃得这样的饭菜，都快忘记了。他喉结抽动几下，手下意识地推拒着。也许出于本能，也许出于礼貌。来旺硬往他手里塞，不容推卸。陈醉就坡下驴，推挡几下，顺手接了。

这一碗饭不啻为灵丹妙药，不下于珍馐仙醪。他三筷两筷就扒拉尽了。吃急了，噎一下，连打两个饱嗝。

陈醉身体没有下跪，可心里不知已跪了多少次。他向来旺投去感激的一瞥。来旺只是笑笑，问他还吃吗？陈醉摇摇头，直摆手，又摸摸肚子，说饱了，饱了。

吃过饭，来到小房间，来旺和陈醉攀谈起来。来旺不敢触碰陈醉的痛处，就聊琐事。村里咋样了，谁谁结婚了，谁谁生娃了，谁谁老了（去世）。听了半天，就是不提自家的事，陈醉着急了。我家瞎婆呢？大丫、二毛呢？陈醉终于忍不住，提出了疑问。

自己回来，本该是好事。入狱这多年，从未有人看望过，都像人间蒸发了一样。他两眼一抹黑，家乡的事一概不知，家里的人一点不晓。好像他就没有亲人一般，连狱警都奇怪。

在牢里，陈醉表现很好。脏事抢着做，累事争着干。他听狱警说过，要想获得减刑，就得听从指挥，服从管理。不能懒，不能傻，更不能疯。进来的都是破罐子，破罐子也不能破摔，要当好罐子用。牢里有抢劫犯、强奸犯、纵火犯，还有死刑犯。死刑犯看不到希望，基本就是一堆烂泥，贴不上墙，都是重刑犯关在一起。有的刚来，有的早到。新来的怯场，缩在一角，默不作声。早到的横狠，成长为牢头。陈醉刚去时，不仅狱警教训，牢头也打骂。挨批常有，受气频繁。这算是轻的，重的拳打脚踢。有时被打得鼻青脸肿。陈醉胆小，进来乖得很，怕事，不惹事。家里就靠他养，出了事，家就散了，几个娃也不知咋办。他能想象出，只能讨饭。除了这条路，无处可走。陈重不会管的。陈重一定恨他，让他颜面扫地，让他灰头土脸。他犯事了，全家都跟着遭罪。陈醉在牢里，想到这些，就坐卧不宁，寝食难安。刚进狱里，吃不下饭，喝不进水。脸色蜡黄，胡子拉碴。头发已剃光，穿着囚服，坐在床上，一言不发。他恨自己，怪自己出手太重，生生剥夺了一条鲜活的生命。他不敢深想，想想就战栗。他想以头抢地，一死了之，可又下不了决心。他趁着无人，用手捶头，砰砰响。狱警看见了，不想出狱了？犯事了，就要好好改造，争取减刑，好早日回家和亲人团聚。如果有人自裁自戕，罪加一等，永不出狱。

陈醉痛哭流涕，表示一定洗心革面，痛改前非。狱警搧耳光，默默接受；牢头踢胫骨，无声忍受。给牢头洗袜子、搓内裤，给牢头端洗脚水。进澡堂，给牢头擦背。

一天两日可忍耐，长此以往，不堪折磨。陈醉都忍下了，都接受了。几年后，待遇略好。

陈醉忍着。忍是最大的法宝。吃亏就吃在不能忍上。刚刚有口饱饭吃，就作了。人作有祸，天作有雨。终于把天作通了，把人作没了。当初要是忍一忍，不就没事吗？不就猪啃了稻子，鸭糟了苗子，多大的事。也不知哪根神经搭错了，第一眼见到陈重的匕首，亮晃晃，明闪闪，他就特来劲。好像找到了靠山，遇到了知音。心中莫名激动。

难道那是一把魔刀，几日不舔血，就蹦跶响吗？一天夜里睡觉，就听到咣当一响，有铁器掉落地上的声音。他忽然惊醒，醒来揉揉眼睛，点着蜡烛，四处查看，什么也没看到。碗在厨里，刀在架上，完好如初。他又脱下衣服睡下，刚睡着，梦中又听到咣当声。他披衣下床，再次检视，没有一点异常。于是就睡不着了，坐在矮凳上抽烟，一根接一根。烟火一明一灭，像幽灵，像鬼火。

没过几天，祸事来了，灾难现了，那把匕首深深地插入刘无意内脏。他突然清醒，扔掉匕首时，发出咣当一声。直觉告诉他，刘无意没了，自己也快没了。刘无意摇晃了两下，重重地倒下。鲜红的冒着热气的血，沾满了陈醉的手。陈醉双手捂着，摁着。血还是像开闸的洪水，滔滔不绝。陈醉一声嘶吼，天空乌云滚滚。一个闪电，一声惊雷，将陈醉彻底震蒙。

后面发生的事，他一点也记不得，忽然失忆了。好像他将刘无意拖到苦楝树下，斜靠着。有人拿毛巾，有人拿绳子。将他捆扎结实，妄图将血水止住。一切忙活都是徒劳，所有折腾皆是无效。刘无意在痛苦中慢慢停止了呼吸。他脸色苍白，双眼圆睁。刘无意死了，陈醉生不如死。他也靠在苦楝树下。楝树叶子蓬勃，开着淡紫色的花，好美。一只鸹鸟站在楝树梢上，呱呱几声。有人掷去一颗石子，黑羽鸹鸟扑哧飞了。它衔来了晦气，带走了生机。于是陈醉的天空逼仄，地界狭小。他想从罅隙里透口气，可胸闷得快喘不上了。

本来胆小的人，忽然就多了狠劲；本来心善的人，突然就冒出恶念。恶念像毒蛇啃啮着心门，恶念像水蛭盘桓在脑际。恶占了上风，善就退却；恶包围周身，善就倏然萎缩。

他要做个善人，在监牢里好生改造。当善念再次上身时，善没救活人，却拯救了他自己。

他有施救的表现，他有自首的行动。过失致人死亡，判他无期。死者而已，生者将存。狱警用皮鞭抽打他，他觉得解恨；牢头用拳头暴击他，膝盖顶撞他，他认为应当。

前世种下的孽缘，今日要还。全部归还，一个不剩，一点不留。只要打不死，只要留口气，他就要活着出去。出去做个好人，再不惹是生非。他像驴一样忙活，像骡一样负重，只要出去干活，汗就没干过；只要出去垒土，血就没白淌过。累了，好睡觉。一觉到天亮，啥也不用想。想多了，人累，心更累。他觉得干活累不死人，只有胡想才会带来灾殃。他扛着麻袋，背着麻包，埋头赶路。路在哪里，就在前方。前方不再有陷阱，也不再有雷区。

4

陈醉想从来旺嘴里得到情报，来旺却支支吾吾，岔开话题。陈醉不想打扰，看到他们一家其乐融融，欢乐温馨，他就觉得不配。他要离开，越快越好。这样的场景不适合他。他就一猪狗命，牛马性，不配享受优待。

来旺好劝歹劝，让他歇一晚。陈醉感激得掉了眼泪。人人都嫌弃自己，包括家人，还有陈重。不然他们不会躲着自己，藏了起来，连地址都不肯告诉他。

陈醉一大早告别了来旺，他要寻找归宿。来旺告诉他陈重的地址。陈醉还是看了几眼老房子。老房子趴在那里，草已烂，墙倾颓。门前青苔几许，杂草丛生。有老鼠出没，蟾蜍现身。一个钻头觅缝，一个隐身呱叫。苦楝树还在，叶子落尽，在寒风里瑟缩。果子一会掉一颗，一会再掉一颗。陈醉揩了下眼睛，眼睛里揉入了迷雾。

按图索骥，找到了陈重。陈重木讷地看着他，不叫，也不笑。岁月已榨干他的热情，时光也夺走了他的青春。

陈重！陈醉扔下包，喊了一句。声音里透着陌生，也含着艰涩。陈重捡起包，背在身上，往家里走，一句话没有。陈醉跟着。

还是一碟花生米，一斤卤猪头肉，一斤白烧。陈重要为陈醉洗尘，为他接风。欢迎回来。就像陈重退伍回来，陈醉为他接风一样。

都快老了。心劲早就没了，激情也消耗殆尽。陈醉斟满一杯白酒，啥话也没说，直接一口干掉了，然后就掉泪。陈重也不说话。两人继续喝酒。喝到醒了，陈重才打开话匣子。

三猴还在。大丫生二胎时，难产去世了。二毛在门前水塘洗澡，淹死了。独眼婆子在他走后不久也走了。陈醉嚼着花生米，也嚼着舌头。他一口鲜血吐出，另一口鲜血就咽进了肚子。

陈重不想说，也不想回忆。回忆里尽是苦水，比黄连苦，比楝树苦，比苦瓜更苦。他从不吃苦瓜，那是有钱人吃多了甜腻，用来改善肠胃，中和口气的。他没尝过甜头，甜头总是勾引着味蕾。他喜欢吃糖，甜得钻心。甘蔗不贵，每到夏秋季节，是甘蔗丰收的时候。一片片绿叶葳蕤里，蔗林泛滥。甜味从泥土里钻出，引着鼻，馋着口。嚼几口甘蔗，生活才有滋味。啥时候日子过得跟甘蔗一样，就美气了。不仅甜，还香。关键不贵，买得起，吃得上。吃一回甘蔗，就觉得生活改善了。但甘蔗不能常吃，梭嘴，弄不好戳破皮，渗出血。

小芹的男人去北方挖煤，经常寄钱回来。小芹带着娃，生活滋润得很。她没事就摸牌，小赌怡情。小芹觉得这样的日子很舒服，没觉得身边缺少男人。男人给自己打工，只要他回来，就可着劲伺候他。烧好吃的，好喝的，尽情播弄着。男人就不想走，腻着她。枕着秀芬，舔着油腻，男人日渐丰满。等再干一票，就回家老婆孩子热炕头。不承想，这一去，再也没回来。她男人在煤矿出事了。

老乡捎回口信，小芹男人没了。小芹坐在牌桌上听到这个噩耗。她嘴忽然歪了，眼也斜了，手抖个不住。

在小芹的吵闹和争取下，矿厂赔了一大笔钱。小芹忽然阔绰了。

回乡省亲，来到娘娘庙。她想菩萨保佑娃平安长大。

无意邂逅，陈重也在。身边跟着三猴。小芹看到陈重非常狼狈，怜意大起。陈重裤子很脏，两条裤腿一长一短，稀拉的毛发在春风蹂躏下东倒西歪，越发委黯。

小芹看了他一眼，再看一眼。陈重脸就红了。他不知从何时起，开始学会了脸红。脸红不是他的错，是生活给他的教训。他总是觉得心虚，虚得如一竿毛竹，空得似一管芦笋。他想女人，想成家。可又怕女人，怕成家。熬了这么多年，已经习惯了。习惯了就无所谓。无所谓好，无所谓坏。细妹走了，他身体已死，心灵枯竭。带走的不仅是温存，更有尊严和面子。在乡村，面子有时就是活法。有面子，生活就滋润；没面子，就没尊严；没尊严，生活就邋遢。像茅缸里的蛆虫，除了与粪土为伴，跟肮脏为伍，就没别的了。屎壳郎是一种活法，翻飞的蝴蝶是另一种活法。屎壳郎掘屎为食。蝴蝶以花为媒，在油菜花，在紫云英，在槐树花下，它们总是展示着妖娆身段，钻进花蕊里，吸食甜蜜。陈重以为小芹就是蝴蝶，还是粉色的。她在空中，自己在地上，甚至是土里。他吃着糙食，嗝出的尽是酸水。她过着锦玉的日子，收拾得利落，穿戴得整齐。他不敢想，也不忍看，想了更添自卑，看了徒生烦恼。

小芹主动递过一个眼神。眼神里漾满了纯情，塞满了蜜意。陈重心就要化了。从没看到这么柔和的眼神，比少时的眼神都醉人。那时小芹属意陈重。陈重当兵回来，小芹主动示好。父母反对，去了受苦。小芹没觉得。和心爱的人在一起，不苦。有手有脚的，能干会做，能苦到哪里去。会翻身的，照着大家路子走，偏不了。人家盖瓦房，自己也能。人家过年杀猪宰羊，自家也能。勤劳不会被辜负，辛苦只能受善待。她相信这个真理，颠扑不破，哪个年代都一样。

可惜，陈重没福气。细妹走了，在陈醉犯事不久。小芹也嫁了，也在陈醉犯事不久。陈重心就空了，空如大海。

这次偶遇，陈重垂死的心忽然复活了，眼睛里也能揉进沙子了。她不在乎小芹嫁过了。一个过气的男人没资格挑选。他爱过小芹，小芹也看重过他。小芹为啥投来这么深情的一瞥，陈重刚开始没懂。小芹住到娘家，好一阵子都没回去。陈重的心就乱了。

见面的机会多了。陈重抬眼看她，她不再转头看鸪鸟。她的目光是热烈的，蓄着醉人的深意；她的脸蛋是圆润的，沾着勾魂的红晕。一个成熟女人的风韵，一个多情异性的身影，常出现在陈重梦里，挤在陈重心中，逼着他就范。

家里有个银项圈，是祖传的。瘫母亲临终前，单独将陈重叫到床前，抠抠搜搜拿出银项圈，有女子看上你，就交给她。陈重牢记这话。

陈醉出事后，他一直送不出去。银项圈压箱底。他不舍得给侄儿们戴，他想有自己的子嗣。

陈重在楝树下，对着小芹说，这个给你！然后递过去一个红布包。小芹欲拒还迎。打开一看，银闪闪的项圈。好贵重！

小芹突然在他额头吻了一下，转身跑了。你等着我！风传来了这句话。陈重手心出汗了，他搓着手，在楝树下团团转。

几天后，还是在苦楝树下。小芹将红布包退给了陈重。陈重心一沉，嗫嚅着，半天没挤出一个字。我阿妈死活不同意。撂下这句话，小芹走了。陈重被这话戳了下，身体一抖，心里一颤。落寞和无奈一起赶来，浑身劲就散了。

小芹还是改嫁了，男人不是他。陈重几宿没睡觉，心里抱着大石片。他很想沉沉睡去，可就是没瞌睡。扛着锄头在菜园锄草，扛着铁锹去田地耕耘。晚上睁着骨碌碌的眼，望着漆黑的夜，翻来覆去，辗转反侧。鸡叫了几遍，他还是不能合眼。黑洞洞的夜，熬到黎明了，一线曙光从破窗里钻进，他才迷糊了。

小芹再嫁不多久，陈重大病一场。病好了，头发纷谢。忽然就老了十多岁。心中的支柱坍塌了，跟老屋一起。老屋破了，没法修补。东边漏风，西边潲雨，一到冬天没处下脚。

于是搬到厂里，以厂为家。三猴跟着他。带着拖油瓶更难找对象，陈重也不抱希望了。只想把三猴养大成人，也算对得起陈醉了。

那天雾霾，大雾笼罩，十米之内不见人。厂里歇工，陈重起得晚。大雾刚刚消散，太阳露头。陈重抱柴烧锅，远远看到一个红衣女子，好生面熟，似曾相识。他瞅了几眼，就继续忙活了。用斧头劈柴，使着大劲。柴硬邦邦的，震得虎口生疼。劈得满头是汗，他用袖子在额头擦了一把，喘口气，继续劈。待他累了，休息时，红衣女子已近在眼前。他一抬头，愣了足足十秒。小芹，在身边。

小芹来了就不肯走。陈重轰她，催她，逼她，她还是赖着。陈重长叹一声，跟我就受苦了。我愿意！

陈醉听到这里，咽了一杯酒，脸上露出了红晕。小芹到底有良心。

陈醉又和陈重碰了一下杯，嚼着猪头肉。

在小芹的帮衬下，三猴顺利上学了，后来还考上了大专。

陈醉听到这来，嘴角爬上久违的笑意。

干！杯子碰得格外响。

小芹又炒了仨菜端上来。大伯，多喝点！

（小说《微光》的姊妹篇，《微光》重点写陈重，《微尘》重点写陈醉。）

花枝俏

1

何必成刚工作时，赶上住房商品化。他上班不久，待遇较低。咬牙切齿，东拼西凑才买了一个小套房子。不买不行，房价像坐了过山车，一个劲猛蹿，指数高得离谱。三个月前后，价格大相径庭。有人长声哀叹，有人暗自窃喜。哀叹的多，窃喜的少。刚好遇到下岗潮，工人买断回家。房价却一路飙升。连吃饭都成问题，哪还有闲钱买房。何必成还算幸运，单位不好，也不孬。总算赶上了。虽然小，地段偏，小区也不成规模，但好歹有，差强人意。先住着呗，等有钱了，再买套大的，改善型的。

结婚成家后，很快有了孩子。三口之家，勉强够住。何必成也不抱怨。只怪自己挣钱慢，挣钱少。蜗居小城，路子能有多宽。

挖煤的、开矿的，赚海了去。何必成自忖没关系，也没那能耐，自然吃不了这碗饭。也就上上班，业余爬爬格子，自我娱乐一下。小两居居然一住好多年。他所在小区叫柏树湾，小区一盖好，种了几棵柏树。没想到多年后，柏树成荫，好鸟相鸣。鸟雀喜欢这里，扎堆做窝。每到清晨，鸟鸣间间。迎接第一缕阳光的往往不是人，而是树上的那些生灵。渐渐，校园迁过来了，人烟稠密起来。本来稀拉的街巷，变得熙熙攘攘。菜市场也有了，小摊小贩就多起来。叫卖声，争吵声，此起彼伏。充满烟火气，也充满生气。人一多，饭馆酒肆就扎起堆。晚上吃龙虾喝啤酒的人如过江鲫，夜里点烧烤喝马尿的似恒河沙。何必成家对着马路，刚开始很不习惯。二子烧烤夜晚烟熏火燎，扑鼻异香缭绕，几乎渗进每个毛孔。这还可忍受，不堪忍受的是喝多酒的人吵嘴打架。不是偶然发生，却是经常。吵得人不安，闹得人心烦。久久不能入睡，即使入睡了也被吵醒，恨不冲出去大骂。何必成没这勇气，也落不下脸。似乎和吵架的人认识，又好像跟烧烤店老板有交情。总之，一次电话都没打过，也没想投诉过。他看得开，抱着事不关己的态度。其实也关己，只是懒得搭理。邻居家吼过，也叫过，更骂过，都不管事。店照开，人照吵。反而愈演愈烈。

何必成就想，既然管不了别人，就要管好自己。要学会随遇而安。伟人能在闹市读书，古人却在月下求学。彼能为，吾胡不能为。不就是适应环境吗？可以闭目塞听嘛。假装听不见，时间久了就真听不见。何必成劝老婆，也劝自己。时间长了，竟然都如愿。每天想几时睡，上床就能睡着。再吵再闹，安之若素。邻居小陆问，这么吵，也能睡着？何必成嫣然一笑，我是变色龙，我一家都是变色龙。小陆不解，瞪着好奇的眼睛。何必成自嘲，也自解，适应环境而已，随环境变而变。不然还怎么活？小陆一阵苦笑。

　　家有学子的，特别是备战中高考的，就想法要搬走。影响自己事小，影响孩子学习和休息，那问题大了。有人悄无声息地搬走了，去了安静的所在。那里绿树成荫，环境幽雅。不愧是读书的好处所。孩子搬到了那里，听不到吵闹和叫骂声，不适应了。学习有了问题，休息也不规律。这事给闹的。搬走了还是个错。好在，孩子适应一段时间，慢慢也就习惯了。

　　何必成一家还是住在这里。孩子上学离家近，学校就在马路对面，都不要接送的，省去多少事。

2

　　有人说上班靠死工资，一辈子只能受穷。要学会打野食，会投资。将手中的一块钱变作两块三块，甚至十块百块。股市不坚挺，难赚。要花大量时间和精力，既要研究政策，也要研究市场，还要研究所投公司。当然，国际风云也不能忽略。这样一想，麻烦。

　　钱存在银行，息差很低，还抵不上通货膨胀。物价总是在涨，虽然平和缓慢，一年不多，十年不少。钱放银行，实在是不得已。利息太低了。稍微有点头脑和门路的都不会，或只放少些，作为随时提取的信物。投资道路窄，但总有办法。小贷公司正破土冒尖。曾几何时，大街上忽然涌现了很多小贷公司，门面装潢气派，工作人员西装革履，衣冠楚楚，很有范。这大概是2008年左右。也许在汶川地震前，或在汶川地震后。何必成没研究过。

民间借贷早有成例，也很盛行，但利息不是很高，在一分左右。小贷公司承诺给二分或三分，甚至高过五分一毛的。太令人激动了，也太诱人了。在巨额利润下，在超高回报中，有人就铤而走险，将钱通过关系，放入指定公司。按时拿息，到时回本。这是一个生财之道。何必成舔着舌头，咽了下口水，心里像鼓敲。他还是忍住了。高收益必有高风险。他听说过，有人将钱打入公司，结果老板跑路，血本无归。他犹豫了好一阵，还是抽身。

汶川地震已经发生了。举国震惊，全国哀悼。房子都震没了。虽然是小概率事件，但谁也不敢保证，下次何处。

地震震坏了人心，也震掉了信心。杭光烈家有两套房子，买来时，还很低。他不想要了，出售时价格也不高，略有上涨。他急不可耐。要房子干吗，等着震吗？地震震掉了，就一分钱不值。你看还死了很多人，没意思。不如卖掉，兑成现金，周游世界。谁知道下个地震，不是瑶城。等到人财两空，为时已晚。地震刚过去不久，人们一下陷入末世情结，涌出许多悲观想法。何必成学经济的。他读过写李嘉诚的书，知道他发家的经历。在最消极时，往往酝酿着更大的积极；在最低潮时，常常就是高潮的开始。人心如是，经济亦然。再说，何必成是学经济的，到底有些头脑。股市不行，债市不行，小贷风险大，那么该投啥。何必成就劝杭光烈，先等等，不着急。杭光烈哪听得进去，恨不马上出手。他们是同事，也是朋友，经常在一起喝酒、搓麻，直至 K歌。他本来信任何必成的，虽不言听计从，却也会认真思考。这次坚决不听。他内心弥漫着大块阴影。也别说，他四川就有亲戚，在绵阳。离震中还远，人没事，房子倒了。亲戚打来电话时，想过来避难。电话里哭哭啼啼，伤心欲绝。房子才到手不久，也刚装修，没住几日，就出了天灾，能不心痛吗？虽然亲戚最终没过来，但伤心和绝望传染给了杭光烈。老杭坐不住了。他打定主意要卖房。

那年刚好又经历了东南亚金融海啸，亚洲四小龙受到很大冲击，香港也不例外。大陆虽然抵抗住了，但损失也很大。美国房地美公司直接破产。这个冲击波扩散了很远，也很久，人人自危。房产和股市一落千丈。谁也不想拥有多余的房子，谁都想从股市里逃离。房子就是烫手的山芋。

乌云阵阵，墨雨随时降落。风寒着，人心也寒着。人们捂紧钱袋子，什么都不想投入。投什么亏什么。最好的保护就是守成。

杭光烈挂出房子，一个月没人问，两个月没人买。他把价格一降再降，快超出心理底线了。就像股市，既然不断跌停，不如割肉。

一次饭后，趁着酒劲，杭光烈觍着脸说，必成，你既然眼光独到，思维异常，不如就卖给你吧。何必成一听，脸红了。他也没底，就哼哈了几声，算是应付。

真的，我这钱有急用。绵阳的亲戚遭灾，一无所有，我总得支援一点吧；女儿要上高中了，补课费也总该留些吧，大学的钱要攒起来吧。说得可怜兮兮的，甚至有点眼圈发红了。

何必成一想，刚好手头有点余钱，就算帮朋友吧。理论归理论，放在现实，却有时行不通。世界的经济波诡云谲，中国的经济也一波三折。他与杭光烈虽然交好，但不是把子。真要叫他兜底，他忽然心虚，有点吃不准。毕竟地震不久，风暴始来，后面怎么走，谁也说不好。何必成出身寒家，从小就胆子不大，养成谨小慎微的个性。他那天喝了酒，胆子被撑大了。他用手抵着头，想了足足三分钟，然后拍板，成，我买下了。杭光烈眼里露出惊喜，带着炽烈的光。夜晚在他眼里就是白昼，看什么都清。连街上走过几个醉汉，飘过多少美妇都逃不过锐眼。他以茶代酒，又敬了何必成一杯。

何必成喝完后，抹了抹嘴，吐掉茶叶，瓮声瓮气地说，如果以后房价上涨，你可不要反悔。我是说假设。

杭光烈"嗤"地笑了，又不是小孩过家家，反什么悔。卖房买房，白纸黑字，谁也赖不掉。真要涨了，你到时请我吃饭。

这顿饭，我请了。何必成要买单时，杭光烈抢着付钱。推搡几次，何必成就顺水推舟了。何必成其实比杭光烈小，差了十多岁。说起来，何必成是杭光烈的徒弟。他刚进厂时，就是杭光烈带他的。手把手教，教做人，教做事。杭光烈还给他到处张罗对象。虽然最后没成，说明人家有心。何必成对杭光烈是感激的。他能一步一步成长起来，离不开杭光烈的栽培。就冲这一点，何必成也不能斤斤计较。买了就买了，后悔什么呢。在回家的路上，何必成自我安慰。

路灯的影子歪歪斜斜，黯淡的光漏下几缕，照着孤寂的夜行人。

3

这是大事，必须汇报。何必成不敢独享。老婆荣波澜一听，大呼小叫起来。何必成，要是胆敢买房，就分手。他想坏了，看来这关过不了，只有慢慢做思想工作了。他左哄右劝，希望说动。不成，就是不成。荣波澜铁了心肠不允许。人家都抢着卖房，你倒好，接手烂摊子。你以为自己是富豪吗？咱家也是量入为出，吃死工资的。不带这么玩，可好？何必成说，都答应人家了，也许是好事，价格又不贵。这时候出手，就是捡皮夹子。他分析了一番，从世界大势，中国行情到瑶城现实。荣波澜泼水不进，死活不肯。何必成又是买菜烧饭，又是拖地搞卫生。家里张罗得纤尘不染。晚上睡觉，给荣波澜捏背捶腰，殷勤备至。荣波澜舒坦了，被灌了很多迷魂汤，她终于松口。你看着办。如果亏了，陪了，你就住厕所，别出来了。何必成一个劲点头。

两千多元一平方米就将杭光烈的房子买下了。杭光烈感激不已。还是徒弟懂事，要喝酒。杭光烈的房子是学区房。旁边就是小学，虽不著名，却也可以。那时娃儿上学，只要有关系，都能进，不严格。学区房也就不温不火。不像后来，学区房被炒得沸沸扬扬，价格畸高。

何必成买下不久，房子似乎涨了眼睛，价格蹭蹭上蹿。从两千元每平方米涨到三千元每平方米，又从三千元每平方米涨到五千元每平方米。时间一年不到。没来由，没道理。

杭光烈看何必成的眼光就有点不对劲了。何必成像做了亏心事，也不敢正眼瞧他了。杭光烈脸红红的，何必成脸也红红的。在工作上，杭光烈也不肯配合何必成了，总是找岔子，要么开溜，要么推却。何必成很难过，几次试图解释。解释什么呢？他有做贼的感觉，好像窃取了他的成果，偷盗了他的积余。他心中一阵愧疚，愧疚之后就是窃喜。白赚了这许多，还是自己有眼光。看来发财不是全靠劳动，还靠运气与眼光。眼光原来值钱。

384

荣波澜看何必成的眼神明显不同，含着深情，透着蜜意。她捡过家务，大包大揽起来。何必成上完班回来，可以理直气壮地坐在沙发上看电视。看美女搔首弄姿，舞蹈蹁跹，她也不吃醋了。男人嘛，不能严管，管多了，就尿了。她干完家务，还给何必成捶腿。累了一天，也该好好歇歇。何必成很享受，慨然领受。

房价就像股市，有涨就有跌。何时涨，甚时跌，没个谱。就看运气，运气好就撞上了，运气差就套进去了。

房价也不总是一个劲涨。涨到将近六千元每平方米时，开始停止了。停了一阵，反响不大，忽然就跌了。房产销售就在涨跌之间，停止不动，就带不动消费者，没有吸引力。

房子既是住，也是投资。几重考虑，几多功能。如果将房产功能单一化，或扁平化，是不可以的。房子被赋予很多意义和价值。本来就一砖石和混凝土结构，硬生生被绑上很多东西，赋予意义和价值，于是莫名金贵起来。

瑶城背靠大城市，据说很快就要通高铁了。这个消息传了好久，但迟迟没有动工。刚开始传时，房价有所浮涨。日子久了，房价不升反降。看到这个信息，何必成坐不住了。他觉得该将二套出手了。杭光烈的房子，自己捡了漏。好运不是总跟随，房价也不会一直涨。涨到一定程度，就会出现拐点。也许拐点就在这里，不会再高了。

有了第一次经验，何必成割了杭光烈的韭菜，妻子荣波澜就信任老公了。他做的事都对，错了也是对的，过于信任会带来危机。

何必成没了阻遏，做事干脆麻利，想到就做。他于是将房子挂了出去，很快就有买家。成交想象不到的顺利，顺利得让何必成心生反悔。协议签了，签了就等于卖了，不然会交违约金。何必成不想交，咬着牙继续下面的流程。一个月不到，房子彻底出手了，交割完毕。他长叹一声，就像丢弃了养育多年的儿子，抛却了喂养日久的女儿。他很难过，难过也就那一阵。荣波澜安慰，卖了就卖了，不要胡思乱想。反正也赚了，该高兴。等房价跌了，再跌了，我们进一套。先等等，再等等。何必成心里有点高兴，晚上喝了些小酒。晚饭后，妻子格外热烈和热情，早早洗漱，在房间等他。何必成事后十分感动，从没享受到这样的待遇。他睡着了，嘴上还挂着微笑。微笑是天上飘着的白云，树梢上挂着的明月。

何必成以四千多元每平方米卖掉房后，千呼万唤始出来，瑶城高铁修建计划终于落实，不再停留在图纸上。行动很快，三年不到，高铁就起来了，直通上海、杭州。这个大动脉一旦运作起来，带动了很多行业。房价噌地起来了。从四千元每平方米多，一下子飙涨上来。

何必成坐不住了。房子已涨到六千元每平方米了。如果再不出手，就晚了。他回家和妻子荣波澜商量。荣波澜想都没想，既然想买就买呗。

于是趁着周末，夫妻二人逛房市。看来看去，有个新楼盘，比较偏，价格不太高，也就五千多。他心里有点不舍得。在闹市也就四千多，现在跑到大老远的郊区，新城，还要五千多元每平方米。实在贵，不忍接受。荣波澜突然拧劲上来，买吧，再不能犹豫了。

刚好促销小姐说有特价房，可以少一万元。何必成在妻子撺掇下，狠狠心买了个 24 楼的三居室。房子宽大敞亮，朝向好，前面是公园，花开似锦，后面是湖，波光潋滟，真是好去处，到哪买去。

家里钱不多，都花在买房上了。何必成到底有点心疼。妻子边走边安慰，他心情略好。

4

何必成卖第二套房子，其实是有小九九的。波澜的同学家做大生意。做大生意，现金流总是短缺的。银行贷款手续繁杂，利息还高。于是向民间借贷，利息略高，但简单快捷。于是将卖房款悉数借贷了出去，利率比银行高，但在国家法律允许范围内。不像某些小贷公司，给出令人咂舌的利率，百分之三十或百分之五十的利润。这个不在国家保护政策内，出了偏差，法律可以不管。

一度瑶城大街小巷充斥着小贷公司，比洗头房还多。洗头房一到晚上霓虹闪烁，充斥着暧昧的光。白天关门歇业，人影都没有。小贷公司不同，晚上虽也灯火辉煌，但主要在白天。白天人来人往，川流不息。一个小贷公司生意是否兴隆，利润是否高，就看人流量。

小贷公司不靠谱，再说也不认识里面的人，认识也不敢。尽管诱惑大，何必成还能抵挡得住。高收益里面包藏着巨大的风险。宁可少赚，也不能赔。

杨碧婷和荣波澜是发小，知根知底。小学在一个学校，一个班级，中学也在一个学校，一个班级。买一根冰棍俩人伙着吃，你吮一口，她舔一下，风雨同舟一起过来的。当时大家都不富有，杨碧婷家也一样。穿着土气，说话也不洋气，就连中专也是一起上的，几乎都没脱离过彼此。这样的关系，不是姐妹胜似姐妹了。荣波澜有个哥哥，大好多。自然不带她玩。只要有空荣波澜就和杨碧婷腻在一起。

两家由于儿女的关系也走近了。杨碧婷爸爸是副厂长，业余是画家。当然，这个画家是不入流的，外界知之甚少。荣波澜知道。她经常去杨碧婷家。一去就能看见杨爸在书房写写画画。书房不敢轻易进去，杨爸虽然和蔼，待人亲善，荣波澜还是不敢。一次杨爸不在，杨碧婷拉着荣波澜偷偷溜进了书房。看到许多画，还有名人的字。荣波澜很惊讶，也很佩服。她不认识，也不了解。但从内心是崇拜的。画家是了不起的，杨爸也跟着了不起。杨爸慈眉善目，斯文濡染。荣波澜暗暗地喜欢着。她不敢告诉别人。

杨爸还递水果和糕点给荣波澜吃。荣波澜不敢接，杨碧婷就向她睃眼神，于是就接了。她心里感激着，也感动着。

后来杨爸辞了工作，说厂里效益差，人事斗争厉害，不舒心。他对经商有些心得，也有些兴趣，于是就做了红木家具。家具古色古香，深沉内敛，简约别致，真不错。价格也不算太高，购买的人络绎不绝。生意从小到大，由弱走强。杨碧婷的生活慢慢就有了改善，穿着开始好起来，但也不算太好。她们家也吃过很多苦，不敢大手大脚，也不擅长，一直过着低调简朴的日子。

荣波澜中专毕业去了上海，有阵子不在一起了。走之前，荣波澜告诉了杨碧婷。杨碧婷要挽留她，就在我家厂里上班，家也能照顾到，何必外出。荣波澜心想好朋友归好朋友，一旦端人饭碗，性质就不同了。处得好，关系更进一步，处得不好，说不定将来形同陌路。她不想失去这个朋友。于是她说，我想到外面闯闯，见识见识外面的花花世界。杨碧婷送了荣波澜一把黄杨木梳子，算是纪念。别看一把梳子，价值不菲的，还是她家木工亲自做的。杨碧婷算是够有心的了。

荣波澜手头拮据，也没啥见识，就送了她一块银圆，带孙中山头像的。民国银圆主要有两种，一种是袁大头，一种就是孙小头。在当时也算是稀罕之物。虽不在市面上流通，却也有收藏价值。荣波澜家里祖上不俗，是皖南荣家的后裔。荣家在当时是大户，经过不知多少代的繁衍，许多人走出去了，开枝散叶。有人富庶了，有人潦倒了。在荣波澜这一支，到民国时还有些家底，家里珍藏着不少银圆，住着青砖黛瓦的大房子。新中国成立后，荣波澜的父亲文化不高，学问不深，但总算继承了一些银圆。他也不舍得花，在家攒着。家里还有青花瓷碗，据说有些年代的。荣波澜父亲虽然不懂，但知道是老辈人留下的，不能贱卖。再说，也没搞懂行情，怎可随便出手。家里也没到揭不开锅的地步。说银圆，其实有段传奇。翻盖老屋时，人人都没发现，只有荣波澜爷爷一人知道，在灰砖下面，藏着几个土罐子。撬起后，打开一看，惊得倒吸一口凉气，整个人都颤抖着。两眼放出精光，脸颊抽搐。荣波澜爷爷偷偷埋进皂角树下，不声不响，谁也没告诉，就连父亲都没说。在他快要咽气时，才颤抖着将波澜父亲叫到身边，留下遗言。父亲不大信，以为老糊涂了，说胡话。月黑风高时，带着锹来到皂角树下，挖了很久，借着手电的光，真看到几个土罐子。

父亲只给了荣波澜四个银圆，两个袁大头，两个孙小头。荣波澜用布帕包裹着，从不示人。

最好的朋友杨碧婷送她黄杨木梳子，她不能无所馈赠。她狠狠心，拿出其中一块银圆，送了出去。

几年没见，各自忙着事情。到了婚嫁年龄，荣波澜觉得该回去了，飘在外地不是办法。母亲身体还不好，需要她照顾。于是辞别远方，回到了瑶城。瑶城不大，却有些别致，清新脱俗。打个不恰当的比喻，像个小姑娘，带着一脸娇羞，还在豆蔻年华，不很精致，却有些香氛。树木成荫，花草满地，像一颗明珠，似一块美玉，镶嵌在地图的某一个角落。她嬗变了，脱胎于铁水钢花，既有硬朗的一面，也有柔情的一端，由不得人不喜欢。在寻寻觅觅中，荣波澜找到了何必成。见到他那一刻，像着了魔。何必成家底不厚，条件不高。但荣波澜死活要嫁他，一心一意。何必成当时并无特别的感觉，还不错，凑合着，经不住荣波澜的死缠烂打，最后缴械投降。成家后，荣波澜说，何必成满脸书卷气，很有气质。虽然不是奶油小生，更不是粗莽大汉，却骨骼清奇，言语不俗。荣波澜在上海一家厂里做了多年人事，接触了各色人等，练就了一副识人的本领。安顿下来后，就又和杨碧婷有了来往，来往相当频繁。今天吃个饭，明天唱个歌。闺蜜的感觉再次找到。彼此信任，相互帮衬。

人得有朋友，树须有枝杈。不管男女，都一样。没有朋友的人是孤独的，也是简陋的。人是群居动物，在茫茫人海中，总能遇到一两个相好的人。遇不到，就是你的不幸。遇到了，可以说知心话，甚至可以一起做事业。互相撑持着，彼此成就着，一起成长。

荣波澜在上海打工时，攒了不少钱。回来不久就投到杨碧婷家公司。公司给予的回报也不少。杨碧婷家生意很好，车子好几辆，房子好多套。但还是需要现金，现金总是不够。一要发工资，二要扩大再生产。荣波澜希望她好，她好我也好。没事一起喝咖啡，一起 K 歌。

生了胖小子何远诺后，荣波澜才告诉了何必成，她自己还有点私房钱。何必成在老婆脸上连亲两口。

5

何远诺出生时，家中添喜。何必成走路杠杠的，虎虎生风。做啥都来劲。这是人生的一大动力，推着他向前，一直向前。荣波澜更是欢喜得很，真是心头肉。娃儿虎头虎脑，聪明伶俐，养得胖嘟嘟的。荣波澜还在月子里，就和何必成商量。拿出银圆，想化成水，给远诺做一个项圈，两个手镯。何必成说，有这必要吗？银圆稀罕，将来更稀罕，不如留着，做个纪念。荣波澜不答应，家乡的风俗，有了儿女，都要给娃戴银项圈、银手镯。娃百日时戴，是父母的祝福，也是长辈的疼爱。何必成就无话了，随你吧。

于是三块银圆拿了出去，叫银匠打成了项圈和手镯，戴在远诺的脖子和手上。娃戴上项圈和手镯更加好看了。手镯上有两个小铃铛，叮叮当当，响个不停。

家乡有个风俗，戴项圈和手镯，驱邪避祸，可保健康保太平，一生顺顺当当，平平安安。娃长大了，就传给儿女。何必成出生蓬门荜户，自小没戴过项圈，也没戴过手镯。那时只有大户人家娃儿才可以戴。何必成就不太在意，也不太讲究。自小饭都吃不饱，衣都穿不暖，哪来闲钱玩花哨。

荣波澜不同。荣家本是徽州大户，虽然后来没落，但规矩还在，想头还有。荣波澜就铁了心要给远诺做项圈和手镯。

两人观念虽有不同，想法也有些差别，但都是为了孩子。何必成能接受良好的建议，也能消化有用的意见。

于是何必成心甘情愿当跑腿。他乐意，为了儿子什么都可以。

何远诺渐渐长大了，由小学而初中，个头比老爸还高。模样跟何必成特别像。何必成感到了压力。

孩子上学需要钱，成家更需要钱。结婚成本越来越高，房子是必备，车子也不可少。他要早早为孩子打算，不能马虎了去。

买房卖房，卖房再买房等操作都是为娃着想。希望倒腾几次，能有些额外进账。毕竟靠死工资，生活拮据不说，还要忍受种种痛苦。

房住不炒，一度深入人心。真有几年房价不高不低，不升不跌，一切看似风平浪静。瑶城人不在房子上打主意了。有钱要么开店，要么投资，没几个炒房。瑶城是四线城市，人们工资不高，待遇难涨。随着物价上涨，房价略有上升。何必成五千多元每平方米在新区买了二套，他也没准备出手。房子大，一百二十多平方米。新区全是商住楼，放眼望去，大厦遍地。配套还没起来，住家很少。一些商家跟来，开超市、做美发，但生意都不太好。有人的地方才有生意，人多的地界才有市场。人很少，买着等升值，或等结婚。几年过去了，价格微涨。何必成家房子是毛坯，一点没装。刚开始租给了农民工。一年不到，新房盖起来了，农民工就走了，房子也空了。

陆续有几人来问，都是拆迁户。房子被拆了，政府给了补贴，自己找房子。何必成满以为会租出去，不承想，拆迁户嫌这嫌那，谈了几次都没谈拢。价格也一降再降，对方还是打了退堂鼓。过几天再租，留了电话就走人了。

何必成忍不住了，电话打过去。不是不接，就是忙音。他一阵失望，失望之余，就只好找中介了。

房子挂出去好久，都没人来应。租房子的事就这样泡汤了。本来想有点创收，结果啥也没捞着。

租给农民工兄弟时，他们一味哭穷。不是说老板拖欠工钱，就是说家里孩子上学要钱。等一段时间交房租。拖了好久，还是不交。何必成人老实，也厚道。他不想在民工兄弟身上挣钱，就一再降低租金。民工兄弟实在不好意思了，才交了几百块。几百块竟然租了将近一年。何必成觉得房子真不值钱了，投资房产是一大失误。他搓着手，有点无奈。空着就空着吧，何必成自我安慰道。

小学起来了，医院也有了，菜场也搭好了。陆续有人从老旧小区迁过来了。海棠湾是新小区，绿化很好，亭台楼阁，曲水流觞。小区里还有泳池，小孩滑滑梯。可入住率就是不高。人们习惯了一个地方，突然来到新区，总有些不舍。安土重迁是一种习惯，一时破除不了。

2018年新年刚过，房价突然冒起来了。房价不涨不跌，没人关注，只要价格抬升，就会引起骚动。中介也活跃了，到处打电话，可要买房。趁现在价格不高，赶紧出手，晚了就迟了。价格高不说，还买不到好地段，好楼层。

房产交易大厅人头攒动，交易频繁，已经有几年没这么火爆了。火爆的时候已经过去，早先热闹的镜头重现。

6

大年初二，何必成回了趟老家。其实也没啥事，过年就吃吃喝喝，同学朋友聚会，聊聊过往，谈谈未来。农村的年味到底足些，有玩狮子的，舞龙灯的。小时候，散财神的不见了，说大鼓书的没有了。耍猴的，玩杂技的，也消失无踪。还好，陈巷过年还允许放鞭炮。鞭炮一响，黄金万两。霉运都去，好运俱来。

正在和朋友把酒言欢时，何远诺打来电话。爸爸，妈妈生病了，在发烧。何必成一听，头"嗡"地一下。不早不晚，偏偏过年生病，叫人头疼。这时在老家，也帮不上忙。何必成指导儿子远诺，给妈妈额头敷冷毛巾，吃退烧药。远诺说，都做了，不管用。一到晚上就烧，还是高烧，白天要好些。

何远诺才十几岁，个头已经高过自己了。他该会操心家事了。远诺急切地说，爸爸，快回来吧，带妈妈去医院。何必成支吾着，不置可否。他想晚上要到县城，和同学聚聚呢。都商量好了，有些同学多年未见，好不容易约上了，不能撂挑子。他想荣波澜不就发个烧吗？谁不有个头疼脑热的，扛扛就过去了。何必成并没将此事放在心上。叫阿婆来家里，照顾几天妈妈。我过两天就回去。何必成在电话里叮嘱儿子。远诺就挂断了电话。

聚会回来已经大年初四。过年期间，没有好医生上班，都是实习或刚转正的医生，经验不足。

何必成带着妻子去了中心医院，清一色都是年轻白大褂，嘴上的毛还没长齐，煞有介事地坐堂问诊。荣波澜说发烧三天，嗓子痛。医生就开了药，吊了水。回家继续吃药，依然不管用。

七天过去了，荣波澜仍然不见好，何必成有点急了。来到市人民医院，去发热门诊，做了一番常规检查，没发现异常，还是吊水。说有炎症，吊水消炎。三天水吊下来，病情反而加重。人走不动了，腿脚浮肿。

何必成想西医不行，头痛医头，脚痛医脚。找不出病源，就知道吊水，啥事也解决不了。他信中医更多些。儿子小时候只要感冒发烧，熬点中药喝下去，效果颇佳。他想带妻子看中医，兴许管用。

于是带着检查报告，来到济世诊所，一个不太起眼的门面。隐在巷子中，不仔细看，或头次来，不一定找见。济世诊所，何必成来过多次。他轻车熟路，直奔诊室。

鲁太昌是远近闻名的老中医，可惜好烟不已，七十多岁时，得了中风，偏瘫。口不能言，手不能画。坐在躺椅上，眼神里全是空洞。儿子鲁镜清继承衣钵。人们看病，都是冲着老爷子来的。平时鲁镜清只打打下手，就抓抓药，收收钱。看病问诊还是老爷子出马。写好药方，配好剂量，鲁镜清打下手。时间长了，鲁镜清也摸出点门道。一般伤风感冒，咳嗽喘息，他都能治。人们还是信任老爷子更多些。

鲁镜清开好药方和剂量，都要经过老爷子审查，他点头才算通过，多次要经他修改。什么熟地、黄连、银翘，搭配起来。根据人的病情轻重和体质不同，剂量也不一样。鲁镜清不能灵活运用，可能是功力不够吧。老爷子即使卧床，眼神还是犀利的。

何必成来到，看到鲁太昌卧倒，心中一阵失望。他对鲁镜清还是不太放心。毕竟出道时间不长，独立行医不久。他不想让妻子做小白鼠，成为实验品。既然来了，又不好借口走开。鲁镜清有一长处，为人热情。病人来了，端茶倒水，客气得很。何必成就更不好意思要走了。看了病历，检查了身体。开了几服药，让老爷子过目。鲁太昌这几天病情有所加重，视物不清。他既不点头，也不摇头，只傻傻地看，完全没了往日的精明强干，一度嘴角还流出了口水。何必成看到了，心里一阵失落，说不出的难受。

带着几包中药回家，熬了给荣波澜喝，效果并不好。何必成就没再去了，又到了人民医院。医院里人山人海。这年头病人咋这么多。这是瑶城最好的医院，在这里看不好，只有出省了。

来到人民医院，荣波澜是坐着轮椅被推着进去的。就一普通发热，咋就那么难治。医生说，别小看发烧，往往最不好治。原因很多，找不出病情，就没法对症治疗。

到人民医院给中医科主任看。主任看了化验单，说找风湿科。到了风湿科，医生看了化验单，说不是的。

闺蜜卢忠莲开着车，到江苏省人民医院。那里医生说，很可能是风湿类疾病，要住院。于是就开了住院单，但要等。啥时有床位，啥时住进来。荣波澜已病得不能走了，整个人虚弱不堪。再不能等了。

何必成找到风湿科主任，请高抬贵手，救人一命。他谎称是军人，军人家属可以优先住院。其实有病房，没关系进不来。

他和科主任软磨硬泡，求他收治。主任被纠缠着，推不掉，就答应下来了。何必成赶紧去买了两条中华香烟，偷偷塞给主任。主任推挡不受。

下午就住上了院。再不住院，人就危险了。何必成急得汗如雨下。

7

江苏省人民医院答应的，只要有床位就第一时间通知。结果荣波澜病看好了，也没接到电话。幸亏在市医院住下，不然问题就大了。

住下后，进行了会诊。得出结论是反应性关节炎，而不是风湿性关节炎。反应性关节炎看好了，半年内不复发，就痊愈了。风湿性关节炎不能除根，只能保守治疗。虽然两字之差，情况大不相同。有中青年大老远从县里和乡里赶来，整个人是瘸着的，还虾着腰。难看死了，也难过死了。风湿性关节炎是不死的癌症，一旦得上，注定余生就在轮椅上渡过。何必成小时候在陈巷，就见过同龄人，年纪不大，早早得上这种病，整个人非常颓废。要人抱来抱去，就像一团软面筋，一点办法都没有，十足一个废人。何必成小小年纪，就看到这样惨相，心中很难过。那孩子不能跟人玩，也不能读书，眼神里满是沮丧和无助。他不想妻子也那样，对她不公平。

医生进行了周密安排，热心调理，加上使用激素治疗，三周后荣波澜就基本恢复正常。本来膝盖已有积水了，医生将积水抽掉，辅以药物吸收，几周基本就痊愈了。下地如常，行走如昨。

这种病是免疫系统病，刚进风湿免疫科，何必成特别担心，会不会是风湿病。风湿病难治，也难好。一旦患上，终身服药。何必成看到风湿两字，心里咯噔一下，心里慌得紧。

荣波澜也以为是。在抽血化验中，得出她免疫系统有问题，B27 蛋白呈阳性，说明有缺陷。妻子听了，也不懂。就问医生，到底会怎样。将来可能会常犯病，比别人更频繁些。荣波澜听了，脸都绿了。难道后半生要在轮椅上渡过？远诺还小，正在上中学。不能就这样废了，他还需要照顾。荣波澜是坚强的。生远诺那会，痛得死去活来，也没叫一声，哭一次。嘴唇咬破了都不吭声。远诺到底是顺产下来的。医生就要准备第二天剖宫产了，她还是要等自然生产。谁都知道自己生产会很疼的。妻子说，别人能扛住，我就能。何必成摸着她额头，眼睁睁看着她进产房。过了好几个小时，才最终等来孩子降世。

妻子被推出产房时，何必成在她额头亲了又亲，脸上摸了又摸。

荣波澜听了医生话，心里负面情绪高涨。远诺还小，就要当一个废人了。她在病床上指示何必成，听说房价涨了，从五千多元每平方米涨到了八千多元每平方米，要不把房子卖了，攒些钱给远诺读书。远诺将来要花大钱，手头没点余钱，心里不踏实。

何必成心不野，胃口也不大，见好就收。他想想也觉得有道理。卖房所得，可以放在闺蜜那里，每个月还能生点利息。荣波澜原来在厂里上班，生了远诺后，带孩子成了问题。刚开始叫母亲带。母亲心脏不好，烦不得。不久前刚做了心脏手术，整天药不离口。再说，孩子不亲自带，要是有啥问题，就麻烦了。她没想要二孩，再说政策也不允许。就一娃，怎么着也不能随便。隔代抚养，未必是好事。自己也不是固定工作，辞了也不心疼。何必成没有反对。

既然妻子这么说，那就先把房子挂出去，探探路，不一定非要卖。抱着这样心理，何必成亲自操办去了。

挂了一段时间，无人问津。偶尔有一两个电话，不是说价格贵，就说朝向不好。房子没卖成。何必成心里有点小小难过。看来囤房未必是好事。一旦需要钱，不能马上变现。他准备由售改租了。

租房也不太好，迟迟不见动静。挂了有段时间，何必成快要忘记了。突然一个电话过来，说有人要买。妻子已经出院了，回家休养。荣波澜说，那就去谈谈呗，兴许能成。房子涨到这个份上，也差不多了。何必成乐颠颠地去了。咱家房子终于有人肯买了，脱手就在眼前。

他知道房价还会涨的，至于能涨多少不好说。物价在涨，房价没道理再跌。人工成本多高，就冲这个，也跌不下来。更何况房价涨得厉害。

一谈就成，一说就合，一个月不到所有手续都交割完毕。何必成想过两年，只要房价不大涨，在好地段，再购进一套。算来算去，还是不划算。房价一年内基本没涨，何必成心里美美的，卖对了。妻子脸上乐滋滋的，也以为没卖错。

两年刚过，就在正月，房价忽然涨了。从八千多元每平方米一下子蹿到一万元每平方米左右，年刚过完，又从一万元每平方米升到一万三千元每平方米，后面新楼盘卖到一万六千元每平方米了。这下何必成慌了。

房价大涨也有些预兆的。第一瑶城要修地铁，这个计划从纸上落地，不仅是规划了；第二瑶城进入南京都市圈，一旦进入都市圈，隐性好处多多。外围企业就会加大投资，带动城市发展，不仅商业，还有地产。南京的房价好几万一平方米，周围其他城市也过万每平方米。就瑶城房价一直在七八千每平方米徘徊，成为洼地。跟周边一比较，算是很低了。

瑶城物价不高，生活水平不低，平均工资也不行。房价在万元每平方米之内，完全可以接受，也算比较合理。

何必成望着房价猛涨，心里像灌了铅，十分沉重。这几年倒腾房子，全贴进去，还是买不起。他倦了，不想折腾了。这时候不是进入楼市的好时机，只能等。

海棠湾房子签合同前，还有一个小插曲。本来总价八十五万元，何必成不太想卖，看对方急切的样子，就硬加了一万元。没想到对方一咬牙竟然答应了。何必成骑虎难下，他想通过加价，吓退她。没承想，人家迎难而上。签合同时，是一个年轻女子，三十来岁，很靓的那种。她一口一个大哥，叫得人心头直发酥。何必成抱着决心，任她嘴甜，口抹蜜，就是不松口。快要签合同了，女子突然提出要何必成请客，卖了这么高的价格，总要请客的。要不这样，大哥，也不要您请客了，您直接从房款里减掉一千元，算是请客了。您一个大男人，总不会这点钱舍不得吧。何必成说，我做不了主，要向妻子请示汇报。其实这是托词。女子撩了撩秀发，凑近何必成耳边，吐气如兰，香馨溢远。何必成就有点把持不住了。他快要崩溃了，热血上涌，直冲脑门。大哥，就答应了吧。成交了，我自然会请你。要买就买，不买我就走人了。

瞧您说的，一个大男人，这点主都做不了，男子汉气概有点缺失哟！说得何必成脸都红了。他忽然醒悟，这是在将自己军。答应吧，原则丧失，不答应吧，面子挂不住。总不能在一个小女子跟前，患得患失，有损颜面，有失风度。他脑子转开了。其实，对方也心疼。在那时，房子算是高价。谁也吃不准，房子是涨是跌。涨多少，跌多少，都在两可之间。

何必成一咬牙说，可以。但我有个条件，就是什么也不管了，余下欠款都归你交。

女子眨巴着眼睛，就要答应了。还能有什么欠款，不就是房款吗？

中介突然插上一句，物业费何先生你交过了吗？

何必成只好说，减去一千元，物业费我是不会交的。两者二选一。年轻女子朝中介深情地一瞥，幸亏提醒，不然还着了他的道。

拉拉扯扯中，何必成又咬牙，妥协了，既减一千元，又承担物业费。当合同签好后，大雨滂沱。何必成似乎很轻松，又忽然变得好沉重。房子卖了，就像卖了身价。心里总有点不舒服，有些疙瘩。

中介小美似乎看透了他的心思，又似乎讨巧卖乖，变得特温柔，可能是开了一单，也许是工作以来的首单。她安慰何必成，卖了就卖了，已经是高价。就目前来说，没有比你更高了。她还举例说明，就在半年前或一年前，有个客户以买进价卖出，一分钱没赚，还倒贴了很多时间和精力。你这样一想，岂不是很开心。

何必成替她撑着伞，贴得很近。小美身上透出一股隐隐的香气，他相信不是脂粉，也不是香水，更不是洗发香波，而是青春。青春就像青草，开在田畴，自有一股逼人的朝气和清澈的味道。

你知道我不开心？何必成借着路灯的光亮，看着她光洁的脸，还有闪烁的眼睛。她微红着脸，我猜的。一般客户卖了房，我都要抚慰一下，也许多余。但这是规定流程，还要走一遭的。没有更好，但我还是能感觉到你有些不舍。

确实有些，有点割舍不下，毕竟千挑万选来的。我也知道，这里将来是繁华地段，房价会一升再升的。你看医院、学校、菜场、超市都搬来了，人越聚越多。卖了有点可惜，也卖早了。

8

还了贷款，还有些结余。余钱投给了杨碧婷。何必成估算了一下，两年内房价不涨或微涨，他再将资金抽出来，在合适的地段买个学区房。如意算盘打得挺好。一年后，瑶城被划入南京都市圈，房价应声而涨，涨得还不太离谱，在可控范围内。不久，开建地铁国家审批通过。这个消息公布时，不啻是一记重磅炸弹，在百姓心中激起滔天巨浪，人们跃跃欲试起来。房价一天一个价，一个月又是一个价，涨得可怕。

杨碧婷本是好意，荣波澜也是善心。将资金注入她公司，一是纾困，二是解难。厂子大了，花钱地方多了，亟须现金。几十万元也能解燃眉之渴，救一时之急。同时，杨碧婷想帮波澜一把，毕竟是同学。她们关系不错。到底到什么程度，不好说。反正算是闺蜜，几乎无话不谈。荣波澜生娃后，辞掉工作，就成了家庭主妇。何必成又不是领导，只是员工一枚，既不是专家，也不是骨干，普通再加上普通，待遇自然不高。一家三口过日子，还是比较拮据的。只能量入为出，丝毫不敢大手大脚。手长点，一月的收入就花光光，一点结余都没有。要不是有点老底子，还真不好过。只能想辙，挣点浮财。投资股票不擅长，风险还大。整天担惊受怕，瞻前顾后，空耗时间和精力。投资基金也不靠谱。基金涨幅慢，受益低，比银行利息略高。不是理想之策。炒黄金和比特币更不在行，只能作罢。

杨碧婷和荣波澜从小交好。刚开始只是一般好，到了初中快毕业，发生了一件大事，才使她们更加靠近。

杨碧婷长得漂亮，这个词不够形容，用美丽更恰当些。初二时，个子就已经老高，可以说亭亭玉立。身材凹凸有致，自带光环。那时她爸刚下海，生意在起步阶段，没看出有多大起色。她家境就显得很一般。自然她也不娇气，穿得不时尚，用一个字形容：土。尽管这样，仍然遮不住逼人的青春气息。春色满园，关不住的。许多少男惦念，不少阔少眼馋，都想分一杯羹。毕竟僧多粥少，为她争风吃醋的很多，为她寻死觅活的不少。她一一睥睨之，走在路上不拿正眼瞧。荣波澜长相很一般，是花中矮草，树里灌木。她不招眼，也不惹事，普普通通，平平凡凡，成绩不好也不赖，中等偏上。就这样不咸不淡，不大不小，成为平凡的存在。杨碧婷是耀眼的一抹，不是彩虹，就是闪电。总有惊人的表现。她就是不表现，也照样惊人，惊为天人。

美丽的花总易招蜂，馨香的果也好惹蝶。她不招人，人家会惹她。她就躲，躲得了一次，躲不了下回。一般她身边总有护花使者，就是荣波澜。荣波澜在男生眼里是刺，是荆棘。一碰戳手，再碰血淋淋。

有一回不敢有第二次。有荣波澜"罩"着，杨碧婷似乎安全些。有些人想靠近，却不敢明目张胆，只有趁她落单时才下手。纠缠自然难免，杨碧婷一退再退，退到墙根，无处可退，才想起奋力反抗。她的反抗就是尖叫。如果不管用，就手抓。她的指甲不大剪，很长，一挠一个血印。如果挠在脸上，脸就花了。她的挠是无目的，没目标，挠到哪里是哪里。对方是个强悍的人，不轻易被挠中。自然脸完好无损，最多胳膊划出血印。杨碧婷很沮丧，一度想弄破脸，毁掉相。这样就不会有人惦念了。她就可以招摇过市了。这是极端的想法，她也下不了手。怎么舍得这一张可人的脸。在镜子里照来照去，连自己都动心了。不是传说中的西施，也不是想象中的貂蝉，却很美，真的很美。美有共识的，不用自矜，也不用骄夸。人们就知道那是美，想亲近。恼人的美丽，惹事的优秀。她看着披肩长发，黑瀑一般。两只眼睛灵光四射，灵气外溢，更招人。没办法，娘胎里带来的，整容也整不到这么自然，这么水滑。天然美更胜一筹。

她看着看着，眼泪就下来了。泪水在脸颊上挂着，像晶莹的水珠滚动在清晨的荷叶上，闪着微光。她揩去流到腮边的泪水，找来剪刀，要铰去满头青丝。青丝像黑缎铺排下来。她看了几眼，一咬牙就要落剪。母亲刚好撞了进来。丫头，干什么？母亲大惊失色，以为她要寻短见，吓得猛跑过来，从她手上抢下剪刀。还嫌家中事不多。杨碧婷剪发不成，在母亲的咒骂下缴械投降。第二天又照常背着书包去上学，没事人一样。

下学后，荣波澜要打扫卫生。杨碧婷家中有事，就没等了，独自一人往回赶。就在半道，被一个胳膊上绣着文身的人挡住了。头发是棕色的，竖着，脸上还有颗痦子，很明显。他扯着杨碧婷胳膊，一拉就往怀里送。她就被轻轻带了过去，几乎要脸贴脸了，都能感受到对方的口臭。杨碧婷本能地挣扎，越挣扎箍得越紧。那人的口水已落到脸上，她就要崩溃了。脑子里一片茫然，一团糨糊。

突然一声断喝，那人吃惊地回过头，一个黄毛丫头矗立眼前，手里拿着板砖，龇牙咧嘴，喘着粗气。她一砖拍在自己额头上，血渗了出来，顺着脸颊淌。再不松开，我要拼命了！棕毛一激灵，赶紧松开，吃惊地看了一眼，掉头就走。边走边嚷，等着，等着！老子叫你好看。

杨碧婷得救了，跑过来抱住荣波澜，一下子哭出了声。疼吗，澜？疼吗？她掏出素净的手帕给荣波澜揩血。荣波澜大咧咧地说，没事，没事！两人搂着回去了。

自此她们亲密得很，好得可以穿连裆裤。初中毕业，两人都考了同一学校，也报了同一专业。上学时，专业调剂了，不在一个班。

荣波澜毕业时，杨碧婷家生意有了较大起色，可以雇十几个人了。杨碧婷邀请荣波澜加入她的行列，一起为厂里打拼。不会亏待你的，放心好了。荣波澜也很动心，但转念一想，自己不能只待在瑶城，可以尝试去外面闯闯。她本事不大，胆子不小，出了名的假小子。要不然，她也不能勇救杨碧婷。还有另外一层考虑，朋友归朋友，闺蜜当闺蜜。真要到她家公司，就变成上下级，受管束了。做好还好，做不好，落下话柄，杨碧婷居中难处。向着公司，对不起她；向着她，对不起老爸。雇人干活，就要出彩，出成绩。性质就不一样了。

荣波澜考虑再三，犹豫再四，还是委婉拒绝了。她说，趁着年轻想出去闯闯，见见世面。以我的中专学历，注定闯不出名堂。就想去看看，没多想。过几年会回来。杨碧婷自然依依不舍，甚至掉了眼泪。特意在大饭店摆了桌酒席，为她践行，临别还送了一把精美的黄杨木梳子。

几年后回来，主要是为母亲。母亲年纪大了，病多了。老年人该有的病一样没落。禁不住母亲的絮叨，也禁不住思念和牵挂。她毅然辞掉工作，决绝地回到瑶城。她工作很好，在一家外企，干得风生水起，待遇还高。钱挣不够，母亲重要。她已经挣了一笔，就当是嫁妆吧。在外飘着不是办法。曾经谈过一个朋友，处着处着就处散了。俩人都没往谈婚论嫁上想，处着玩呗，就当是爱情练习生吧。还真是，都想从对方身上取暖，寻找安慰。双方都吝啬，谁也没多给，于是一拍两散。谁也不伤心，要死要活的。分手是平和的，甚至是静悄悄的，没惊动天上的明月，也没扰动檐前的松柏。

母亲称病是真的，想念也是真的，担心她的姻缘更是真的。老大不小，往三十岁奔了，再不落实，就晚点了。

回来不久，就见了几个，都不中意。中意的在云山之外。她就想碰，碰到是运气。她相信运气在身。这多年，在外打拼，形形色色的人见过不少，虽然没练成火眼金睛，到底还能识出好歹。遇到何必成，她心里咯噔一下，眼前一亮。没有中间商，就是直销，省去了不少麻烦。在火车上，算是邂逅吧。她从铜城要到瑶城，他也是。恰好俩人坐一起。绿皮火车咣当咣当行进着，他们的交谈也行进着。荣波澜带着铜城生姜，比较重，往行李架上摆放时有点吃力。何必成刚好走过，顺手托了一把。这一托境界全开。安放好行李，自然聊了起来。原来都是同城的，住家离得还不远。越聊越投机，越聊越对眼。下火车时，荣波澜可以让何必成拎行李了。一年后，俩人顺理成章地凑成了一家。杨碧婷送了一份大礼。

9

有这层关系，荣波澜将钱放在杨碧婷公司，想必是泰然和坦然的。事实也如此。她只管放钱，其他不问。经营好坏，生意孬好都不在考虑范围。她家需要钱，她要投钱，就这么简单。至于其他，不是所想。还能亏自己，都是好朋友。何必成有时不放心，这是命根子，要是有闪失，那就麻烦了。买房靠它，娃上学靠它。家底都掏出去了，不能有一点异常。异常是别样的存在，只会让人揪心和伤心。希望两者都没有，没有就是最好的有。荣波澜外出打工，辛苦不说，还要看领导眼色，真不容易的。职场上的挣扎和倾轧很严重，她都撑过来了。节衣缩食攒了些陪嫁，绝不能打水漂。不然会成为严重事故，家里就不太平，鸡飞狗跳自是难免。她不希望，一百个。

平静的生活还没过够，渴望继续平静下去。虽然说投资有风险，出手需谨慎，但在闺蜜面前大可不必遮遮掩掩，打开门窗说亮话。

杨碧婷从不打包票，彼此信任才能化解所有的芥蒂。原来来往密切，隔三岔五就小聚一次。杨碧婷说有点忙，除了工作，她还在外面兼职，做舞蹈老师。她身材超好，个头挺拔，得益于长年累月的锻炼。她至今单身，单身的原因很多。中专时棕毛的吓唬，在心里留下阴影。阴影面积刚开始不太大，慢慢洇着，就大了。刚上班不久，谈了一个男朋友。两人关系很好，如胶似漆。可男孩有天告诉她，想去省城发展，不愿待在瑶城。瑶城空间不大，地理较小。她也想跟过去，父母坚决反对。家中独女，怎么舍得。杨碧婷算是乖乖女，听话的。终身大事就在父母的干涉下，一波三折。男孩最终去了省城，另谋高就了。开始还惦记着，煲电话粥，一煲好久，两三年都没断过。他呼唤杨碧婷过去，杨碧婷一直拖着，决定不下来。公司的业务有了很大起色，业务做大了。杨碧婷已炼成了一把好手。从哪方面都离不开。这时候撂挑子不在情理中。她犹犹豫豫，迟迟疑疑。两人的关系就渐渐淡了，直至淡到无影无踪。

杨碧婷伤心了很久，从此对找对象就不很上心。父母和亲戚撒开大网，到处为她物色对象。可她见一个崩一个，见两个吹一双。见得自己都眼花，说不清到底见了多少。正经谈，也就几个。谈了一年半载，也无疾而终，不成正果。母亲急得嘴上都是燎泡，眼睛红红的。一晃都快三十岁了，再不结婚成家真晚点了。杨碧婷就是不能适销对路。

家里越来越有钱，眼界也越来越高。学历要高，人要好，长相还不能难看。几样一凑，筛下一批人。理想中的人就越来越少，少到一个或两个都很稀罕。

荣波澜运气还算不错，在冥冥中遇到了何必成。何必成老实厚道，与她想象中差不多。虽然有时也表现出少许狡狯的一面，但她都能制服。何必成在她掌控范围内，她不担心。

荣波澜后院安顿好后，就替杨碧婷着急了。她也想着法子为杨碧婷奔波。这种事急不得，也急不来。越急越乱，乱成一团麻，乱成一锅粥。

杨碧婷一次醉酒，吐了真言。她始终放不下省城的男友。男友早就成家，已有子嗣，她还是放不下。那个影子刻在脑海里，挥之不去。那个声音印在肺腑中，赶之不走。不思量，自难忘。

有时在工作间隙，影子突然冒出；有时在舞蹈之间，声音倏忽诞生。她都控制不了。这个魔头，人走了，却将影子留下了。折磨人，折腾人。

荣波澜好生劝慰，过去就过去，就当是水泼在地上，很快会蒸发掉的，一点印渍都没有。杂草还是杂草，枯枝就是枯枝。荣波澜劝，外带加上哄。爱情没了，可以继续找。生活要过得有质量。在大城市，职业女性不婚的大把成堆，她们也活得很好，有滋有味，没人瞧扁。小城不同，旧俗仍在，新序未开。人们喜欢戴有色眼镜，喜欢评头论足。要不成个家，结个婚，传出去都不好听。不是生理有问题，就是心理有障碍。就凭联想和想象，也能把人切割成三段五截。人言可畏啊！

杨碧婷哭了，哭得很伤心。哄不歇。终于爆发了！

荣波澜在她身上拍，像哄小孩一般。她抚着杨碧婷的头，摸着秀发。秀发滑腻得很，乌漆乌漆的。

不要有心理洁癖，找个合适的过小日子。凭你的条件，不管硬件还是软件，都上档次，只要放低姿态，放空自己，随时都有漏网之鱼。

我懂，我知道，就是放不下。在瑶城时，我把什么都给他了，贞操和尊严都一并奉送。他还是不肯留下。他想寻找美丽新世界。我说，任你飞，飞到累了，倦了，再回来。我都接纳你。他答应得好好的，可还是没有兑现诺言。他说在省城已扎下根，不想挪窝了。

我就那么傻，被他骗得好惨。我就相信他的话。他心中有我，我不怀疑。他骗了钱财也就算了，偏偏骗了我的感情。我深陷其中，不能自拔。走不出去，怎么也走不出去。我试图跟他和解，也给自己一条生路。可是做不到，真的做不到。不知为啥，一到谈朋友，就想起他，他的一颦一笑，举手投足，烙在了身体里，每一寸肌肤，每一个毛孔，都附着他的魂灵。

有些人谈着谈着，就觊觎起我家的财产。动机不纯，目的明显。我一个大活人，还算漂亮，他竟然不够关心，对我家的公司特别上心。我也只好抽身。这样的人沾不得，惹不起。我就想着他。他不贪图我的财富，想凭自己的奋斗出人头地。我就喜欢这样的人，可再也遇不到了。杨碧婷哭得好可怜，像担惊的麂子，受怕的麋鹿，眼里汪着一缕迷惘和几丝失落。

你想多了。荣波澜开解着。不见得所有男人都打财产的主意，而不打你的主意。打你的主意，不就是打财产的主意吗？没有男人会那么傻。荣波澜不知该说啥好。该说的话都说尽了，该吐的词也吐光了。剩下就只有重复。说来说去，也就那些话。没有更新的意思了。她的水平还没上升到理论高度，只是些平常话语。她理解的，就是不会往心里去。话像鞭子抽在身上，觉着痛就好了。但她没这个力道，有也下不去手。到底是闺蜜，怎好重敲。一旦翻脸，问题严重。

荣波澜等杨碧婷哭够了，醒了酒，才打车送回去。

荣波澜不担心。钱存在银行，稳当是稳当，可利息太低。真抵不上通货膨胀。再说，杨碧婷给的利息也不算高，在可控范围内，在国家政策允许中。她不担心，担心也是多余的。

何必成有时就问，没事吧。荣波澜就撑过去，能有啥事。任何投资都是有风险的，如果这点胆量都没有，就真一事无成了。

何必成无语。

10

在荣波澜的促成下，杨碧婷到底成家了。老公是招行业务员，叫牛通。这人也是，找对象很挑，横挑鼻子竖挑眼，条件苛刻得令人发指。很自然，剩下了。四十岁好几了，还孤身一人。家是邻县农村的。小时候吃了很多苦，好不容易考上大学。毕业后就进了银行。刚开始在中行。随着银行大幅降薪，他们的好日子也到头了。

不甘心，揣着残存的梦想，还想一搏。兜兜转转，去了招行。招行要求很严，但只要有较好的业绩，就能拿到高薪。凭着多年积攒的人脉，牛通顺利跳槽。

在一次饭局上，何必成认识了牛通。牛通能言善辩，看上去不老。当听说还是钻石王老五，何必成眼前一亮。

在夫妻双方的凑合下，杨碧婷和牛通走到了一起。杨碧婷终于脱单了，皆大欢喜。荣波澜每次去她家，备受欢迎。杨碧婷母亲小澜长小澜短，每次走，要带这个带那个。不带不行，不带就生气。荣波澜就只好客随主便。

这点钱，在她家不算什么。能算什么呢? 厂子那么大，光工人都好几十号。生意做到长三角，上海、南京都有分号。不至于为这点小钱，伤了和气。再说，她对杨碧婷有再造之恩，亏谁也不能亏她。荣波澜有这个自信。

疫情出现，杨碧婷家生意难免受到冲击。大家都在一个星球上，一旦灾难发生，谁也讨不到好。

疫情稍有缓解后，物价忽然猛涨，涨得令人胆战心惊。特别是大宗商品，价格高得离谱。木材也名列其中。

杨碧婷家本来投资了几个门面，想大干一番，不承想刚装修后，投入运营，就发生了疫情。两年下来，生意惨淡。

原生木材涨声一片。好在几年前储备了一些，要不然，真要关门歇业了。要生产家具，必要原木。尽管涨，还要买。不买，没米下锅。工人等着生产，厂子等着运转。等不起，也耗不起。

杨碧婷爸爸是董事长，大事都是他操心。他两年来，头发忽然变白，满头飞雪。人也苍老多了，但精神还在。他咬牙坚持，再难也要撑下去。

瑶城进了南京都市圈，地铁跟进，破土动工。从春节开始，房价忽然涨起来了。刚开始还比较温和，两个月后，忽然猛涨。

特别是学区房，涨势吓人，涨声如潮。

刚开始微涨时，何必成就跟荣波澜商量，能不能把钱抽出来，再购一套，保值增值。不说赚钱，不至于亏。

等荣波澜委婉向杨碧婷提起这事，杨碧婷说现在资金缺口大，要等一年后才能还。荣波澜长叹一声。是老同学，也是闺蜜。不能过分地要求杨碧婷还钱，自己在她们家也有些赚头，不能在人家困难时，火上浇油，不厚道，也不人道。但房价涨得太快了，以后的钱还值钱吗？

何必成急得汗珠子在额头直滚。他张着嘴，好久没回过神来。

荣波澜还提到一事，办了无息贷款，做生意用的。要是买房，这钱也得立马还上，除非全款买房。这是不可能的。工薪阶层，哪有那么多余钱。既不炒股，也不买彩票，没有横财。

发财的梦想破灭，生活回归正常。

11

瑶城房价忽然猛涨，一个原因是南京都市圈，另一个原因是轻轨修建。两个消息出笼先后不到两个月，加上本来房子库存很多，不好卖。贾先发是房产销售代表，到处打电话。何必成接到过几次，果断拒绝。房子已封顶，是瑞星与博达公司合伙开发的。金九银十，买者寥寥。销售代表被赶着主动出击，不要坐等客户上门。于是传单满天飞，在学校，在会堂，在菜场，凡是人多的地方都有他们身影，见一个发一张。他们承诺只要去看房，无论买不买，都获赠一盒元祖月饼，价值至少两百元。这样的好事去哪找。于是一车一车拉着客户，去瑞龙华庭。房子一栋栋，三十多层高，直插霄汉。外墙贴瓷砖，差不多快收工了。

何必成也在其中。售楼部金碧辉煌，气派闪眼。一看就是高档小区。里面亭台楼阁，花鸟虫鱼一样不少。还建了游泳场，供孩子夏天戏水。设施齐全，树木成荫。

何必成和荣波澜很想买。房价只是微涨。听说要降，那就再等等。杨碧婷钱还没到位，想买也不成。也许过阵子，房价会降，不管降多少，只要钱回了，就买。绝不犹豫，也不考虑。

孩子大了，不管将来去哪里工作，算是启动资金。真要房价大涨，想买都来不及。何必成和荣波澜商量。售楼经理贾先发一个劲追着夫妻俩。大哥，就买一套嘛！大姐，这么好的房子，不买亏大了。以后你就知道，买了有多省心。我们就是看看，等商量好了再决定。房价是要大涨的，周边城市早就过万元每平方米了，就瑶城价低。此时不出手，更待何时。说得俩人心动不已。

可手上没钱，也是干着急。回去商量好就来。大哥，那我等你啊！

何必成和荣波澜出了售楼部，像做了亏心事，心里很忐忑，也过意不去。没订房似乎是他们的错，似乎马上房价又抬升了。

那借钱，先订一套。等碧婷钱来了，再还。荣波澜小声叨咕着。何必成两手一摊，问谁借去？不是少数，要一大笔。他表示无能为力。

你这个尿样，狗肉上不了正席。真要出力，就放瘫；平时神气活现。摊上你这个老公，算我倒霉。

我说房子不卖，你偏卖了，现在钱又拿不出，我也没办法。几个月后，瑶城房价跟传说一样，呼啦涨了起来。

刚开始涨，大约在冬季。这是一个反常的现象。所谓金九银十，就是九月房子最好卖，十月略次。这俩月房价微调，买者不众。偏偏到了冬天，本来是龟缩和藏蓄的季节，房价迎风而起。让人大呼不懂。

何必成坐不住了，荣波澜像热锅上的蚂蚁。她涎着脸问杨碧婷，杨碧婷委婉地拒绝了。荣波澜无奈地一摊双手。

过年一来到，才两三个月，房价一平方米就涨了三千元。这是什么节奏，这是什么概念。一百平方米就要多花三十万元。这还不是尽头，涨声一片。人们年也不过了，纷纷涌去售楼部，不管孬好，不论优次，先订一套。售楼部热闹得远胜过年。过年也就这样。鞭炮不许放，纸钱不让烧。也没灯节，更没舞狮。过年就吃吃喝喝。丰年太平年，谁没吃没喝，早不稀罕了，于是都扎堆去售楼部。

荣波澜坐不住，拽着何必成也去。每去一次，心里揪一阵。

每去一次，房价就涨一截。惊得俩人心跳都快了许多，就要超出极限了。好在他们还留着瑞龙华庭销售经理贾先发的名片，他们回家，一个劲翻找，终于找到了。何必成激动得亲吻起来，好像此时手里握着必杀器，握着金娃娃。一个电话打过去，对方接了。何必成在电话里低声下气，能不能给我留一套，哪怕是底层也行。事成请您吃饭，还有厚礼。贾先发在电话里咳嗽几声，不紧不慢地说，房子早被抢空了。还有几个门面，大哥，要是不嫌弃，我帮你转圈转圈。

我不要门面，我要商住楼。哪怕是一二层，我也要。

大哥，前面叫你买，你犹豫不决。现在想买，没有了。我一时三刻也造不出房子。您要是想买，先付个订金，三年后，可以拿房。价格在一万五千元一平方米左右。

何必成一听，差点休克。才多久，房价就飙到这么高，叫老百姓还怎么活人啊。他恨得差点砸掉电话，想想还是忍了。现在有求于人，可不敢胡来，糟蹋了正事。

贾先发拿腔作调地介绍起新楼盘。在高铁站边，在重点中学附近。周边环境很好，是不可多得的学区房。现在出手，还来得及。我们现在实行摇号制，买家排着长队。到时能不能买到，还看运气。

何必成一听，头立刻大了。他想不通，才多长时间，房价就这样疯涨，比洪水涨得还快。

买吧，不甘心；不买吧，更不死心。在两难之间，徘徊了很久，还是咬着牙挂断了电话。其实，电话在他犹豫时，已经挂断。他只是浑然不觉罢了。

待他想通了，准备买时，电话再打过去，对方不是占线，就是无人接听。气得他将手机狠劲地扔了出去。不买了，这些奸商！吃人不吐骨头！！

钢材涨价，铜铝涨价，煤炭涨价，矿石涨价，石油涨价，水泥黄沙也在涨价，涨得吓人。

亏你还是学经济学的，这点判断力都没有，简直书是白念了。你就啃窝窝头，喝凉水吧。没买到房子，荣波澜急火攻心，一会心脏不舒服，一会腿脚不利索。她稍不如意，就冲何必成发火。何必成忍着，再忍着。

新冠肺炎疫情持续了两年，生活慢慢回归正常。人们的消费欲望再度反弹。见谁逮谁，见什么买什么，将被压制的情绪统统释放出来。

房价涨了，是其中一项。大宗商品都涨了。后疫情时代就这样。记得汶川地震时，房价应声而落。没人敢投资买房，要是震了，就玩完。还不如攒点钱，游山玩水。大地震后，末世情结笼罩，都想着留点现钞，以备急用。

地震过去两年，房价在国家政策刺激下，哗啦涨起。在原有基础上，几乎翻了一番。谁也没想到，反弹得这么厉害，措手不及。

何必成阴差阳错，买了同事的房子。完全出于同情，并不是投资需要，就这样稀里糊涂赚了一大笔。因此和同事兼师傅闹翻了脸。

这次也跟上次一样。也是两年后，疫情被控制后，国家为了拉动消费，刺激经济，有意无意地放任了房价上涨。

等房价涨得过了头，就又出台政策打压，为时已晚。瑶城几万套现房被抢售一空。

何必成没买到房子，却低价卖了房子，心里很不平衡。才两年工夫，损失几十万元。薅羊毛，被薅得光秃秃的；割韭菜，给割得快见底了。钱，真不值钱了。

何必成陷入深深的自怨自艾中。第二天拖着沉重的步伐上班，一打开电脑，网页上就跳出了一行醒目的字：汶川又地震了。不过震源深度不深，震级较小。

何必成长吐一口气，接着又长叹一声。忽然，电话响起。他接了电话。我是小贾，贾先发，现在有一套房源，卖家有急事，以超低价出售，一万三一平方米，想买抓紧。

何必成握着听筒，陷入沉思，久久不能自拔。挂了电话后，他来回踱着步子，皱着眉头，买还是不买……

老旧小区改造。柏树湾经过整饬，像个花园。院子里杏花满眼，榴花飘红。鸟雀啁啾，花枝俏立。